Ao Sabor da Maré

Lili Wright

Ao Sabor da Maré

TRADUÇÃO
Gabriela Machado

2004

EDITORA BEST SELLER

Título original: *Learning to Float*
Copyright © 2002 by Lili Wright
Licença editorial para a Editora Nova Cultural Ltda.
Todos os direitos reservados.

Coordenação editorial
Janice Flórido

Editores
Eliel Silveira Cunha
Fernanda Cardoso

Editor
Roberto Pellegrino

Editoras de arte
Ana Suely S. Dobón
Mônica Maldonado

Revisão
Levon Yacubian
Tereza Gouveia

Editoração eletrônica
Dany Editora Ltda.

EDITORA NOVA CULTURAL LTDA.
Direitos exclusivos da edição em língua portuguesa no Brasil
adquiridos por Editora Nova Cultural Ltda.,
que se reserva a propriedade desta tradução.

EDITORA BEST SELLER
uma divisão da Editora Nova Cultural Ltda.
Rua Paes Leme, 524 – 10º andar
CEP 05424-010 – São Paulo – SP
www.editorabestseller.com.br

2004

Impressão e acabamento:
RR Donnelley América Latina
Fone: (55 11) 4166-3500

À minha mãe, que ama livros,
e a meu pai, que sempre tem lembranças

Sumário

Um Novo Começo 9

Uma Jornada ao Que Já se Foi 67

Esperando que os Caranguejos Azuis Troquem de Casca 199

Ao Sabor da Maré 257

Agradecimentos 368

settle (set'l) — vi. **1)** parar de se mover e ficar num lugar; descansar **2)** cair, como a escuridão, a neblina etc. sobre uma paisagem, ou a melancolia ou o silêncio sobre uma pessoa ou grupo; descer **3)** localizar-se em uma dada parte do corpo; diz-se de dor ou enfermidade **4)** fixar residência permanente; fundar um lar **5)** afundar; submergir, esp. gradualmente (o carro **afundou** na lama).

* WEBSTER'S NEW WORLD DICTIONARY *

Um Novo Começo

MEU AVÔ SAI do terraço, no Maine, e arrasta uma cadeira de lona para o sol. Eu digito frases terríveis em meu laptop, tentando fazer alguma coisa surgir na página.

Vovô apóia os pés no gradil e olha para a ilha Compass.

— Você sabe que Nana sempre quis ser escritora — ele diz.

Nana, minha avó, esposa de vovô, morreu há dez anos. Ela é a pessoa da família com quem mais me pareço. Difícil em inúmeros aspectos.

— Está brincando — eu digo. — Nunca soube disso.

— Bem, você se recorda como Nanny sempre foi boa para contar histórias — diz vovô, sorrindo diante da lembrança. — O falso sotaque sulino. O cigarro que ela esperava que um homem acendesse. — Claro, nem sempre verídicas, mas soavam bem.

Sereia

NUNCA VI UMA sereia, mas durante anos me senti uma.

Metade uma bela mulher. Metade um peixe frio.

Ninguém sabe a origem exata da lenda, porém marinheiros da Escandinávia ao Caribe têm visto essas sereias de seios desnudos espiando nos arrecifes do oceano. A explicação mais comum é que os marinheiros sobrecarregados de sol e testosterona confundem um peixe-boi com uma bela mulher. Peixes-boi e mulheres realmente partilham certos traços. Ambos têm cabelo. Ambos se bronzeiam. Ambos amamentam seus bebês. E, bem, é mais ou menos assim.

Mas, aparentemente, a insolação de uma longa viagem marítima pode cobrar pedágio de um homem; ele aprende a deixar a vista turvar-se de desejo reprimido. Um explorador do Ártico entendeu bem isso e contratou a bruxa mais feia que pôde encontrar para servir como cozinheira do navio. Quando a velha megera começou a lhe parecer um "pedaço", soube que era hora de voltar para casa.

Embora o mito da sereia date da Grécia Antiga, não perdeu seu encanto. Para onde quer que eu viajasse naquele verão, de Kennebunkport a Key Largo, sereias davam vida a camisetas e anúncios e cardápios de beira de estrada, copiando inevitavelmente a mesma pose dos quadrinhos — seios fartos, uma sedutora cabeleira dourada, uma cauda curvilínea que se afunilava até uma barbatana de pontas agudas. Sereias são símbolos sexuais; sempre me pareceram estranhas. Quero dizer, abaixo do ventre, a mulher nada mais tem a não ser escamas.

Mas, por outro lado, quem sabe seja a impossibilidade lógica de possuir uma sereia que a torne tão desejável. É a amante que não pode ser mantida, o "peixão" que nada para longe. Por vingança, o pretendente rejeitado a representa como uma caricatura — um monstro de peitos grandes, uma *vamp* de manutenção cara com um espelho de mão e um pente. Fomentadora de tempestades. Tormento dos navios. Sedutora de marujos. Mescla de Garotas *Pen-up* e Flipper.

Contudo, por alguma razão, sempre vi as sereias como almas gêmeas, mulheres independentes que, ardilosamente, se esgueiram entre os mundos. Uma sereia pode conquistar um marujo bronzeado e, quando se cansa dele, bate o rabo e mergulha para brincar com os peixes prateados. Mas, por mais que eu pense assim, e pensei muito naquele verão, mais me convenço de que estava enganada. Uma sereia é o tipo mais triste de confusão, em nenhum dos mundos satisfeita. Olho na terra, rabo no mar, ela se demora nos frios rochedos, esperando vislumbrar um marujo de passagem que nunca chamará de seu.

No Bar

FENWICK ISLAND, DELAWARE. Era a *happy hour* e os bêbados que lotavam o Smitty McGee já haviam consumido a quantidade suficiente de drinques em promoção para se sentirem queimados de sol e relaxados. Em torno das largas mesas de madeira, veranistas sorridentes empanturravam-se com o bufê de pratos quentes. Sentei-me sozinha ao balcão do bar em U, respirando cigarros e radônio, escutando a *barwoman* moer os cubos de gelo até transformá-los em neve. Finalmente, Christi, como dizia o crachá, chegou com meu vinho branco, que foi servido num copo alto e tinha gosto de suco de maçã destilado ao longo de serpentinas de níquel sujas.

— É enorme — disse eu.

— Trezentos e quarenta gramas — retrucou Christi, sorrindo. Christi tinha um belo bronzeado.

Trezentos e quarenta gramas estava ótimo para mim — queria tomar um pileque. No mês anterior, eu tinha fugido de Nova York e do imbróglio amoroso que arrumara por lá. Consigo refletir melhor perto do oceano, como as rochas inertes que parecem mais brilhantes quando molhadas, de maneira que fiz um roteiro de uma peregrinação costeira desde o Maine até Key West. Estava com 33 anos e solteira, uma mulher na fase da fuga emocional. Não poderia voltar para casa até tomar algumas decisões, até que soubesse o que dizer a quem. Porém, por enquanto, não me ocorrera nenhuma grande resposta.

Christi retornou com o menu. Eu queria ostras, mas a grana estava curta e, portanto, optei por uma salada. Então, puxei o livro de Buda que meu amigo Maurice havia recomendado, um volume de lombada larga que eu estava impaciente demais para ler por mais de cinco minutos, de uma tacada só. Até então, Buda perambulava pelo mundo na esperança de encontrar um profeta que lhe mostrasse o Caminho. Não era lá essas coisas como plano e, de alguma forma, lembrava minha própria aventura. Como eu estava descobrindo, *querer* encontrar o Caminho e *encontrar* o Caminho eram duas coisas muito diferentes. Sidarta debatera-se em confusão ao longo de umas cem páginas ou mais, meditando, esperando que a verdade se revelasse. Era mais paciente que Jó. Enquanto isso, eu percorrera uns 1 600 quilômetros do Maine a Delaware, esperando que *alguma coisa* se revelasse. Francamente, estava ficando impaciente — por ele e por mim.

Li umas duas frases. Buda estava concentrado na iluminação eterna; eu começava a me preocupar com Stan. Ele era um policial que eu tinha conhecido naquela manhã e que se oferecera para me deixar dormir em seu *trailer*, sem compromisso, nem Stan incluído — ele estaria fora da cidade trabalhando por uns dois dias. Embora a princípio aquele oferecimento tivesse parecido um verdadeiro brinde de viagem, agora que estava quase escuro, a sensação inicial de confiança que ele me transmitira parecia uma distante e talvez irreal primeira impressão. A idéia de dormir no *trailer* de um estranho, um homem cujo rosto eu não mais conseguia lembrar com clareza, um homem que dissera que era um policial, mas, quem sabe?... bem, não era a mais segura das situações. Resolvi beber até me encher de coragem ou de sono, o que viesse primeiro.

Claro, se eu *realmente* fosse corajosa, nunca teria chamado Stuart. Uma mulher de verdade seria capaz de dar conta de si, discursei para o lado de meu cérebro desejoso de ouvir. Uma mulher de verdade seria capaz de segurar a barra sem telefonar para seu ex. Olhe para Buda. Ele abandonou a esposa e o filho por *sete anos* e partiu sozinho numa jornada, e mesmo quando o monge sem Caminho *tinha companhia*, ele fazia suas refeições sem falar, em plenitude de consciência, tentando apreciar cada precioso grão de arroz.

Peguei meu copo de vinho, tomei um gole generoso e tentei decidir de quanta plenitude de consciência eu precisaria para transformar aquele vinho da casa em algo precioso.

Dois homens entraram e se sentaram nas banquetas do bar, perto de mim. O mais moço, de uns 40 anos ou pouco mais, pediu cervejas e empurrou um par de notas de um dólar na direção de Christi. Usava bigode, uma franja reta, e me recordou Sonny Bono nos tempos de Cher, só que com óculos grossos e tênis rasos. Do outro lado dele se escarranchava um senhor mais velho, com cara de buldogue, longas costeletas grisalhas, o pescoço como o de um sapo. Debaixo do boné dos Veteranos de Guerra, mostrava uma expressão vazia de um homem concentrado em seu próximo chope bem gelado.

Fingi ler até que o mais moço, aquele sentado ao meu lado, me interrompeu:

— Você se incomoda se eu fumar?

Ergui os olhos. Uma cicatriz fazia uma ponte em seu nariz como um vidro fragmentado.

— Não — disse eu. — Fique à vontade.

Voltei ao Buda. *Então, comeram em silêncio, atentos a cada bocado.*

— De férias? — ele perguntou.

Em bares, em aviões, é sempre arriscado começar uma conversa com o sujeito sentado ao lado, particularmente se você é uma mulher sozinha. Uma mulher sozinha num bar sobressai como o último pino de boliche esperando para ser derrubado. Mesmo assim, ao viajar sozinha, prefiro comer em companhia dúbia num bar a sozinha num restaurante, nem que seja para evitar aquele momento em que o *maître* espia por sobre seu ombro e pergunta "Só um?", como se você nunca tivesse tido um amigo em sua vida.

Além disso, naquela noite eu não tinha lugar algum para onde ir, a não ser voltar para o *trailer* de Stan, e não estava com nenhuma pressa de chegar lá, de modo que me pareceu uma boa idéia conversar. Fechei o Buda, *em plena consciência*, olhei firme dentro dos óculos daquele homem para deixar claro que não estava flertando, mas simplesmente passando o tempo, e me pus a examiná-lo abertamente, vendo o que havia por dentro.

— De férias — respondi. — Estou na faculdade, de férias de verão. E você?

— Ah, eu moro aqui — disse ele, levantando as mangas da camisa. — Sou dentista.

— De que tipo? — perguntei.

Depois de ser repórter por dez anos, antes da faculdade, eu conseguia normalmente conhecer a história de vida de alguém sem revelar muito mais além de meu nome. Não é difícil, na verdade. A maioria das pessoas está desesperada para encontrar alguém que as escute. E, como esperado, aquele rapaz se pôs a tagarelar a respeito de seu trabalho na área odontológica. Fumou um Camel, apagou-o, acendeu outro. Minha salada chegou e eu submergi, enquanto ele fumava um pouco mais e, finalmente, punha um fecho em sua narrativa.

— Meu nome é Carl — disse, estendendo a mão. Suas unhas eram roídas até a carne.

— Lili — retruquei.

— Lily?

— Não, Li-li. Quem é seu amigo?

Carl pareceu confuso. Apontei.

— Oh, é meu pai. Ward.

Ward olhou. Eu sorri e estendi a mão, num gesto amistoso. Sentia-me mal que o velho tivesse ficado sentado às moscas durante todo aquele tempo. Sua mão parecia sola de sapato, e ele tinha grandes bolsas acinzentadas sob os olhos.

— Prazer em conhecê-lo, Ward — eu disse, tentando ser gentil. — Como vai?

— Bem — disse ele, lentamente. — Bebendo desde as 9 da manhã.

Virou-se de novo para a TV.

Carl sorriu como se aquela aprovação fosse cativante.

— Ele fala sério? — perguntei.

— Está aposentado — disse Carl. — É livre para fazer o que quiser. Mereceu.

Dei um gole em meu vinho, digerindo a resposta. Aquilo queria dizer que Carl estava bebendo desde o café da manhã? Não parecia embriagado, embora eu estivesse caminhando rapidamente nessa direção. O bar se tornara acolhedor e agradavelmente aconchegante como um moletom virado pelo avesso.

— É casada? — perguntou Carl.

— Não — eu disse. — E você?

Eu ia provocar o fim da conversa. Olho por olho, dente por dente.

— Separado — respondeu Carl, limpando o que restava de suas unhas com uma pequena caixa de fósforos. — Em processo de divórcio.

— Sinto muito — disse eu. E sentia. Apenas mais uma história de amor indo para o brejo. Fiquei sentada, calada por um momento ou dois. Carl pediu mais cervejas. O bar estava ficando lotado. Uma mulher gorduchinha numa regata vermelha pendurou o braço em seu parceiro de suspensórios e depois enfiou a mão entre dois botões e esfregou-lhe o peito.

— O que houve de errado? — perguntei.

— Com o quê?

— Seu casamento.

Carl esmigalhou seu cigarro apagado no cinzeiro, fazendo desenhos com as cinzas.

— Fomos casados por dezenove anos. Três filhos. Tínhamos uma casa, uma bela casa na baía, um barco, 45 cavalos de potência. No verão, levávamos o barco para fora da baía, num cruzeiro. As crianças adoravam.

Calou-se. Esperei um pouquinho.

— Parece muito bom — eu falei.

— Era ótimo — disse ele. Era ótimo até que deixou de ser.

Carl tomou um longo gole de cerveja; ergueu o queixo. A espuma pendurou-se em seu bigode, as bolhas prontas para estourar.

— Seu pai ainda é casado? — perguntei, tentando mudar de assunto, buscando uma pequena chama de esperança.

— Minha mãe morreu no ano passado, mas foram casados por quarenta e dois anos.

— Que beleza — eu disse, filtrando a informação. — Então, qual foi o segredo dele?

— Não sei. — Carl fez um gesto com o cigarro na mão. — Por que não pergunta a ele? Ei, papai, eu disse a esta moça que você e mamãe foram casados por quarenta e dois anos, e ela quer saber como conseguiu isso.

O velho moveu a cabeça avantajada em minha direção.

— Não foi fácil. — Voltou-se de novo para a TV.

Sorri como se aquilo fosse uma bela piada, e então me concentrei na salada. Um tomate-cereja rolou pela travessa como uma cabeça sem corpo. Carl acendeu um cigarro, fez um gesto a Christi pedindo outra rodada. Ela trouxe dois chopes e um vinho.

— Oh, uau! — exclamei. — Não precisava fazer isso.

Carl assentiu com a cabeça.

Eu não conseguia me imaginar bebendo um segundo copo, em plena consciência ou não, mas prossegui corajosamente naquela direção. A *happy hour* chegara ao fim, as luzes diminuíram de intensidade para uma penumbra sensual, e a música ambiente palpitava como um coração apaixonado. Jovens se comprimiam contra o bar, belos dentes brancos, decotes ousados.

Carl falou novamente, sua voz pesada e saudosa.

— Acho que foi um problema de comunicação. Não havia mais muito sobre o que conversar. Então, eu desisti.

Eu podia entender aquele silêncio. Vi a mulher dele, uma mulher ossuda, bonita mas acabada. Ainda usava aquela saia cinza e a meia-calça de malha resistente na labuta do dia-a-dia, inclinada sobre o aspirador de pó no corredor do segundo andar. Brinquedos estavam espalhados por toda parte, e eu poderia afirmar, pelos rastros do aspirador moldados no carpete, que ela aspirara em volta dos brinquedos em vez de apanhá-los do chão. Sobre uma mesa de madeira, debaixo de um espelho, estava uma caneca de café frio, o *chantilly* de caixinha congelado numa nuvem gorda. Ao erguer os olhos, sua boca encheu-se de vincos como uma rosa murcha. Tomou um gole, fez careta, voltou ao aspirador. A máquina roncava, sugando e guinchando, enchendo sua barriga cavernosa com qualquer poeira que pudesse encontrar.

Bebi meu vinho, esperando que o velho Carl fosse começar a se animar e me falar mais sobre dentaduras, reafirmar que o amor não tinha de chegar a esse ponto, mas ele tamborilava com os dedos no balcão, perdido em pensamentos.

— Chegou a um ponto que eu não podia mais suportar olhar para ela — disse Carl, lentamente, como se eu não tivesse compreendido da primeira vez, como se quisesse deixar as coisas perfeitamente claras. — Ela não suportava me ver. *Nós não agüentávamos mais olhar um para o outro.*

Estremeci, vi a esposa dele desligar o aspirador, fazer a volta, entrar no quarto, fechar a porta azul-celeste. Nenhum de meus amores chegara a um ponto tão ruim, mas talvez eu tivesse partido antes que as coisas tomassem esse rumo.

Era tempo de ir embora, porém eu queria extrair alguma coisa daquele homem. Uma lição, talvez, alguma dica ou um ponto para lembrar. Pela minha experiência, você consegue provavelmente um conselho decente de um estranho no papel de um "psicanalista", e não tem de esperar tanto ou pagar tanto ou chegar à conclusão por si mesma. Mas tem de ser paciente, porque o sujeito muitas vezes só entrega o ouro quando você está a ponto de desistir e caçar alguém que seja, como gostam de dizer os jornalistas da TV, um "ouvinte melhor".

Carl dobrou seu guardanapo de papel e então o desdobrou e voltou a dobrá-lo como algum projeto de *origami* que não estava correndo bem. Puxei a cutícula de meu polegar, num hábito nervoso do qual eu nunca me dava conta até o dedo começar a sangrar.

— Eu não entendo isso — falei, imaginando se soaria embriagada e concluindo que não, não muito. — Eis por que estou fazendo esta viagem. O casamento me apavora. Quer dizer, para sempre é um longo tempo, e como saber quando se encontra a pessoa certa? O que *aconteceu* entre você e sua esposa?

Carl não disse nada por alguns instantes, só olhou a fumaça do cigarro flutuar e subir. Bebi meu vinho como uma planta sedenta. A quem eu pretendia enganar? Estava embriagada e me sentindo gloriosamente autodestrutiva, atrevida como a mulher que eu gostaria de ser. Só quando presumi que Carl se esquecera de minha pergunta ou não se importara em respondê-la, ele me olhou duro, com raiva mesmo, os olhos uma arma engatilhada, como se eu fosse aquela que partira seu coração, como se aquele total fiasco chamado amor fosse minha culpa, e ele estivesse pronto para se vingar.

— Não sei — disse, inclinando-se para perto de mim, desafiando-me com seu bafo pesado de cerveja. — Você é uma mulher. Por que não me diz? *Para onde vai o amor?*

Barbie

GOSTARIA de relatar que eu uma vez fui uma moleca, um azougue que brincava de caubói e de índio, um bravo soldado que marchava para a batalha a fim de proteger mulheres e crianças com uma pistola de água e um apito que ganhara de brinde das pipocas caramelizadas Cracker Jack. Mas, verdade seja dita, eu era uma menina. Na quietude de meu quarto, era a anfitriã de chás elegantes com minha melhor porcelana de plástico e preparava bolos em um forno Easy Bake — bastava acrescentar água e misturar. Brincava com bonecas. Não bebês, que molhavam fraldas com água de verdade e regurgitavam em seu ombro. Não, eu queria uma boneca que não fosse o bebê de ninguém. E, portanto, minha melhor amiga Page e eu passamos nossos anos de primário vivenciando fantasias por intermédio das desventuras de você sabe quem, aquela vedete do parquinho que conhecemos como Barbie.

Depois da escola e por horas, vestíamos e desvestíamos nossa maravilhosa garota. A premissa era sempre a mesma: Barbie tinha um encontro memorável. Ken viria apanhá-la em seu conversível vermelho dentro de meia hora, e Barbie precisava estar bem, realmente bem. Oh, as decisões que tínhamos diante de nós. Tantas roupas, tão pouco tempo. Discutíamos os relativos méritos de um macacão com tulipas e de um terninho, cabelos em coque, cabelos com tranças, cabelos com rabo-de-cavalo e laço de fita. Revirávamos um baú de acessórios, uma confusão de cintos fluorescentes, batons e tiaras de princesa, na esperança de montar um conjunto que fizesse Ken cair de quatro. Queríamos deixar Ken sem fala; queríamos que Ken ficasse fulminado. Num frenesi, enfiávamos uma blusa de náilon sobre o peito sem bicos dos seios de Barbie, colocávamos uma saia adornada de pele em torno de sua cintura estreita, afofávamos suas franjas, limpávamos a poeira de seu traseiro perfeito.

Finalmente, era a hora.

— *Din don* — fez Page, tocando uma campainha imaginária.

— Vou indo — eu disse, abrindo a porta também imaginária.

— Oh, oi, Ken! — exclamou Barbie. — Você está ótimo.

— Obrigado, Barbie. Você está linda também. Quer ir ao cinema?

— Adoraria. Vou pegar minha bolsa.

Ken levou Barbie ao cinema e, antes que passassem os créditos de abertura, já estavam se beijando enlouquecidamente, seus corpos rolando no chão recoberto de pipocas como serpentes em luta. Cabelos voavam. Ou pelo menos os cabelos de Barbie voavam. Os de Ken eram moldados em plástico.

— Oh, Ken — Barbie soltou uma risadinha. — Você é meu príncipe.

— Você é tão linda, Barbie — disse Ken. — Mais uns beijinhos.

Depois de uns trinta segundos, beijar se tornava cansativo. Beijar não era nem metade tão divertido como experimentar roupas. Portanto levamos Barbie de volta para casa e começamos a aprontá-la para o próximo grande encontro. Dessa vez, num rodeio. Ken como caubói solitário. Vestido com a vistosa camisa xadrez, as botas vermelhas de caubói, o laço de couro. Examinamos o reflexo mudo de Barbie no minúsculo espelho para termos certeza de que estava linda. Estava.

— *Din don.*

Surpresa! Ken.

Cavalgara até a cidade num garanhão de nome Jake. Dessa vez, Barbie não esperou pelo rodeio, atracou-se com Ken no corredor. Caíram sobre o tapete peludo, acariciando-se, Ken por cima, é claro. Depois de alguns segundos frenéticos, sugeri que a praia era ótima naquela época do ano, e que Barbie precisava de um bronzeado.

Novo encontro. Novas roupas. Novo homem.

Novo homem?

Ken, bem... claro que era bem bonito, mas Barbie estava se sentindo inquieta. Assim, enquanto Ken se encontrava no escritório, ela viajou para o Caribe com G. I. Joe. Quando o herói de uniforme deixou cair a metralhadora e sucumbiu na areia, ela voltou os olhos para "Action Jackson", descartando mais tarde o faixa-preta por um deus norueguês de cabelos alaranjados.

Barbie compreendia, Deus sabe, que *conquistar* um homem é mais divertido do que *ter* um homem, e *sonhar* com um homem é melhor ainda. Mesmo um sarado como Ken era mais desejável no abstrato do que em carne e osso. E eis por que, por fim, Page e eu desistimos de toda aquela farsa. Barbie nunca tinha relacionamentos sérios; nunca criava laços íntimos. Fisgava um homem e, em seguida, fisgava o próximo. Logo, Barbie não tinha encontros com mais ninguém. Barbie apenas se aprontava.

Caranguejo Branco

OUVI DIZER que as pessoas que continuam solteiras depois dos 30 são complicadas, e não tenho certeza se isso é um elogio ou uma crítica. Pela minha experiência, o mundo é dividido em dois campos distintos: o das pessoas que têm a vida pessoal em ordem, mas cuja vida profissional é uma confusão, e o daquelas cuja vida profissional está em ordem, porém a vida pessoal é uma mixórdia. Quase ninguém põe a mão nos dois.

Imagine dois bichinhos de estimação, um amarrado.

Eu era membro de carteirinha do segundo campo. Ter um emprego nunca fora um problema: trabalhei para uma série de jornais, para um programa matutino de TV, para um tablóide inescrupuloso. Mas meu currículo amoroso era um emaranhado de calamidades de longo e curto prazos. Quase sempre tinha um namorado. Às vezes, dois. Algumas vezes, um e meio. Às vezes, duas metades que eu contava como um inteiro. Pela minha experiência, era fácil apaixonar-se e quase impossível deixar de se apaixonar. Durante anos, nunca larguei de um homem até agarrar outro com firmeza, como aquelas bonecas de papel recortadas e ligadas pelas mãos.

— Você nunca amou ninguém — irritou-se Stuart, certo dia, na última primavera. — Jamais se dispôs a alguma coisa.

Estávamos brigando porque eu me apaixonara de novo, dessa vez por Peter, um escritor de Nova York cheio de sonhos. Peter tinha cachinhos. Peter deslizava o dedo pela parte interna de meu braço enquanto eu bebia meu vinho, sentada a seu lado, certa noite num bar, tentando me convencer de que aquilo *realmente* não era um encontro. O homem conseguia fazer mais com um dedo do que alguns sujeitos com o corpo inteiro, ou assim eu imaginava. Uns poucos piqueniques, umas poucas confissões, e eu tinha certeza de que Peter era "o Cara". Estava enganada sobre Stuart, ouvindo as vozes erradas, inspirando-me na musa errada. Havia apenas um problema com essa súbita reviravolta do coração. Depois de vários anos de namoro a longa distância, Stuart mudara-se de Utah para Nova York para viver comigo. Suas meias marrons estavam enfiadas na gaveta de minha cômoda. Seu cachorro cochilava em meu tapete. E quando Stuart e eu decidimos morar juntos, meu coração voara para o alto como uma pipa fora de controle.

Gostaria de poder dizer que isso era uma anomalia, porém se parecia mais com um *déjà vu*.

Embora a maioria de meus amigos estivesse casada — muitos pondo Barbies no mundo —, eu continuava firme no estágio do namorado, incapaz de orientar meu coração, cabeça e corpo rumo a uma mesma direção. Os homens que eu mais amei não poderia nunca desposar. Os homens com quem poderia me casar eu não tinha certeza de amar. Ou, quem sabe, eu dissesse a mim mesma que não os amava para não ter de me casar. Ou talvez dissesse a mim mesma que não poderia me casar com eles porque eu não sabia como amar.

Não, eu não era uma daquelas mulheres solteiras desesperadas, uma caçadora de troféus tentando abater um homem avulso, qualquer homem avulso, mas era hora de construir um relacionamento que durasse. Estava com 33 anos, pelo amor de Deus. Quando Cristo foi crucificado, aos 33 anos, ele aprendera a caminhar sobre as águas. No tempo em que Alexandre, o Grande, sucumbiu de febre, aos 33 anos, tinha conquistado o mundo civilizado. Aos 33, uma mulher deveria saber quando o amor é verdadeiro e quando é mera ilusão. Aos 33 anos, uma mulher deveria estar pronta para, como diriam meus pais, se acomodar.

Eu, porém, não conseguia me acomodar. Mal conseguia me sentar. Imagine um daqueles caranguejos brancos que você vê na praia, em Cape Cod. Pernas acinzentadas correndo de lado pela areia, mergulhando em um buraco que outra criatura cavou. Aqueles caranguejos correm tão depressa que você nem mesmo tem certeza de que os viu. Nus, apavorados, sem lar. Olhando de um lado, correndo para outro.

— Por quem você gostaria de lutar? — Roger, o relações-públicas de Washington certa vez me perguntou, depois de termos rompido. — Todos esses homens estão dispostos a lutar por você. *Por quem você estaria disposta a lutar?*

Não respondi porque não sabia.

Uma NOITE, não muito depois de Stuart ter se mudado para meu apartamento, as coisas chegaram verdadeiramente a um impasse. Era uma noite úmida de primavera e decidimos assistir aos jogos da NBA no frio do ar-condicionado de um bar de esportes vizinho. Lá dentro, a multidão dos freqüentadores estava reunida: grupos de universitários com brincos na orelha dividindo canecas de cerveja barata. Stuart entrou no bar para ver o placar.

Ergui os olhos e gelei.

Lá estava Peter, o escritor sonhador, acalentando um chope, os olhos na tela da TV, parado a não mais de um metro de Stuart. Os dois não se conheciam, porém sabiam um do outro, e ali estavam, agora, lado a lado, o namorado, o amante, dois homens no bar. Stuart torcendo pelo Jazz. Peter torcendo pelo Bulls.

Minha vida inteira reduziu-se a uma única cena.

Foi quando tudo se tornou realmente lento. Lento e silencioso. Como um esquilo agachado na estrada enquanto os faróis se aproximam, eu senti a vibração dos pneus, o perigo chegando.

Era apenas uma questão de segundos antes que um deles se voltasse. Se Peter se virasse primeiro, ele chamaria meu nome, e Stuart perceberia que aquele era o último candidato, o caso que eu confessara poucas semanas antes, o mais novo em uma longa linhagem daquilo que Stuart ironicamente chamava de Senhores Perfeitos. Se Stuart me chamasse, Peter se voltaria e perceberia bem depressa que aquele era Stuart, meu namorado, o veterinário sem a cura. De qualquer maneira, haveria apresentações. Palavras trocadas.

Era hora de tomar uma decisão. Agora, enquanto Michael Jordan estava com a bola.

Havia Stuart, sólido como um jogador de beisebol, firme em sua segunda base, um perdedor com uma pitada de melancolia. Havia Peter, alto como um jogador de basquete, de óculos, cabelos enrolados como uma almofada de lã encaracolada, sua expressão de salve-minha-inocência de um homem excessivamente impregnado de charme.

O pânico subiu dentro de mim como um termômetro cozinhando no punho de um homem gordo. Minha cabeça era uma trovejante caneca de ruídos. Vozes cantando. Um coro grego de ruína me dizendo de todas as maneiras que a minha vida só poderia dar errado. *Escolha*, cantavam, *escolha alguém, escolha alguma coisa. Lembre-se, não escolher é uma escolha só sua. Do que tem medo? Qualquer um deles é tão bom quanto você merece, portanto se apresse e decida. Decida agora porque o tempo está acabando.*

Eu, porém, não conseguia decidir. Não conseguia nem mesmo começar a decidir. Ver os dois juntos não esclarecia coisa alguma. Sua justaposição não trouxe nenhuma epifania, nenhuma compreensão maior do que era certo ou seguro ou verdadeiro.

Jordan fez uma cesta detrás da linha dos três pontos. Então, fiz meu lance. Sem uma palavra para Stuart, afastei-me do bar, rumando não para a porta da frente, mas para o gradil do pátio; espremi-me entre o vaso de palmeira e as garotas *punks* espremendo *ketchup* nas batatas, passei as pernas sobre a corda de couro, quase tão alto como num passo de balé, e saí correndo quarteirão abaixo até o caixa eletrônico da esquina, o coração no pé.

Fugi naquela noite. Depois, fugi durante todo o verão.

Entrei no carro e jurei nunca voltar para trás até me tornar alguém de quem eu pudesse me orgulhar. Em vez de escolher um homem, abandonei ambos. Escapei para a segurança de estranhos; fugi até poder parar de magoar as pessoas de quem eu mais gostava. Fugir — a única consolação para uma vida infelizmente ferrada.

Dirigi meu carro. Fiz anotações. Era uma repórter sem história. Encontraria uma história ou faria uma história ou *seria* a história e — aqui, a parte realmente esplêndida — todas essas histórias acrescentariam alguma coisa, *revelariam* alguma coisa, para que, ao final da jornada, eu descobrisse como ter e manter o amor que continuava a esquivar-se de mim. Abandonando dois homens, eu aprenderia a viver com um. Partindo, encontraria uma maneira de ficar.

Irrealista? Impraticável?

Claro. Eu sabia disso antes de ir embora. Meu plano estava meio cru; nem mesmo cozinhando. Partir numa viagem de carro para encontrar o rumo faz tanto sentido como procurar por amor em um bar de solteiros, porém desde que existem bares e carros, pessoas desesperadas têm tentado ambas as coisas.

Alvorada

ILHA MOUNT DESERT, MAINE. Qualquer idiota sabe que quando uma mulher parte numa jornada de autodescoberta, deve deixar seu namorado em casa. Sobretudo se o namorado é realmente um ex-namorado ou, ainda mais chocante, uma espécie de ex-namorado. E sobretudo se o tipo de ex-namorado é o orgulhoso dono de um cão de 50 quilos. A mulher aventureira segue por si só; não é conduzida. *A mulher aventureira guia seu próprio carro.*

E, contudo, ali estávamos — nós três —, Stuart ao volante, eu, a comparsa adormecida ao lado dele, e, atrás, esquentando minha orelha com seu bafo fedido, o cão labrador cor de chocolate de Stuart, Brando. Eram 3 da madrugada e estávamos rumando para o cume do monte Cadillac, o pico mais alto na Costa Atlântica, o primeiro lugar do país a ver o sol nascer nesse que era o dia mais longo do ano. Alvorecer do solstício, a estrofe de abertura da metáfora poética que eu concebera para essa minha jornada. Saudar o sol no Maine, dirigir rumo sul até deixar a terra em Key West, ver a península cair como uma bola no mar. Era um belo plano, mas as coisas já estavam saindo fora de controle. Depois de toda a bravata acerca de me virar sozinha que precedera minha partida, terminara como co-piloto, relegada, como minha mãe sempre tinha sido, a relancear os olhos pelas placas da estrada e a travar uma luta contra os controles de aquecimento. Nem mesmo conhecia meu trajeto montanha acima.

— Para onde estamos indo? — perguntei.

— Para cima — disse Stuart. — Para o topo.

Havia razões para esse arranjo esquisito. *Sempre* haveria razões se você racionalizasse bastante. Stuart rumava para Vermont a fim de ver amigos e tinha sugerido que seguíssemos um atrás do outro pela auto-estrada, ele em seu Ford Explorer, eu em meu pequeno Mazda branco. Pareceu infantilidade insistir em *Este é o meu alvorecer, pô!* A verdade era que nenhum de nós estava pronto para aceitar que nosso relacionamento chegara ao último capítulo. Mesmo agora, a reconciliação parecia dentro do alcance. Talvez dormir junto consertasse as peças quebradas. Sexo como a Super Cola. Porém na noite anterior tínhamos nos deitado na cama dupla do Cove Motel como duas pedras, pensando em tudo que diríamos se falássemos, olhando em silêncio para o teto rachado. Contudo havia ainda o alvorecer, um farrapo final de esperança.

Lá no pico, Stuart entrou no estacionamento, onde havia uma dúzia de carros. Abri a porta e senti um vento ártico. Estava frio, um frio fora de estação, ou, quem sabe, às 3 da manhã, no Maine, junho sempre fosse como março. Com meu suéter cinza, tênis sujos, cabelos em desalinho presos com um elástico, eu parecia uma dona de casa exausta arrancada da lavanderia de repente. Stuart, enquanto isso, parecia confortável em seus trajes de Utah: jaqueta de lã e neoprene e botas à prova d'água. Poderia escalar o Everest com todo aquele equipamento; poderia escalar o Everest e sobreviver. Talvez fosse aquela sua coisa de veterinário, mas Stuart sempre parecia calmo e preparado. Não se incomodava em ser bipado durante o sono profundo, amarrar os sapatos no escuro, guiar para a clínica a fim de ajudar um *rottweiler* em apuros. Podia lidar quase com qualquer situação sem perder o humor. Era uma das coisas que eu adorava nele; era uma das coisas que me deixavam maluca.

Com a mão enregelada, fiz um carinho em Brando, que enfrentava o vento, resoluto e estóico, ostentando sua expressão de melhor cão de guarda, nariz apontando para o leste, rabo estendido, as orelhas macias voando como birutas num mastro.

— Podemos esperar no carro, onde está mais quente, se você quiser — disse Stuart.

— Conversa. — Eu ainda mantinha a ilusão de que essa era uma aventura. E, como sua heroína, tinha provavelmente de sair do carro. — Vamos caminhar um pouco — eu disse.

Uma senhora mais velha enrolada em trajes próprios para o tempo mais inclemente passou por nós como um fantasma silencioso. Brando rosnou, assustou-se e então ganiu baixinho.

— Vou colocar Brando de volta no carro — disse Stuart.

Aquiesci, tremendo, desejando de novo que Stuart não tivesse vindo, pensando de novo em quanto eu sentiria saudade dele quando se fosse no dia seguinte. Minha antiga chefe, Rose, uma vez me chamara da mais independente pessoa dependente que já conhecera. Era uma colocação justa. Eu mandava os homens para longe e depois corria atrás deles. Sofria como os diabos para desistir. Agora que eu tinha me metido numa maldita enrascada com outro homem, agora que confessara esse caso, e Stuart e eu estávamos prestes a dar um basta em tudo, ele me parecia absolutamente essencial, um ser precioso sem o qual eu não poderia viver. Agora que nossos três anos juntos chegavam ao fim, eu conseguia enxergar nosso enorme potencial, tudo que havíamos tentado alcançar e que se perdera. *Quase tínhamos nos casado.* Um ano antes, em Utah, Stuart puxara um pequeno estojo preto e fizera a proposta. Eu não soubera o que dizer e tinha gaguejado que precisava de tempo para pensar sobre as coisas (o quê, exatamente, eu não tinha idéia, apenas *coisas*), e Stuart dissera que não era uma oferta por tempo limitado, e a proposta fora deixada em suspenso desde então, como se esperássemos que eu mudasse de idéia. Eu, porém, não mudei de idéia. Ou, ao contrário, fiquei remoendo a coisa, circulando entre prós e contras, caçando meu rabo.

Stuart reapareceu.

— Para onde vamos?

Olhei para cima. Depois do estacionamento, lascas gigantescas de granito rosa cobriam a terra como uma paisagem lunar. A distância, gente reunida debaixo de mantas. Acima, as rochas se estendiam num largo tapete de negrura onde a vista da baía do Francês emergiria, embora àquela hora da madrugada fosse difícil distinguir terra de água de céu. Abaixo dessa imensidão faiscava um reluzente aglomerado de luzes, inequivocamente Bar Harbor.

Estremeci e então notei um aterro logo acima, um daqueles mirantes panorâmicos que lhe diz onde está o quê.

— Vamos nos encostar naquele paredão e sair do vento — eu disse.

Ao final do paredão, ficamos encolhidos na parte de trás de uma plataforma de pedra que servia de suporte para um mapa enorme. Parecia um forte de criança, secreto e seguro.

Stuart sorriu, as rugas do canto de seus olhos verdes formando dois leques delicados. Naquela hora ridícula, tinha a ousadia de parecer bonito: seus cabelos castanhos amontoados em tufos, umas olheiras encantadoras denunciando as 4 da madrugada. Sentamo-nos em silêncio e ficamos observando as cores se metamorfosearem lentamente, como pigmentos impregnando o papel, de azul profundo para azul da meia-noite, de azul-marinho para azul esverdeado. Logo a baía do Francês surgiu. Ilhas cobertas de pínus enfileiravam-se pela água, pegadas petrificadas de um gigante com uma passada monumental. No ponto mais distante da baía, a península Schoodic, cor de alfazema a essa luz matutina, recortava-se contra o horizonte.

— Vai ser um páreo duro vencer a neblina — disse Stuart.

Eu podia entender o que ele queria dizer. Havia uma fina tira clara acima do horizonte, mas, acima dela, um longo banco de nuvens cor de púrpura amontoava-se pelo céu.

— Espero que possamos ver alguma coisa — eu disse. — Mesmo que só um solzinho.

Vozes irromperam do alto, turistas observando o nascer do sol do mirante acima.

— *Ricky, está pronto, homem?*

— *Ainda não me aqueci.*

Stuart e eu ficamos agachados, em silêncio, recostados contra o paredão. Devia haver uma dúzia de pessoas lá em cima. Não podíamos vê-las; elas não podiam nos ver, e ficamos escutando como espiões.

— *Onde está Althea?*

— *As meninas estavam preocupadas com o batom e os brincos.*

— *Está ventando como os diabos aqui em cima.*

— *Não seria um casamento se alguma coisa não saísse errada.*

Um casamento?

Stuart riu baixinho, seu queixo formando um ângulo provocante.

— *Ei, reverendo. Obrigado por vir.*

— *Quem é o padrinho?*

— Não — eu resmunguei para o ar gelado. Não podia ser.

— Um casamento ao nascer do sol — murmurou Stuart. — É perfeito. Você pode querer fazer algumas anotações.

Eu me sentia suando; na verdade, suando frio. Aquilo poderia ser conosco. Se eu tivesse um pingo de coragem, estaríamos nos casando naquele verão, provavelmente em algum lugar no Maine, onde minha família gozava férias desde que eu era uma garotinha. Em vez disso, Stuart e eu não passávamos de *voyeurs*, pregados em assentos duros e com a visão obstruída.

— *Não, Ricky, estou lhe dizendo, esse espeto poderia alimentar três pessoas. Não tinha nenhuma pelanca, só carne e osso.*

— *Vovó, você fica ali.*

Eu estava tão embaraçada que não conseguia olhar para Stuart. *O que ele estaria pensando?* Eu não tinha a menor idéia até que ele me cutucou.

— Precisamos ir embora. Se alguém olhar pela borda, vai nos ver aqui.

— Vou ficar.

O destino servira um casamento. Eu seria uma penetra sem convite. Abri meu diário e rabisquei uma descrição do alvorecer (*longas nuvens cor de púrpura, o céu se tornando alaranjado*), mas o que eu realmente pensava era que talvez aquele casamento fosse um presságio de que Stuart e eu deveríamos nos casar.

E por que não?

Stuart era um achado. Gentil, carinhoso — *um veterinário*, pelo amor de Deus. Um homem que cuidava de animais. Meus pais gostavam de Stuart. Meus amigos gostavam de Stuart. Eu gostava de Stuart, amava Stuart. Minhas reservas? Tinha apenas uma ou duas, quem sabe três.

Primeiro de tudo, Stuart era baixo, da mesma altura que eu, mais baixo se eu usasse saltos. Você há de pensar que uma mulher madura iria apreciar a igualdade vertical, mas eu, não. Talvez fosse excessivamente sensível por ter atingido minha altura total lá pelo segundo grau, mas deve ter sido na quinta série. Em bailes da escola, enquanto *Stairway to Heaven* era choramingada vezes sem fim, eu me debruçava sobre algum garoto como um bastão de croqué. Essas cicatrizes marcam fundo, mas você não se casa com alguém porque ele é baixo, ou casa? ("Adoraria passar o resto da eternidade com você, mas todos os concorrentes devem ter um metro e oitenta.")

Outra coisa: Stuart não cantava no carro. Não cantava em lugar nenhum, porém eu notava isso particularmente no carro. "Oh, céus!", exclamara minha amiga Bonnie, preocupada. "Nem mesmo um pouquinho?" Tinha uma voz horrível, desafinada. Quem se importava? A questão era que ele devia cantar no carro *a despeito* de sua voz horrível. Que não se mostrasse orgulhoso demais, apenas para deixar claro que poderia fazer alguma coisa bem mal. O pai de meu antigo namorado Andy costumava insistir que uma coisa que valesse a pena fazer valia a pena até mesmo fazer mal. Embora na ocasião eu julgasse essa colocação demasiado patética, dada a falta de ambição que implicava, estava começando a perceber que ele tinha acertado na mosca.

A terceira razão era a maior: eu não estava segura de amar Stuart o bastante para casar-me com ele. *Quanto amor seria o bastante? E que espécie de amor?* Depois de três anos, a nossa não era uma paixão de arrancar um "oh!", de causar arrepios, mas quem sabe os casamentos duradouros fossem construídos com a espécie de amor que nós agora vivenciávamos, uma mistura de respeito e bem-querer que brotava daquilo que Stuart chamava de "experiência compartilhada", uma expressão terrível que me lembrava uma brochura de acampamento de verão. *O amor pode consumir-se em chamas ou o amor pode durar*, Stuart costumava dizer. A dicotomia me atormentava. E, mesmo assim, depois de ter sobrevivido a vários incêndios apaixonados — corpos carbonizados carregados em macas —, um calor cálido e constante tinha seu encanto.

Mas, casamento?

Tudo que eu podia imaginar eram personagens do escritor John Cheever debruçados sobre a pia, cortando-se com facas escondidas, olhando para o sangue, sorrindo. A esposa acorda no meio do casamento e percebe que está vivendo com um estranho, que seu marido é apenas um homem careca com quem divide a garagem, a cama. É desse jeito que o casamento parecia funcionar. Quanto mais familiar você se torna, mais distante se sente. *Familiar* como *família*, como *faminto*. Como você poderia prometer nunca se apaixonar de novo? Quem haveria de querer?

— *Ei, Ricky. Tem música?*

— *Marjorie trouxe um caixa de som.*

— *Espere, espere. Ali vem a noiva.*

O *Cânone*, de Pachelbel, ressoou em curtas lufadas de vento. O sol, agora uma ofuscante bola cor de laranja, tinha se erguido sobre as colinas dentro do espaço estreito logo acima do banco de nuvens pesadas. Era brilhante demais para se olhar, belo demais para não se tentar.

— *Bem-vindos todos* — disse o reverendo. — *Em meus quinze anos como ministro, celebrei casamentos em vários lugares, mas nenhum tão bonito como este. Ao olharmos para este dia que Deus nos enviou...*

Quem sabe Stuart me pedisse em casamento de novo. Ali, sob aquele novo sol, naquele novo dia. Quem sabe ele tomasse minhas mãos nas dele e explicasse por que reuníamos condições de passar a vida juntos e, de repente, tudo fizesse sentido e poderíamos parar de procurar alguém melhor, diferente, *alguma coisa* a mais, e não haveria necessidade de uma jornada de autoconhecimento, porque teríamos encontrado um ao outro, bem ali.

— *Althea, entregue essas flores a alguém. Juntem as mãos agora, por favor.*

Esperei.

— *Ambos irão compartilhar todas as alegrias e tristezas...*

E eu esperei.

— *Althea, aceita Ricky como seu esposo, para amar e cuidar.*

Talvez eu devesse dar continuidade ao jogo. Ergui os olhos para Stuart e tentei pensar no que dizer, mas, em vez disso, percebi que seu nariz pingava e seus olhos estavam marejados de lágrimas. Quem sabe tivesse sucumbido à emoção. Não parecia provável. Stuart nunca chorava. Jogava-se no sofá de vez em quando, ficava na penumbra com seu uísque com gelo derretendo e cozinhando seu *Cowboy Junkies* com Brando a consolá-lo, mas não chorava. A única vez que eu o vira desabar fora depois do filme *Forrest Gump*. Disse que se sentia como Forrest, sempre rodeando uma garota que tinha algum lugar melhor para estar. Ele disse isso a mim, e eu me senti péssima.

Ofereci-lhe um lenço de papel absorvente.

— Está chorando? — perguntei, esperançosa.

— Chorando? — disse Stuart, com a costumeira expressão de riso. — De jeito nenhum. Só um resfriado.

Pegou o lenço e assoou o nariz. A secreção retornou. Apontei. Ele assoou de novo. A borda de cima do sol escorregou por trás de um banco de nuvens.

— *Uma aliança é um símbolo de seu amor eterno. Ora, penso que ambos têm suas alianças inscritas. Poderia cada um de vocês compartilhar esses votos conosco, neste momento? Althea?*

— *Julgo que estamos prestes a iniciar uma nova vida juntos, portanto minhas palavras são "Um Novo Começo".*

Era disso que *nós* precisávamos, pensei. Um Novo Começo.

— *E você, Ricky?*

— *Bem, eu escrevi... "Eu te amo, Abobrinha".*

Stuart estourou numa gargalhada. Eu o imitei. Tínhamos de rir, porque aquilo não era conosco, porque Stuart não estava chorando e eu não conseguia pensar no que dizer, e isso significava que eu precisava partir numa jornada de autodescoberta e perdê-lo para sempre, e não queria isso, mas, em vez de explicar, eu murmurei:

— Espero que você nunca me chame de Abobrinha.

— Oh, meu pequeno fruto da aboboreira — Stuart murmurou em resposta —, você sabe como me sinto a seu respeito.

Stuart sempre julgara que eu devia saber como ele se sentia a meu respeito. Eu sempre desejei que ele o dissesse. Queria que dissesse naquele instante.

— *Eu, agora, os declaro marido e mulher. Ricky, pode beijar a noiva.*

Uma explosão de hurras ecoou sobre nossa cabeça, os brindes carregados pelo vento. Uma voz berrou, acima daquela comoção toda.

— *Ohhhhhhh, sim! Ricky sempre foi de falar pouco.*

Stuart beijou minha face gelada. Olhei para ele, imaginando que de alguma forma nós havíamos nos casado por procuração, que talvez Ricky e Althea fossem dublês de cinema, atores fingindo ser cada um de nós enquanto introjetávamos nossas personagens.

— Está pronta para ir? — perguntou Stuart com gentileza.

Definitivamente, eu me senti estúpida. Claro que Stuart não iria me pedir em casamento. Depois da maneira com que o tratara, ele não ousaria mais acreditar em nós. Éramos íntimos apenas na lembrança, por causa de algum antigo reflexo. Era como estar em terra depois de um longo dia velejando, em que ainda pode-se sentir o oceano ondular, relembrando a você de onde esteve. E se ele me pedisse em casamento, o que eu diria? Que não sabia. Depois de todo esse tempo, eu ainda não sabia.

Peguei um pedregulho, lancei-o ao longe com força, fiquei olhando enquanto ele batia de rocha em rocha.

As nuvens coalharam o céu. Era apenas outro dia cinza no Maine, como se aquele breve momento de luz jamais tivesse acontecido, afinal.

— O que acha que devemos fazer agora? — perguntei.

— Tomar café — disse Stuart. — Panquecas com mirtilo.

— Como é que isso vai ajudar?

— Não ficaremos com fome.

Agora que o casamento terminara e o sol se fora, nada mais havia a fazer além de darmos o fora das rochas, caminhar de volta para o carro, descer em círculos o monte Cadillac com o aquecedor soprando e meu coração palpitando e Brando uivando de felicidade porque estávamos todos juntos de novo, os três. Entramos numa lanchonete que servia panquecas e pedimos meia pilha das de trigo sarraceno com mirtilo. Derramamos o xarope de bordo até formar uma piscina pegajosa. Esperamos a manteiga derreter. Eu já estava na estrada fazia três horas e queria ir para casa.

— Estou me sentindo mal — disse, torcendo meu garfo.

Stuart enfiou um bocado de quatro andares na boca e, então, ergueu uma sobrancelha irônica.

— Poderia ser pior — disse. — Pelo menos, você não se casou.

Viajando

NUNCA SAÍ de férias com a família quando era criança. Embora meus amigos e suas famílias estivessem descobrindo os Estados Unidos, percorrendo a Europa, rodando pelas Bahamas de moto-neta, a família Wright permanecia fincada no mesmo lugar.

Havia razões para isso. A primeira era que passávamos todo verão no Maine e meus pais não conseguiam imaginar nenhum lugar no planeta que fosse tão bom. Dinheiro era outro obstáculo. As escolas públicas não eram boas na cidade de Connecticut onde eu cresci, de maneira que meu irmão mais velho, Chip, e eu fomos para a escola particular de tempo integral e mais tarde para o internato. Depois de meus pais bancarem duas suadas forma-ções acadêmicas, não sobrava muito para elegantes viagens para esquiar em Aspen. Porém a razão primordial de não viajarmos não era o Maine nem o dinheiro, mas isso: quando eu estava no primeiro ou segundo grau, meu pai desenvolveu claustrofobia.

Era assim que ele falava, "claustrofobia", porém, na verdade, era mais agorafobia ou algum tipo de pavor a tudo. Ficava ansio-so em lugares cheios de gente, salas sem janelas, reuniões sociais das quais não podia facilmente escapar. Em locais públicos, tinha ataques de pânico, surtos repentinos de tontura e ansiedade quan-do se sentia oprimido ou aprisionado. Não gostava de se ver ro-deado de muita gente. Pessoas em particular das quais gostava, seus irmãos de fraternidade, o pescador, o caixa do estande de produtos agrícolas — com essas pessoas ele conversava e brinca-va. Mas perdera o pique para o público, a multidão burra, as mu-lheres competitivas da cadeia de lanchonetes, os carros da rodo-via, os idiotas dos coquetéis, as crianças e suas gritarias no transporte compartilhado que, em dias chuvosos, desenhavam corações e escreviam palavrões nos vidros embaçados de nossa *van* e cantavam *Bad, Bad Leroy Brown* em seus ouvidos, fora de tom, apenas o refrão, em um infindável matraquear. Barulho. Barulho era demais. Festas eram demais. Minha mãe tocar piano era demais.

Embora meu pai estivesse preocupado — com medo de seus medos, com medo de rastreá-los até onde tinham começado —, nunca buscara ajuda profissional. Os psiquiatras eram personagens suspeitos, espertos oportunistas que ficavam ricos convencendo pessoas saudáveis de que estavam doentes da cabeça. Em vez disso, papai negava-se a fazer coisas que o deixavam desconfortável, e a lista crescia a cada dia. Não ia a cinemas nem a restaurantes, não viajaria de avião. Um dia, ele pediu demissão do emprego no banco e nunca mais voltou. Envolveu-se superficialmente em abrir um negócio próprio, mas não podia bancar o jogo sem capital, que ele não tinha. Mamãe foi para a faculdade de direito e nos sustentava, enquanto papai ficava em casa e cuidava de mim e Chip — um papel inverso quase desconhecido nos anos de 1970, pelo menos em nosso círculo da escola particular, um mundo em que os pais iam para a companhia de seguros e as mães jogavam tênis e handebol no clube de campo.

Nunca entendi o que estava errado com meu pai. Isso raramente era discutido. Quando os amigos perguntavam o que meu pai fazia para viver, eu dizia que trabalhava com bens imóveis. (Não era *realmente* uma mentira, eu dizia a mim mesma, pois se tratava da última coisa que, conceitualmente, ele poderia voltar a fazer). Meu pai trabalhou com negócios imobiliários durante todos os meus anos de colégio e faculdade até ter idade suficiente para pedir uma aposentadoria precoce, o que, de certa forma, foi exatamente o que ele fez.

Nós nunca soubemos o que causava sua ansiedade. Seria psicológico? Químico? Na época, papai culpava Manhattan. Anos antes, numa tarde sufocante de agosto, quando ele freqüentava a faculdade de administração, o metrô sofrera uma pane e ele ficara preso por horas em um vagão sem ventilação, espremido entre estranhos, suando no escuro. No mesmo verão, ele morava em um apartamento enfumaçado de quartos interconectados. Todas as noites arrastava um sofá para perto da única janela, tentando achar um pouco de ar. Papai dizia que nunca mais fora o mesmo, embora eu suspeite que seus problemas tenham começado muito antes. Sua mãe, Virginia — Nana, para mim —, divorciou-se quando ele era um bebê começando a engatinhar. A separação foi tão amarga que meu pai só viu seu pai biológico mais duas vezes na vida. Mais tarde, Nana casou-se com vovô, que adotou papai e criou-o como seu próprio filho, mas essa não foi uma infância muito segura. Enquanto Nana estudava na faculdade, durante a guerra, deixava seu garotinho com a irmã ou a mãe por semanas, meses, anos uma vez. Mais tarde, papai teve problemas de aprendizagem. Os professores o forçavam a escrever com a mão direita, não com a esquerda. Quando lia, as palavras saltavam ao redor da página, as palavras soletradas. Pais ausentes, o lar em mutação, dificuldades na escola, fizeram um estrago com meu pai. Desconfio de que seja por isso que ele queira manter o controle a qualquer custo. Quer saber o que vai acontecer a seguir. Seu mantra é "Detesto surpresas" (mesmo as boas), e é isso mesmo.

Quando criança, eu não compreendia nada disso. Tudo o que eu sabia na época era que papai podia quebrar-se em cacos, como um vaso delicado na beirada de um aparador. Como se para confirmar isso, ele começou a carregar uma bengala para o supermercado. Levava o bastão de madeira com ele, caso se sentisse encaixotado ou perdido ou paralisado na ala das sopas enlatadas, incapaz de se mover. Eu detestava aquela bengala e tudo o que ela significava. Detestava como ela nos seguia para onde quer que fôssemos, relembrando-nos de como, a qualquer momento que saíssemos de casa, alguma coisa poderia sair errado — e terrivelmente errado.

Desde então, papai tem preenchido seus dias com as finanças e a manutenção do carro, guloseimas e preocupação. Preocupa-se com muitas coisas, particularmente comigo, com meus empregos e com meus romances. Preocupa-se com minha conta bancária, meu cartão de crédito perdido, os pneus de meu carro, a pintura de meu carro, a ferrugem que está se espalhando, que eu não encontre o que estou procurando na geladeira, e então é melhor ele dar uma olhada, que eu não queira encher a lavadora de pratos até a capacidade ideal, que eu jamais ganhe aqueles prêmios jornalísticos (*Como é que se chamam mesmo? Um Pulitzer*), que eu fique perdida na estrada, que eu esqueça de pagar a parcela do imposto, que me case com um homem que eu não ame, que me case com um burro, que eu nunca me case, que eu perca meu apartamento, meu emprego, minha paciência, meu caminho, meus cheques de viagem, minha apólice de seguro, as chaves de meu carro, minha chance de ter um filho. Algumas vezes ele brinca com suas preocupações, "Ora, você sabe que eu tenho que me preocupar com alguma coisa", mas, com maior freqüência, a preocupação torna-se um foco de virulência como uma ferida não tratada. Beber alivia seus nervos, mas ele não quer entregar-se a isso em exagero, outra preocupação, de maneira que, ao contrário, tenta manter as coisas simples. Gente simples. Dias simples. Civilidade básica. Quando as máquinas do caixa automático e os computadores domésticos e os correios de voz e a Internet chegaram, papai disse "não, obrigado", estava mantendo as coisas simples. O mundo, porém, não espera por aqueles que querem menos. A vida tornou-se complicada e deixou meu pai para trás.

Como um pai com claustrofobia educou uma filha com vontade de perambular pelo mundo, como um agorafóbico criou uma repórter, foge à minha compreensão; só sei que aconteceu. Gostaria de pensar que puxei a meus avós maternos. Sem dúvida me pareço com Nana, tanto que, quando os médicos apresentaram à minha mãe sua filha recém-nascida, ela espiou por entre as mantas e viu, com mais do que simplesmente um pequeno susto de medo, que dera à luz sua sogra. Em mais de uma ocasião, se eu fizesse algum comentário particularmente cortante, papai me acusaria de ter introjetado Nana. Isso era para ser entendido como uma ameaça, mas introjetar Nana não me assustava. Por tudo que eu podia entender, avós — meus dois avós maternos — estavam se divertindo a valer. Eram os contadores de história da família; eram os viajantes.

Quando criança, eu costumava me vangloriar com minha mãe de que seria a melhor avó do mundo. Mamãe me encarava, perplexa.

— Não está se esquecendo de alguma coisa? — perguntava.
— E quanto a ser a melhor *mãe?*

Eu dava de ombros, indiferente. A maternidade tinha pouco encanto. Embora eu dependesse do sólido amor de minha mãe, ela não tinha nada do impacto e da ousadia de uma avó. Avós tinham toda a liberdade e poder, as histórias e os cigarros. Avós tinham bagagem. Avós podiam se mudar.

Para Nana, viajar era um ato de reinvenção. Gostava de ser mimada, fingir que era uma das mais mais. No *QE II*, ela assobiava, de primeira classe durante todo o trajeto, com seu conjunto de malas com monogramas. Antes que se pudesse acenar um lenço branco de *adieu,* ela estava sentada à mesa do capitão, uísque na mão, flertando. Certa vez, na Itália, foi confundida com uma glamourosa estrela americana de cinema. Confessou num murmúrio que, sim, era a dama em questão, viajando sob um nome falso para fugir de seus devotados fãs. Outra vez, antes de embarcar em um cruzeiro pela Europa, fez vovô trocar seus dólares por libras para que pudessem se passar por cidadãos britânicos.

Minha outra avó, a mãe de mamãe, Betsy, vestia-se de cores de pavão, bebia todo o álcool que queria e viajava para a Índia, para a África, com um ou dois vestidos de náilon. Como Nana, vovó era uma contadora de histórias sem nenhum pudor em flexibilizar os fatos. (Não até que ao tirar o passaporte para a lua-de-mel, meu tio descobrisse que não nascera no Dia dos Namorados, como sempre lhe disseram, mas um dia antes. O aniversário de minha tia era comemorado um dia depois, de maneira que cairia no Dia das Bruxas). Vovó estudava o caderno de viagens do *Times* e mantinha uma pasta com os recortes dos lugares que queria visitar. Quando vovô anunciava que teria uma semana ou um fim de semana de folga no trabalho, ela montava um itinerário e arrumava as malas. Não muitas malas, veja bem. Minha avó era adepta das viagens sem muita bagagem. Com risadas gostosas, poderia contar de novo como vovô resgatara — literalmente salvara — alguma americana tola que ficara abandonada com suas malas da *Gare du Nord* porque não conseguia carregar sua bagagem e não encontrava um carregador.

— Nunca coloque na bagagem mais do que possa carregar — me dizia. — Você não pode contar que um homem apareça para salvá-la.

Embora minhas avós fossem aventureiras, nunca viajaram tanto quanto gostariam. Eram impedidas pelas restrições habituais — tempo, dinheiro, filhos, maridos com carreiras, maridos que não compartilhavam suas paixões. A incapacidade deles para largar tudo e ir embora era uma fonte de remoída frustração. E, agora, o gene da viagem pulara uma geração, como uma pedra dando um salto particularmente longo. Apenas quando em viagem eu me sentia realmente viva. Viajar, ficar apaixonada, era o mesmo tipo de estado de euforia. Que ambos fossem ao final insustentáveis só me fazia ansiar ainda mais por eles.

Basta de manter as coisas simples. Que venham as surpresas.

Embora pequenos murmúrios me avisassem de que era hora de me acomodar, de assentar, aceitar as circunstâncias, me estabilizar e de viver uma vida ordenada, eu amordacei esses resmungos. Um caso de amor a mais antes do casamento. Uma viagem a mais antes da estagnação. Uma aventura a mais antes de devolver as chaves de meu carro e fechar a porta da frente.

O Estacionamento

ROCKLAND, MAINE. Brando esparramou-se sobre o pavimento quente, dando o melhor de si para parecer desolado. Correia frouxa, ombros pesados, observava Stuart com olhos melancólicos, exagerando a mágoa. A confusão de mochilas e barracas e bicicletas, a transferência de equipamento da caminhonete azul para o carro branco, sinalizavam que alguma coisa irregular estava em curso, uma mudança, uma alteração, uma quebra da velha rotina. Alguém ia para algum lugar; alguém ia ser deixado para trás. Brando queria ter certeza de que esse último alguém não fosse ele.

No dia seguinte ao casamento no monte Cadillac, Althea e Ricky tinham voado até Cancún para a lua-de-mel (ou assim eu imaginava), e Stuart e eu rumamos para o Terminal de Balsa de Rockland, para nos separarmos.

Rockland é uma pequena cidade portuária, cerca de meio caminho subindo pela costa do Maine. É ali que você pega a balsa para North Haven, a ilha onde Nana e vovô têm duas casas de veraneio de aluguel e um lote de terra em Penobscot Bay. Mas, dessa vez, eu não ia para North Haven. Stuart e eu tínhamos parado no estacionamento do terminal simplesmente para rearrumarmos a bagagem, para separar as coisas dele das minhas. Stuart ia para Vermont. Eu ia rumo sul, sabe-se lá para onde.

O tempo estava todo errado para um adeus. O céu era de um azul sem nuvens, o ar, um veleiro em águas mansas. Fiquei a observar Stuart desperdiçar o tempo com uma corda elástica, medindo espaços vazios e encontrando maneiras inventivas de preenchê-los. Era um mestre na arte de arrumar um bagageiro, bom com as mãos, o primeiro homem que eu tinha namorado que na verdade podia consertar coisas: torradeiras, pneus murchos de bicicleta, o que quer que estivesse fumaçando debaixo do capô.

— Vou deixar isso com você — disse Stuart, pegando sua geladeira portátil vazia. — Você vai precisar.

Brando choramingou.

— Está tudo bem — eu disse, coçando-lhe as orelhas. — Você vem comigo.

Era um acordo estranho, deixar o namorado e levar seu cachorro. Nós, porém, tínhamos decidido que Brando ficaria mais feliz na estrada do que preso em meu apartamento tipo estúdio em Nova York com Stuart, que iria começar uma pós-graduação em medicina com duração de um ano e iria procurar seu próprio apartamento, para sair do meu. Além disso, Stuart julgava que Brando seria uma boa proteção para mim, na estrada.

Meu pai tinha dúvidas.

— Conheço Brando — disse, secamente, quando lhe telefonei para contar meus planos — e ele não é exatamente o tipo de cão que vai proteger sua virgindade.

Um casal de cabelos grisalhos de bermudas passou por perto com uma sacola de brim e uma caixa de papelão cheia de garrafas de bebida. Veranistas, com bonés para velejar e joelhos enrugados. Bostonianos, imaginei, casados havia quarenta anos e ainda começando o verão com uma breve parada na divisa de New Hampshire para um drinque grátis.

— Brando e eu estamos tristes! — exclamei para Stuart. — Precisamos de casquinhas de sorvete.

Stuart voltou-se, seu olhar abarcando a mim, o cachorro, a doca da balsa, as pessoas em férias, a solitária gaivota reluzindo como um risco pelo céu de verão e os rolos de fumaça da usina de processamento de peixe, que exalava um cheiro nauseante.

— Vai ficar tudo bem — disse. — É isso que você queria.

Bateu a porta do bagageiro de meu carro e, então, caminhou em minha direção. Estendi os braços para abraçá-lo. E Stuart me pareceu frágil entre meus braços, como se aquilo fosse exigir demais dele, como se aquilo fosse tudo que restasse.

— Tome cuidado — disse Stuart, suas palavras escorrendo sobre meu ombro. — Telefone para mim da estrada. Seja boazinha com Brando. Deixe que ele fale comigo da estrada.

— Eu te amo — eu disse. Queria que ele entendesse isso, mesmo que eu mesma não entendesse.

Stuart afastou-se.

— Eu te amo — ele disse. — Agora, vá.

Stuart soltou a correia de Brando do poste e estendeu-a a mim e em seguida voltou para sua caminhonete com seus mocassins surrados, aqueles que eu ameaçara jogar fora. Fechou a porta, acionou a ignição.

Corri atrás dele.

O amor era algo confuso demais, difícil de conciliar; de quem você precisava, quem você queria, quem você queria agora mas não para sempre, quem você queria para sempre mas não agora. Quando cheguei à janela do carro, descobri que não tinha nada a dizer.

— Dirija com cuidado — falei.

— Farei isso — disse Stuart. Sua voz tinha a textura de uma caixa de papelão, o tom que ele usava quando tentava permanecer composto. — Você também. Cuide-se.

Fitou-me pelo pára-brisa, cerrando as mandíbulas, recusando-se a me encarar. Então, sua voz quebrou-se.

— Como acha que eu me sinto dizendo adeus às minhas duas pessoas favoritas?

— Sinto muito — eu disse. — Nós voltaremos.

— Acha que eu vou esperar para sempre?

Stuart não iria chorar. Iria embora antes de chorar. Levou a mão ao câmbio.

— Deixe-me ir.

A caminhonete deu marcha a ré e em seguida rumou colina acima, deixando a mim e a Brando parados no estacionamento. Acenei. Não tenho certeza se Stuart viu, mas acenei. Brando pôs-se a correr de um lado para outro nervosamente, lambendo as bochechas, sem tirar os olhos do lugar onde Stuart tinha estado e agora não estava mais. Olhei também, desejando que a caminhonete azul fizesse a volta e retornasse, mas ela não voltou. Esperamos, e ela não voltou. Ele me deixara, nos deixara.

— Vamos lá, cachorrão — murmurei.

Puxei a correia de Brando. Ele ganiu, agitou-se, empacou. Não iria se mover. Enfiei a mão no bolso procurando um biscoito de baixas calorias para cães, esperando que ele não caísse nesse truque, esperando que Brando gostasse tanto de Stuart a ponto de ficar sentado para sempre no estacionamento, esperando... Mas os pêlos de seu focinho se torceram com o cheiro de frango. Ele voltou-se e abocanhou o biscoito de minha mão. Senti-me como a madrasta má seduzindo crianças com barras de doces baratos.

Nós dois caminhamos de volta ao carro. Brando saltou para o banco traseiro. Sentou-se ereto, curioso, tentando desvendar aquela súbita reviravolta dos acontecimentos. Fechei a porta com cuidado para não prender o rabo dele, recuei o carro em meio círculo, rumei para a estrada e percorri o mesmo trecho de pavimento que nós dois tínhamos decidido não mais olhar.

Uma alameda tranqüila conduzia para fora da cidade, uma fileira de casas brancas, ordenada e completa. Liguei o rádio, girei o botão e passei pelas estações para encontrar uma canção de amor. Finalmente parei numa música antiga cuja letra eu conhecia de cor. *He's so fine, he used to be mine. Yeah, yeah, yeah.* Ao fazer a curva para pegar a Rota 1, passei por *shoppings* de estrada, os estacionamentos cozinhando ao sol. *How I love my baby, he's so fine, so good lookin', he's so fine...*

Parei no semáforo vermelho e olhei ao redor. Um sujeito, no carro ao lado, desceu a janela e me deu uma olhada. Algumas vezes fico encabulada quando as pessoas me pegam cantando, particularmente se, ao mesmo tempo, estou chorando. Naquele dia, porém, ali, nos primeiros momentos de meu Novo Começo, não dei a mínima.

Aulas de Natação

BRINQUEDOS DE PRAIA NAS MÃOS, Page e eu corremos pela areia quente em direção ao oceano, o estouro das ondas nos enchendo os ouvidos. Numa faixa vaga de areia, jogamos nossas toalhas, nossos brinquedos. Page correu para a água, e eu parei e fiquei olhando com um sentimento próximo do respeito e do medo.

Era a primeira vez que eu via ondas.

A única praia que conhecia era a nossa enseada, no Maine, onde o oceano lambia a praia, tão claro e tão calmo que não importava quanto se vadeasse para o fundo, sempre se podia enxergar os pés gelados lá embaixo e examinar o próprio reflexo na superfície acolhedora. Mas aquilo ali era Cape Cod, onde a família de Page tinha uma casa de veraneio. Era uma praia *de verdade* com areia, não pedregulhos, com um salva-vidas empoleirado em uma cadeira branca de sentinela, com adolescentes se bronzeando, enfileirados, ouvindo a seleção das *Top 40*, batendo os pés ao compasso da música, com mães caminhando em direção ao sol, bebericando refrigerante e passando um saco comunitário de batata frita. As ondas, ali, se pareciam com aquelas que eu vira em livros de pintura, só que maiores e mais bravias, como se cada uma delas tivesse algo importante a dizer, e era melhor que nós ouvíssemos. Eram lindas, mas me metiam medo.

Olhando de um lado para o outro da praia, eu percebia que todas as outras crianças sabiam o que fazer. Mergulhavam na espuma ou nadavam até o topo das ondas ou afundavam para se esconder, porém eu não tinha idéia de como nadar assim.

— Venha, está uma delícia — Page gritou, com um aceno. Nadara para além de onde as ondas se encrespavam, e boiava, subindo e descendo, escorregadia como um peixe. — Venha.

Avancei hesitante para a água, erguendo meus ombros, fingindo que estava com frio para ganhar um pouco de tempo. Quando a água chegou ao meu peito, uma enorme onda se aproximou, curvou o lábio superior e me comeu inteira em uma única engolida. De repente, fui arrastada rolando pela areia, presa debaixo da água, os cabelos cobrindo-me o rosto, imaginando para onde ia, se era assim que as pessoas se afogavam. Não conseguia me mexer. Não conseguia respirar. Tudo doía.

De uma vez só a onda me ergueu e me vomitou na praia como se, tendo ensinado sua lição, tivesse ficado irritada e aborrecida. Minhas pernas tremiam e minhas narinas queimavam. Arrotei manteiga de amendoim, batata frita. Limpando a areia de meu maiô, tentei não chorar.

Page me chamou de novo.

— Você tem que vir mais para o fundo — berrou. — Está ótimo.

— Está ótimo *aqui* — gritei de volta, sorrindo, chutando água ao redor como uma criança, para convencer a todos de que o lugar onde eu estava era muito bom.

Eu podia ter nadado para o fundo, é claro, mas não sabia disso, então. Não tinha idéia de que, ao passar a arrebentação, o oceano embala a gente do jeito mais gentil, e se pode boiar de costas em seu ritmo e olhar para as nuvens amontoadas como travesseiros e sentir-se tão acalentada como um pedaço de madeira flutuando, acalmando-se com o tempo. Esse tipo de prazer era inconcebível de onde eu me encontrava parada. Tudo que eu via eram as ondas.

Assim, fiquei onde julguei estar segura.

Amedrontada demais para ir mais para o fundo, orgulhosa demais para voltar atrás, caminhei no raso com a água até meu peito, as pernas lutando contra o refluxo, e esperei ali pela próxima onda que me tragasse.

MEU AVÔ SAI do terraço, no Maine, e arrasta uma cadeira de lona para o sol. Acabei de mudar minha fonte para Zapf Dingbats, tornando aquele pouco que havia escrito em algo ilegível. Para minha surpresa, parece melhor desse jeito.

— Lili, esqueci de lhe mostrar. — Vovô segura o que parece uma raquete de tênis de plástico. — Já viu uma destas? É uma invenção japonesa, um matador de mosquito elétrico. Você liga, e uma corrente elétrica corre pelo fio. Esses japas pensam em tudo.

Vovô, um professor de bioquímica aposentado, adora uma nova engenhoca complicada: magnetos com poderes de cura, descascadores de alho, o dispositivo anticâncer que ele mantém no porão, conhecido como O Zapeador.

— Parece uma *bela* máquina — digo.

— Ora, Lili, ao escrever seu romance vencedor do Prêmio Pulitzer — *Vovô e Eu*, você não tem de torná-lo todo factual. Comece com o fato de que é louca por esta ilha com este velhote tolo, esse tipo de coisa. Comece com alguns fatos e altere um pouquinho as coisas. Pegue uma dúzia de pessoas e as transforme em três ou quatro tipos estranhos. Isso é chamado de licença poética.

— Conhece alguns escritores? — pergunto.

— Conheci Alan Jay Lerner. Era mais letrista. De qualquer maneira, jogamos futebol juntos em Choate. Ele passou por nove esposas.

Endireito-me na cadeira.

— Quem tem tempo para nove esposas?

— Bem — diz vovô. — Acho que ele não tinha tempo para oito delas.

Seleção Natural

LOTE 59, *CAMPING* DE PINE GROVE, Hampton Beach, New Hampshire. Enquanto eu lutava para montar a barraca, Brando marcou o perímetro de nosso acampamento com jatos curtos de urina cuidadosamente direcionados. Com um sorriso cheio de dentes, ele trotava da mesa de piquenique até a lixeira e dali para a muda de pinheiro, abençoando cada coisa com sua excelente água benta. Não importa quanto eu tenha observado esse ritual, ele nunca deixou de me intrigar. A ineficiência, o machismo, a deferência com todos os objetos remotamente fálicos... aquilo era tão masculino. Eu estava acostumada com cadelas, fêmeas sensíveis como a *setter* inglesa com a qual crescemos, que teria tomado um pedaço macio de grama, curvado a cabeça com modéstia, se aliviado, prosseguido com sua vida. Mas, para Brando, toda urinada era uma celebração de si *à la Walt Whitman*.[1] Mesmo quando a fonte secava, ele continuava com os movimentos, mostrando a amplitude de suas ambições, sua potência, seu almíscar.

Tínhamos chegado a New Hampshire. Mais cedo, naquela manhã, eu deixara a I-95 para entrar numa cidade chamada Hampton Beach. Não conhecia nada sobre o lugar, mas queria nadar em cada Estado que eu visitasse e parecia provável que uma cidade com praia no nome oferecesse essa oportunidade. Hampton Beach mostrou-se efervescente, erigida em concreto, uma daque-

---

1 Walt Whitman (1819-1892), poeta norte-americano cujo lirismo representa uma das manifestações mais expressivas da sensibilidade norte-americana. (N. do E.)

las cidades praianas com milhões de metros de estacionamento e nenhum lugar para estacionar. O céu estava nublado, o ar, parado. Brando parecia acalorado e aborrecido, e já que não se permitem cães na praia, decidi desistir do mergulho e, em vez disso, marcar minha estada em New Hampshire com um rito de passagem: passei minha primeira noite acampando sozinha.

Agora percebo que, para muita gente, dormir sozinha numa barraca dificilmente constitui um ato de grande ousadia. Meus amigos de Utah nem mesmo classificariam isso como uma aventura, sobretudo se você estiver falando de acampar em *camping*, onde todo mundo fica empilhado como lenha e você passa a noite toda amontoada perto de algum cara barbudo praguejando como num Sabá Negro. Mas, para mim, *qualquer* acampamento era uma aventura. O mais perto que minha família chegou da natureza foi aparar o gramado, e as únicas vezes que dormi ao ar livre foi com acompanhantes masculinos. Lá no Oeste, os homens convidam mulheres para acampar quando estão tentando seduzi-las dentro do saco de dormir. Pedir a uma garota para desenrolar seu saco de dormir é uma insolência menor do que convidá-la para ir pra cama. Acampar é tão saudável, tão perfeitamente natural. *Olhe todas aquelas estrelas.* Assim que ambos encherem a cara de vinho tinto barato, o homem está preparado para dar o primeiro passo, e a mulher está pronta para aceitar. Mesmo o mais inferior espécime macho parece encantador quando se está isolado no deserto sem nada a não ser coiotes a uivar e um saco de lascas azuis de *tortilla*. Além disso, qualquer mulher que se preze compreende a sugestão implícita por trás do convite de um homem de Utah para acampar. Caso a mulher aceite essa missão, é porque está pronta para olhar para cima e ver estrelas.

Outra estaca de metal partiu-se em duas. Aquela era a primeira vez que eu montava uma barraca e, a despeito da lição de Stuart, anterior à sua partida (ele tentou não ser condescendente; realmente, ele tentou), eu estava dando duro para fincar as estacas no chão. Peguei uma pedra e comecei a bater de novo na escora, sentindo-me como Wilma Flintstone, sem as pérolas, sem o Fred. Enterrei a última estaca e ergui um varal da barraca, engenhoca estranha que sempre me recordava membros deslocados.

Depois de travar as junções no lugar, cacei os elos para passar as cordas, e, quando me dei conta, tinha montado a barraca inteira de cabeça para baixo.

Oh, faz parte da experiência, resmunguei, arrancando as estacas. *É assim* que se mostra uma boa fibra. Com sofrimento. Com paciência. Ora, toda grande jornada de autodescoberta começa com uma barraca. A peregrina dorme no chão duro, olha para a Via-Láctea, põe suas preocupações em perspectiva cósmica. Caça, coleta. Cinzela os músculos de seu braço. Enquanto a salsicha assa e o café coa, ela encontra Significado no canto de um pardal, na maneira com que o sol acaricia as nervuras tenras de uma folha de carvalho. *Blablablá*. Eu não estava acampando pela experiência; estava acampando para economizar dinheiro. Entre comida, combustível e alojamento, os 2 mil dólares que poupara poderiam facilmente evaporar-se antes que eu chegasse a New Jersey.

Com as estacas felizmente aninhadas em novos buracos, prendi os varais passando as cordas pelos elos de náilon, apertando-as nos olhais na base do toldo. De cima, a chuva caía. Para cima, erguia-se a lona. Logo meu abrigo estava montado, todos os quatro pés no chão.

Sentei-me diante da mesa de piquenique, admirando meu trabalho braçal, imaginando o que fazer a seguir. O quê, exatamente, se *faz* ao acampar, a não ser ficar alto ou fazer sexo? Limpei a sujeira das unhas, massageei os dedões do pé, fumei um cigarro para criar algum tipo de ânimo — um ânimo de dar-o-fora tipo Dodge, um espírito de *Easy Rider*, sexy e intencional, meio que esperando que um belo vaqueiro surgisse e criasse um fato novo. Como ninguém mordeu a isca, mudei de estratégia, optei pelo tipo frágil, esperando por alguma boa mãe que me oferecesse um limão, uma maçã.

Ainda nenhum candidato.

Devia haver umas duzentas pessoas empanturrando-se naqueles bosques, mas cada acampamento era uma ilha, desinteressada do que ficava além de sua praia. O cheiro de hambúrgueres e pãezinhos tostando encheu-me de anseios solitários. Um grupo de crianças disputava corrida de bicicletas, a franja de plástico soprando na brisa de seu próprio movimento, os cadarços dos tênis esvoaçando perigosamente perto das correntes. Além do arruamento de terra, em uma tenda vizinha, uma família preparava o jantar. O paizão enlouquecido com o fluido do isqueiro. *Esguicha. Esguicha.* Meninas bebendo soda com um canudinho. Um menino comendo biscoitos. A mãe cansada cortando cenouras em tiras, sua voz administrando a lei e a ordem.

O que você disse, Michael, o que acabou de dizer?

Ele começou.

Não começou.

Famílias sempre me fizeram sentir-me sozinha como uma "pessoa solteira", um termo do qual sempre me ressenti. Famílias são tão insulares, no sentido de isoladas, tão preocupadas um com o outro, tão devotadas a vegetais e a horas de dormir e acordar — prioridades sensíveis que nós, pessoas solteiras, tínhamos a liberdade de ignorar. Peguei meu bloco de notas e escrevi. *Ele começou. Não começou*, imaginando se isso significava alguma coisa. *Ela começou. Não começou. Ela começou sem ele. Ela jamais poderia ter começado sem ele.* Aquilo não me levava a parte alguma. Pensei em telefonar para Peter, imaginando sua voz em meu ouvido, mas, em vez disso, acomodei-me para a diversão consumada: comida.

— Venha cá, Brando.

O cachorro castanho saltou para o banco traseiro e, enquanto rodávamos pelo *camping*, um garotinho numa bicicleta nos caçava pelo caminho de terra. Pisei no acelerador, levantando uma bomba de fumaça de poeira. O menino fechou os olhos e então virou o guidão acolchoado de borracha de volta para casa.

Famílias — eu cuspia fogo e suava frio com a simples idéia. Da primeira vez que perguntei a Stuart se queria filhos, ele respondeu com um meio bocejo, um gesto que mais tarde identifiquei como um sinal inconsciente de nervosismo, de que "Pode ser importante algum dia".

— *Pode ser importante?* — bufei. — Cara, isso é que é entusiasmo.

Embora eu provocasse Stuart por ser desapaixonado com relação ao milagre da vida, nutria meu próprio oceano de dúvidas. Conseguiria dar o suficiente para uma criança? Poderia cuidar de um ser pequenino ainda mais independente-dependente do que eu? Muito de minha identidade era calcada em estar em movimento. Tentava imaginar diminuir o ritmo para esconder os biscoitos para cães, pensar em fraldas extras, uma chupeta, e todas as outras tralhas de cheiro adocicado de que os bebês precisam antes de serem carregados para o ar livre. A babá, o cocô cor de mostarda, os aspiradores nasais guinchando de catarro, o pá-pá, o gu-gu, o dá-dá, o má-má — tudo acontecendo em duo xaroposo. E o eterno "lá" dos bebês? — sempre que você se afasta deles, *lá* estão eles. Mesmo quando crescem, se mudam, ainda estão *lá*, mesmo quando não estão. Crianças são como vírus de computador que você não consegue deletar; comem sua memória, devoram sua RAM.

E por que todos os meus sonhos com bebês se transformavam em pesadelos mórbidos? Em um sonho, eu dava à luz um filhote de pelúcia com uma espantosa semelhança com Brando. Numa outra noite pari o filho de Satã, uma adorável criança de olhos cor de laranja, dentes pontiagudos, que concebi depois que o demônio chegou e, bem, me possuiu. Uma vez amamentei um recém-nascido que me olhava de meu peito branco como a neve e começou a falar em frases completas; isso (bebês sempre são "isso", nem eles, nem elas) revelou-se um homem crescido sob o efeito de um encantamento. Então, era hora de descobrir meu pequeno "isso" na geladeira, um sólido gelado perto de quatro pacotes de manteiga.

Quem sabe eu não fosse do tipo maternal. A simples idéia de amamentar me revoltava. Minhas amigas juravam que era uma sensação excitante e feminina, mas eu não via prazer em ver minhas zonas erógenas favoritas sendo transformadas em balcão de lanche.

— Oh, não — amigos arrulhavam —, espere só até que as endorfinas atuem. Aguarde. Lembre-se. É diferente quando eles são *seus*.

Eu queria filhos. Queria filhos porque eu não queria perder uma das grandes experiências da vida, senão a maior. Criar outra pessoa. Observar um bebê descobrir seu mundo. É o verdadeiro estofo da vida. Além disso, depois de centenas de períodos de menstruação e milhares de anticoncepcionais, parecia uma vergonha nunca colocar meu equipamento em uso, ganhar alguma coisa depois de todo aquele sofrimento. Mas talvez eu fosse mais adequada para ser um pai do que uma mãe, um daqueles papais de 1950 que solta a gravata, lê um livro de contos do ursinho e leva o Júnior para a cama. Ser um pai, ser *aquele* tipo de pai era a espécie de laço paternal de baixo impacto que eu poderia manejar. Mas, para ser uma mãe, você tinha de vadear em águas profundas. Praticamente afogada.

Contudo outras mulheres faziam isso, amavam isso. Minha amiga Bonnie uma vez sonhou que seu garotinho tinha caído da janela do apartamento e que ela pulara atrás dele porque a vida não valia a pena ser vivida sem o pequeno Harris.

— Você não tem idéia de quanto se pode amar um filho — ela disse. — Eu costumava pensar que não conseguiria amar alguém mais que Rosy.

Rosy era sua cadela.

— Então, Bob é o número três? — perguntei. Bob era seu marido.

— Não. Bob é o número dois — disse Bonnie com um suspiro. — Num dia bom.

O SUPERMERCADO ESTAVA frio como um frigorífico de carnes, reluzente como uma radiação. Você pode sentir-se minúscula nessas megamercearias, cercada por tantas opções. Plantada na ala dos biscoitos, olhei para as bolachas de baixas calorias e para os biscoitos com pouco sal e para os *crackers* originais com sal e gordura e para os palitos com sementes de gergelim ou sementes de papoula ou com alho ou com tudo junto, e uma das marcas estava em promoção, mas o pacote maior poderia ser mais barato se eu conseguisse fazer a conta. Promoção, embalagem, tudo estava me desgastando.

Aterrissei no Garden Bowl Salad Bar com seus *icebergs* de alfaces, ervilhas descongeladas, finas espigas de milho em lata. Uma enfermeira em um uniforme branco cheio de manchas servia-se de porções de melancia. O nome no crachá dizia "Lois". Mais adiante, um mecânico, a face devastada pelo sol e pelos cigarros, fazia um estrago na salada de batatas. Peguei um recipiente de plástico e afundei a colher às cegas. Um minuto mais tarde, pesquisei a ala de vinhos. Deve ser assim que começam os alcoólatras: entram em busca de um queijo *cottage*, saem com Gallo numa caixa.

À hora que voltamos ao acampamento, estava escuro. Os mosquitos eram tão monstruosos, tão absolutamente imunes ao inseticida que eu comi amontoada dentro da barraca. Deixei os sapatos do lado de fora, agachei-me com minha salada, o vinho, o livro e aquela nova geringonça que eu comprara, chamada de Jakstrap, uma versão moderna do lampião dos mineiros de carvão. Uma tira elástica passa sobre sua cabeça e há uma fenda para uma lanterna chata. Sentada de pernas cruzadas, a lanterna acesa, eu me senti como uma índia de uma pena só, um chefe sem uma tribo. O jantar não transcorreu bem: o ovo, duro de tão cozido, rolou para dentro do melão e o melão caiu dentro da salada de macarrão. Saquei meu canivete suíço, admirei seu vermelho brilhante e tirei a rolha do vinho. Depois de beber uns bons goles da garrafa, enxuguei a boca com a costa da mão, tentando me sentir machona com minha barraca, meu Jakstrap, meu cão...

Foi quando me lembrei de Brando.

— Brando — chamei. Nem um som. — Braaando.

Ele devia ter fugido. Brando era bom nisso. Gostava de caçar fêmeas. Quando sentia o cheiro de alguma cadela na brisa, perambulava por quilômetros numa desorientação feromônica. Apavorado por seu cachorro ter se perdido ou fugido para longe, Stuart iria dirigir em pânico pelos quarteirões da cidade, caçando um rabo marrom familiar. Naquela noite ou no dia seguinte, o telefone tocaria. O filho pródigo estaria de volta. Iria se encolher no tapete fingindo arrependimento enquanto Stuart ralhava: *"Cachorro malvado, cachorro maaaaalvado!"*. A castração tinha, de certa forma, ferido esses impulsos românticos, só que agora Brando estava gordo. Como seu xará, o cachorro tinha substituído simplesmente um apetite pelo outro.

Empurrando minha salada de lado, decidi deixar Brando desfrutar seus "arroubos desafiadores" antes de sair atrás dele. Comecei a ler o livro de Buda de Maurice. Durante anos, Maurice encontrara sua realização espiritual no departamento masculino da Barney's, mas ultimamente ficara fascinado com a Bloomsbury, devorando livros de e sobre Virginia Woolf, Lytton Strachey e, particularmente, Vita Sackville-West. Em momentos de crise ou indecisão, Maurice diria: "O que Vita faria?". A resposta era normalmente *Vita não daria a mínima*, o que ele achava infinitamente reconfortante.

Buda, enquanto isso, estava aprendendo como respirar, uma chave para atingir um nível superior de consciência.

— *O conhecimento é conquistado a partir da experiência direta e da direta consecução, não a partir de argumentos mentais* — explicava um monge de nome Alara. — *Para se atingir diferentes estados de meditação, é necessário livrar-se de todos os pensamentos do passado e do futuro. Deve-se manter a concentração tão-somente na libertação.*

Minha lanterna piscou e apagou. Por um longo momento, fiquei sentada no escuro. Então, rumei para o carro para procurar uma lanterna de emergência que meu pai tinha colocado no porta-luvas, *se fosse o caso*. Meu pai é o rei do *se fosse o caso*, e isso era incrível, embora eu me recusasse a admitir quantas vezes o *se fosse o caso* acontecia. Enquanto rebuscava ao redor, cocei minha pálpebra, minha lente de contato desapareceu, tudo ficou borrado e eu fiquei parada, passando a mão no painel, sentindo-me como uma cega tateando uma escrita em braile.

Nesse momento ouvi passos. Uma figura vinha caminhando pela trilha. Um homem, pelo jeito dos ombros, os membros musculosos. Enregelei, tentei espremer os olhos e colocá-lo em foco, mas ele era uma pura silhueta. Marchava decidido, como se soubesse o que queria e, o que quer que fosse, ele tinha certeza de que encontraria em mim. Agarrei minha lanterna de plástico como um bastão para dar medo, *se fosse o caso*. Quando ele chegou a uma pequena distância de meu pára-lama da frente, exclamou, no meio do escuro:

— Ei, você tem um labrador de nome Brando?

— Sim, sim, tenho.

— Aqui está. É um bom cachorro. Estava vagando do outro lado do *camping*, procurando comida, eu acho. Nós lhe demos um *cheese-burger*, mas eu não quis que o pessoal do acampamento o encontrasse.

Brando correu em minha direção, a plaquinha da coleira tilintando.

— Obrigada — eu disse, deixando cair os ombros. — Muito obrigada.

Empunhei a lanterna, tirei a outra lente. Um olho enxergando era pior que os dois cegos. Postando-me diante de Brando, sacudi meu dedo.

— Cachorro malvado. *Cachorro maaaaalvado.*

Brando afundou-se no chão num grande *show* de auto-reprovação. Tentei ser autoritária, mas foi inútil. Quando Brando se sentia mal, eu me sentia mal, mesmo que tivesse certeza absoluta de que ele estava fingindo. Afaguei-lhe a cabeça, e ele lambeu meus dedos, fizemos as pazes.

Era hora de dormir, não porque eu estivesse cansada, mas porque já tinha me acabado o bastante por aquele dia. Preguiçosa demais para achar os banheiros, espalhei porções de espuma de pasta de dente na terra e me agachei atrás de um arbusto, o short nas coxas, numa posição precária, como uma vaca pronta para cair. O xixi espalhou-se por meus dedos descalços, secando sobre o pólen e o repelente de insetos e o suor, como uma quarta camada final de verniz.

A próxima questão era dormir com Brando. Stuart dormia com Brando, mas Stuart dormia com qualquer um. Embora fosse reconfortante me aconchegar perto do corpo quente de Brando, não me seduzia a idéia de dormir a centímetros de distância de suas bochechas cheias de baba, de seus peidos fedorentos. Ora, ora, discursei para mim mesma, esses são os defeitos encantadores que aprendemos a aceitar em nossos seres amados. Abri a aba da barraca. Brando entrou com elegância. Puxando o mosquiteiro atrás dele, empurrei-o para a direita — eu *sempre* durmo do lado esquerdo. Olhamos um para o outro sob o suave facho da lanterna.

— Deite-se.

Brando caminhou para o fundo da barraca e então bateu a cabeça e não conseguiu imaginar como voltar para trás. Brando era bonito, mas não o cérebro mais brilhante.

— Volte. Pra trás, pra trás, pra trás.

Brando recuou, esfregou a cabeça ao redor, tropeçando em minhas pernas e, finalmente, se sentou, sua cabeça forte pressionando o teto. Enquanto eu me despia, estudou meus seios, e eu não pude deixar de pensar se ele era Stuart disfarçado. Seu odor era forte e masculino. Um mosquito zuniu, e eu matei o bastardo.

Brando pareceu confuso. Quando enfiei minha camisola de algodão, o cachorro perdeu completamente o interesse, desabando do colchão de ar e suspirando como um homem que viu o futuro e compreende quão pouco há a esperar. Depois de minutos, meu cão de guarda ressonava.

Deitei-me, mas não conseguia dormir. Sentia-me nua, exposta. Depois de morar em Nova York, era estranho dormir com nada além de uma película de náilon entre mim e tantos estranhos, era como me enrolar numa cortina de banheiro e cochilar no Central Park. Besouros batiam contra as paredes enquanto eu respirava os velhos cheiros de Stuart, a grama doce e o suor. Onde estaria ele naquela noite? Será que sentia saudade de mim? Eu sentia saudade dele, embora não de uma maneira terrível, vazia, sobrepujando tudo. Segundo meu ponto de vista, um relacionamento não acaba até que você saiba que não pode nunca, não importa o que faça, ganhar o sujeito de volta. Stuart e eu não tínhamos chegado a esse ponto, pelo menos não julgava que tivéssemos e me confortava com essa tênue brecha.

Comecei a pensar acerca de Brando demarcando nosso acampamento; aquilo me fez lembrar das discussões que Stuart e eu costumávamos ter com respeito ao comportamento masculino. Stuart uma vez me disse que sempre que um homem conhece uma mulher, seu primeiro pensamento é: *Ele quer dormir com ela?*

— *Qualquer* mulher? — perguntei.

Era de manhã e estávamos deitados na cama.

— Qualquer mulher. É como um interruptor. Você se pergunta, sim ou não.

— Toda mulher? — insisti. — Funciona sempre?

Stuart concordou.

— Muito bem.

Se a resposta é sim, continuou Stuart, orgulhoso de representar o papel de guia do psiquismo masculino, então o homem pergunta a si mesmo se ele *conseguiria* dormir com ela. Se a resposta é sim, ele calcula quanto trabalho daria; considera as ramificações, coisa do tipo social, sexual e assim por diante.

— Essa é a coisa mais ofensiva que eu já ouvi — eu disse.

Nada desconcertado, Stuart besuntou-se de nostalgia falando de uma aula sobre comportamento animal que tivera no

Middlebury College (aparentemente, um laboratório ideal para o estudo do comportamento animal). De acordo com a teoria da seleção natural de Darwin, as mulheres eram geneticamente predispostas a ser escolhidas; os homens só querem espalhar o sêmen. Por quê? Porque as mulheres podem ter apenas um número fixo de gestações — uma em um ano, no máximo —, enquanto os homens podem procriar da puberdade ao leito de morte. As mulheres precisam de homens que sejam provedores; que retenham esperma forte, virtuoso. Os homens só querem se deitar.

— Os homens são patéticos — eu disse.

Stuart deu de ombros.

— Vem funcionando por milhares de anos.

— Você está apenas procurando uma racionalização genética para a safadeza.

— Os homens *têm* uma racionalização genética para a safadeza. Claro, eles não precisam agir sob esses impulsos, mas os impulsos ainda estão lá.

— Que civilizado da parte deles — cacoei.

— Por que fica tão brava com isso? Qual é o grande problema? — Stuart fez um gesto de descaso para mostrar a pouca importância do assunto. — Algumas vezes, sexo é apenas sexo.

— Eu só mantenho relações sexuais quando estou apaixonada — eu disse. A razão para isso tinha pouco a ver com virtude, mas eu não ia deixar isso claro.

— Mas você está *sempre* apaixonada — retrucou Stuart.

Não havia como refutar.

— Bem, você faria sexo com qualquer coisa que andasse. — Eu estava sendo ridícula, mas não me importava. — Você não tem sentimentos.

— Eu tenho *um monte* de sentimentos — protestou Stuart. Levou a mão ao coração como se fosse um depósito seguro cheio de coisas valiosas. — Não me apaixono tão facilmente quanto você, portanto faço sexo com mulheres de quem gosto, porém não necessariamente com quem desejo passar o resto da vida. O quê? Eu não deveria fazer sexo até me apaixonar? Isso poderia levar... *semanas*.

Stuart deu um sorriso malicioso.

Depois de me perder em vários de tais argumentos, comecei a ler sobre reprodução animal. As pequenas criaturas de Deus não faziam nada para dar apoio ao meu caso. Os sapos eram tão excitados que saltavam sobre outros sapos por engano. As serpentes macho fornicavam com as mortas.

Mais tarde, cometi o erro de perguntar a Stuart quantas amantes ele tivera. Vários dias depois, quando estávamos seguindo para uma festa no parque da cidade, ele anunciou que chegara aos números. Não me senti tão especial quando soube que eu era a de número 42.

— *Quarenta e duas?* — disse, horrorizada, abalada em minha autoconfiança. — Meu Deus. Como pode se lembrar de 42 mulheres?

— Lembro-me de todas elas.

Fiz minha própria conta. Não demorou muito.

— Bem, eu me lembro de todos os nove homens com quem dormi — disse, descendo minha janela para tomar um pouco de ar. — Amei cada um deles.

— *Mesmo o palhaço tenista?*

— Mesmo o palhaço tenista.

O palhaço em questão, Soleil, vinha de seu nome artístico. Nós nos conhecemos em meu último mês como estagiária de jornalismo na França. Soleil costumava jogar tênis como profissional, mas quando a carreira não se desenvolveu, ele se voltou para a comédia. Vestido com um enorme *blazer* cor-de-rosa adamascado e uma gravata de nó frouxo, Soleil cumpria uma rotina de apresentações cômicas nas quadras de esporte antes das principais disputas. Para aquecer a audiência, ele fazia malabarismos com raquetes de tênis, disparava a brincar com palavras em francês, fazia arremessos vitoriosos entre suas pernas. Pouco depois de nos conhecermos, ele me levou para um passeio turístico. Com uma caixa de champanhe no carro, percorremos cento e oitenta quilômetros em uma hora pelos campos em seu conversível Rabbit branco. Depois de cada apresentação, eu aguardava enquanto ele dava autógrafos, orgulhosa de estar namorando uma celebridade.

Aqui está minha lista completa:

1. Meu namorado do segundo grau

2. Rawl, um garçom de Nantucket
3. Soleil, o palhaço tenista francês
4. Um rapaz da faculdade
5. Um executivo de Wall Street, morador de Greenwich
6. Andy, o pintor de paredes
7. Roger, um esquiador fanático transformado em relações-públicas em Washington
8. Louis, um botânico da Costa Rica
9. Stuart

Eu estava orgulhosa de minha lista. Adequadamente eclética. Nenhum furo no grupo.

— Nove é um grupo para jantar — eu disse. — Quarenta e dois é um time de futebol.

— Eu nunca deveria ter lhe contado — disse Stuart, engatando a marcha. — Eu nunca deveria contar qualquer coisa. Você usa isso contra mim. Você nunca vai se esquecer disso, vai?

— Como eu poderia? — Encarei-o com raiva. — Não se esquece um número como 42.

Olhei pela janela para os bosques, tentando imaginar 42 pinheiros. Quarenta e dois pinheiros formavam uma floresta.

— Escute, 42 pode soar como um bocado exagerado, mas se você perguntasse à maioria dos homens de seus trinta anos com quantas mulheres eles já dormiram, depois de quinze anos de vida sexual, seus números estariam por aí também.

— Seus números estariam por aí também? — repeti, com desgosto. — O que é isso, uma média de batedor de beisebol?

Stuart sorriu.

— Pode-se dizer que funciona assim.

Tivemos essa discussão vezes sem fim. Não era que eu pensasse que as idéias de Darwin fossem erradas; só não achava que eram justas. Por que os homens deviam ficar com a melhor parte da brincadeira toda? Talvez eu tivesse inveja do pênis. Neca. Eu não queria um pênis, eu queria as prerrogativas do pênis. Queria ter um enorme saco cheio de sementes e não me importar em onde espalhá-las. Claro, muitas mulheres são promíscuas, mas eu não era. Não poderia ser. Embora eu não fosse.

Tudo bem, acho que tinha sido promíscua com Peter. Modestamente. Meu estômago revirou-se de prazer. O que estaria ele fazendo naquela noite? Então passei alguns poucos minutos tentando calcular de uma maneira objetiva, jornalisticamente falando, se Peter e eu vivíamos alguma coisa de verdadeiro. Era difícil de dizer. Mas, naquela única tarde, quando estávamos deitados na cama dele, eu tivera aquele lampejo tênue de certeza, tão fugidio, tão difícil de confiar. Eu disse alguma coisa sobre estar feliz como um dia ensolarado, e Peter começou a cantar aos brados *Sunshine on My Shoulders*, e eu caí na risada, implorando para que parasse, esperando que ele não o fizesse. No segundo verso, tive certeza de que ouvir sua voz ressoando em meu quarto era uma razão para casar.

Se não fosse, e daí?

Mas o coro grego suavizou sua rebeldia. Depois de considerar o rumo da carreira de Peter (incerto), seus rendimentos futuros (duvidosos), seu estofo emocional (escritor = sensível = volúvel como eu), concluí que o relacionamento nunca iria funcionar. Não que *jamais* desse certo, mas que poderia não dar certo, ou que poderia funcionar *melhor* com Stuart, alguém mais *confiável*. Um homem que sabe a letra de *Sunshine on My Shoulders* — e a canta alto, braços lançados para o teto como um cantor de ópera-bufa — não é um homem em quem se confiar para a longa jornada. Isso é o casamento. Uma jornada longa. Um fato a ser abordado com realismo. Não à John Denver.

Eu disse isso à minha amiga Margaret, que suspirou, pensativa. Há dois tipos de homem, ela falou: Namorados e Maridos. Namorados são sexy e divertidos, mas positivamente não confiáveis. Maridos são gentis e sensíveis e ocasionalmente tolos.

Toda mulher tem de escolher.

Uma das amigas de Margaret estava noiva de um Marido chamado Glen. Ele era estável, gentil, porém não um sujeito de deixar de queixo caído. Então ela conheceu Barclay, um Namorado, o "melhor sexo". A mulher entrou em pânico. Deveria descartar o casamento? Depois de uma semana de noites insones, decidiu-se pelo Marido.

— Por quê? — eu perguntei. Evidentemente aquela mulher tinha perdido o juízo.

Margaret explicou:

— Porque ela disse para si mesma: "Se houver um incêndio, sei que Glen encontraria um jeito de me salvar. Barclay daria o fora para algum lugar e fumaria um baseado".

A moral era cristalina. Concordei com as graves implicações de escolher um Namorado, tentando me convencer de que, quando minha hora chegasse, eu escolheria o Marido com seu extintor de incêndio. E se a mesma teoria se mostrasse verdadeira para as mulheres? Eu era uma Namorada ou uma Esposa? *Hummm*. Acho que começava como uma Namorada, astuta e insinuante, até estar confiante de que o homem estava suficientemente embasbacado para que eu pudesse revelar minha verdadeira natureza de esposa. Seduzir num vestido preto, então, com uma guinada repentina e forte, testar a avaliação de crédito. Era o pior tipo de falsa impressão: uma Esposa em trajes de Namorada.

Não, aquilo não estava nada certo. Eu hesitava entre Namorada e Esposa, dependendo de quem estava namorando. Quando namorava Maridos, eu era uma Namorada; com Namorados, eu me fingia de Esposa. De qualquer maneira, *nunca* estava satisfeita. Ressentia-me dos Namorados por me fazerem crescer; ficava entediada com Maridos que não eram suficientemente liberais. O que eu realmente queria era ser uma Namorada perpétua, envolvida superficialmente na Condição de Esposa, experimentar a Maternidade, ter uma carreira brilhante, ilustre, em alguma coisa, tudo sem ter de me aborrecer com dinheiro ou impostos ou problemas legais.

Vamos encarar a coisa: eu precisava de um Namorado *e* de um Marido. E quem sabe de uma Esposa para dar a partida.

Soltando um longo bufo, ajeitei a camiseta de algodão que estava usando como travesseiro. Marido, Namorado, seja lá o que fosse para ser, era hora de acomodar tudo isso; era hora de colocar as peças do quebra-cabeça no lugar. Deus, minha mãe era um horror com quebra-cabeças. Ela não permitiria que olhássemos a figura na caixa: isso era trapaça. Você tinha de encaixar as peças e *então* descobrir que diabo estava tentando formar. As peças azuis eram o oceano ou o céu? As peças prateadas eram a porta do carro ou uma sombra? Isso demorava quase uma eternidade. Fracassar e mudar, tentar novamente.

— Você tem de descobrir por si mesma — disse minha mãe, dando um tapinha em minha mão quando eu espiei a caixa. — *Isso que é divertido*.

Fora divertido então, mas não era mais. Eu precisava montar um quadro e precisava fazer isso logo. Sentei-me, desarrolhei o vinho tinto, tomei um gole e então esfreguei as orelhas de Brando, grata pela companhia.

— Ainda está se divertindo? — murmurei.

Brando abriu um olho sonolento e, em seguida, o fechou. Deitei-me de costas e tentei dormir, mas não conseguia parar de pensar em minha lista, em meus nove antigos namorados. Não pareciam "ex", davam a sensação de atuais, vivos. Alguém já não disse que somos todos um produto dos relacionamentos que tivemos? Alguém disse; se não disse, alguém deveria dizer. Passei mais tempo com esses homens do que com meus pais, meus amigos. Mais do que os empregos que consegui ou os lugares onde vivi, esses relacionamentos eram minha história de vida.

De uma só vez, soube o que eu tinha de fazer: para perceber o *agora*, eu precisava compreendê-los, todos os nove ou pelo menos os principais. Começaria com Nantucket; iria para Nantucket. Tudo que veio depois começou naquela ilha. O amor começou. O sexo e suas conseqüências começaram. Eu precisava voltar atrás e relembrar tudo isso.

Essa era minha jornada: viajar, relembrar. *Essa era a porta de saída*.

Fiquei tão entusiasmada que não consegui dormir. Minha mente debatia-se em brilhantes manchetes de esperança. Rolei para um lado, depois rolei de costas de novo. Devo ter passado uma boa hora rolando a noite toda até que o zunzum dos besouros e o coaxar de três sapos e os pedaços de conversa acalentaram-me num sono tão profundo que só de manhã me dei conta de que dormira a noite inteira com meu Jakstrap enrolado na cabeça.

Uma Jornada
ao Que Já se Foi

Jane Tarbox

JANE TARBOX era do Meio-Oeste, mas à época em que a conheci, quando trabalhávamos juntas num jornal de Bowery, meu segundo emprego depois da faculdade, Nova York havia muito drenara a delicadeza dela. Jane Tarbox vestia-se de preto, somente preto, verão primavera outono inverno, e esculpia seu corte de cabelos de corvo oxigenado em pontas como um porco-espinho. Seus óculos eram pontiagudos e da cor dos sinais de "pare". Sua tez pálida era ligeiramente marcada de rugas como papel que não foi alisado.

Todo ano Jane Tarbox ficava mais velha. De onde eu me sentava, um cotovelo de distância, podia ouvir sua idade... 31... 32... 33... os anos soando como uma sirene de neblina gritando seu brado de alerta sobre as rochas escarpadas.

Todo santo dia eu ouvia Jane Tarbox reclamar. Depois de fazer o *paste-up* em outro anúncio de mercearia, ela revirava os olhos e me contava que Lady Chatterly, sua decrépita papagaia com câncer de cólon, defecara pelo apartamento todo, de novo, ou que o espelho bisotado de dois metros e meio que ela encomendara tinha chegado da Itália com uma trinca na moldura, ou que a calça de lã merino de preço exorbitante que ela comprara no mês anterior não passava mais por suas coxas pouco cooperativas.

Jane Tarbox sonhava em fotografar ricos e famosos, mas nunca encontrava um jeito de escapar de seu trabalho diário.

— É uma boa coisa eu ter me graduado em artes — sibilava Jane Tarbox. — Assim, pude desenhar sombras em dançantes frascos do perfume Joy.

Se a vida profissional de Jane Tarbox tinha sofrido um colapso, sua vida pessoal jazia em coma, um balão de hélio caído a seus pés. Sua história de amor, um aviso de alerta, era recontada em murmúrios às suas costas: por dez anos, Jane Tarbox namorara um repórter de nome Lobo Lerner. Ela dera todos os vinte anos, as primeiras fases do namoro, a um homem que fora a um bar numa noite e se apaixonara por outra pessoa. Em três meses, Lobo estava noivo. Três mais, casado. Um pouco além, os recém-casados carregavam o embrulho de seu bebê muito mimado pela redação para todo mundo admirar.

Jane Tarbox manteve silêncio sobre isso, sobre isso e outras coisas. Todas ao seu redor, mulheres mais jovens, estavam obtendo as coisas que se supõe que se consigam depois de se ter cansado de correr por Nova York: um marido, filhos, um *loft*, sem precisar suar para pagar o aluguel. Jane Tarbox sonhava com um francês magro de gosto impecável. Ele fumava cigarros Gauloise, calçava sapatos lustrosos. Mas Guy de Rochambeau ainda não dera o "ar da graça" e, francamente, Jane Tarbox estava cansada de esperar.

— Não existem homens — dizia, com escárnio. — E se existissem, não estariam interessados em mim.

Todo dia, lá pelas três, Jane Tarbox tinha de sair para comprar café fresco e alguma coisa com chocolate. Algumas vezes, me trazia na volta um *brownie* congelado para que ela não tivesse de comer sozinha.

— Eu não deveria fazer isso — dizia, tomando seu café, deixando marcas de batom na caneca da *delicatessen* grega. — Minha pele está começando a enrugar.

— Tem trabalhado muito — eu dizia. — Você merece.

— Na verdade, não — replicava. — Mas não importa se eu ficar um "caco". De qualquer forma, ninguém olha pra mim... *Brincadeira.*

Eu tinha apenas 24 anos então. Usava um uniforme verde vivo com um cinto combinando, e meu bronzeado continuava bronzeado o ano todo, e meu saque era um voleio forte e eu não sabia muito, mas até mesmo eu podia ver que Jane Tarbox "já era". Se você quiser se casar — e eu queria, algum dia —, não podia ficar esperando eternamente. Mulheres têm data de validade; a de Jane Tarbox tinha expirado.

Eu ficava triste por Jane Tarbox, mas era sua própria culpa, que droga. Ela deixara a vida escapar como uma bola de borracha perdida numa colina. Poderia ter encontrado um francês, poderia ter encontrado *alguém* se não fosse tão amarga, tão bloqueada por expectativas. Era o mesmo que dizer *graças a Deus que não foi comigo*. Eu ainda tinha um bocado de tempo e escolhas e estava namorando um rapaz bonito de nome Dodge que era inteligente e atlético e próximo ao perfeito de várias maneiras e iríamos nos casar quando estivéssemos preparados, de maneira que não havia como eu ficar solteira e com 31... 32... 33 anos... comendo *brownies*, esperando pelo desenlace.

Meu avô sai do terraço, no Maine, e arrasta uma cadeira de lona para o sol. Está vestindo suas roupas do Maine, o que quer dizer que elas se encontram em variados estágios de decadência. As pontas de seus tênis estão crivadas de buracos. Sua calça cáqui mal chega até os tornozelos. Enfiados no bolso rasgado de sua camisa esfiapada estão dois lápis, um pedaço de mola, uma conta de telefone sem quitação e um prendedor de roupas de madeira.

— Isso é que é vida — ele suspira, ao se sentar e cruzar as mãos sobre a barriga. — Vida simples, isso é do que gostamos. Nada dessa porcaria regimental. Passar metade do dia de cueca.

Vovô olha para meu computador.

— Então, Lili, vai escrever um romance sexy? São os que vendem hoje em dia.

Vovô é a única pessoa de minha família que sempre fala sobre sexo.

— Não sei — digo. — Acho que a maioria dos livros tem algum sexo.

Vovô concorda com um ar de aprovação.

— Nos dias de hoje, você tem de praticar sexo bizarro, senão ninguém se interessa.

Ilha da Fantasia

ILHA DE NANTUCKET, MAINE. Assim, fui para Nantucket. Não foi difícil de arranjar. Meu amigo John tinha alugado uma casa na localidade, para o verão, com um grupo de amigos da financiadora. Voavam para lá todo fim de semana, mas durante os outros dias o lugar ficava vazio. Em Hyannis, alojei Brando em um canil e em seguida paguei para uma velha senhora me deixar estacionar em seu quintal por alguns poucos dias. Depois de escutar educadamente suas antipatias com relação a Rose Kennedy, pedi desculpas e coloquei minha bicicleta no barco. Durante o percurso todo, três horas inteiras, eu estava nervosa. Não importava que Rawl não morasse mais ali; eu ainda tinha aquela sensação que se tem quando se visita um antigo namorado, passados muitos anos, de como você sabe com antecedência que pode ser um grande erro, de que é melhor guardar algumas lembranças lá em cima, no sótão.

EM 1982, antes da faculdade, passei o verão em Nantucket com duas amigas de escola. Nós três dividíamos um apartamento de dois quartos na Four Corners, uma interseção de cinco ruas não muito distante do centro da cidade. Nosso quarto tinha o estilo e a coerência do Exército de Salvação — três camas estreitas como maca de hospital, três penteadeiras grudentas, dois armários, cada um com portas de treliça deslizantes, quebradas, um abajur monstruoso com uma base cor de tangerina e a cúpula queimada. O chão da cozinha declinava desagradavelmente para um canto como um barco congelado em meio às ondas. Havia um fogão do tamanho daqueles com que a gente brincava de bonecas, uma geladeira que grunhia, uma mesa, quatro cadeiras, um armário cheio de potes lascados e garfos desemparelhados. Era a primeira vez que eu pagava meu próprio aluguel, na verdade me sustentava e, embora nós não tivéssemos máquina de lavar roupa ou pratos, TV nem telefone, nosso decadente apartamento parecia glamouroso simplesmente porque era nosso.

Nós três íamos ficar famosas. Sylvia, um ano mais velha e já na faculdade, fumava Marlboro Lights e contornava seus enormes olhos azuis com delineador preto. Eu tentava imitar suas expressões curiosas, tais como "Eu não sei levantar peso" e "Ora bolas". Wendy era boêmia, uma adepta do *jogging*, uma redatora de jornal que comia Wheaties (o desjejum dos campeões) com *ohashi* (aqueles pauzinhos que os japoneses usam como talher) e que me ensinou que a melhor maneira de comer salada era mergulhá-la na sopa. Quando eu não estava trabalhando, orbitava em torno da cozinha num velho vestido estilo Lilly Pulitzer, de cinqüenta centavos de dólar, que usava sem sutiã. Quando me mexia, podia ver um pedaço de meus seios pela cava, o que fazia com que eu me sentisse sexy, tipo "brasa escondida da dona de casa da porta ao lado".

O único ponto de desacordo entre nós três era a geladeira. Uma mistura de vegetais cochilava no fundo da prateleira até que as abobrinhas fritas se enchiam de fungos prateados. Bilhetes de desculpas eram presos com fita adesiva no último bocado de *spaghetti* frios. Ninguém se incomodava em comprar os ingredientes básicos. Quando o papel higiênico acabava, eu usava lenço de papel Kleenex. Quando o Kleenex acabava, eu usava papel-toalha. Quando o papel-toalha acabava, eu lembrava de fazer xixi no trabalho até começar a furtar rolos de papel-toalha das docas da cidade, uma idéia que considerávamos quase brilhante.

Arranjei um emprego servindo mesas no Oyster Shell Cafe, um restaurante de frutos do mar perto da doca das balsas. Trabalhar no almoço e no jantar me deixava as noites livres para fazer o que as pessoas fazem de melhor em Nantucket: festejar. Era quase impossível permanecer em casa. Nosso apartamento ficava na rua principal, perto do Thirty Acres e do Muse, os dois clubes noturnos com música ao vivo. Toda noite o barulho da bebedeira e trechos de conversa penetravam por nossas cortinas de bambu cheias de areia, convidando-nos a sair e a nos divertir.

A festa começava todo dia na *happy hour*. A maioria dos bares tinha drinques especiais, e nós aprendemos bem depressa quais vinham acompanhados de *hors-d'oeuvres*. Em apresentações artísticas, esculpíamos bastões de legumes crus e bebíamos vinho em copo de plástico observando outro grupo de paisagens de destaque em Nantucket — os telhados, as rosas, a neblina. Por volta das onze fazíamos uma ronda pelos clubes e abríamos caminho fingindo confiança e passando pelos seguranças, flertando ou pulando a cerca ou pedindo emprestado uma carteira de identidade, verdadeira ou falsa, de alguém que se parecia conosco, o que muita gente, homem ou mulher, costumava fazer.

Lá dentro, os clubes eram lotados, com cheiro de suor e de bebida. Alguma banda *cover* iria orgulhosamente apresentar os sucessos dos Rolling Stones como se os próprios integrantes tivessem escrito *Brown Sugar*. O som era tão alto que, para nos comunicarmos, usávamos trejeitos de sobrancelha e caretas, provocando os capecodianos bronzeados, esperando por alguma atenção masculina, o que era de esperar por ali. Flertávamos com Tim, o Miolo Mole de Dartmouth, de jeans agarrados (tão lindo), ou com Doug, o pintor de paredes da Louisiana (tão lindo), ou com Butch, o paisagista que gemia como se já tivesse enfiado as mãos em sua calcinha e deixado você pronta para o que desse e viesse (que cretino!). Era um animal, mas aos 18 anos, estávamos loucas para nos juntar ao zoo.

Quando as luzes da casa se acendiam, nós ficávamos vesgas, finalmente dando uma boa olhada nos rapazes que cobiçávamos. Pouco impressionadas ou, mais freqüentemente, sufocadas por uma atração que não nos atrevíamos a consumar, nós três loiras chamávamos um táxi e seguíamos para casa, com a esperança de não terminarmos no carro do senhor Flannigan. O senhor Flannigan era um sujeito detestável, magro como um palito, cuja caminhonete recendia a batatas fritas e a ninho de gatinhos. Ele nos encarava com olhos famintos pelo espelho retrovisor, remoendo o queixo barbudo e fazendo comentários de uma crueza revoltante.

— Nunca tive uma loira. Tipo dar uma volta com uma.

Na segurança de nossa cozinha, fazíamos uma celebração com os restos dos brócolis, rindo de como tínhamos descartado Claude, o salva-vidas, com o velho truque de desaparecer no banheiro. Não ter um telefone era outra esplêndida maneira de nos livrarmos de pretendentes indesejados. Quando um sujeito pedia nosso número, dizíamos: "Não temos telefone. Deixe seu número". Depois, é claro, nunca telefonávamos. Para os bonitos, dizíamos para deixarem um bilhete na porta da frente, um gesto antiquado, impregnado de romantismo.

Naquelas noites, sentada em torno da mesa da cozinha com Sylvia e Wendy, eu me sentia absolutamente feliz. Era como se minha vida inteira tivesse caminhado para aquilo. Os solitários momentos da infância, a estranheza da adolescência, estavam a quilômetros atrás de mim. Eu era uma loira bronzeada de minissaia preta. Meu biquíni cor-de-rosa tinha um babadinho. Pela primeira vez os homens sentiam-se atraídos por mim, e eu ficava embriagada com essa atenção. Embora recentemente eu tivesse perdido minha virgindade com meu namorado do colégio, o sexo ainda era novidade. Namorar era novidade. No calor das noites de verão naquele crescente de terra a cinqüenta quilômetros do mundo real, a vida parecia como se rodasse eternamente, um tapete mágico pronto para me levar aonde quer que eu quisesse ir. Havia tanto tempo. O recheio gostoso finalmente começava a ser provado.

Em minha segunda semana de trabalho, conheci Rawl — Rawlwood Johnson, de Louisville, Kentucky, um sulista de boa cepa que se orgulhava de seu charme cavalheiresco, de seu sotaque e de seu andar arrogante, dádiva divina. Era garçom no restaurante onde eu trabalhava. Rawl estava sempre cantarolando alguma canção dos Temptations, gingando os quadris estreitos, a mão erguida atrás dos longos cabelos loiros, como uma *drag queen* exibindo-se para a platéia. Não prestei muita atenção até que alguém brincou que Rawl tinha uma queda por mim. Depois disso, eu enrubescia cada vez que estava perto dele e tentava me movimentar com mais graça pelo salão.

Rawl era o garçom da noite, embora trabalhasse "sob protestos" no turno do almoço. Chegava atrasado, sem se barbear, os cabelos molhados, e seguia direto para a sopa de mariscos e batatas que aquecia no *réchaud* duplo, aliviando a ressaca tomando a sopa numa caneca branca de café. Suas mãos salpicadas de sardas tremiam ao segurar a colher.

— Ei, cozinheiro — chamava, em direção à cozinha. — Tem uma aspirina? Estou morrendo.

A camisa de flanela, a marca de Rawl, pendia dos ombros como um lençol num espantalho. Não andava, arrastava os pés. Era incrível que os clientes recebessem os Ovos Benedict — ou "Ovos Benny", como Rawl os chamava —, porque ele estava normalmente lá fora, em algum lugar, implorando uma bala de menta para disfarçar o hálito matinal ou comendo *bacons* raspados de um prato recolhido ou enfiando um canudinho na *piña colada* recém-preparada para um cliente, passando o dedo pelo topo e deixando que o gelo moído adocicado derretesse em sua boca ou na minha.

Quando o movimento do almoço chegava ao pico, ele apertava o passo.

— Lil — Rawl dizia, com uma piscadela sedutora —, você precisa me ajudar. Estou num mato sem cachorro.

Aquele era meu primeiro emprego em restaurante e eu levava meus deveres a sério. Como a única garçonete, sentia-me incrivelmente importante, o contrapino de roda que mantém a intrincada máquina funcionando. Limpava as mesas brancas do pátio, memorizava os pratos especiais do dia, lembrava de salpicar canela nos grãos de café antes de acionar o botão vermelho do moedor.

Reabastecer a 23. Chantilly *dietético para o casal do canto. Não servir a mesa do pessoal das torradas francesas de pão integral. Recolher a torrada queimada. Pegar de volta os ovos fora do ponto. Garfo, faca, colher, garfo, faca, colher. A senhora de roupa de couro quer seu* muffin *de mirtilo aquecido. Aquecido com manteiga. E mel, mel do lado. E chá, o saquinho ao lado. Temos aquela omelete que não é realmente omelete?, a senhora inglesa quer a dela mexida, quase úmida, sem manteiga, com uma baguete, e se não tiver baguete, um* bagel, *e, se não tiver* bagel, *um* scone, *e, se não tiver* scone, *esqueça a coisa toda.*

Em meio a tudo isso estava Rawl, enviando piscadelas com aqueles olhos castanhos, o quadril de lado enquanto rabiscava os pedidos no bloco verde de anotações, seduzindo mulheres com seu sulino *sim, madame*, relembrando aos clientes mal-humorados de que aquele era outro belo dia no paraíso.

— *Estou desmaiando. Estou morrendo.*

Antes que se pudesse dizer "mais café", mulheres gorduchas de turquesa fingiam vergonha diante da fieira de salsichas, pedindo mais um pouco de "mimosa light" em seu suco de laranja, deixando os 30 por cento para Rawl como um meio sorriso. De volta ao balcão, Rawl abanava as notas de dólar diante de meus olhos.

— Pegue uma carta, qualquer carta.

— Sempre fui boa com cartas — eu dizia, surrupiando a solitária nota de cinco.

Rawl era o rapaz mais lindo que eu já vira. Tinha 26 anos. Eu tinha 18.

A BALSA CHEGOU depois do escurecer. O porto de Nantucket reluzia com as luzes douradas como uma galáxia de estrelas cadentes. *Jesus Cristo, estou de volta.* Tentei distinguir os antigos lugares. As torres gêmeas da igreja, uma redonda e Unitária, outra pontuda e Congregacional. Lá, no fim de um píer, estava o Skipper, o restaurante onde garçons-cantores cantavam num show para um grupo, vestidos de russos. E lá — meu estômago revirou-se — o Oyster Shell Cafe, a cerca de tabuinhas brancas, os setores dois e quatro, o próprio pátio onde eu caíra louca de amor por Rawl.

O terminal estava lotado, mas encontrei um táxi com um suporte para bicicleta.

— Vou para a estrada de Hummock Pond — disse ao motorista, um garoto de colégio chamado Bud. — Um lugar chamado Full House, à direita da praia.

Bud disse que sabia onde era, mais ou menos. Sacolejamos pelo calçamento, eu espiando pelas janelas para o borrão do centro da cidade, as luzes faiscantes dos restaurantes, os turistas passeando de mãos dadas por outra noite de verão.

— Está aqui para passar o mês? — perguntou Bud.

— Eu gostaria — respondi. — Não, só alguns dias. Um amigo meu alugou uma casa com amigos. Disse que eu poderia ficar durante a semana. Tem um cantinho para mim.

Rodamos por algumas ruas onde enormes casas de praia eram separadas por longas faixas de escuridão.

— Esta é a conversão para a estrada de Hummock Pond — disse Bud. — Acho que me lembro onde é.

As luzes da *van* furaram a noite, iluminando milhões de insetos atraídos pela claridade. Passamos por longos, solitários trechos de campo e então por uma série de casas, retângulos indistintos contra o céu, como lençóis gigantescos pendurados a secar.

— É aqui — disse o motorista, entrando no passeio de uma casa grande.

— Não *pode ser* — eu falei. — As luzes estão acesas.

Saímos, o motor funcionando. A face de uma garotinha espiou pela janela encortinada. Uma mulher, com aparência de italiana, abriu a porta.

— Está é Full House? — perguntei.

Ela fez que sim.

— Sou amiga de John Gunther — eu disse, hesitante. — Vim passar uma semana aqui.

— Sou irmã de Randy Jackomine. Estamos aqui para a semana.

— *Verdade?!* — exclamei, tentando demonstrar calma. — Que engraçado. John me disse que haveria um lugar para mim. Ele meio que reservou. Eu pretendia tentar escrever um pouco...

— Bem, estamos aqui. Somos onze. Quatro adultos e sete crianças.

Sete crianças. Oh, meu Deus. Não havia balsa de volta para Hyannis e eu não queria desembolsar cem pratas para passar uma noite em um quarto de hotel.

— Tem lugar para mais um? Não farei muito barulho.

— Nós faremos — disse ela. — Mas a acomodaremos em algum canto.

Agarrei minha mochila. Bud encostou minha bicicleta na parede da casa.

— Se a coisa ficar ruim — ele murmurou —, você pode ficar em meu sofá.

A sala de estar era enorme e feericamente iluminada. Havia sofás de cana-da-índia e cadeiras de balanço e roupas de criança penduradas em lugares estranhos, debaixo de uma mesa de canto, secando na balaustrada e ainda alguns brinquedos espalhados, e meninas, só meninas, três ou quatro delas, bonitas daquele jeito de menina magricela, pernas de passarinho e longos cabelos e boquinhas de boneca. E outra mulher, falsa loira, uma líder de torcida na casa dos 40. Pestanejei.

— Bem — disse a mulher. — Sou Lisa. — Estendeu a mão.

— Lili — eu disse. — Prazer em conhecê-la.

— Oh, esta é minha amiga Ramsey — disse Lisa, apresentando-me a chefe de torcida. — Ela trouxe suas *três* pequenas. Eu tenho *minhas* três, mais uma amiguinha. Por que não fica naquele quarto... — disse, apontando para além da TV.

— Ótimo — respondi, aliviada de ter um espaço só para mim.

Depois da habitual troca de palavras vazias, anunciei que iria desfazer a mala e fechei minha porta, imaginando se seria falta de educação. Precisava de algum tempo sozinha para baixar minhas expectativas. O quarto era pequeno, porém limpo, com um banheiro separado. Quando fui fazer xixi, minha calcinha estava manchada, vermelha como uma acusação. Que *timing* impecável: chegar, ficar menstruada. Por muitos anos, eu me sentira aliviada ao sangrar a cada mês, mas agora, mais e mais, os períodos menstruais me deprimiam. Outra boa linhagem uterina ia para o brejo. Eu *ainda* não queria um bebê, mas a menstruação era um lembrete bastante desaprovador de que eu *não ia* ter um.

Vasculhei a sacola em busca de absorvente, e em seguida coloquei e prendi a proteção, engoli três Advil e desabei na cama com um gemido. Nada como um Maxipad para fazer você se sentir como uma porca. Gorda e abatida.

Um carro estacionou em frente à casa.

— Eles voltaram — gritou Lisa, uma observação maternal do óbvio.

— *Os rapazes chegaram* — esganiçou uma garotinha. — *Rapazes, rapazes, rapazes.*

A porta de tela bateu.

— *Chegamos!* — exclamou uma voz masculina.

— *Tom* — disse Lisa, num tom mais baixo. — *Tem uma moça que vai ficar aqui durante esta semana conosco. Seu nome é Lili.*

— *Que moça?* — resmungou Tom.

— *É uma escritora.*

— *Vai escrever sobre nós?*

— *Sam, sente-se ou você vai cair de costas.*

O telefone tocou. O outro marido atendeu.

— *Alô... Ei, é o tio Louie. Todo mundo dizendo oi para o tio Louie.*

— *Oiiiii, tio Louieeee.*

— *Gente, gente, escute. Isto aqui está um pouco lotado. Somos doze agora. Mas todos vamos resolver numa boa e nos divertir.*

— *Sam, onde está sua calcinha?*

— *Esta porcaria de TV só pega o canal dois. Que droga!*

— *Coma, Tim.*

— *Eu não gosto de casca de pão.*

Tum, pum, crash... Uma criança começou a chorar.

— *Eu disse que você ia cair de costas.*

A TV estalou, um ruído cheio de estática.

— *Sam, o que está assistindo?*

— *Da-daaa.* — Um balbuciar dicotômico, prenúncio de que uma criança estava sentada numa poça de xixi.

— *Queremos assistir ao* Clueless.

— Clueless? *Não é um programa para meninas?*

Tentei fingir que era invisível, que meu quarto era um bote de madeira pronto para cortar os laços com a nave-mãe. Aquilo não era o retiro espiritual que eu tinha em mente. Uma mulher numa jornada de autodescoberta não compartilha uma casa com sete crianças. E ela certamente não fica menstruada. Oh, uma mulher mais maternal teria achado as crianças adoráveis, preparado um tabuleiro de xadrez, cantado como Julie Andrews, brincado de pega-pega até quebrar uma lâmpada ou alguém começar a chorar. Em vez disso, escondi-me atrás de minha porta, empanturrada e de mau humor, na esperança de que eu e o meu absorvente perfumado conseguíssemos atravessar a noite.

DUAS SEMANAS DEPOIS de eu ter começado a trabalhar no Oyster Shell, Rawl convidou-me para sair. Os outros garçons brincaram que ele estava "assaltando o berço", mas não liguei. Era meu primeiro encontro de verdade. Rawl espetou um bilhete em nossa porta da frente dizendo que eu tinha duas escolhas: iríamos jantar à luz de velas ou visitar outras galáxias.

Naturalmente, eu escolhi as galáxias.

Chegamos lá para comer cogumelos. Eu não sabia muita coisa sobre drogas, exceto que fumar maconha me deixava completamente amortecida e estúpida, mas pensei, que diabo, eu tinha de tentar alguma coisa nova. Medo era uma idéia abstrata, como a morte ou o ano 2000. Se os cogumelos fossem pavorosos, não os comeria de novo. Era fácil assim. Sim agora, não mais tarde. Além disso, não importava quanto eu voasse alto, no final teria de descer.

Por volta das seis, Rawl subiu as escadas com calça de suedine, o rosto recém-barbeado e cheirando a Old Spice. Na mesa da cozinha, ele abriu uma lata de Coca-Cola e, depois, um saquinho plástico. Eu pensava que os cogumelos eram cor de alfazema, de um formato esquisito como comida de fada, mas cada chapéu era enrugado e marrom, como a cabeça encolhida de uma criancinha.

— São todos *naturais*, Lil — disse Rawl com um sorriso de vendedor, suas coxas gingando de excitação. — Eu e aquele sujeito, Pogie, de Baton Rouge, costumávamos colhê-los na ração para as vacas em Kentucky. A coisa é que eles não são como ácido. Os índios os comem para ver Deus. — Passou as mãos sobre a face como um mágico preparando um truque. — O Criador em co-res.

Dividiu o bagulho em duas pilhas desiguais.

— Não muito para você, mas tem que experimentar os talos azuis. São os que dão a zoeira. Agora, são uma dureza para engolir, mas você tem que mastigá-los. Aqui, prove com Coca-Cola. Lil, você vai adorar. Viagem luminosa, fantástica.

Agitou as mãos como uma animadora de torcida.

— *Tchan-tchan-tchan-tchan...*

Os cogumelos tinham gosto de sótão bolorento. Glóbulos grudaram-se em meus dentes. Com uma unha, tirei a maçaroca fora, empurrando tudo goela abaixo com um gole de Coca morna. Fato consumado, subimos num carro emprestado e seguimos para o Walwinet Inn, um grande hotel dominando o mar. Rawl disse que era o melhor lugar em Nantucket para ver o pôr-do-sol.

— *Que dia para sonhar acordado* — cantou Rawl. — *Feito de encomenda para um cara sonhador...*

O hotel apareceu. Estacionamos e caminhamos para os fundos. O jardim do Walwinet era enorme, um gramado imenso e plano aparado por uma equipe de jardineiros. Fizemos nosso pedido ao garçom. Logo depois, uma Myers com suco de laranja chegou, e eu segurei o copo na mão, os cubos de gelo balançando como bandeirolas ao vento. O rum adoçou a amargura de minha boca. Continuei a esperar que a viagem começasse, mas tudo que sentia era a energia fluindo através de minhas veias, e meu corpo parecia distante, irrelevante, como se eu fosse uma cabeça solta no ar. A vista era estupenda. O céu, um rosa pulverizado com grandes estrias cor de púrpura, o sol, um pêssego radiante. Correndo um dedo pelo meu vestido preto de algodão, fiquei admirada ao ver como cada fio era trançado, por cima e por baixo, a ondulação, a trama, a textura, o tato. Minhas pernas bronzeadas pareciam firmes, porém macias, lisas, sem pêlos. Notei a grama. Montículos de esperança. Lembrei-me de minha boca. Lembreime de meu encontro.

Onde estava Rawl?

Oh, lá estava ele, lá em cima, perambulando, brincando sozinho, balançando num balanço imaginário, as palmeiras transformadas em sombrinhas em miniatura. O vento salgado enfunou meu vestido curto, soprando para dentro e para fora, rodopiando em torno de minha cintura e quadris e coxas como uma grossa língua amorosa. Agora, todo o danado do céu estava prestes a alguma coisa. Nuvens cor de laranja, fragmentadas, erguiam-se em todas as direções. Listras púrpura esticavam-se até quase desaparecer.

A vida era tão bonita.

Rawl era tão bonito.

O sabor de minha Myers e suco de laranja era tão bom.

Rumamos para Siasconset, um velho vilarejo de pescadores do lado leste da ilha. Quando o carro parou, Rawl debruçou-se sobre a alavanca do câmbio e murmurou:

— Lili, esse é o restaurante mais romântico do planeta.

— Do planeta?

— *Estou desmaiando. Estou morrendo.*

Espiando pela fileira enorme da sebe, vi que Rawl tinha razão. Chamava-se Summer House e era um sonho. Um passeio de conchas brancas trituradas enveredava pelos canteiros de flores até uma casa de fazenda com um longo e preguiçoso alpendre. Ao redor do jardim, havia pequenos chalés. Do tamanho de casas de bonecas, agachados entre rosas cor-de-rosa e luzes de Natal. Adiante, o alpendre reluzia e velas bruxuleavam lá dentro e o rumor de conversa saía pelas telas abertas. Ao percorrermos o passeio branco, um piano recepcionou-nos com *Satin Doll* e o cheiro de alho e vinho e cigarros convidou-nos a nos aproximar.

Rawl subiu as escadas e abriu a porta de tela.

— *Entrez, mademoiselle* — disse, com uma reverência e uma piscadela. — As damas primeiro.

Lá dentro, o *barman* sorriu, como se nos esperasse. Acima dele, taças para vinho penduravam-se de cabeça para baixo como a se resguardarem para a celebração da vida. A área do bar tinha uma lareira e um assoalho verde e sofás floridos emergindo entre cadeiras de cana-da-índia, e o local inteiro parecia um jardim transplantado para dentro da casa.

Rawl tirou um chapéu imaginário para o pianista, um sujeito de certa idade em um *smoking* elegante.

— *Maestro* — disse Rawl. — Quero que conheça uma amiga minha; Sal, esta é Lili.

Sal cumprimentou-me polidamente e não parou de tocar aquelas teclas pretas e brancas, sem jamais olhar para as mãos. Sentamo-nos ao lado do fogo, um toque de inverno no verão, observando as chamas laranja perfeitas com lampejos de azul e rabiscos de verde. Lá em cima, no salão de jantar, garçons de *smoking* inclinavam-se e curvavam-se sobre os clientes, oferecendo enormes pratos fumegantes de comida, como médicos apresentando bebês recém-nascidos. O rapaz dos vinhos ensaiava passos de dança, todo rococó, estourando champanhe e virando as rolhas para cheirá-las. O vozerio alegre e as cadeiras de flores cor-de-rosa e o piano dedilhando suaves melodias — era o paraíso. Era o Jardim do Éden.

O vinho chegou. Grandes taças de vinho branco. Eu não podia nem imaginar colocar alguma coisa para dentro de meu corpo; já estava repleta. Um gole, e o vinho iria escorrer pelo meu queixo, como água derramada numa garrafa já cheia.

Esquecera-me de Rawl, de novo: lá estava ele, porém, doce e sensual à luz das chamas. Parecia absolutamente relaxado, as mangas da camisa enroladas até os cotovelos, cadarços desamarrados, as pernas cruzadas casualmente, a de cima balançando ao som da música, e sua expressão animada, com um sorriso de drogado.

Ele murmurou:

— Você está bem?

Não consegui falar, mas sorri. Meu vinho continuava ainda em minha mão. Coloquei-o sobre a mesa porque não conseguiria segurá-lo e observar tudo. Não ao mesmo tempo. Olhei para as mãos. As meias-luas nas unhas brilhavam como o nascer do sol. As impressões digitais de meus dedos eram impressionantes, todas aquelas linhas suaves em curva — eu as fizera, eram minhas e circulavam em direção ao centro como um segredo à espera de ser contado.

Atrás de mim, um casal de meia-idade começou a dançar. Eram bonitos e elegantes. Ela, num *cocktail dress* rosa e sandálias de corda. Ele, de bermudas listradas e uma gravata-borboleta de bolinhas e *blazer* azul-marinho. Ela com quadris arredondados como mulheres casadas devem ter. E dançavam, e eu pude ver que depois de todos aqueles anos, os dois ainda estavam apaixonados. Verdadeiramente apaixonados. Sempre que o Gravata-Borboleta girava a Vestido Rosa, ela rodopiava em torno dele. Mesmo quando seus braços se enroscavam nos volteios, saíam-se perfeitamente bem ao final. Assim eu queria ser, algum dia. Um velho casal ainda dançando.

Eu tinha de fazer xixi, mas não estava segura de que minhas pernas iriam funcionar. Apoiando-me em cada braço da cadeira, levantei-me e me vi de pé. Rawl apontou para além do bar. Tentei parecer normal. Sorria para o *barman. Procure um WC. Segure a maçaneta da porta. Empurre. Entre deslizando pela abertura entre a parede e a porta. Aqui estamos. Só um sanitário. Vazio. Abrir. Trancar. Fazer xixi. Limpar. Dar descarga.*

Quando olhei para o imenso espelho da parede para pentear o cabelo, enregelei, incapaz de acreditar no que via.

Eu estava linda. Maravilhosa.

Meu nariz tinha afilado, as maçãs do rosto eram angulosas. Meu cabelo não era mais daquele tom de loiro sujo, mas platinado, brilhante e farto. Quando o penteei para trás, cada dente do pente deixou um sulco individual. Em vez de apertar meu rosto ou fazer careta, olhei para aquele meu reflexo, para aquela mulher sedutora, de olhos felinos.

Ela poderia ter qualquer um. Ela poderia ser qualquer coisa.

Talvez eu não estivesse "viajando", afinal.

Eu não queria sair do banheiro porque aquela mulher poderia desaparecer para sempre e eu estava me apaixonando, mas não se pode ficar para sempre no banheiro feminino olhando para si mesma, porque as pessoas iriam imaginar o que se passaria, e Rawl estava me esperando no bar e ele prometera me levar para a floresta secreta onde as fadas dos bosques habitavam e depois, mais tarde, naquela noite, voltaríamos para Four Corners e desabaríamos sobre minha cama de solteira de roupa e tudo e nos abraçaríamos até que todas as cores que rodopiavam sem cessar finalmente se apagassem e a cama aconchegasse nossos corpos como a areia da praia.

Abri a porta do banheiro, passei pelo *barman*, preocupada em não conseguir localizar Rawl, que ele tivesse desaparecido, mas lá estava ele ao pé do fogo, ajeitando o cabelo atrás da orelha, sorrindo aquele sorriso.

Ele levantou-se e pousou o braço num gesto galante sobre meu trono cheio de lírios, como se toda aquela maravilha fosse obra sua.

— Bem-vinda à Ilha da Fantasia. — Falava como Ricardo Montalban, só que sulista.

E eu disse:

— *O avião. O avião.*

NA FULL HOUSE, a primeira tigela de cereal matinal foi servida às 6h30, de maneira que meu dia começou cedo. Lá pela metade da manhã, peguei minha bicicleta e rumei para a cidade. Passear pelas ruas calçadas era como tropeçar num sonho familiar. As moradias dos velhos capitães, os canteiros de flores, as hortênsias, os velhos olmos ao longo da rua principal, o mural redondo mostrando Nantucket como o epicentro do Universo e relacionando a distância para alguns poucos locais para onde se poderia querer ir: Paris 6 027 km, Bermudas 1 110 km, Hong Kong 16 818 km. Os antigos símbolos de *status*: mulheres carregando sacolas de palha, cestas feitas de bambu com terminações de dentes de baleia entalhados, usadas como sacolas de verão, homens usando seus Nantucket Reds, roupas de tecido rústico colorido da cor de tijolo que depois de muitas lavagens desbotava para um rosa-pálido.

O que pensariam os *quakers* de sua ilha, agora? Era difícil imaginar que Nantucket tivesse sido fundada por uma comunidade tão devotada que fazia cara feia para a música e a dança. Lá por volta de 1800, os *quakers,* incansáveis trabalhadores, haviam transformado aquela ilha de 22 quilômetros e meio no maior porto baleeiro do mundo. Mas quando a indústria baleeira entrou em decadência, também Nantucket declinou. Durante anos, a ilha, que os índios *wampanoag* chamavam de Nantucket, que significa "ilha distante", permaneceu completamente abandonada até a chegada do segundo grande fluxo de caixa: o turismo.

Nantucket era turística quando a conheci, mas agora parecia ter se superado. Tudo tinha atingido a mais alta escala. As mulheres da cidade nadavam em ouro. Dirigiam Range Rovers com telefones celulares, as bocas em bico quando se estressavam com as compras. Eu me recordava de Nantucket como mais eclética, um lugar para vagabundear num banco com uma casquinha de sorvete derretendo, algum cão sem coleira pulando nas pessoas para fazer amigos. Nantucket costumava parecer um lugar imaginário, esquecido. Agora, parecia um *resort* onde as pessoas fingiam esquecer, uma ilha decorada para parecer uma ilha, algo que Martha Stewart criaria ou recriaria à imagem daquilo que certa vez fora real.

Na Jared Coffin House, sentei-me no pátio, à direita de onde Rawl e eu sempre nos demorávamos. Olhando ao redor para os guarda-sóis, os clientes e suas limonadas, tentei imaginar quanto quinze anos antes significava; tudo parecia distante, mas interligado, um livro antigo em uma série, uma história que eu lera e relera para relembrar em detalhes.

Minha garçonete era loira e bonita, de rabo-de-cavalo, e eu fiquei imaginando se ela estava de ressaca. Em nome dos velhos tempos, pedi uma Budweiser, sem copo, e um maço de Marlboro Lights. Tomei um longo gole de cerveja e então rasguei o rótulo ressecado. Meu pai ficara horrorizado quando anunciei, na faculdade, que bebia Bud, e agora eu conseguia ver por quê. Acendi meu Marlboro, traguei, esperei pela tontura na cabeça. Não fumo muito, mas de vez em quando gosto de um cigarro, principalmente quando estou bebendo; é um ato de rebelião tímido e rápido.

Fora naquele mesmo pátio que eu aprendi a fumar. Rawl me ensinou, como tantas outras coisas. A princípio resisti, porém, por fim, eu condescendia vez ou outra para ser cordial, uma acomodação que enchia Rawl de orgulho.

— Lil não fuma — confidenciava aos amigos. — Mas compartilha um cigarro comigo.

QUANDO O PESSOAL EXPRESSAVA preocupação com Rawl acerca de minha pouca idade, ele se vangloriava de que eu era a esperta. Verdade seja dita, não havia muito em que usar de vivacidade. A vida, em Nantucket, era uma festa sem fim, uma carruagem enfeitada sem freios. Cogumelos. Maconha. Cocaína. Percocet. Não importava quanto se estivesse alto, alguém estava mais. O deboche crescia exponencialmente na festa anual de Wapatula, uma bebedeira do tipo venha um, venham todos, em que todos emborcavam uma garrafa — tequila, Old Milwaukee, álcool de cereais, o que fosse — num barril imenso, distribuído depois com fartura para os participantes embriagados. Incertos da toxicidade da mistura comunitária, muitos convidados chegavam cambaleando, só para ter certeza de que sairiam carregados.

Depois do trabalho, Rawl e eu nos escondíamos em bares com luz de vela, chutando o pau da barraca. Bebíamos direto Madrases, Sea Breezes, Bloody Marys, Tom Collinses, White Russians, Kamikazes, Salty Dogs, Cape Codders, Iced Teas, Tequila Sunrises, Frozen Mud Slides, Stingers, Gimlets, Margaritas, Mimosas, Courvoisiers, Camparis, ponches de rum, Pousse-Café, Grand Marniers, Fuzzy Navels, Sloe Confortable Screws, Sex Between the Sheets, Sex on the Beach, Tanqueray e tônicas, Seven and Sevens, pastilhas com limão, rum e Coca e, o remédio para ressaca, cerveja com molho inglês Worcestershire sobre o gelo.

Rawl sempre tinha um amigo no bar; nossa conta raramente estourava as dez pratas.

Fizemos sexo pela primeira vez uma semana ou duas depois daquele primeiro encontro. Rawl gostava de brincar sobre os *gays* seguindo para a praia para uma "rapidinha", as cabeças apontando das dunas como coelhos, mas, na verdade, não éramos tão diferentes. Uma noite, subimos em sua motoneta e rodamos para Seaside Beach. Rawl uivava ao luar, deixando sua camisa desabotoada esvoaçar ao vento morno. Esticamos uma toalha curta sobre um trecho de areia. Olhei para o alto, o céu com um milhão de estrelas pulverizadas. Sexo na praia, o ato, não o drinque, era outra iniciação, embora, como muitas manobras ousadas, melhor na teoria do que na prática. Rawl sempre parecia intrigado quando fazíamos amor, como se não pudesse acreditar que nós estivéssemos, realmente, pondo fogo na casa.

Quando o verão passou, ganhamos na cidade a reputação de dormir sobre os capôs dos carros estacionados. Nós nos inclinávamos para trás a fim de ver a lua e cochilávamos para acordar somente com o policial acendendo uma lanterna em nossa cara e nos mandando ir pra casa.

— Sim, senhor — dizia Rawl. — Apenas tirando um cochilo. Bela noite, né?

Caíamos dormindo em bancos e muretas porque estávamos exaustos. Dávamos um duro danado, trabalhando muito mais do que nos divertindo. Rawl trabalhava em turnos dobrados; eu pegava a *happy hour*. Em muitas noites estava tão delirante que servia mesas durante o sono. Nesse pesadelo, a noite rodava, mesas e cardápios rodopiavam por todo lado, enquanto os clientes, zangados, clamavam pelos daiquiris, pelas contas e travessas de ostra. Sua sopa estava fria. Seu gelo, derretido. Não importava quanto eu me esforçasse, nunca deixava ninguém contente.

Em nossos raros dias de folga, Rawl me levava para belos lugares onde praticávamos a fina arte de não fazer absolutamente nada. Numa manhã, depois de um prato de ovos fritos, Rawl me levou a uma doca fechada e nós deitamos sobre as tábuas de madeira, deixando o sol aquecer nossa face.

— *Sentar na doca da baía, olhando a maréééé passa-a-ar* — cantou Rawl. — *Sentar na doca da baía, deixando o teeempo rola-a-ar.*

Deitei minha cabeça em seu estômago, que roncava de fome, ouvindo o bater do oceano contra as pilastras. Rawl abordou seu assunto favorito, de como queria abrir seu próprio restaurante em Nantucket.

— Lil, tudo que eu tenho de fazer é achar um lugar — começou. Espalhou os cachos loiros para queimar ao sol; pareciam um halo. — Stoofie pode ser o chef. Seu molho cremoso dá aquele *chá* em seu *chachachaá*. Arnball gerencia o restaurante. Arnball Henderson dirige o After Fives em Memphis. Mantém os *gays* na linha. Decoramos como o Summer House, em florais de rosa e aquela merda toda.

— O que faremos nos invernos? — perguntei. Sempre prática.

— Invernos? — disse Rawl. — Ora, pouco, Lil. Vamos para as Ilhas Virgens. Ohhhh, Deus, você adoraria aquilo lá. Estamos falando do paraíso. *Deitar numa puta rede.* Fazer de uma tardinha uma delícia. Bebericar um coquetel. Acha que dá conta disso?

— Você sabe, Rawl — eu disse, acariciando-lhe a mão. — Acho que poderia dar.

Do ponto de vista de Rawl, os investidores estavam todos errados. Trabalhavam como cães para comprar a casa dos sonhos em Nantucket, a qual não tinham tempo de desfrutar porque estavam se escravizando para levar os ossos para casa. Enquanto isso, ali estávamos nós, dois garçons de cabeça fresca, deitados naquela pedra maravilhosa, acenando para os executivos no barco do meio-dia. Eles que ficassem com o *cacife*. Nós tínhamos Nantucket. Importante era viver para o belo. Tomar a grana do diretor-presidente com um sorriso.

Deitada ali na doca, cega pelo sol de julho, percebi que meus pais tinham pirado totalmente. Eles não viviam para a beleza. Eram preocupados demais com impostos e carburadores e moldes. Nunca se enfiavam dentro do carro e seguiam para uma doca e simplesmente se sentavam lá. Se fossem a algum lugar, *iam por alguma razão*. Nunca bebiam Mai Tais e faziam sexo. Gente velha poderia beber Mai Tais e fazer sexo, mas meus pais não, e era uma tremenda vergonha. Porém não havia jeito de sugerir uma coisa dessas a meus pais. Tinham de imaginar essas coisas por si próprios. Só se, talvez, eu alugasse um quarto de hotel para eles, em Nantucket. Sentá-los de frente para uma lareira no Summer House. Arrastá-los para o mar. Fazê-los beber.

Rawl ainda continuava falando sobre seu restaurante. Parecia duvidoso que juntasse dinheiro para abrir seu próprio negócio, mas eu não ia cortar do barato dele. Ele que sonhasse. Era isso que eu amava em Rawl, ele era tudo que eu havia sido criada para não ser. O pragmatismo de meu pai, a compostura de minha mãe, joguei tudo num armário, fechei e tranquei a porta, corri de pés descalços ao luar.

Claro, a reclusão foi apenas temporária. A realidade fugiu com os cabides, conspirando sua vingança. *O Dedo Movente escreve; e, tendo escrito, se Move; nem toda a sua Piedade nem Vontade Pode atraí-lo de volta para cancelar metade de uma Linha.* Era um dos ditados favoritos de Rawl, a maioria dos quais me fazia rir, porém aquele negócio de dedo em movimento me dava arrepios. Imaginava uma mão enluvada assinando uma página em branco com uma pena de pluma com tinta preta. Mesmo assim, eu realmente não compreendia o que isso significava — *o dedo movente escreve* —, a conseqüência sendo inconcebível para alguém aos 18 anos, a conseqüência sendo inconcebível em Nantucket.

Os DIAS CONTINUARAM a encurtar à medida que o verão avançava para o outono.

Naquele setembro, eu começava meu ano como caloura na faculdade, em Providence. Rawl decidiu mudar-se para Boston, que distava uma hora. Faríamos com que desse certo, de alguma forma. Em minha última semana na ilha, mergulhei fundo em cada momento, nas rosas, no sino da igreja, na mão de Rawl em minha coxa, nas linhas ondulantes de sua testa. Em todos aqueles bares. Todos aqueles *barmen* de avental secando copos com seus guardanapos. No cheiro de amendoins salgados e fatias de lima.

— Vamos pedir ostras — disse Rawl. — Pra recarregar minha caneta. Agora, Lili, prometa que não vai mudar. Prometa que não vai deixar aqueles caras da faculdade chegarem em você.

— Prometa que não vai fumar muita maconha — contra-ataquei.

Maconha era uma coisa que fazia com que brigássemos. Eu achava que a maconha tornava Rawl estúpido. Rawl achava que a maconha o deixava esperto. Eu diria que ele só se sentia esperto porque estava muito chapado para saber a diferença. Rawl diria que a maconha o ajudava a relaxar. Depois eu diria que ele parecia estar se saindo muito bem nesse departamento sem a maconha.

Rawl tirou um cigarro, enfiou-o atrás da orelha como um lápis.

— Prometa-me que sempre usará meias de pares diferentes — ele disse.

— Palavra de escoteiro — Ergui dois dedos.

— Estou falando sério sobre as meias. — Rawl balançou a cabeça com uma risadinha maliciosa. — Essa é minha Lili. Uma garota da Ivy League, mas as suas meias não combinam.

— *Mulher* — disse eu. — Uma mulher da Ivy League.

— Olha só que ianque liberal fodida.

— Oh, buuuu.

Agosto chegou. Fiquei de pé no convés superior da balsa e olhei para baixo, para Rawl, quadris deslocados para um lado, o rosto entre as mãos em concha, a camisa de flanela amarrada em torno de sua cintura estreita, os cabelos loiros enfiados atrás da orelha. Tive vontade de saltar. Tive vontade de pular e nadar de volta para ele. Tudo que eu tinha e tudo em que acreditava estava parado no estacionamento. Rawl enxugou os olhos. A buzina do barco soou. Eu acenei. A balsa avançou. Rawl acenou uma mão triste. Imaginei que, se eu pulasse, morreria do impacto ao atingir a água? Talvez assim que chegasse a Hyannis eu pudesse pegar o próximo barco de volta. Acenei, mas Rawl não tinha mais rosto agora. Era apenas uma camisa branca. Quando se voltou, não era mais nada.

Nossa FULL HOUSE transbordava. As crianças estavam por toda parte com sandálias e revólveres de água e cascas de pão não comidas. Logo cedo, dei uma longa caminhada pela praia. O céu estava pálido e sonolento, a bruma ainda pesada. Ondas de metro e meio estouravam na areia fria. Pouco além, um homem nu apareceu no meio da neblina. Era forte, peludo, como um daqueles homens-macaco que se vêem em gráficos da evolução das espécies, com longos braços e um andar primitivo. Continuei olhando para ele, certificando-me de que era real. Sim, definitivamente, ele estava ali. Um homem nu com um pênis. Um nadador, supus, mergulhando pelado antes que a multidão lotasse a praia. Quando se aproximou, desviei os olhos, fingindo-me fascinada com alguma gaivota para que o sujeito não pensasse que o estava examinando, o que, é claro, era o que eu estava fazendo. Engraçado como homens nus parecem indefesos, inofensivos, os genitais balançando como fruta dependurada. É incrível como aquele pacote de órgãos dirige o mundo moderno. Reprodução. Continuação das espécies. Pela vontade de um pênis, eu sou uma mulher. Conheço um monte de mulheres que julgam que os pênis são criaturas bonitas, mas eu nunca fiquei de queixo caído por um. Parecem bons, certamente, e o entusiasmo dessas mulheres é admirável, mas o pênis como arte, como figura erótica, não significa muita coisa para mim. Talvez eu ficasse mais boquiaberta com um martelo de veludo. Talvez fosse esse o problema. Havia ainda muita coisa sobre sexo que eu não compreendia. Em meu livro, sexo é tão misterioso como Deus, talvez mais. Não, definitivamente muito mais, porque sexo parece simples, mas não é. O que poderia ser mais básico, fundamental que seu próprio corpo? Ainda assim, a química do prazer é puro vodu.

Isso me faz lembrar uma fotografia de Degas que vi, certa vez. De alguma forma, Degas superexpôs o filme durante a revelação para que sua imagem — uma bailarina, é claro — fosse parcialmente positiva, parcialmente negativa. O fundo, por meio de algum acidente químico, é aquele laranja surpreendente, como o sopro cósmico final antes que o mundo mergulhe na escuridão. Em meio a esse fogo laranja, a moça dança. E ela está lá e não está; ela própria e sua sombra. Aquilo parece próximo ao lugar sobrenatural onde o sexo reside, o local que passei anos tentando encontrar.

Minha educação sexual foi no mínimo superficial. Meus pais mantinham silêncio sobre o assunto. Chip era quatro anos mais velho, mas ele não falava. Depois de minha primeira aula de educação sexual na escola, lutei para assimilar as estranhas palavras novas. *Va-gi-na. E-ja-cu-la-ção.*

— Mas eu não entendo por que alguém haveria de querer fazer isso — disse para minha mãe depois da escola, enquanto ela lavava os pratos usando aquelas suas luvas de borracha azuis. Para mim, fazia tanto sentido como enfiar o cotovelo no nariz de algum garoto, o dedão na orelha. — Quero dizer, e se isso nunca *ocorrer* com você?

Nossa professora dera um jeito de explicar o intercurso sexual sem uma única menção ao prazer ou ao desejo. Só com um trecho de filme sobre *e-ja-cu-la-ção* e o esperma nadador e um cartaz mostrando um bebê pendurado em seu cordão umbilical. A luxúria deixava os pais nervosos. Era tão... bem, incontrolável. Assim, em Connecticut, adultos tinham intercurso sexual para fazer bebês, uma explicação que fazia com que nós, crianças, nos sentíssemos acalentadas e desejadas, como se nossos pais tivessem suportado o sexo apenas por nós.

Em casa, o mais perto que Chip e eu chegávamos de ouvir algo a respeito de sexo era quando meu pai fazia algum comentário sobre "fulano de tal" que "realmente botara pra quebrar", e minha mãe se encolhia de vergonha. Ou quando meu pai mencionava alguma atriz que estava "chacoalhando" com "fulano de tal", e minha mãe fazia uma cara de sofrimento.

No intervalo, aprendi sobre sexo com Rawl. Enquanto minhas amigas passavam o ano de calouras de faculdade tentando perder a virgindade, eu descia a colina e tomava o ônibus para Boston. Rawl me ensinou sobre sexo oral e sexo anal e o que era 69 e como fazer isso. Contou-me histórias a respeito de pessoas que faziam xixi uma na outra, um "banho amarelo" ou coisa assim. Quando Rawl vinha por trás de mim usando minha calcinha em torno do pescoço ou querendo derramar mel em meus seios, eu não recusava. Supunha-se que você goste de sexo — todo o sexo — ou você era frígida, o que certamente eu não queria ser, de maneira que estava pronta para o que desse e viesse, querendo poder me esclarecer, ser mais aventureira, imaginando por que eu não haveria de querer romper os limites, tocar e penetrar todos aqueles orifícios, descrever cada sensação, experimentar, permitir. Mas eu não era assim. Gostava quando o sexo era simples e amoroso, prazeroso mas gentil. Gostava do depois. Da exaustão, do silêncio, dos corpos moldados juntos como suflê, as claras mesclando-se à gema.

Não importava o que fizéssemos, nunca tive um orgasmo. Nem mesmo cheguei perto.

Isso aborrecia Rawl, e, em dado momento, naquele inverno, ele começou a pensar em maneiras inventivas de me consertar. Lançava sugestões enquanto estávamos deitados na cama, de noite. Talvez eu precisasse de um som da pesada. Talvez eu precisasse consultar um psicanalista para aprender alguns jogos mentais medíocres. Ou de uma prostituta, uma profissional do sexo que pudesse orquestrar alguma pirotecnia de classe mundial.

95

— Uma prostituta, uma mulher, para eu não ficar com ciúmes — disse Rawl.

— Talvez funcione — eu disse, meio dormindo. — Quem sabe?

Era como se Rawl desejasse esse orgasmo mais do que eu. Ele queria ter um por *mim*, mas também queria que eu tivesse um por *ele*, porque sendo com uma mulher, ele poderia não ficar satisfeito em se sentir como um amante imprestável. Como eu nunca tivera um orgasmo, eu não sabia o que estava perdendo. Falar sobre como eu era incompleta me fazia sentir ainda pior.

Algumas vezes, Rawl brincava com os amigos dizendo que eu era fria.

Humilhada, eu não dizia nada.

Por fim, Rawl arquitetou um esquema infalível. Um *ménage à trois*. Estimulação em dobro. O poder masculino em dobro na tarefa. Eu, a abelha-rainha, deitada de costas e possuída. Só Rawl sentiria ciúmes se eu estivesse com outro homem, mas talvez ficasse tudo bem se fosse Seymour, seu melhor amigo de Louisville. *Para manter tudo em família*. Quando eu chegasse ao ponto, Seymour recuaria e Rawl terminaria, como um decorador de interiores que chega a tempo de colocar o último travesseiro no lugar.

— Bem — disse eu —, podemos tentar.

Assim, numa noite, em Boston, nós três fomos para a cama. De luz, apenas umas velas. Rawl deitado à minha direita, Seymour à minha esquerda.

Duas fatias de pão branco, um sanduíche de garota.

Os homens não queriam tocar um no outro. Rapazes que são do sul, da linha de Mason Dixon, não fazem isso. Rawl me beijou. Seymour apalpou um seio. Rawl empalmou o outro seio. Dois lobos. Uma carcaça. Eu jazia de costas, observando o espetáculo, sem sentir absolutamente nada. Aquilo não tinha nada a ver comigo. Seymour ajeitou-se sobre mim. Introduziu seu pênis. Tentei decidir se ele parecia diferente de Rawl. Mais fino talvez. Menos encorpado.

Orgia — que palavra pomposa, divertida. Imaginei os romanos pinoteando, os corpos lustrosos envoltos em seda e pérolas, dividindo uvas entre os degraus ornados de colunas coríntias, deixando que o vinho tinto escorresse dos queixos. *Saturnalia*, *Bacanalia*. Uma alegre confusão de pernas. Avidez cheia de luxúria e luxúria cheia de avidez. Todos felizes ao mesmo tempo, vivendo para o prazer.

Mas não era assim. Aquele sexo era frio e silencioso; cenas congeladas de filme, cortadas com uma lâmina indiferente. Seymour se retirou. Rawl entrou. A mulher como tanque de combustível.

Seymour ficou observando. Eu fiquei observando Seymour observar. Rawl caiu de costas. Aparentemente, aquilo não estava dando certo. Nada estava acontecendo ou funcionando. Estávamos todos ainda na mesma.

— Como se sente? — murmurou Rawl.

— Bem — disse eu.

— Bem?

— Bem.

Ninguém teve um orgasmo naquela noite. Ninguém tinha ânimo.

Mais tarde, de volta ao nosso quarto, deitei-me sozinha com Rawl, as lágrimas frias delineando minhas pálpebras como renda. Foi o primeiro e o último dos experimentos sexuais de Rawl. Pelo resto do tempo em que estivemos juntos, limitou-se a manter silêncio a respeito de sexo. Ele me procurava, e eu não conseguia chegar ao clímax e nenhum de nós esperava que eu conseguisse. Eu não me importava de nunca ter tido um orgasmo. Algumas coisas irreparáveis é melhor nem tentar consertar.

O TEMPO INTEIRO em que fiquei em Nantucket, mantive a expectativa de deparar com alguém que eu conhecesse. Quando comecei uma conversa com um paisagista britânico, partimos para um jogo de você-conhece-fulano-de-tal e finalmente achamos um nome em comum: Cooper.

Cooper era uma celebridade na ilha. Tinha trabalhado em todos os bares de alto nível pela cidade; sempre que o irlandês chegava, era certeza de uma festa. Cooper era o *barman* no Oyster Shell quando eu trabalhava lá. Sempre fora gentil. Na tarde em que deixei cair uma bandeja inteira de daiquiris com morango com rum com 151 graus de teor alcoólico para coroar, Cooper limpou minha bandeja e começou a sacudir a coqueteleira sem uma única palavra.

O rapaz me contou que Cooper estava trabalhando no Salty Dog, um antigo estabelecimento de sopas que agora, aparentemente, era o *point* do momento. E, na tarde seguinte, eu deslizei para uma banqueta e estudei o *barman*. *Não* parecia o Cooper de quem eu me lembrava, contudo não era que *não* parecesse com ele. Rosto redondo, pele rosada, cabelos castanhos com franja, um bigode farto.

Dois rapazes falantes, de bonés de beisebol, perto de mim, entornavam chopes, falando sobre o nevoeiro. Um reclamava de que não poderia voar para Atlantic City por causa da visibilidade baixa e iria perder a cabeça se não conseguisse dar o fora daquela ilha.

— Desculpe-me — eu disse, apontando para o *barman.* — Qual é seu nome?

— Cooper — disse ele.

Voltei a remexer minha memória em busca daquele rosto. Claro, era Cooper. Quinze anos haviam se passado. Cooper se inclinou, apoiou os cotovelos no balcão laqueado. Eu me esquecera de quanto Cooper podia ser atencioso, como se sua *meloncolada* gelada fosse a coisa mais importante do planeta.

— O que posso fazer por você, minha cara? — perguntou gentilmente.

— Vinho branco, por favor.

— Vinho branco para a dama — ele disse.

À mesa de canto, três mocinhas tagarelavam sem parar. Faces redondas e bronzeadas. Bustiês. *Shorts*. Coquetéis brilhantes como bolas de praia. Pareciam levemente embriagadas, brincando e fumando, balançando-se em cadeiras de capitão, perdidas no mar.

Perto de mim, os dois rapazes conversavam com Cooper.

— Já deixei o quarto reservado — disse o Jogador. — Tinha o dinheiro no bolso, pronto para gastar. Então, bum, o nevoeiro caiu, e Jimmy diz que ele não vai voar. Eu digo: "Jimmy, não faça isso comigo, homem. Tirei o fim de semana de folga". Mas ele insiste: "Sem chance". Portanto, onde há um lugar decente por aqui pra se comer um churrasco?

— O Automóvel Clube? — sugeriu Cooper.

O Jogador fez uma cara de dar dó.

— Rose and Crown?

— Neca.

— Ei, já ouviu falar naquele cara que perdeu o braço hoje? — perguntou Cooper. — Guiando uma motocicleta. Um motorista o atropelou.

— O que acha de um espeto no Arno's? — perguntou o Jogador, ignorando o motociclista e o braço amputado.

Revirei meus olhos. Como é que tantas pessoas insensíveis terminam num só lugar?

Uma loira da mesa do canto chamou:

— Ei, Cooper. Outra rodada para a aniversariante.

Cooper olhou, sorrindo.

— Quer um *Flaming Screamer?*

— Hum-hum — resmungou a garota, arrumando o bustiê.

— Tudo bem, então. — Cooper pegou duas garrafas em cada mão. Quatro doses dentro de uma coqueteleira sob pressão.

A aniversariante exclamou, a face ruborizada.

— Você é o maior, Cooper!

O *barman* esvaziou sua mistura num copo de *parfait* com dois canudinhos.

— Vou te vencer.

A garota pegou o segundo canudo e disse:

— Não, eu é que *vou te* vencer.

Cooper exclamou:

— Preparar-colocar-já!

Quando chegaram ao fundo do copo, jogaram os canudinhos fora e se beijaram.

— *Parabénnnns pra vocêêê* — gritou Cooper, tocando a sineta do balcão: *dingdingding*. — Mais vinho?

— Claro. Por favor.

Eram apenas cinco da tarde e eu estava atordoada, atordoada o bastante para ter coragem de perguntar.

— Cooper — comecei. — Cooper, você se lembra de mim? Trabalhamos juntos anos atrás no Oyster Shell.

Ele aproximou-se, os olhos espremidos. Tantos verões. Tantas moças.

— No estabelecimento do Margie — disse ele, rolando seu filminho mental —, na Easy Street?

Eu me esquecera que um dia tinha trabalhado na Easy Street.

— Quando foi isso, 1983, 1982? Hummm... — Ele me encarou. — Você me parece familiar...

— Lili — eu disse. — A velha namorada de Rawl Johnson. — A namorada de Rawl Johnson, agora velha.

Cooper sorriu com ar de que me reconhecia, ou talvez estivesse fingindo para me deixar à vontade.

— Lili. Claro. Inacreditável. O que a traz aqui, amor?

As três garotas se aproximaram à procura de copos de vodca. Seus braços eram frescos e macios, como os meus tinham sido anos antes, quando eu era jovem demais para perceber ou ligar e, por um momento, eu as invejei. Ser jovem novamente em Nantucket. Ser aquela jovem em qualquer lugar.

Quando os copos chegaram, cada garota o tomou de um só gole, curvada como uma mulher.

Uma das amigas gritou.

— Um brinde para a aniversariante!

— Nãããão — berrou a homenageada, com um tapa no ar. — Eu disse que faço o brinde. Peguem os copos. Stef, pegue seu copo. Pronto. Cooper, venha cá. Você precisa ouvir isso.

As três juntaram a cabeça, animadoras de torcida ensaiando o grito de guerra. A aniversariante cantou:

Tim-tim para os homens que amamos
Tim-tim para os homens que nos amam
E se os homens que amamos não nos amam
Fodam-se. Tim-tim para nós.

O MÉDICO GREGO estava perdendo a paciência. Seu inglês era difícil de decifrar e Rawl estava à beira das lágrimas, perguntando sem cessar: "Tem certeza? Quem sabe a gente precise de outro tipo de teste". Eu não via nenhum sentido em discutir. Minhas virilhas estavam feridas. Não se pode argumentar contra os fatos.

Tínhamos viajado para a Grécia, de férias, para celebrar a chegada da primavera. Era nosso terceiro ano juntos. Eu fazia especialização na França e Rawl tinha viajado para me ver e tomamos a balsa entre as ilhas gregas até que chegamos a Paros. Eram para ser as férias de sonho, mas terminamos numa clínica médica. O doutor concordou, gesticulou e prescreveu uma receita e eu estudei os caracteres gregos impressos nos pôsteres médicos, que alfabeto curioso, caracteres crípticos que eu gostaria de conhecer.

O médico acabara de me dizer que eu tinha herpes.

Rawl não parecia ter, mas podia ter e não saber e então, por outro lado, ele poderia não ter. Eu não conhecia muito sobre herpes, só o suficiente para saber que não queria ter isso. Sabia que não tinha cura, que se pega e se transmite pelo sexo.

Olhei para Rawl. Ele estava em pânico. Não poderia ser alguma outra coisa a mais?

O médico grego jogou os braços para cima e disse que sentia muito e estendeu uma caixa de pílulas. Cambaleamos para fora, para o calor, passamos pelas lojas brancas enfeitadas de azul. Uma vovó de xale vendendo bonecas acenou a mão amarronzada em minha direção, segurando um poncho que queria me vender.

Rawl girou nos calcanhares e sapecou:

— Você dormiu com algum francês, não é? Apenas me diga se dormiu. Eu posso agüentar.

— Não — eu disse. — Não dormi.

— Então, de onde veio isso?

— Não sei. Talvez eu tenha contraído naqueles banhos em Baden-Baden — sugeri, tentando ser útil. — Quem sabe de algum assento de toalete ou alguma coisa assim.

— Não entende o que isso significa?

Balancei a cabeça. Não tinha idéia do que aquilo significava. Tinha apenas 21 anos e ainda esperava pelo primeiro orgasmo.

— Ninguém vai querer transar com você, se estiver com herpes. Entende? — Rawl inclinou-se sob o peso das palavras. — Ninguém quer você.

Ele estava chorando. Afastou-se de mim fazendo um giro.

— Quem sabe você não tenha isso — eu disse. — Talvez seja só eu, e nós tomaremos cuidado e será sempre coisa minha, não sua.

— Talvez o médico não saiba a merda que está fazendo! — exclamou Rawl. — Talvez seja gonorréia. Ou sífilis. Aposto que é sífilis.

Rawl ergueu os olhos para o céu e implorou.

— Por favor, meu Deus, herpes não. Qualquer coisa, menos herpes.

Mais tarde, naquela noite, Rawl conseguiu se acalmar. Parou de me culpar e começou a culpar a Mão Volúvel do Destino. Quando dormiu, eu fiquei acordada, imaginando se era uma pessoa diferente agora, se agora ninguém haveria de me querer. Talvez Rawl também não me quisesse. As feridas doíam, mas, pior do que isso, pareciam vergonhosas, como se eu tivesse feito alguma coisa que as merecesse, mas não conseguia pensar no quê. Tinha apenas de manter aquilo em segredo; eu era boa nisso. Enterrar a verdade bem fundo, no subsolo. Talvez eu pudesse desistir do sexo completamente, se uma tal coisa fosse possível. De repente, me senti mais velha, como se não fosse mais a pessoa que certa vez eu tinha sido, e não havia jeito de trazer aquela outra de volta.

Pensei na triste jornada que havíamos cumprido naquela manhã. Numa extensão sinuosa da auto-estrada, paramos para observar cabras perambulando pelos rochedos. A princípio pensei que os animais eram selvagens, livres para vaguear à vontade, mas ao diminuirmos a marcha do motor, ouvi as sinetas de bronze tilintando em torno dos pescoços. Quando Rawl puxou o afogador, as cabras inclinaram a cabeça para nos observar, duas curiosidades humanas em rodas sumindo na curva.

COOPER SERVIA de cinco a seis coquetéis de cada vez. O bar estava lotado com todas as amigas da aniversariante. Eu me sentia embriagada e meu cigarro me provocava tontura. A cabeça zumbia. *Happy hour*. Era aniversário de todo mundo. Rawl e eu rompemos não muito tempo depois da Grécia. Conheci um palhaço tenista francês que conseguia fazer malabarismos com cinco raquetes rodopiando, e eu segui pela estrada com ele em um VW Rabbit a 150 quilômetros por hora. *Estou desmaiando. Estou morrendo.* Aquelas garotas do aniversário com os copos de vodca eram Sylvia e Wendy e eu. A cada verão, as garotas chegam a Nantucket. Algumas vão embora despedaçadas, embora não saibam disso então. *Porque o dedo movente escreve.* Num verão, nós três loiras usamos minissaias para ir ao Muse. Eu tinha 18 anos e *meu* biquíni era enfeitado de babadinhos. *Nunca tive uma loira, tipo dar uma volta com uma.* Num verão, comi cereal matinal com pauzinhos e por três meses não consegui usar meias do mesmo par. *Nós não temos telefone. Deixe o seu número.* Certa vez, quinze anos antes em uma ilha distante, eu era o tipo de garota que poderia cair dormindo na sarjeta olhando as estrelas. Dormi por toda aquela ilha. *Se pelo menos a piedade ou a vontade pudessem atrair de voltar ou cancelar metade de uma linha.*

O Jogador convidou-me para jantar.

Fiz um sinal com a cabeça. Obrigada, mas acho que não.

Ele disse:

— Não vai lhe custar nada. O que tem a perder?

Eu limitei-me a sorrir. Havia sempre muito a perder.

Pedi minha conta a Cooper.

Cooper meneou a cabeça com uma piscadela. Seu dinheiro não serve para nada aqui, amor.

Em Nantucket, belas garotas bebem de graça.

No dia seguinte, deixei Nantucket no barco do meio-dia. A balsa estava cheia, mas a doca continuava vazia, a não ser pelos homens de uniforme que manejavam a embarcação. Parecia estranho que ninguém tivesse vindo ver nosso bota-fora, como se ninguém a bordo merecesse um abraço de adeus. Aquele era o barco que eu tomei quando deixei a ilha naquele verão, quinze anos antes. Tentei imaginar Rawl parado no estacionamento, quadris de lado, os Marlboros enfiados no bolso, acenando um "até logo" para mim com a mão triste. Quinze anos, quase uma vida inteira. Quando a balsa avançou para o mar e os turistas começaram a tirar fotos e as crianças estenderam as mãos para tocar as gaivotas em vôo rasante, eu relancei os olhos pela amurada, hipnotizada pela dança das ondas, imaginando se alguma vez de novo eu amaria um homem o suficiente para ter vontade de pular.

O Primeiro Pedido de Casamento

O RAPAZ DA FACULDADE abriu o zíper e me mostrou seu pênis. Havia uma erupção ao longo do corpo cilíndrico, um amontoado de pequenas crostas e pontos inchados que pareciam um bordado de ponto cruz. Era aquilo que o sexo tinha trazido, que se transferira de mim para ele enquanto eu lutava para não pensar em sua existência, aquilo que quase desaparecia mas nunca ia embora. Tínhamos 21 anos de idade.

Faculdade. Aquilo era a faculdade depois de Rawl.

Perguntei se doía, e ele me disse que latejava, coçava, mas a pior parte era que não ia embora e era difícil manter o pinto escondido quando se vive numa república e se divide um banheiro com três outros caras e todo mundo perambula pelo lugar pelado. Perguntei se ele passara pelos postos de saúde para pegar uma pomada e ele disse que sim e que não ajudara em nada. Parecia que estava prestes a chorar. Olhamos para o pênis, desejando que a coisa fosse melhor, querendo que as coisas fossem diferentes do jeito que eram.

A tristeza me empurrou para baixo, um segundo tipo de gravidade. Era minha culpa, e ele estava levando o namoro a sério e eu queria romper e agora não podia. Ou podia? Ele me olhava com uma expressão parecida com ódio, não por causa de ter transmitido a doença a ele, mas porque eu poderia deixá-lo assim.

— Quem eu vou namorar? — Ele empurrou as dobras do pênis para olhar melhor. — Acha que uma bela garota vai querer passar sua vida com isso?

Tentei imaginar que eu era essa bela garota e no que eu pensaria se ele me mostrasse seu pênis com aquele ponto cruz, mas não consegui nem fazer a primeira parte daquele cenário entrar em foco.

— Se ela gostar de você, não vai se importar. — Essa foi a coisa mais encorajadora que consegui pensar para dizer. Fiquei imaginando se era verdade.

— Como alguém haveria de me conhecer bem o suficiente para me amar? Vão dar uma olhada nisso e dizer: não, obrigado. Há um monte de outros caras lá fora. O que tenho a oferecer?

Era uma boa pergunta. O que alguém tem a oferecer quando se tem de lidar com uma coisa dessas?

— Mas você é *você*. — Eu falava como um pôster motivacional, uma foto do amanhecer, um coelho branco comendo grama. — *Ela vai gostar de você.*

— Oh, sim, eu esqueci — disse ele, fazendo-se de bobo. — Ela vai gostar de mim — repetiu, num tom de ironia. — Olhe só para essa coisa, é repugnante. Sabe o que isso significa? Nunca vou me casar ou ter uma família. Vou acabar sozinho.

Aquilo me abateu; eu nunca conhecera homens preocupados em acabar sozinhos. Encarei-o no rosto. Havia bolsas inchadas debaixo de cada olho. Não havia jeito de acertar as coisas, de maneira que eu disse a mim mesma que ele sabia dos riscos. *Tinha* de saber dos riscos e nós havíamos feito sexo em carros e quartos de hotel e onde quer que nos atrevêssemos, e sexo era para ser uma ótima diversão, mas então, agora havia aquilo, e eu queria que ele lidasse com a coisa, como eu tivera de lidar quando contraíra aquele pesadelo e Rawl me culpara e eu sabia que não era culpa minha e portanto culpamos os assentos das toaletes alemãs e a Mão Volúvel do Destino. Agora, porém, era diferente. Era minha culpa. O peso dessa responsabilidade me fez afundar.

Não era justo. Não era para ser assim na faculdade.

Faculdade era para se descer pelo corredor, onde o estéreo explodia na voz de Bob Marley e onde os rapazes da república estavam à caça de diversão, batucando nas paredes, entornando aquela primeira cerveja mas agüentando firmes, porque a pior coisa que se podia fazer numa noite de sexta-feira era apagar muito cedo.

— Você quer se casar?

Lancei aquilo como um desafio e então olhei para meus sapatos. De couro preto engraxado que eu usava com saia, como uma colegial, só que malcomportada.

— *Casar?*

— O que você quer que eu faça? Eu não sei — eu disse. — Você disse que podemos ficar juntos. Vamos ficar juntos para sempre?

— Olhe. — Ele apoiou a mão nos joelhos, grato por encontrar alguma coisa sólida. — Tudo o que estou dizendo é que você disse que estávamos nisso juntos e agora você está tirando o corpo fora. Você sempre encontra algum outro cara. Como acha que eu me sinto?

Tentei imaginar como ele se sentia. Era mais difícil para mim. Uma mulher com herpes sente-se desonrada. Um homem com herpes sente-se impotente, e um homem impotente mal consegue subir a calça pelas pernas de manhã e sair pela porta. Não é que os homens *pensem* com o pinto, como diz a velha piada. Eles *sentem* com o pinto, o que é pior. O pinto é o bastão divinizado que conduz um homem aos metais preciosos; sem ele, o homem é apenas outro escaravelho perdido na areia.

— Sei como se sente — eu disse, embora tivesse acabado de perceber que não. — A mesma coisa aconteceu comigo. Vai melhorar logo. A minha quase foi embora.

— Nunca vai embora. — Ele lançou cada palavra como uma pedra. — *Diferentemente de você, isso nunca vai embora.*

Ele enfiou o pênis de volta na cueca e caminhou para o banheiro para lavar as mãos. Eu me afundei em sua cama de beliche, olhei para o pôster de sorridentes esqueletos do Grateful Dead e sorri em resposta. Uma lágrima escorreu por minha têmpora, correndo para meu ouvido e eu pensei que talvez nós *pudéssemos* nos casar. Casar por causa daquilo.

MEU AVÔ SAI do terraço, no Maine, e arrasta uma cadeira de lona para o sol. Estou rabiscando em um bloco de papel amarelo, incapaz de escrever alguma coisa.

— Então, vovô, onde você e Nana se conheceram? — pergunto.

— Bem, foi num baile de formatura em Cornell. Olhei pelo salão e a vi. Ela tinha aqueles enormes olhos azuis e parecia tão tímida. Pensei, lá está um belo biscoitinho, então a convidei para dançar.

— Então foi assim?

— Bem, não. — Vovô meneia a cabeça. — Nanny sempre teve catorze ou quinze pretendentes atrás dela. Perguntei a meu colega de quarto... Puxa, aquele era um homem mulherengo... que safado. De qualquer forma, perguntei a ele o que deveria fazer. Ele disse que eu deveria monopolizar todo o tempo dela. Foi o que fiz. Fiquei pedindo a ela para fazer coisas.

— Como o quê?

— Ah, íamos a concertos ou peças.

— Dava flores a ela?

— Não — diz vovô, parecendo desapontado consigo mesmo. — Na ocasião, eu não sabia que as mulheres gostavam de flores. Mas certa vez ela ficou doente e eu lhe comprei uma caixa de laranja. Você sabe, vitamina C. Nenhum dos outros camaradas fez isso. Acho que causei boa impressão.

Ser Gentil com o Gentil

GREENWICH, CONNECTICUT. Rumei para Greenwich em busca de Dodge Dominguez, o executivo que veio depois do rapaz da faculdade que veio depois de Rawl. Era uma caçadora de homens, agora. Uma jornada em busca dos "ex". Não importava que Dodge agora vivesse em San Francisco (um pioneiro da Internet, com opções em ações, conversa de um homem de finanças, é claro, é claro). Quem quer que Dodge *fosse* agora era irrelevante. A chave era voltar atrás, usar as trapalhadas de ontem para fazer alguma coisa nova funcionar, tal como um vendedor de carros salvando uma sucata por partes. O presente era um trampolim, uma plataforma de impulsão da qual eu poderia mergulhar no passado.

Dodge e eu namoramos por cinco anos. *Cinco anos*. Um sexto de minha vida. Foi meu relacionamento mais longo, meu envolvimento mais próximo do casamento, não que quase *tenhamos nos casado*, não casamos, mas eu me *sentia* casada. Estávamos acomodados. Tínhamos uma rotina. Vivíamos em Manhattan, trabalhávamos duro durante a semana e então passávamos os fins de semana com os pais de Dodge em Greenwich. Aquelas viagens de trem nas sextas-feiras à tarde eram surreais. Comprimidos entre gente rica de terno, passávamos pelas casas populares, caixões de concreto do Harlem, pelos dizeres ilegíveis dos grafites, pelas vastas áreas esquecidas de cimento e fuligem. Dodge se encaixava ali; Dodge era um homem rico de terno. Bem, ele era jovem demais para ser muito rico, mas era um rico-em-treinamento. Minha mãe diz que quanto mais perto se trabalha do dinheiro, mais dinheiro se faz.

Dodge trabalhava em Wall Street.

Eu trabalhava em Bowery.

Eu trabalhava para um jornal da comunidade que era vendido por um quarto de dólar. Datilografava minhas crônicas em uma máquina de escrever manual; meus contracheques eram sem fundo. Em dias lentos, camelôs dos albergues iriam se esgueirar para dentro de nosso escritório vendendo uma caixa roubada de cereais com passas ou um par de tênis ligeiramente usados de tamanho 44. Nem se eu trabalhasse em Bangladesh estaria mais distante do dinheiro.

Essa, porém, não era uma história sobre dinheiro; era um conto sobre o amor. O dinheiro não deveria ter parte nisso, mas tinha. Connecticut é o Estado mais rico do país, e o município de Fairfield é o município mais rico do Estado, e a jóia da coroa do município é Greenwich, a última parada em Connecticut antes da divisa de Nova York, o portão de entrada para a Nova Inglaterra, o retiro bucólico de celebridades e estrelas do esporte e de malandros de colarinho branco e gravatas de seda. As pessoas em Greenwich tinham cavalos e barcos. O preço médio das casas era de 2 milhões de dólares.

Deixei a I-95 na saída de Greenwich, passei pela estação ferroviária e circundei o topo da avenida Greenwich, o coração do centro da cidade, de mão única, uma faixa de quilômetro e meio de butiques e *boulangeries* e lojas de artigos usados e lojas de roupas e lojas de artigos finos de couro. Há lugares no país onde se paga mais pelas coisas, mas não muitos. Entrei num estacionamento, soltei a corrente de Brando, coloquei moedas no parquímetro por uns poucos quartos de hora e então desci a colina entre Volvos e Saabs, manobrando para estacionar, passando pelo belicoso policial de trânsito tentando controlar o tráfego com seu braço musculoso e apito agudo, deixei para trás a perfumaria cheirando a mel e ouro, passei pelos transeuntes fazendo compras, esposas de minha idade saindo da Saks, equilibrando-se em saltos altos e com esfuziantes tiaras de cabelos, cruzei com uma mulher na esquina reclamando com seu filhinho.

— É uma coisa tão terrível segurar minha mão? Ora essa, é? Eu poderia ser ela. Ou ela ou aquela.

Era como colocar o velho vestido de formatura, rodopiando diante do espelho, tentando imaginar quem você seria agora se continuasse firme com seu namoro.

Minha pele formigou de rebeldia. Deixei Brando cheirar o lixo; deixei que fizesse xixi no canto de uma loja de vestidos. Sentia-me como se eu estivesse sendo observada. *Queria* ser observada. Queria que os estranhos vissem que eu havia optado por sair de Greenwich e que não tinha remorsos. Queria que as pessoas vissem que eu estava numa muito mais legal; que... eu tinha apenas a mais vaga idéia. Algo edificante e imortal, alguma coisa que você tem de raspar o fundo para encontrar. Não se poderia chegar ao fundo com alguém como Dodge. Dodge era como o creme, sempre flutuando no topo.

EMBORA SEU PAI fosse argentino e sua mãe, francesa, Dodge Dominguez era todo americano: de boas maneiras, alegre, ossos estreitos do quadril, fartos cabelos castanhos, um nariz proeminente que queimava ao sol. Um atleta elegante, Dodge podia lançar um *Frisbee*[1] longe à beça. Com um suave impulso do braço, o disco de plástico deslizava com perfeição pelo ar, nunca se curvando ou oscilando, nunca duvidando de sua grandiosa trajetória, apenas prosseguindo confiante para a frente, para a frente, até chegar perfeitamente à ansiosa mão estendida do outro jogador.

Os pais de Dodge não eram nada parecidos com os meus. Seu pai, Salvador, um financista internacional, fazia montanhas de dinheiro, e sua mãe, Noelle, sabia bem como gastá-lo. Dodge e eu circulávamos entre os estonteantes muros de pedra no conversível vermelho Saab de sua mãe e nos bronzeávamos ao brilho reluzente de sua piscina. De noite, seus pais recebiam os amigos para jantar, homens de negócio do ramo de madeira ou estanho, e suas belas esposas, que se entretinham em conversas educadas. Embora eu achasse ridículos aqueles círculos de republicanos felizes, estava desfrutando Greenwich e saboreando seus prazeres também. Jogava tênis no Country Club, mesmo revirando os olhos

---

1 Marca de disco de plástico usado em jogos ao ar livre. (N. da T.)

para as senhoras que tomavam lanche cheias de pérolas. Particularmente, eu torcia o nariz para o guarda-roupa pródigo de Noelle, aquele seu *closet* duplo que ocupava um aposento inteiro à prova de mofo, mesmo quando eu aceitava suas "doações" de peças usadas. A família de Dodge me recebera de braços abertos e eu me sentia dentro dela, emocionada em me ver envolvida naquela vida dourada que por tanto tempo havia admirado e da qual me ressentia de estar à parte.

Bem, talvez à parte seja exagero, mas certamente estava fora do alcance. Embora minha família seja de Connecticut, não fui criada na ostentação de Greenwich. Meus pais estabeleceram-se nos arredores de Hartford, a capital depauperada dos seguros, que cerrava as portas todo dia às cinco da tarde, quando os empregados dos escritórios fugiam para os subúrbios como se impulsionados por força centrífuga. Cresci achando que éramos pobres. Não éramos pobres. Éramos "batalhadores", como meu pai gosta de dizer, tentando esticar a renda de classe média em um mundo de classe média alta, como uma fita métrica dando a volta na cintura do um homem gordo. Meus amigos da escola particular moravam em casas estilo Tudor. Tinham criadas de avental, mulheres de preto que percorriam a casa com aspiradores e panos de limpeza, sugando a poeira, lustrando os móveis de mogno, resgatando as peças de *pachisi*[1] que haviam rolado para debaixo do armário.

— Nós não tínhamos grana — diz meu pai. — Eu dava duro no banco, tentando alimentar quatro bocas.

Aqueles camaradas todos tinham investimentos. Oliver Roderick o teria chamado de lado e dado um tapinha em suas costas e dito: — Kit, por que não se junta a nós no Golf Club? Nós lhe daremos "uma força". Droga, a jóia era mais que o salário anual de meu pai no banco. Nós não nos dávamos conta de onde havíamos caído. As pessoas em Hartford tinham dinheiro. Nós não tínhamos dinheiro. Não tínhamos *aquele* tipo de dinheiro.

O tipo de dinheiro que tínhamos era o velho dinheiro. Realmente velho. O avô do pai de meu pai ganhara uma fortuna num banco em Chicago antes do surgimento daquela epidemia chama-

---

1 Jogo indiano que deu origem ao ludo.

da Imposto de Renda. Algumas pessoas podem nos chamar de WASPs[1], mas isso tem uma conotação de um ócio e uma tranqüilidade que eu nunca senti. Éramos ianques. Ianques de Connecticut, ou, como vovô gosta de dizer, *Swamp Yankees*, ou Ianques do Pântano, um pejorativo para o povo pão-duro da Nova Inglaterra que compra terra barata, presumivelmente perto do pântano. Ianques são práticos, prudentes e orgulhosos. Nós éramos modestos, trabalhadores esforçados, pagadores de impostos — e eis aqui a maior — mãos-fechadas. Ianques como nós não jogam nada fora. Reutilizamos latas, reciclamos embalagens de iogurte, guardamos copos de requeijão para usar como copos avulsos. Usamos a roupa íntima até esfiapar e então a aproveitamos como panos de limpeza. Minha mãe pode comprar um vestido do qual não gosta muito apenas porque está em oferta. (De acordo com seu cálculo complexo, vale a pena comprar um vestido pela metade do preço, se tiver a aparência tão boa como o de um sem desconto.)

A grande ironia é que meus avós, os pais de minha mãe, moravam em Greenwich. Lá por volta de 1960, vovó e vovô construíram uma modesta casa de tijolos em terreno herdado, dominando a vista do canal de Long Island. Sempre prática, vovó cobriu as paredes com placas de cortiça e o chão com linóleo. Fazia compras na loja de artigos de segunda mão de Greenwich para provar que podia aproveitar o que outras pessoas jogavam fora. Embora meus avós morassem em Greenwich, resistiam ao *novo* Greenwich: carros mais novos, casas maiores, dinheiro mais rápido. Vovó só, no entanto, dar risada quando os vizinhos ao lado, um jovem casal derrubasse uma enorme edificação vitoriana para construir algo mais "aconchegante", quando o filho de seus outros vizinhos, um milionário criador de cavalos, fosse jogado na cadeia por envenenar seu puro-sangue para receber o seguro.

Meu avô Del, um advogado empresarial, personificava a disciplina e o comedimento. Aos 39 anos, apresentou-se como voluntário para servir na Marinha durante a Segunda Guerra Mun-

---

1 WASP, termo ofensivo para as pessoas de cor branca que têm uma origem anglo-saxã protestante e são vistas como pertencentes ao nível mais poderoso e dominante da sociedade americana. (N. da T.)

dial, deixando vovó com três filhos pequenos; ele foi promovido ao posto de capitão-de-corveta. Suas únicas indulgências: uma tigela diária de sorvete de creme e um banho agradavelmente morno. Invariavelmente, aos domingos, ele engraxava os sapatos de todo mundo, alinhando-os como crianças na fila da escola, a quem dizia para ficarem imóveis. Quando garota, eu tinha certeza de que ele gostava mais de meus sapatos, menores e vermelhos, uma pausa bem-vinda entre os pares pretos. Lendas sobre vovô — sobre sua ética no trabalho, seu senso de decoro e dever — eram recontadas e exageradas e contadas de novo. De todas elas, esta me matava e é verdadeira: a cada Natal, quando ele era menino, ele e suas três irmãs eram obrigados a escolher seu brinquedo favorito e em seguida doá-lo aos pobres.

Assim, embora Dodge e eu tivéssemos Greenwich em comum, vínhamos de mundos diferentes. Quando os Dominguez não tinham vontade de cozinhar, pediam um *sushi*. Quando vovó não tinha vontade de fazer comida, cozinhava um ovo. Minha família raramente saía de casa; os Dominguez tinham um mapa-múndi pendurado na cozinha e assinalavam, com um alfinete com uma bandeirola, cada país que visitavam. Havia legiões de bandeirolas. Bandeiras na Bolívia e Argentina e Tailândia e Hong Kong e Bora Bora. Nem mesmo o Pólo Sul tinha escapado. Quando chegava o verão, os Dominguez viajavam para a Riviera para praticar windsurfe. Quando chegava o verão, os Wrights iam para o Maine para fazer jardinagem.

Jardinagem, talvez minha lembrança mais desagradável da infância. Nem bem tínhamos tirado as malas da *station wagon*, no Maine, a batalha começava: quatro pessoas numa guerra mortal de faça-a-sua-parte contra amieiros e sarças e mosquitos e zimbros e roseiras-silvestres e moscas pretas e arbustos de espinhos pontiagudos e arbustos conhecidos coletivamente como mato. Arrancados de nossos livros ou jogos de carta, Chip e eu empunhávamos foice, tesoura, ancinho, rastelo, e cortávamos, aparávamos, raspávamos, recolhíamos e ensacávamos os galhos e folhas e ervas daninhas, colocávamos tudo nos barris e sentíamos uma pena danada de nós mesmos. Ninguém tinha pena de nós. Nossos amigos estavam muito ocupados apostando corrida em carrinhos bate-bate em Cape, ou flutuando ao sabor do vento nos veleiros da família, gritando *bye-bye* e *oh-laá-lá*. Ou assim nós imaginávamos.

Claro, o verão não era só trabalho. Eu acampava. Odiava acampar. Sentia-me mais solitária entre aquelas crianças do acampamento do que nunca. Naquele círculo, o atletismo era importante. As bravatas físicas eram importantes. Vencer os jogos, pular do trampolim mais alto, gingar ao rodar um taco — aquelas coisas conferiam *status*, e aquelas eram coisas que eu não fazia bem. Imaginava a mim mesma como uma infeliz criança abandonada, uma tímida pedinte, tirando o gelo de um buraquinho para espiar as crianças mais espertas, os atletas, a turminha animada que levava sua vida charmosa de um jeito que eu só poderia invejar.

Assim, Dodge foi minha porta de entrada para a boa-vida. E, ah, como era boa. Sempre uma brincadeira. Sempre uma festa. Uma caçada de arrecadação de fundos em torno de Manhattan em limusines compridas, um jantar dançante no navio de guerra *Intrepid* e a tradição dominical de partidas de croqué para um pessoal restrito em Nova Canaan, onde minha melhor amiga, Charlotte, fazia *hors-d'oeuvres* com receitas tiradas da *Gourmet Magazine* e os rapazes citavam Monty Python. Durante os primeiros anos, nós cumprimentávamos os amigos com beijos no ar, numa face e, mais tarde, para assinalar nossa crescente sofisticação, em ambas as faces. Quando o sol descia sobre os invariáveis gramados de Nova Canaan, os homens jogavam *Frisbee* e as mulheres fofocavam sobre quem iria se casar primeiro.

Charlotte e eu entramos de cabeça no feminismo. Estávamos aprendendo a ter opiniões. Charlotte apelidou seu namorado, Anderson, de "o fascista" porque ele apoiava a economia de consumo e trabalhava para uma empresa de pesquisa de mercado que estudava as vendas de embalagens de pudim. Charlotte dirigia um estúdio de dança em Manhattan, onde superprotegia e mimava *gays* neuróticos e fadinhas anoréxicas com complexos extravagantes e contas bancárias vazias.

— As mulheres têm tido o acesso negado aos escalões superiores da América corporativa — dizia Charlotte, flexionando seu queixo como um sargento doutrinando as tropas no meio da cozinha de Anderson. — Olhem para as 500 companhias da *Fortune*. Olhem para o Congresso! Olhem para o Senado, pelo amor de Deus.

Charlotte sacudia a tapeçaria num ataque de raiva.

Charlotte fazia bordados em tapeçaria, na ocasião. Estava bordando uma almofada para Anderson com o brasão de armas da Brown University. Participava também de triatlos. Ou, mais precisamente, queria derrotar Anderson nos triatlos.

— Quando os bons velhos camaradas indicam seus sucessores, quem vão apontar? — exortava Charlotte. — *Uma mulher?* Sem chance. Seus colegas de golfe. *Seus camaradas de bebedeira.* Algum clone do tio John.

Tio John, o tio John de Anderson, era um milionário. Tio John possuía uma enorme casa branca em Nova Canaan, com uma alameda semicircular de pedriscos do tamanho de ervilhas que estalavam sob os pneus. Atrás da imponente residência em estilo colonial, canteiros de alfazema inglesa e sebes de buxinho; depois de passar pelo portão de treliças de carvalho, descendo a rampa gramada, além da piscina alinhada com ardósia cor de musgo, passando os gerânios cor-de-rosa em vasos com formato de querubins, havia uma cabana, o alojamento dos antigos criados, e era ali que Anderson morava. Quando não estávamos na casa de Dodge em Greenwich, fazíamos ponto na cabana de Anderson, onde metíamos o pau em tio John — seus problemas com a bebedeira da filha mais nova, a fachada agressiva de sua esposa — mesmo quando jogávamos futebol em seu gramado e desfrutávamos a sua piscina aquecida.

— *A sociedade não mudará até que as mulheres quebrem o teto de vidro* — dizia Charlotte, soltando fumaça.

— Dê a ela uma trombeta, e ela vai para a rua de novo — dizia Anderson.

— *A sociedade não mudará até que as mulheres se reúnam e se elevem acima do gueto das executivas.*

Eu imaginava um círculo de mulheres nuas, faces rosadas, executivas, entrando nos céus de pasta na mão.

— Vamos parar com isso — avisava Anderson. — Dêem um tempo. A irritação de Charlotte está aumentando num crescendo.

— Os homens, *realmente*, têm todo o poder — eu dizia, sempre leal a Charlotte, sempre leal ao gênero feminino, às executivas, às faces rosadas. — Olhe para os presidentes. Olhe para a bancada do Senado. Olhe para nossos médicos e advogados e para Wall Street.

— Poder semovente — dizia Anderson. — Dodge, Capitão de Indústria, passe-me uma Rolling Rock.

— Rolling Rock saindo — dizia Dodge, fazendo sua melhor imitação de Yogi Bear. — E o que acham de outra cesta de piquenique?

Eu me lembro dos comentários provocativos e, contudo, dificilmente me recordo de uma coisa que Dodge e eu tivéssemos conversado em particular. *O que eu dizia? O que ele dizia? Para onde aquela vida nos levava?* Tínhamos uma grande afeição um pelo outro, eu sei. Trocávamos abraços na cozinha imaculada de seus pais, enquanto suas irmãs mais novas reviravam os olhos. Olhando para trás, éramos mais carinhosos durante o banho. Por trás de uma cortina plástica enfeitada com o mapa do mundo, esfregávamos um ao outro, ensaboando os traseiros, lavando os pés.

Entre o tênis e o *jogging* e os amigos, raramente tínhamos tempo para o sexo. De certa forma, sempre nos esquecíamos de quanto gostávamos de sexo até estarmos transando, e então ficávamos imaginando por que não transávamos com maior freqüência.

— Você gozou? — ele me perguntava.

Eu respondia "Sim" ou "Acho que sim".

Aquilo não parecia uma mentira, mas um exagero inofensivo. Tendo concluído que eu não era boa no sexo, como não era boa em handebol, uma mentira inconseqüente parecia preferível a passar pela humilhação de ter Dodge tentando me "dar um jeito", sofrer a pressão, as estimulações, a expectativa, a necessidade de buscar ferramentas poderosas. Eu compartilhava o orgasmo de Dodge. Embora não ficasse tecnicamente satisfeita, estava emocionalmente satisfeita, feliz no "depois", orgulhosa de ser um ser sensual que incitava seu desejo e o conduzia à realização.

A verdade era que eu ficava feliz só por ter algum sexo. Acreditara em Rawl quando ele dissera que *ninguém quer você* e era

117

grata que Dodge estivesse disposto a correr o risco da transmissão para estar comigo. A parte estranha era que minhas crises de herpes eram tão raras que quase me esquecia que eu tinha o vírus. Talvez isso seja prova de que estava feliz. Talvez isso seja prova de que eu estava entorpecida. De uma coisa eu sei de verdade, não se pode brincar com o herpes. Com o passar dos anos, minha compreensão cresceu quanto a isso, até mesmo em respeito. O herpes pode ler as terminações nervosas; pode descobrir o terror enterrado. Ele conhece você melhor do que você se conhece. Você pode fingir que *tudo está ótimo* até que acorda uma manhã com um lembrete pungente de quem vive debaixo de sua pele. À sua maneira, o herpes é como Deus. Invisível, onisciente, eterno.

Mas meus anos com Dodge transcorreram com poucas crises e pouca angústia. Nunca brigávamos. Eu não chorava, exceto em filmes ou com um livro. Chorar por quê? Dodge raramente procurava ser mais íntimo, mais próximo, para ferir meus sentimentos. Não era particularmente curioso com relação às minhas maquinações internas, aos medos secretos que demandam intimidade e confissão. Eu entrara em sua vida como tantas boas coisas tinham entrado — sem esforço. Em contrapartida, eu era feliz por estar com alguém que não invadia minha privacidade, aliviada de estar muito ocupada para pensar muito ou sentir muito. Talvez seja essa a grande dádiva de se ter 20 anos. Tanta atividade, tão pouca reflexão.

As RACHADURAS COMEÇARAM a se formar. Fissuras na porcelana. Cansei-me de brincar de adulta. Cansei-me de ouvir os ricos a defender a economia da distribuição de renda. (Numa imagem mental, visualizei o mel escorrendo de uma mesa, uma horda de famintos a se digladiar embaixo, tentando pegar o ouro líquido com a língua.) Incomodava-me o fato de Dodge ter tanto e ainda querer mais, sempre. Não era suficiente que o sol brilhasse. Ele queria praticar windsurfe. Queria velejar. Começara a ter aulas de vôo a cem dólares a hora. Passava de uma coisa para outra cada vez mais depressa. Meus pais sentiam isso.

Numa tarde, quando Dodge e eu paramos em Hartford a caminho de um casamento de gala, no conversível vermelho recém-lavado, meus pais provaram a pessoa que sua filha de tranças e suja de terra se tornara.

— Gosto de Dodge — disse minha mãe. — Só me preocupo com o que possa acontecer se lhe tomarem os brinquedos.

Dodge nunca enjoava de ficar com os pais e os amigos. Quando o último casal elegante subisse em seu BMW, Dodge agiria como sempre: ficaria de pé ao lado da sebe de lilases e, com um gesto de cabeça, sorriria com genuína afeição.

— Os Bradershaw, os Robertson... — Ele suspirava. —...que gente boa.

E eram. Mas eu estava mais interessada nos malucos e nos alienados. O fracasso era mais interessante do que poderia ser o sucesso algum dia. Como minha família se encaixava naquele mundo? Vovô com a garrafa de *sherry* aos pés. Meu pai, que tinha medo de voar. Meu amigo Maurice com seu *personal trainer*, seu curandeiro, seu terapeuta eventual; Maurice, com iniciação sexual tardia acabara de ter sua primeira experiência com um pênis e o achara, bem, borrachudo.

— Não é o pênis — nossa amiga Rose o orientara. — É o homem afixado a ele.

— Ah — dissera Maurice.

No entanto eu gostava dos Dominguez, genuinamente, a despeito de todo o seu dinheiro e charme de Greenwich. Algo na correta observação das convenções e etiquetas do senhor Dominguez, em suas camisas bem passadas, seu lenço de seda no bolso do terno, era encantador; ele acreditava de verdade que poderia trazer ordem ao mundo. Retornando de alguma viagem, depois de dezoito horas de vôo, sofrendo os efeitos do fuso horário, exausto, ele colocava as malas no chão e se punha a limpar o balcão da cozinha, já imaculadamente branco.

Eu me perdia em devaneios ao ouvir as histórias de Noelle, de quando ela e Salvador tinham se conhecido, de como mal podiam se comunicar, não tinham mobília, só uma vela e um baú. Secretamente, desejava que Dodge e eu tivéssemos começado assim. (Nunca atinei o quanto era estranho imaginar que *não* ser capaz de se comunicar pudesse ser romântico, que quanto menos compreendêssemos um ao outro, mais estaríamos apaixonados.) Dodge, entretanto, já fazia suas fusões e aquisições. Empenhava-se numa transação que era parte de uma estratégia hostil de controle vinculada à arbitragem que envolvia Ivan Boesky. Não voltaria às velas e aos baús.

A cada semana, eu me tornava mais inquieta. Quando o jornal de domingo chegava, eu me debruçava sobre os anúncios de "Precisa-se", imaginando quem poderia tornar-me se enviasse mais um currículo: recepcionista, gerente de zoológico, redatora da *Hustler*.[1] Deitada sobre o tapete persa, relanceava os olhos para os degraus acinzentados que conduziam à piscina em torno da qual o jardineiro aparava a grama com perfeição. Uma pessoa poderia terminar seus dias em Greenwich, porém aquele era um lugar estúpido para se começar.

Em vez de sentir orgulho de Dodge, comecei a desejar que ele entrasse pelo cano. Nada terrível como uma hemorragia cerebral ou um grave acidente de carro, mas poderia ser interessante vê-lo se estrepar. Quem sabe sofrer um súbito baque no mercado de ações. À época, tais fantasias não me atingiam pelo significado, mas soavam como justiça divina.

Deixar as coisas ir por água abaixo, para variar. Desviar o vôo perfeito de seu *Frisbee*.

Certa ocasião, eu disse à minha amiga Rose que, se Dodge desaparecesse no dia seguinte, não tinha certeza de que sentiria saudade. Eu disse aquilo e ri, e então remoí a frase na mente tentando descobrir se era verdade. Na realidade, eu não me percebia sentindo alguma coisa por Dodge. Havia dentro de mim apenas um espaço sinuoso onde certa vez habitara a afeição. Culpei Greenwich por isso; era mais fácil do que tomar consciência de minha própria hipocrisia. Nunca me ocorreu que Dodge e eu jamais estaríamos próximos enquanto eu tentasse passar por aquilo que eu criticava: a perfeita moradora de Greenwich.

---

1   Revista pornográfica masculina. (N. da T.)

ENTÃO, CERTA NOITE, no Brooklyn, um homem tentou me violentar.

Estava chovendo e as ruas caíam no silêncio da noite. Guarda-chuva na mão, bolsa sobre um ombro, segui meu caminho para o metrô enquanto a água escorria em enxurrada por entre os pneus dos carros estacionados. Adiante, um homem com uma pasta subia correndo a rua. Observei-o, grata por não estar caminhando sozinha.

Tinha sido um bom dia de trabalho.

Encontro do Partido Democrata

A Polícia Aumenta o Patrulhamento

As manchetes eu escrevera, as notícias duas vezes revisadas eram passadas pelo *paste-up* e, finalmente, em torno das dez, púnhamos outro jornal semanal para circular.

Contornando uma enorme poça d'água, vi que meu acompanhante secreto tinha desaparecido, virado uma esquina ou entrado em alguma porta. Apressei o passo, desejando que alguém mais pudesse surgir, imaginando, distraída, porque ninguém faz guarda-chuvas grandes e se os homens de sandálias ainda usavam galochas.

De súbito, uma mão cobriu minha boca. Do nada, por detrás, cinco dedos de couro agarraram meu rosto. Caímos na calçada, engalfinhados, e era difícil dizer onde ele começava, onde eu terminava. As coisas converteram-se num borrão, como uma lembrança meio esquecida.

Então, ele disse:

— *Eu quero você.*

Não vi o rosto dele, talvez porque estivesse atrás de mim ou porque estivesse escuro ou quem sabe porque eu tinha os olhos fechados ou apenas parei de enxergar.

Então, ele disse:

— *Não grite.*

Sua ordem para que eu não gritasse me lembrou de que eu poderia gritar, e então gritei. Alto, eu acho. Acho que foi alto. Talvez todos os pesadelos que a gente teve, em segurança, na cama, aqueles em que a gente grita por ajuda, mas não sai som nenhum, talvez aqueles pesadelos sejam na verdade uma prática para quando se estiver acordado.

Sei lá como nos desvencilhamos um do outro. Fiquei de pé, cambaleando para trás, os olhos cheios de lágrimas, medindo a distância entre nós, imaginando se ele viria para cima de mim de novo. Tirei os cabelos molhados da boca e solucei:

— O que você quer de mim?

Ele saiu correndo pela rua, aquele homem, um homem franzino, não muito forte. Ele se fora ou se escondera ou estava esperando nas sombras. Minhas coisas jaziam espalhadas pela calçada — canetas esferográficas, elásticos de cabelo, clipes gigantes de papel, uma página de noticiário, uma escova de cabelos, um *muffin* pela metade enrolado num plástico.

Soluçando, cambaleei em direção ao metrô, imaginando se ele estava à espreita, esperando um segundo ataque.

Duas quadras além, num cruzamento movimentado, parei para procurar um carro de polícia. Num quiosque, as pessoas se comprimiam debaixo do toldo, usando jornais como chapéu. O tráfego aumentara com a chuva. Finalmente, um sedã azul parou. Expliquei. Os policiais, um homem e uma mulher, levaram-me de volta à rua lateral e esperaram no carro enquanto eu pegava meus blocos de anotação, meus lápis. Aquelas coisas pareciam importantes.

De volta ao carro de polícia, o rádio estalando e noticiando ocorrências, a mulher me fez perguntas e escreveu minhas respostas num bloco: Idade: 25. Endereço: Stuyvesant Town. Poderia identificar o assaltante?

— Talvez — eu disse, não querendo admitir que, na verdade, não prestara o tipo certo de atenção.

Os policiais pareciam entediados. Eu não havia sido ferida, ele não tinha uma arma, ele não me tocara "lá".

— Algum drogado — disse a mulher —, provavelmente tão chapado que não sabia o que estava fazendo. É provável que não conseguisse fazer coisa alguma, mesmo que quisesse.

Estava agradavelmente quente ali, no banco traseiro, e relaxei contra o assento de couro. Aquilo me fez lembrar de quando eu era bem pequena, de como meus pais costumavam levar Chip e a mim a jantares — isso antes da claustrofobia de papai — e adormecíamos na sala de visitas, e quando era hora de ir embora, eles nos amontoavam no banco traseiro e papai dirigia para casa. Enquanto as casas escuras dormiam, eu imaginava por que algumas famílias deixavam uma luz acesa durante a noite toda e outras não, e esperava que nós fôssemos do tipo de família que deixava. Então, eu mergulhava no sono, cheirando o perfume de mamãe, meu capuz de pele falsa macio em meu queixo, feliz de ter meus pais na frente e no comando.

Mas quem leva a gente para casa, à noite, quando se tem 25 anos?

Os policiais — eu esperava. Mas a mulher disse que Manhattan estava fora de sua jurisdição e eu disse obrigada e eles disseram sinto muito e eu saí do carro azul e fiquei parada numa avenida movimentada e esperei por um táxi, na chuva.

Ao chegar em casa, ao meu apartamento, minha colega de quarto adormecida, sentei-me no corredor e telefonei para Dodge.

— Um homem me atacou — eu disse.

— O quê?

Comecei a chorar.

— Ele disse que me queria. Depois falou: não grite. Então eu gritei. E então ele foi embora.

— Quer que eu vá até aí?

— Não. Estou bem.

É como dizemos em minha família. Dizemos que está tudo bem.

— Fico contente que não esteja machucada. Tem certeza de que não quer que eu vá até aí?

— Não, é muito longe.

Eu disse que era longe para que Dodge dissesse "Não, não é, vou até aí", mas ele não disse.

— É tão estranho. Ainda posso sentir as mãos dele no meu rosto. Está queimando como uma marca a ferro.

Dodge me disse que eu estava segura agora e que deveria dormir um pouco e eu desliguei e fui para o banheiro, olhei no espelho para meu rosto, esperando ver bolhas, mas não havia nada. Apenas o mesmo rosto conhecido. Lavei-me e escovei os dentes e coloquei minha camisola e entrei debaixo das cobertas e olhei para os prédios de apartamentos onde as pessoas dormiam. Sentia-me como a garota de *Véspera de Natal*, a versão que meu pai costumava ler para nós na noite que antecede o Natal, da menina que acorda no meio da noite e vê Papai Noel voando num trenó puxado por renas, reluzente e veloz. É quando ela percebe que o mundo está cheio de magia. É quando ela sabe que está certa em acreditar.

O ar frio infiltrou-se pelas frestas da janela. Estremecendo, puxei minhas meias e apertei o acolchoado em torno da cintura. Então, levei a mão ao rosto, cobrindo o lugar onde a luva do estranho havia apertado, aquecendo minha mão com aquele calor.

Dodge deveria estar ali. Um amante deve saber quando você é orgulhosa demais para pedir aquilo de que necessita. Eu não tinha idéia de como pedir a Dodge todas as coisas de que precisava. Era uma lista comprida. Era mais fácil fingir não precisar de nada, afinal.

TER HERPES, a tentativa de estupro, o anticlímax de minhas experiências sexuais, tudo cobrou seu preço. Tornei-me duas pessoas: a interna e a externa. A externa parecia ótima, mas a interna era indecisa, vulnerável, um pouco apavorada. Quando estava longe de Dodge, a externa atraía bastante atenção, de trabalhadores de construção, de patrões, de homens nos bares. Mulheres jovens possuem uma descomedida quantidade de poder sexual, mais do que muitas de nós sabemos o que fazer com isso, mais do que merecemos. Por alguma razão, eu parecia ser a mulher que os homens pensavam estar à procura. Embora a atenção fosse lisonjeira, não podia deixar de rir de mim mesma. *Se eles soubessem. Se soubessem quem eu era realmente e o que andava acontecendo, sairiam correndo gritando em outra direção.* Enquanto isso, a interna se escondia. Eu não partilhava meus segredos com amigos, com Dodge, com ninguém. Quanto menos falava, melhor. Por que eu não era como as outras moças? As mulheres têm de lidar com um monte de merda e eu estava lidando com minha porção o melhor que podia. Estava me saindo bem. Saindo-me bem em Greenwich.

Mas, dia após dia, algo se tornava cada vez mais claro: embora ter um namorado fosse agradável e reconfortante, não era garantia de que você não vai terminar algum dia encarando sozinha a hora do vamos ver. Alguns homens são felizes em se acomodar com o exterior de uma mulher; algumas mulheres — e eu era uma delas — não são corajosas o suficiente para convidar os homens a entrar. Ter um relacionamento pode ser como parar perto de uma daquelas sorridentes figuras de papelão diante das quais você faz pose nas feiras, Ronald Reagan ou John Wayne ou Elvis. Numa Polaroid, o fotógrafo tira um instantâneo, ambos parecem reais, mas você está posando e seu namorado é um recorte de papelão, apenas semelhante a uma pessoa real, que não está em lugar algum.

Portanto havia o estupro que não tinha sido, e então aconteceu aquilo.

Numa tarde, Dodge e eu estávamos tentando decidir o que fazer naquele fim de semana e eu sugeri que fôssemos à praia de Jersey.

— Nada disso, vamos para Greenwich — disse Dodge.

— Sempre vamos para Greenwich — eu falei. — Vamos para a praia.

— Onde?

— Não sei. — Dei de ombros. Onde não era a questão, a questão era beber e olhar as ondas. A questão era se perder. — Podemos olhar o mapa. Escolher um lugar, viver uma aventura.

Sorri aquele sorriso esperançoso, torto, que minha mãe mostra quando está tentando convencer meu pai a ir a algum lugar que ele não quer.

Dodge desviou os olhos. Ir à praia soava como um estorvo. Por que se dar a esse trabalho quando Greenwich esperava no fim da trilha?

— Nada disso — ele disse. — Vai ter muito trânsito e ficaremos rodando em trajes de banho cheios de areia sem lugar para trocar de roupa ou tomar banho. E, além disso, *onde iríamos achar um banheiro?*

Não muito tempo depois, conheci um rapaz de nome Andy. Andy tinha cabelos castanhos cacheados, olhos azuis redondos como um relógio e longos cílios espessos. Um dente escuro enfeava seu sorriso enviesado. Caminhava com um ombro pendido para a frente como se empurrasse um taco imaginário. Seus shorts se penduravam na cintura. As meias desabavam sobre o tênis. Parecia um cão desgrenhado que acabara de sair da água e não se dera ao trabalho de se sacudir. Do momento em que o vi, eu quis enterrar meus dedos em seus cabelos desalinhados.

Nós nos conhecemos num jantar de um amigo de um amigo em New Jersey; eu me mudara para Trenton para trabalhar para um tablóide, o único jornal diário que me daria emprego. Dodge ainda estava em Nova York e nós nos víamos nos fins de semana. Embora eu nunca tivesse sido infiel a Dodge — cinco anos sem nada além de uns beijos inconseqüentes —, antes que a sobremesa fosse servida, naquela noite, eu sentia com desejos selvagens, com arrepios de luxúria.

Andy sentou-se perto de mim, no jantar. Perguntei o que ele fazia.

— Eu pinto — disse.

— Quadros?

— Casas.

— Onde?

— No momento, a casa daquela senhora, em Princeton. Está revestindo tudo de mármore.

— Legal — eu disse, incerta de como falar de pintura. — Então, pinta todos os dias?

Andy pareceu divertido.

— Se eu quiser terminar o trabalho...

— Não fica... sei lá... de saco cheio?

— Não. Por quê? Você ficaria?

— Não, acho que não — eu disse, esperando não tê-lo ofendido. — Você tem todo o tempo para si, de certa forma. No que pensa, quero dizer, quando está pintando?

Ele me olhou, encabulado.

— Qualquer coisa que eu quiser.

Andy morava com o pai e a madrasta no conjunto estilo anos 60 chamado The Farm. Não era tipo uma fazenda com vacas mugindo e tudo, estava mais para uma exposição de animais, com um antigo pavilhão de caça, com um celeiro, umas poucas cabanas, uma lagoa, uma piscina que ninguém se importava em encher ou limpar, uma mula, uma cabra, dois pavões agressivos, galinhas, gatos e um cachorro de nome Dave. Seu pai, Alec, e a madrasta, Joy, tinham dez filhos — cinco do primeiro casamento dele, quatro do primeiro casamento dela, um filho juntos. Alec, um ex-terapeuta sexual que plantava maconha nos milharais dos vizinhos, com fama de levar os pacientes a praticar Gestalt nus no gramado, na frente de donas de casa que cuidavam de seus afazeres de avental.

Andy era diferente de qualquer homem que eu já conhecera. Esqueça os conversíveis SAAB. Seu Toyota Corolla tinha rodado quase 320000 quilômetros; ele dava partida no carro com uma chave de fenda. Antes de ir a algum lugar, Andy pegaria uma cerveja, terminaria de bebê-la dirigindo pela estrada de cascalho por 400 metros desde The Farm, poria a garrafa vazia na caixa de correspondência para o funcionário do correio encontrar. Foi o único homem que me disse que eu precisava ganhar peso, um comentário que me fez sentir ao mesmo tempo sexy e maternal. Foi o único homem que conheci que pararia num posto e compraria três dólares de gasolina. Talvez tivesse apenas três pratas no bolso. Talvez tudo que ele precisasse no momento fosse de dez litros e, no momento era geralmente o mais longe que Andy olhava.

Mais tarde, depois que estávamos saindo, eu o pressionaria sobre seus planos de longo prazo para a carreira, o que planejava fazer com a vida. Andy iria fazer um gesto de descaso, afastando minhas perguntas, moscas num tigre. Um dia, quando insisti, ele me disse que poderia arranjar um emprego em aviões de aspersão de inseticidas.

— Ah — disse eu, tentando parecer uma pessoa de mente aberta, como um conselheiro vocacional cujo cliente acabou de anunciar que tem planos de se juntar a um circo. — É isso realmente *o que* você quer fazer?

— Por que eu teria de *fazer* alguma coisa? — perguntou ele. — O que há de errado em apenas *ser?* Não é o suficiente? Olhe pra você. Está sempre *fazendo* alguma coisa, *querendo* alguma coisa e, então, você de repente saca algo e então diz: *oh, puxa.* — Ele deu um tapa na testa imitando um idiota com uma idéia nova na cabeça. — Você quer algo mais.

Ele tinha razão. Não que eu estivesse preparada para concordar com isso.

— Não é verdade — contestei.

— Todo mundo que eu conheço está se vangloriando do que tem feito, dos diplomas em Harvard, mas a maioria é um bando de gente falsa. Ora, eles têm aquele diploma, porém não são nada brilhantes. E são felizes? *Eles são realmente felizes?*

Andy julgava que ser feliz era a coisa mais importante.

Andy julgava que ter filhos era a segunda coisa mais importante.

Nenhuma das idéias jamais me ocorrera.

Andy era uma alma perdida; Andy era um profeta. Eu estava convencida de ambas as coisas antes mesmo de saber que, quando era criança, ele tinha parado de falar por dois anos.

— *Você não falou por dois anos?* — gaguejei, tentando relembrar se eu havia alguma vez feito isso por um dia, e concluí que não, definitivamente não. — *Por quê?*

Andy enfiou um tufo de cabelos atrás da orelha e me olhou como se fosse demorar até o fim de seus dias para me dar uma resposta decente para o óbvio.

— Todo mundo falava — disse. — Não sobrava muito para dizer.

Portanto conheci Andy num jantar, um jantar do qual Dodge nada soube. Uma semana mais tarde, numa festa, nós nos beijamos, um beijo do qual Dodge nada soube. Então passei uma tarde em The Farm e percebi que não havia retorno. Nada demais aconteceu. Talvez fosse essa a questão.

Era um dia ensolarado de verão, e Andy pegou-me para uma volta por The Farm, naquele veículo *off-road* de um só banco, próprio para qualquer terreno. Sentei-me entre seus braços enquanto ele dirigia, recostando-me contra seu peito durante o trajeto acidentado. O pé no acelerador, ele passou por trás da casa, em torno dos campos de framboesa, uma atividade paralela que ele exercia, descendo uma ladeira para dentro dos bosques, para baixo, para baixo. Chegamos a uma lagoa cozinhando ao sol, a água quente. Andy desligou o motor. Recostamo-nos contra uma enorme pedra e ficamos observando as libélulas tocarem a água parada, cada toque provocando uma onda circular que se irradiava, cada vez mais ampla, até finalmente desaparecer. A lagoa parecia um útero em sua calma, passava uma sensação reconfortante de todas as coisas crescendo acostumadas umas com as outras, fundidas e inteiras. As horas passaram.

As horas passaram enquanto observávamos a água estagnada e ouvíamos os esquilos correrem pelos arbustos e brincarem, juntos, tocando-se e enroscando-se. Enquanto Dodge haveria de querer praticar windsurfe, Andy estava feliz apenas por me abraçar. Enquanto Dodge e eu teríamos nos apressado para encontrar os amigos, Andy e eu estávamos sentados ali, sozinhos. Eu não conseguia me recordar da última vez que tinha feito tão pouco. Não podia acreditar que aquilo, só aquilo, era o bastante. Mas era.

Naquela sexta-feira, depois de cinco anos de namoro e duas viagens à Riviera e 8 milhões de quilômetros rodados no trem do Metrô Norte para Greenwich, eu entrei no apartamento de Dodge e rompi com ele. Dodge ficou aturdido, perguntando quando e por quê e se não poderíamos buscar aconselhamento. Eu não queria conselhos; eu queria ver Andy.

— Não poderei afirmar que não irei vê-lo — eu disse. — Não posso dizer que não vou.

Dodge jazia estatelado no sofá, sendo sangrado mortalmente por invisíveis sanguessugas.

Ele não percebera sua aproximação. Nem eu.

No banheiro, peguei meus brincos e então parei diante da cortina com o mapa-múndi e apontei meu dedo para todos aqueles países e lugares que eu nunca iria conhecer. Istambul, Hungria, o mar Vermelho. Com Dodge, eu teria visitado aqueles locais; sem ele, quem sabe? Mas eu não poderia ficar com Dodge e não estar com Dodge, portanto não poderia ficar com Dodge. No momento, era suficiente saber que não poderia fazer isso. Não era o acelerador. Sim era o freio.

— Vai me telefonar? — Dodge perguntou.

— Vou — eu menti.

Naquela noite, tomei o trem de volta para Jersey, lavei meus olhos inchados e encontrei Andy para tomarmos uns drinques. Quando nos sentamos no bar, deslizei minha coxa entre as dele. A maioria de meus rompimentos tinha sido uma tremenda complicação que se arrastara por meses, mas não aquele. Fora o trabalho limpo e frio de um assassino.

Assim o amor chegou e se foi.

Ou, pelo menos, essa é a versão que contei a mim mesma quando me sentei à mesa da varanda no Clube de Campo de Greenwich, correndo os olhos pelas quadras de tênis vazias e as nuvens prenhas de chuva. Dodge e eu tínhamos passado horas sem fim ali, jogando tênis, pedindo saladas Cobb, assinando a conta, que seria debitada a seus pais.

Era segunda-feira e o Clube de Campo estava deserto. Eu não era sócia mas parecia que era e por isso ninguém me aborreceu. Tamborilando meus dedos sujos, desejando um coquetel, tentei ver a mim mesma, uma pessoa mais jovem, abrindo caminho em direção às quadras de Har-Tru e tênis de mesa e os gramados e o prédio do *squash*.

Olhei por sobre o ombro. Um aviso na parede dizia:

O traje deve ser todo branco, inclusive boné e acessórios. É aceitável um mínimo de detalhes decorativos (p. ex.: pequenos logotipos, canutilhos etc.). Antes de 15 de março e depois de 15 de setembro, podem ser usados agasalhos e conjuntos esportivos coloridos.

Refuguei como um cavalo. Oh, viver na terra do detalhe e do canutilho. Tinha ficado maluca de desistir disso tudo? Dodge e eu poderíamos nos completar juntos. Ele poderia ensinar-me a fazer um mergulho decente. Eu poderia mostrar a ele o banheiro na praia; eu poderia ter sugerido que ele fizesse xixi na água. Durante todos aqueles anos, eu dissera a mim mesma que aquilo ali me deixaria louca, mas quem sabe fosse pura confabulação, mentiras que eu imaginara para me apossar de um tempo — um homem — de que precisava para relembrar meu caminho. Eu poderia ter sido uma garota de Greenwich; poderia ter sido feliz ali, eu acho. Dodge era uma boa pessoa. Talvez eu só não estivesse pronta. Mas, por outro lado, talvez eu não conseguisse.

Assim que deixei Dodge, tudo ficou mais difícil. O herpes voltou. As lágrimas e os conflitos e a preocupação voltaram. Então, em Utah, onde as coisas realmente são sentidas de maneira diferente, eu ficava acordada de noite, caminhando pela casa, balançando na cadeira de balanço, ouvindo os ratos-saltadores de minha cabeça brigarem e se arranharem.

Eu estava viva. Arrasada e absolutamente desperta.

Assegurei de novo a mim mesma que valia a pena, que essa era a orgulhosa rota de artistas e pensadores e mulheres apaixonadas, mas talvez fosse puro papo-furado. Talvez o autoconhecimento não passasse de uma escada para o porão, uma descida escura e insegura para a terra das caixas velhas. E para quê? Se eu tivesse algum bom senso, teria ficado em Greenwich, jogado basquete, encontrado amigas para almoçar e me juntado a um círculo de jovens mulheres famintas esperando para fazer o pedido.

Block Island

MEU PAI E EU adoramos frutos do mar. Gostamos de mariscos defumados ou fritos ou de barriga para cima na metade da concha. Gostamos de ostras, cruas ou no vapor. Gostamos de arenque em conserva com creme de leite azedo ou mergulhado em azeite com cebola. Gostamos de anchovas e sardinhas direto da lata. Minha mãe acha que tais petiscos são, bem, peixe demais. Chip também pensa assim e portanto essa paixão por frutos do mar é algo que meu pai e eu partilhamos, uma ligação genética que ele orgulhosamente rastreia até seus antepassados norueguesos, aqueles com quem supostamente nos parecemos.

Embora nós não comêssemos fora quando eu era criança, de tempos em tempos papai nos levava até aquele entreposto de pesca em Wethersfield. A gente podia sentar ao balcão ou levar para viagem; portanto nós levávamos para a viagem, amontoando-nos no Rambler de papai com sacos de comida frita. Era complicado passar as fritas e equilibrar as bebidas e o *ketchup* e eu nunca entendi por que, se papai tinha claustrofobia, ele não se importava que nós quatro nos espremêssemos em seu carro, mas ele não se importava. Gostava. Ali, entre todos os ruídos de engolir e mastigar, sentíamo-nos como uma família, como um grupo de elegantes passageiros velejando para o mar em um pequeno bote de madeira.

NO VERÃO EM QUE fiz 26 anos, cerca de seis meses antes de Dodge e eu rompermos, convidei meus pais para passar o fim de semana em Block Island, um antigo porto de pesca ao largo da costa de Rhode Island. Era a primeira vez que fazíamos uma viagem juntos, que eu me lembrasse, a realização daquela fantasia que eu tivera oito anos antes, na doca da baía com Rawl, um jeito de recriar minhas recordações da infância de comer frutos do mar no carro.

Na primeira noite, comemos em um restaurante familiar, com bóias e redes penduradas nas paredes. Era a primeira vez que eu comia fora com papai em quase vinte anos e estávamos um pouco tensos. Antes, naquela manhã, ele passara pelo local para ver se poderia lidar bem com a situação, se havia luz e ar e espaço suficientes entre as mesas. Agora, ele estava sentado na poltrona de braços, à cabeceira da mesa, como um homem preparado para o disparo de um revólver.

— Quando vamos fazer os pedidos? — perguntou.

— Tenho certeza de que a garçonete já vem — disse minha mãe, olhando por sobre o ombro. — Sabe o que vai querer?

Papai estava confuso com o menu. Não estava acostumado a decifrar o que vinha com o quê.

— Acho que tenho algumas dúvidas.

A garçonete se aproximou. Papai perguntou se os mariscos vinham nas conchas, se a entrada vinha com uma salada, se ele podia trocar por batatas fritas, que tipo de cerveja havia, quanto custava, se a comida vinha para a mesa de uma vez, só porque era assim que nós queríamos, de uma vez só, porque não estávamos com pressa, mas que não queríamos ficar ali a noite toda, se ela entendia o que ele queria dizer. A garçonete sorriu e disse que sabia exatamente o que ele queria dizer e prometeu providenciar tudo. Nós três ficamos sentados, calados, esperando.

— Você está bem? — perguntou minha mãe, tocando o braço de papai.

— Ótimo, ótimo — disse papai, aborrecido pelo que ele julgava uma pergunta padronizada.

— Bem, foi um belo dia — disse mamãe, sua face rosada do sol. E tinha sido. Havíamos passeado de bicicleta em torno da ilha, rido ao ver o esforço de minha mãe para subir as colinas, parado numa loja de cerâmicas onde eu comprei um conjunto de pratos azuis para Dodge. As coisas, pensei, estavam transcorrendo muito bem.

O restaurante começou a ficar lotado. Tínhamos chegado cedo de propósito, esperando evitar a multidão, mas agora as mesas se enchiam e a sala começava a parecer apertada, e desejei que todos calassem a boca para que meu pai não tivesse um treco com todo aquele barulho. Eu nunca vira papai entrar em crise, mas não era algo que desejasse testemunhar. Parte de mim ficava imaginando se os ataques eram pura ficção, uma desculpa para não mudar, porém não era uma teoria que eu quisesse testar.

Finalmente a garçonete voltou com as travessas de marisco frito para mim e papai, peixe e batatas fritas para minha mãe. Sacudimos os frascos de *ketchup* e deixamos um filete pintar de vermelho nossos pratos e começamos a comer. E foi quando papai ergueu os olhos e, a troco de nada, me perguntou:

— Então, você acha que algum dia vai se acomodar?

Meu pai geralmente aguarda pelo silêncio, um silêncio fixo em que eu não possa fugir para algum lugar, para me embaraçar com perguntas sobre o jeito com que eu conduzo minha vida. Ele raramente dá conselhos, mas o rumo escolhido é iluminado pela direção e o teor de suas perguntas.

— *Acha que pode querer ir para a faculdade?*

— *Você não se cansa de ir a festas?*

Dessa vez, eu me fiz de boba, respondendo à pergunta dele com outra.

— O que quer dizer com acomodar?

— Parar de andar de um lado para outro. Casar. Ter uma família.

Concordei, enfiando um marisco frito na boca. Como meu pai, sou excessivamente sensível à crítica, direta ou implícita. Isso também nós partilhamos. Oh, eu sei que *acham* que famílias devem falar sobre coisas pessoais, mas a nossa não falava — *nunca tinha falado* — e parecia tarde demais para começar agora. Meus pais raramente mencionavam meus namorados. Eram extras, apêndices, não essenciais, desnecessários ao planejar o próximo passo na vida, a menos, é claro, que acontecesse de você se casar com um. Tudo antes do casamento era para ser visto como uma coisa prática, um trabalho temporário que não contava muito.

— Claro — eu disse, tentando manter minha voz impessoal.

— Gostaria de ter um bom emprego no jornal e então me fixar em um lugar.

— Onde? — perguntou meu pai. — Para onde acha que iria?

— Não sei. — Dei de ombros, como se nada daquilo importasse. — Onde eu tenha um bom emprego.

Papai esperou um momento, pesando as palavras.

— Você sabe que não pode continuar apenas flauteando para sempre.

Flauteando? A resposta defensiva subiu até minha garganta. Recordei a mim mesma que ele me amava mais do que eu poderia compreender. Ele se preocupava que eu ficasse de mãos abanando, sem nada em que me agarrar. Eu me preocupava com isso também. Mas por mais que se olhe para o buraco na estrada, é grande a probabilidade de se cair dentro dele.

— Acha que quer casar com Dodge? — perguntou.

— Talvez — disse eu. — Não sei. Quero me casar algum dia, mas só acho que não estou pronta.

Olhei para minha mãe pedindo ajuda. Ela cortava seu peixe em pequenos bocados, besuntando-os com uma passada de *ketchup* com a faca. Sorriu como se estivéssemos conversando sobre o tempo, não deixando transparecer que ela sabia quanto era difícil para mim falar a respeito de tudo aquilo, não intercedendo para me livrar do embaraço. Chip se casara aos 23 anos e eu sempre achei que esse casamento prematuro houvesse me dado um pouco de tempo. Parece que, meu tempo se esgotara.

— Você, porém, *quer* uma família? — perguntou meu pai.

— Claro — eu disse, incapaz de manter a irritação longe de minha voz. — Gostaria de ter filhos algum dia.

Papai suspirou, amassou o guardanapo branco de papel e jogou-o no prato que antes continha os mariscos.

— Bem — disse. — O que quer que aconteça, você deve saber que sua mãe e eu não acreditamos em divórcio.

Olhei para a toalha xadrez de vermelho e branco perdendo-me nos quadrados. Minha mãe fez cara feia para as batatas fritas como se desejasse que meu pai não tivesse falado aquilo, mas agora era muito tarde. Tentou remendar as coisas.

— Acho que talvez nós tenhamos assustado você com relação ao casamento — começou, tentando assumir alguma culpa. — Que você tenha olhado seus pais malucos e dito "não, obrigada".

Era verdade. Eu não queria um casamento como o deles, tão pequeno e cerceado como os pés de uma chinesa. Mas quem desejaria o casamento de alguém? O casamento era como roupa íntima — só se pode querer a própria. A questão era que meus pais eram namorados da escola que ainda estavam juntos, ainda se amavam. Depois de trinta anos, ainda ajudavam um ao outro a seguir em frente.

— Não, mamãe — eu disse. — Não é nada disso.

Minha mãe deu um sorriso compreensivo de mãe.

— Queremos apenas que você seja feliz.

Papai terminou sua cerveja.

— Bem, não se case com alguém por *nossa causa* — disse. — Lembre-se, é você quem vai viver com ele.

A garçonete chegou com a conta. Meu pai puxou o cartão de crédito. Minha mãe mostrou a ele como colocá-lo com uma ponta para fora dentro da pasta de couro com a discriminação das despesas, um sinal para a garçonete de que estávamos prontos para pagar. A moça voltou, passou o cartão pela máquina. Meu pai olhou para o papel com carbono, intrigado, inseguro de onde assinaria. Minha mãe indicou a ele.

— Bem, não foi muito bom? — disse mamãe, entrelaçando as mãos sobre a mesa. — Não foi? — insistiu.

— Sim, sim — Papai abriu um sorriso. — Muito bom. Obrigado, Bugs.

Bugs é meu apelido em família.

Empurramos as cadeiras e saímos para a noite. O céu estava coalhado de estrelas, milhões de desejos fora do alcance. Enquanto subíamos a colina para nossos quartos, as palavras de meu pai rodopiavam em minha cabeça como música de carrossel.

Somente vários anos mais tarde, em Utah, quando eu continuava ainda não casada, ainda não acomodada, ainda flauteando, percebi os três truísmos que eu tinha diante de mim, uma armadilha triangular da qual não havia escapatória.

Apresse-se e case. Ninguém é bom o bastante. Não acreditamos em divórcio.

Depressa. Ninguém é bom o bastante. Nada de divórcio.

MEU AVÔ SAI do terraço, no Maine, e arrasta uma cadeira de lona para o sol. Está comendo cerejas e cuspindo os caroços.

— Vovô, comprei um pouco de maionese para servir com o caranguejo hoje à noite — digo. — Não gosto muito daquele molho para salada.

— Tá certo — ele diz, pensativo. — Notei uma interessante diferença de preferências ligadas ao sexo. Os homens preferem molho para salada e as mulheres preferem maionese.

— Verdade? — digo. De alguma forma, em meus dois anos como repórter sobre questões de sexo, eu não me dera conta disso.

— Ora essa — diz vovô. — Eu já lhe contei sobre aquela minha velha vizinha?

Fiz um sinal negativo.

— Aquela senhora tinha algum tipo de câncer de mama e lhe deram testosterona. Bem, um pouco de hormônio masculino e ela mantinha o marido ocupado na cama três vezes ao dia. Finalmente, o camarada chama o médico e diz: "Doutor, não agüento mais". Então, o médico parou com a medicação... Quer dizer, se você é um rapaz, deve procurar uma mulher com um daqueles bigodes sobre o lábio. É um sinal forte de que ela manda ver.

Vovô ri da piada e suspira com ar enlevado.

— Ah, feromônios...

O Pau-de-sebo

GLOUCESTER, MASSACHUSETTS. Na hora em que encontramos um lugar para estacionar e começamos a descer uma ladeira para a praia da enseada de Gloucester, a competição do pau-de-sebo já estava em andamento. Centenas de pessoas paradas nas cercas próximas, espremidas lado a lado na areia, esticando o pescoço, algumas bebendo cerveja morna, outras perdidas em binóculos, bocas abertas. Rita empurrou-nos para a frente da multidão.

— *O próximo, Bobby Frontiero* — um homem com uma voz de apresentador de circo berrou no alto-falante. — *Irmão de Jerry Frontiero.*

Quando eu telefonara para minha colega de quarto, Rita, e lhe contara sobre minha viagem, ela me dissera que eu deveria ir ao Festival de São Pedro.

— O que é isso? — perguntei.

— É uma grande festa para marcar a bênção das embarcações — disse Rita. — Os pescadores italianos e portugueses ficam loucos. Há desfiles e passeios de barco e, depois, no sábado, há a competição do pau-de-sebo.

— *O quê?*

— O pau-de-sebo — disse Rita, rindo. — Você precisa vir e ver com os próprios olhos.

E eu fui, embora aquilo significasse voltar atrás em meu roteiro, algo que eu jurara não fazer. Em Connecticut, fiz meia-volta com o carro e rumei para o norte, para Gloucester, o velho posto de pesca comercial na península de Cape Ann, famoso pela estátua do pescador representada nas caixas de filé de peixe, aquela em que o capitão ensopado de água se firma com valentia na proa do barco.

Chegamos tarde. Os competidores, jovens em trajes de banho, já estavam reunidos sobre uma plataforma erguida no meio da enseada, conversando, escarnecendo dos outros, ouvindo rádio, esperando por sua vez. Cerca de cinco metros acima da água, um poste telefônico saía da plataforma, paralelo ao oceano, como um comprido trampolim de mergulho ou uma imensa espátula para baixar a língua, daquelas que os médicos nos enfiam na boca quando examinam nossa garganta. O poste tinha cerca de quinze metros de comprimento e era coberto por uma espessa camada de graxa preta. Na ponta, uma flâmula vermelha flutuava presa a um pequeno bastão, do tipo daquelas bandeirolas de golfe. A meta da competição era simples: chegar ao final do poste escorregadio e capturar a bandeirinha.

Espremi os olhos para ver Bobby Frontiero. Sua silhueta avançava um pé hesitante sobre o poste, os braços estendidos como um equilibrista. No terceiro passo, pendeu para a direita e, então, para compensar, girou furiosamente o braço esquerdo, o que o fez, um décimo de segundo depois, perder o equilíbrio e cair dentro da baía, atingindo a água com um barulhento golpe de barriga. Um "oh!" coletivo ecoou pela multidão, seguido pelo humilhante som de um gongo.

— Ohhhh — sorriu Rita. — Tinha me esquecido dessa parte.

— Essa parte dói — falei. — Acho que um camarada pode perder seu "poste" ali — eu disse, contente com o trocadilho.

— Diversão — disse Rita, pegando uma bala de menta. — É bom que estejam bêbados.

Frontiero nadou desajeitadamente por entre a flotilha de barcos a motor e caiaques que haviam se reunido na baía para observar. Subiu a escada do ancoradouro e juntou-se de novo à turma.

— *E agora, Frankie Califórnia, o Pé Leve. Acham que eles não fazem isso na Califórnia? Fazem. Frankie?*

— O que se faz quando se pega a bandeira? — perguntei a Rita.

— Devolve-se. — Rita soltou uma risada. — Mas levam você pela cidade carregada nos ombros.

— Mulheres participam disso?

— Uma participou, no ano passado. Terrível. E um bando de rapazes vestidos de *drag queen.* Uma palhaçada, você sabe, vestidos de baile e boás.

Joe-Joe Favazza tentou e caiu. E Frankie "o Padrinho" Corolla caiu. E Bogie, o Castro, caiu. E assim, da mesma forma, B.J. "Minha Mãe é uma Pajermo" Allen e alguém de nome Sean Pulpo. Alguns de pés reluzentes como Fred Flintstone rolaram. Outros arremeteram para a frente, tentando avançar pela graxa. Um garanhão com calça rosa-shocking deitou-se com a cabeça na direção da bandeira e deslizou como uma serpente. Uns dois camaradas caminharam de lado e avançaram escorregando com cuidado. Quando um competidor desabava, batendo as costas ou as pernas ou a virilha no poste, os espectadores na praia berravam num coro enfático. Assentiam com tristeza, jogavam o cigarro na areia, apagando o toco com a sandália de borracha. E, enquanto isso, a bandeirola vermelha esvoaçava com a brisa do mar, o prêmio cobiçado fora de alcance.

— Acha que Brando está legal? — perguntei. Nós o deixáramos no apartamento de Rita depois de uma manhã de brincadeiras com um bastãozinho e uma bola.

— O ar-condicionado está ligado — disse Rita.

— Tem razão — falei. — Provavelmente, ele deve estar preparando um drinque. Por quem você está torcendo?

— Sean Pulpo. E você?

— Bogie, o Castro. Parece que a maior parte da graxa se foi. Vão dar a todos uma segunda chance?

— A competição prossegue até que alguém pegue a bandeira.

— *Ohh, Andy, o Peixinho de Aquário, tenta avançar e escorrega e quase se aproxima da meta... mas, nãooooo.*

— Oh, droga! — gritou Rita, dando um tapa na testa. — Ele quase conseguiu.

Era difícil não se envolver com aquilo tudo. De certa forma, a luta na graxa, os mergulhos desajeitados, a fugidia bandeira vermelha pareciam estranhamente familiares. De súbito, percebi por quê.

— Rita, essa é minha vida! — exclamei. — *Minha vida é uma competição do pau-de-sebo.*

— Cruzes — disse Rita. — Ruim assim?

— Confusa, fútil, sem bandeira de prêmio — eu respondi. — Em Utah foi assim. Por cinco anos. E algumas vezes ainda é. Quero dizer, é, realmente, ainda agora. Você pode ver a bandeira, mas não consegue imaginar como chegar lá.

— Lute— disse Rita.

— Certo, lute — concordei. — Ou, melhor ainda, prossiga.

O camarada que finalmente venceu foi um outro Joe, ou Joe-Joe ou Joey, um rapaz orgulhoso da cidade, um tanto bêbado, um tanto arrogante, que se dobrou em agradecimentos antes de se aventurar para a beira da plataforma. Braços estendidos em cruz, começou com uma passada que se transformou numa precária corrida que culminou num pulo milagroso, graxa voando, dedos agarrando, e, quando, finalmente, aterrissou na baía de Gloucester, a bandeirola vermelha mergulhou com ele. A multidão explodiu em uma alegria coletiva e o gongo ressoou e o Mestre-de-Cerimônias enlouqueceu ao microfone.

Quando o vitorioso Joe nadou de volta para a praia, imaginei como o rude e confiante filho de pescador seria colocado sobre ombros acolhedores e sairia em parada pelas ruas de Gloucester como um santo. Vermelho de sol e de bebida, se encheria de amor por São Pedro, o santo padroeiro dos pescadores, do fundo do coração. Andara no pau-de-sebo por seu pai e pelo pai de seu pai, e, agora, flutuando acima da multidão em sua carruagem de mãos, estava confiante de sua sorte e seu talento. Sabia agora que estava pronto para começar.

NAQUELA NOITE, na casa de Rita, levei Brando para dar uma volta antes de dormir. Caminhamos pela calçada, passando pelos chalés em direção ao dique, no fim da alameda. Antes que chegássemos à terceira casa, senti-me hipócrita e soltei a correia de Brando. Estava uma linda noite, o céu faiscando de estrelas, as casas aconchegantes com as luzes amarelas dos alpendres, a atmosfera animada pelas risadas que escapavam pelas telas de televisão. Era bom estar passeando com um cão, meu cão, meu cão de empréstimo. Seu rabo balançava de lado a lado, firme como um metrônomo. As garras das patas raspavam na calçada. Ele cheirava os troncos de árvore e os canteiros de flores e buracos misteriosos, as bochechas arfando, curioso com os cheiros de passantes anteriores. Éramos uma equipe. Um par de foras-da-lei perambulando pela praia, confiando que nossa corajosa intuição nos conduziria à água. Senti-me envolvida por uma onda de conforto naquele momento, uma viajante que pertencia a nenhum lugar e a ninguém, e embora amanhã aquele mesmo conjunto de fatores me deixasse com a sensação de estar perdida — uma folha solta ao vento —, naquela noite, com o labrador chocolate a meu lado, eu me senti em casa.

Chegamos ao dique, que não era propriamente um dique, mas um pilar enorme de cimento declinando para dentro da água. Olhando pela escuridão para a luz ocasional de um barco, o farol, as estrelas, pensei de novo na competição do pau-de-sebo e tentei me imaginar lá, naquele posto, esforçando-me para manter o equilíbrio, lutando contra o impulso da gravidade. Quando tomamos o caminho em meio às pedras, deixei minha mente vagar, de volta a Utah, aos cinco anos em que eu passara escorregando e deslizando, às minhas quedas de barriga e aos mergulhos de cabeça e aos passos em falso desajeitados e tentei reviver o ritmo e a velocidade de cada queda.

Sião

Eu TINHA 28 ANOS quando me mudei para Utah. Não foi o Manifesto do Destino. Foi o Manifesto do Desespero. Por dois anos eu perdera tempo num tablóide em Trenton, New Jersey, escrevendo notícias sobre casamentos de cachorro, histórias de Stephen King-roubou-meu-manuscrito, caçando garotas promíscuas para pousar de biquíni para a Página Seis, nossa página de "celebridades", e arquivando minhas cartas de pedido de emprego com as respostas de recusa. Quando Mike, meu antigo patrão, me telefonou para me oferecer um trabalho de repórter em Salt Lake, puxei meu atlas. (Lá estava Utah! O quadrado com o pedaço faltando.) Perguntei a Andy se ele iria comigo, e ele disse que iria pensar, o que eu entendi como não e chorei um bocado e então me lembrei que eu era uma mulher independente, o que fez com que me sentisse melhor, mesmo que não acreditasse inteiramente nisso.

O editor queria um contrato de dois anos; eu concordei, resmungando. Dois anos: tempo suficiente para adquirir respeitabilidade para o meu currículo, não o suficiente para me transformar em outra Jane Tarbox. Quem eu iria namorar na Mormonlândia? Um missionário? Um profeta? Deixa pra lá. Contanto que eu chegasse a um lugar de verdade antes de completar os 30, ainda tinha tempo para me divertir na procura de alguém que eu tanto merecia depois de dois anos de privação no deserto.

Assim como as valentes pioneiras que me antecederam, arrumei a mala e rumei para Oeste, em busca de sorte. Não demorou muito para as coisas começarem a dar errado. De fato, demorou menos de quarenta e oito horas.

Em minha segunda noite em Salt Lake, saí para jantar com Alice, uma executiva de vendas que trabalhava para meu novo empregador, *The Salt Lake Tribune*. Estávamos terminando uma agradável refeição de peixe grelhado.

— Então, você vai começar em uma semana — disse Alice, lá em seu segundo uísque. Alice era católica. — Eles já providenciaram todos os seus papéis. Já fez o teste de drogas?

A truta em meu estômago deu uma violenta rabanada. Teste de drogas?

— Não, ainda não — eu disse, agarrando o pé de minha taça de vinho. — Quando eles geralmente fazem... isso tudo?

— Assim que você chegar para assinar o contrato — disse Alice. — Mike, provavelmente, irá lhe telefonar para preencher a papelada.

De súbito, tomei consciência das várias substâncias ilegais que fluíam por minhas veias. Uma baforada ou duas de maconha. Uma linha ou duas de cocaína. Nada terrível. Quero dizer, eu não era usuária de drogas. Nunca tivera um problema com drogas.

Mais tarde, naquela noite, dirigindo pela I-80 à beira das lágrimas, parei num posto de gasolina mergulhado nas sombras a fim de fazer um interurbano para Andy.

— Vou ser despedida e nem comecei no trabalho — gemi ao telefone. — Vão fazer um teste de drogas.

— Verdade? — disse Andy. Ele estava legal. Voltara para The Farm, aquela aconchegante anarquia de pavões e fumadores de maconha e Marvin Gaye. — Quando?

— Não sei. Nos próximos dois dias.

— Há umas coisas que você pode fazer — disse Andy, lentamente. — Vamos pensar.

— Como o quê? — Sementes de gergelim. Eu me recordava de alguma coisa a respeito de sementes de gergelim. Quem sabe eu pudesse dizer que havia comido um monte de *bagels?*

— Espere um pouco. Deixe-me falar com Leonard. — Leonard, um amigo da família, era usuário de drogas. Leonard tinha um problema com drogas. Graças a Deus.

Andy voltou.

— Leonard disse para beber suco feito na hora. Toneladas de suco.

— Suco de laranja?

— Frutas cítricas. Laranja, *grapefruit*... Beba até não agüentar mais.

— Oh, meu Deus. Não posso acreditar numa coisa dessas. — O mundo rodava, acinzentado. — E se eu não passar no teste e eles me mandarem para casa? E se eu tiver de contar a meus pais que não consegui o emprego porque não passei no teste de drogas?

— Suco — disse Andy. — Dê um jeito de atrasar o teste. Não vá até o escritório por nada. Não deixe que a encontrem.

— Mas... estou hospedada na casa de Mike — gemi. Embora Mike não fosse mórmon, ele ainda era meu patrão, e não me agradava nada ter de confessar aquele pequeno deslize com drogas antes mesmo de começar a trabalhar. — Ele já disse que quer que eu vá ao escritório e conheça todo mundo, que preencha os formulários.

— Não vá — avisou Andy. — Diga apenas que não pode ir. Levante-se cedo e suma.

AJUSTEI O ALARME para as 6 horas da manhã. Ainda estava escuro quando saí na ponta dos pés da casa de Mike. Assim que julguei que o caminho estava livre, sua esposa, Jill, surgiu no gramado de roupão de banho, os longos cabelos castanhos desgrenhados, os olhos pestanejando de sono.

— Levantou cedo! — exclamou. — Aonde vai?

Fiquei estatelada, de pé, no passeio, chaves do carro na mão, sentindo-me como o filho de 4 anos de Jill e a criança mais encrenqueira.

— Procurar apartamento — respondi. — É preciso começar logo. É uma selva lá fora.

Jill concordou, mas com um ar perplexo.

— Não quer tomar café?

— Obrigada, mas preciso ir. — Apontei para minha "sucata de aluguel", um Coupe De Ville da cor de berinjela. — Deseje-me sorte.

O sol nascia nas montanhas Wasatch quando rumei para a cidade. Ansiosa para encontrar um apartamento, ansiosa de que eu perdesse meu trabalho e não precisasse de um apartamento, passei cinco ou seis horas circulando por Salt Lake e bebendo suco de laranja até meu estômago se transformar numa piscina de ácido cítrico. A cada hora ou pouco mais, eu parava num posto de gasolina para fazer xixi e comprar balas de menta ou uma soda para que o balconista cheio de espinhas não me xingasse. Esqueça os anúncios de imóveis. Se eu visse uma *van* de mudanças, entrava na casa para perguntar quem estava de mudança e quando. Perguntei preços a corretores, telefonei a amigos de amigos de estranhos que conheci nas cafeterias.

Naquela tarde, parei um rapaz alto, fino como um bastão, que estava andando de bicicleta, puxando um cão de caça dourado. Debaixo do boné com o logotipo de um *pub*, seu sorriso era misterioso e cheio de boa vontade.

— Desculpe-me — eu disse polidamente. — Sou nova na cidade e estou procurando um apartamento para alugar. Sabe de algum, por acaso?

É assim que eu me lembro da história. Mas Roger, o rapaz da bicicleta, conta uma versão diferente. Ele insiste que estava passeando inocentemente pela Sexta Avenida com seu cão, Shane, quando uma mulher loira parou um enorme sedã e baixou a janela.

— *Ei, você. Sabe de algum apartamento para alugar?*

Nos anos vindouros, muitas vezes Roger e eu iríamos discordar sobre os detalhes de nossa história comum; ele costumava dizer, com um gesto incisivo: Tudo bem, gente, vamos voltar a fita.

Segundo minha versão, Roger acenou para o lado da rua. Eu saí do carro e ele me disse que também estava pensando em se mudar e que poderíamos procurar por apartamento juntos.

— Agora? — perguntei.

— Há uma hora melhor? — Roger arqueou a sobrancelha como um anzol. — Onde está hospedada?

— Em um condomínio em Midvale — disse. Midvale é um subúrbio de mórmons, pequenas caixas de beatos transbordando de crianças.

— *Então, é agora mesmo* — disse Roger, estalando o queixo.
— Você precisa de mim para isso.

Eu me calei, examinando-o, tentando ver no que estava me metendo. Roger não era um homem bonito, embora houvesse alguma coisa interessante nele. Seus cabelos ruivos tinham uma calva incipiente e ele a compensava com uma barbicha. Sua pele clara era marcada por cicatrizes, eu soube mais tarde, decorrentes de uma "imprudência da juventude" envolvendo um velho Porsche de um amigo. Os médicos tinham passado horas debruçados sobre seu rosto, extraindo cacos de vidro. Quando ele sorriu para mim — ou foi uma careta? —, seus olhos cor de amêndoa luziram com um brilho misterioso, como se ele já tivesse meu número e estivesse pronto para discar. Pelo jeito, eu o divertia. Eu podia ver que ele começava a treinar uma história em sua cabeça para uma *performance* posterior, de como ele pegara uma loira perdida numa sucata alugada cor de púrpura. Tenho de admitir que estava caindo no conto por mim mesma, portanto aceitei a companhia de Roger durante a tarde, espiando em janelas, batendo em portas. Mais tarde, voltamos ao portão da frente de seu apartamento, observando os carros entrarem e saírem do estacionamento da Alberton's, gente retirando vídeos, carregando ovos. Eu me descobri flertando, flexionando aqueles velhos músculos, só para me manter em forma. Antes que eu percebesse, confessei os horrores de meu teste pendente de drogas.

— Então, está fugindo da lei — Roger caçoou, esticando as longas pernas. — Uma garota que me toca o coração. Sempre me orgulhei de minhas partidas repentinas. Imagino que deixou um amor ou dois pelo caminho, não?

— Um ou dois. — Puxei uma tira de papel de minha pochete presa ao cinto. — Tenho o nome de uma pessoa no Estado de Utah que eu deveria procurar. Susanna Reed. Trabalha numa lanchonete.

Roger deu um berro.

— Lanchonete? Eu *dei emprego* a Susanna. Nada de lanches, *por favor*. Embalagens... Alguns amigos e eu começamos um negócio. Quer uma cerveja? Ou continua com a dieta de *grapefruit?*

— Que diabo. Vou ser despedida de qualquer maneira.

Roger voltou com duas garrafas verdes.

— Susanna é uma ótima garota. Agora, onde você cursou a faculdade?

— Em Brown.

— Ohhh, a Ivy League. Vai se dar bem em Salt Lake. As mulheres que não são daqui do Oeste são mais espertas que os homens.

— Inclusive sua presente companhia?

Roger fez um sinal de o.k. no ar.

— E você é daqui? — perguntei.

Roger fez cara de sofrimento.

— Tenha dó, por favor.

— Gosta daqui?

— Como não gostar de Utah? — Roger abriu os braços feito um político pedindo votos. — As ruas são largas e as pessoas são maleáveis.

— E os mórmons?

— Religião de supermercado. Tábuas de ouro encontradas ao norte do Estado? Não creio. Então, Lili de Connecticut tem um namorado?

— Sssiiim — eu disse, lentamente. — Lá em New Jersey. Ele pode se mudar para cá. — Aquilo já não soava tão bem.

— Entendo — concordou Roger com um ar de zombaria. — Namorado considerando as opções.

Dois dias depois, comecei a trabalhar. Para retardar minha dispensa iminente, tentei parecer ocupada, o que não era fácil com uma mesa vazia e nenhuma tarefa.

Roger telefonou naquela tarde.

— Lois Lane, eu presumo.

— Falando.

— Ainda empregada?

— Estou mantendo minha cabeça baixa.

— Que estranho... Pouco característico de sua parte.

Roger convidou-me para jantar. Sentei-me entre *futons* e mesinhas de canto feitas de caixas de leite e pares de esquis e geladeiras e uma confusão de fitas cassetes sem caixa e caixas sem fitas e instantâneos amassados de Roger, fazendo caretas no topo de montanhas, erguendo garrafas de cerveja. Roger fora a uma mercearia, uma excursão anual, pela aparência de sua geladeira. Com grandes gestos floreados, preparava macarrão cabelo-de-anjo com escalope. Fiquei tocada pelo esforço, embora viesse a saber mais tarde que aquele era seu primeiro e único prato, preparado apenas para propósitos de sedução. Enquanto cozinhava, ele bebia cerveja, esperando que eu fosse ficando meio embriagada e cheia de charme.

— Está delicioso — eu disse, girando o garfo no meio de um emaranhado de macarrão.

— Que nada — disse Roger, com um gesto de descaso. — Apenas uma de minhas muitas excelentes qualidades.

Fomos ao cinema. Antes de sair, Roger enfiou uma Rolling Rock no bolso; eu coloquei outra em minha meia. Era noite de meia-entrada, chamada de "terça-feira de desconto", mas Roger conseguiu nos colocar lá dentro sem pagar. Um grupo de amigos seus apareceu e sentou-se a algumas fileiras atrás, cheios de acenos e sorrisos, divertidos de terem surpreendido Roger num encontro.

— Cambada de amigos que não vale a pena — explicou Roger.
— Vagabundos. Apáticos. Você sabe que se faz o melhor que se pode.

— É o que eu sempre digo — retruquei, olhando-o de esguelha.

— Tudo bem, mocinha. Coma a sua pipoca.

— Você não comprou uma para mim.

— É o bastante para você.

Meia hora depois de o filme começar, virei-me para Roger e murmurei:

— Devíamos ter trazido mais cerveja.

Roger deu um tapinha em minha mão.

— Oh, Lois, vamos nos dar muito bem, eu e você. Já posso sentir isso.

Não levou muito tempo para que eu me desse conta de que Utah tinha dois mundos e eu não pertencia a nenhum deles. O primeiro era dos mórmons. A história do Estado, a política, sua própria geografia foi talhada por sua religião dominante. A capital se assenta numa grade: o marco zero é o templo mórmon, sede mundial da Igreja de Jesus Cristo dos Santos dos Últimos Dias. "Terceiro Oeste" é o terceiro quarteirão a oeste do templo, "3.500 Sul" é o trigésimo quinto quarteirão ao sul do templo. E assim por diante, mais de 10 mil quarteirões no deserto.

Em minha primeira semana no jornal, meu editor designou-me para cobrir o dia da aula inaugural do LDS Business College, uma escola de administração de propriedade da Igreja. Depois da recepção, telefonei a um administrador para conferir novamente seu cargo.

— Sou um apóstolo.

Parei de digitar.

— Como?

— Sou um dos doze apóstolos.

Sim, e eu sou Maria Madalena.

Agradeci ao discípulo e desliguei o telefone.

— Ei, Ryan! — exclamei para meu novo patrão. — Estou um pouco confusa. Acabei de entrevistar aquele camarada da LDS Business College. Ele disse que é um dos doze apóstolos.

— Ele é — disse Ryan. — Apóstolo é a designação mórmon para burocrata.

Assim minha educação religiosa começou. Aprendi como o anjo Moroni apareceu a Joseph Smith no Estado ao norte de Nova York e lhe mostrou as tábuas contendo uma história religiosa completa, e como os mórmons foram expulsos para Nauvoo, Illinois, onde sofreram perseguição, e Joseph Smith foi ferido de morte por uma multidão zangada. Aprendi como seu sucessor, Brigham Young, conduziu os pioneiros mórmons para Oeste sobre as Rochosas até que chegaram a Wasatch Front, e Young declarou: *Este é o local.* Aprendi como os primeiros mórmons praticavam a poligamia, até que o território de Utah quis entrar para a União e, então, o presidente da Igreja, Wilford Woodruff, teve uma revelação divina (e conveniente) de que era imoral para um homem ter mais de uma esposa. Aprendi sobre as roupas, as vestes de Jesus, as roupas íntimas religiosas que os devotos mórmons usam dia e noite (exceto ao se exercitar ou ao se divertir). Aprendi como cada mórmon do sexo masculino de boa reputação chega à condição de pastor e se comunica diretamente com Deus, e como apenas em 1978 o presidente Spencer Kimbell teve a revelação divina de que os negros eram homens também. (As mulheres ainda estão aguardando por essa revelação.) Aprendi que os casais mórmons são encorajados a ter grandes famílias porque é a única forma de os espíritos encarnarem na Terra, e quando os bons mórmons morrem, ascendem ao céu, onde fazem sexo e procriam por toda a eternidade, povoando o próprio planeta privado. (Embora muitas doutrinas religiosas mereçam credibilidade, era particularmente difícil imaginar o céu como um lugar onde as mulheres continuavam em perpetuidade com enjôos matinais e hemorróidas.)

Desnecessário dizer, os mórmons não eram minha tribo perdida. Embora gostasse de muitos mórmons individualmente, o clã era opressivo. Semana após semana na imprensa, os bons pais se batiam contra as três grandes ameaças para a fé:

Feministas. Intelectuais. Homossexuais.

A maioria de meus amigos pertencia a pelo menos duas das três categorias. Meus maiores prazeres — café, álcool, sexo pré-marital — eram pecados mortais, e essa ilicitude recém-descoberta os tornava ainda mais desejáveis. Cada xícara de café transformara-se num ato de desafio. Cada coquetel, em tabu. Ao cobrir os eventos da legislatura estadual — 90 por cento de homens brancos mórmons —, eu usava minissaia, uma maneira tácita de dizer: Não sou uma de vocês.

Mas não importava onde se estivesse, era impossível esquecer quem tinha as chaves da cidade. Logo abaixo, a poucas quadras de nossos escritórios, erguia-se o templo mórmon, com seus jardins "manicurados" e torrões de Cinderela, com seus guias de turismo de cara lavada, ansiosos para pegar seu nome e endereço para que pudessem bater em sua porta com o *Livro do Mórmon* e para um amistoso aperto de mãos. Durante toda a semana, o santuário bombeava para fora noiva após noiva, cada recém-casada corada depois de sua cerimônia, "segredo de Estado" que a designava para toda a eternidade para seu missionário. Passando pelo templo, se poderia parar no cruzamento por uns bons dez minutos enquanto correntes de famílias de pele clara vestindo os melhores trajes de domingo atravessavam a rua para o Templo Sul: vovô Earl segurando as mãos de irmã LaRuth, irmã LaRuth de mãos dadas com Big Thor, Big Thor segurando a mão do pequeno Bucky e todos sorrindo e transbordando da bondade de Deus. Eram tão seguros de si mesmos. Eu era tão insegura de mim mesma. Conter-me era tudo que eu poderia fazer para não socá-los.

Como a conversão religiosa tinha pouco apelo, refugiei-me em outros cultos de Utah — a multidão dos praticantes dos esportes ao ar livre. Lá em Nova York, eu sempre me considerara razoavelmente atlética. Praticava *jogging*, nadava, parecia bem de *lycra* preta. Minha idéia de um bom dia de esqui era fazer turnos em declive paralelo por uma hora ou duas e depois entrar numa cabana para um prato de fritas quentes. Mas o povo de Utah era de outra cepa. Eram devotados ao esqui, transplantes da Costa Leste que cresciam ultrapassando seus limites na neve de Vermont, balançando-se em cadeirinhas penduradas ao vento, abrigando suas faces gretadas pelo frio em capuzes de lã úmida, congelando e derretendo e congelando e derretendo quando respiravam. Escolhiam a faculdade pelo festival de inverno. Eram graduados em Ciência da Neve. Diploma na mão, seguiam para Oeste para manter o sonho vivo. Entediados dos carvões, abaixavam a cabeça passando pelas cordas de advertência e seguiam para as rampas virgens de esqui que ameaçavam deslizar, a qualquer momento, transformadas em mortal avalanche. Não era suficiente esquiar montanha abaixo, tinham de desbravá-la primeiro. Com os esquis sobre os ombros, subiam penosamente até o topo cai-não-cai de uma ribanceira onde fumavam um baseado comunitário e desciam um declive tão forte que cada volta era um salto. No verão, subiam as montanhas de bicicleta, escalando colinas rochosas, caindo com as raízes das árvores. Num churrasco pós-exercício, os rapazes fumavam drogas ilegais na garagem enquanto as garotas lavavam as feridas de guerra, erguendo suas roupas leves para revelar pontos pretos bordados no macio tecido das coxas.

153

— O que você está fazendo perdendo tempo com um cafajeste como Roger? — perguntou o rapaz sardento, o operador do elevador de esqui, gerente da loja de bicicletas, eu nunca soube direito o que fazia.

— É tão ruim assim? — perguntei.

— Pior — disse o operador do elevador de esqui, gerente de loja de bicicleta, com um sorriso. — Muito, muito pior.

Histórias sobre Roger eram constantemente insinuadas, porém nunca ditas. Escapadas em andaimes de esqueletos de prédios, fumadas misteriosas, pequenos escândalos envolvendo babás e armários. Roger era abominado por tirar vantagem de turistas de primeira viagem, vendedores de cachorro-quente da Costa Leste que pensavam que podiam esquiar. Guia local, ele iria persuadi-los a despencar de um precipício de granito.

— Você consegue agora — Roger diria, para incitá-los. — Sem problema.

Roger inclinava-se sobre a beirada, sorrindo maliciosamente enquanto o bobalhão pulava. Esquis e bastões dispersavam-se na poeira. (Tais humilhações eram chamadas de "promoção de venda de garagem"). Então "nosso herói" saltava depois do infeliz, numa demonstração de coragem, aterrissando de pé, apanhava os bastões espalhados e perguntava ao turista pálido como cera — oh, que gentileza — se ele precisava de uma mãozinha.

Eu ainda estava apaixonada por Andy, mas feliz por me divertir com Roger. Roger não era o senhor Certinho e ele sabia disso. Dormíamos juntos, de qualquer forma. Parecia o próximo passo, algo que se deveria tentar. Como de costume, o sexo não esclarecia nada. Eu não tinha certeza de estar atraída por Roger. Ou sentia atração mas não amor. Ou sentia amor mas não atração. Éramos muito íntimos. Éramos a mesma pessoa. Ele estava em minha cabeça. Podia arrumar minha fiação, me consertar como um telefone. Claro, eu me sentia culpada. *(Pobre Andy. Como eu pude? Por que eu tinha de fazer isso?)* Claro, eu não parava.

Sexualmente ativos e verbalmente platônicos, Roger e eu nos comunicávamos melhor com berros e insultos até que os sentimentos de alguém eram feridos e havia uma reaproximação, quando Roger me faria cafuné até eu ficar confusa e hesitante.

— Scarlett, poderíamos ser realmente felizes, não consegue enxergar isso? — ele dizia. — Temos apenas de fazer dar certo. Você é a pessoa que eu quero. Você me quer também, só não consegue admitir.

Eu não conseguia admitir. Não podia nem mesmo compreender.

Enquanto isso, parecia que iria ficar em Utah, porque ninguém do jornal aparecia para me pedir o teste de drogas. Um ano se passou antes que eu tivesse coragem de perguntar a nosso repórter do meio ambiente por que eu fora dispensada do tal teste.

— *Teste de drogas?* — ele bufou. — Sabe quantas pessoas por aqui seriam reprovadas num teste de drogas? Teríamos de dispensar metade da equipe.

FRANCIE HORSHAM CHOCAVA do lado de fora do escritório do editor como uma mamãe-galinha guardando um ovo precioso. Francie era a gerente da redação do *Tribune*, a pessoa a quem os repórteres procuravam para obter adesivos de estacionamento, para colocar em ordem as confusões do seguro, para organizar os pedidos de frango ou espeto para o churrasco anual de verão. Francie, uma mãe mórmon de cinco rebentos, tinha a pele de um pálido rosado e cabelos amarelos que flutuavam acima da cabeça como um halo de algodão. Usava vestidos floridos acinturados, cinta-liga e sandálias de solado grosso. Com a mãe doente e suas enxaquecas, Francie personificava a meia-idade. Sempre que eu viajava para o México, ela me pedia para reabastecê-la de seus cremes anti-rugas, Retin-A.

Em funções sociais da redação, ela fazia o papel de acompanhante de mocinhas, preocupando-se com as funcionárias solteiras que chegavam sem companhia, cordialmente interrogando nossos namorados.

— Então, de onde é você? E o que você faz? Há *quanto* tempo conhece Lili?

Francie considerava seu dever resolver os impasses maritais — mórmons ou não — na nave da igreja. Sempre que eu me aproximava da mesa de Francie, procurando uma aspirina ou um relatório de despesa, ela suspirava com ar de conspiração.

— Então, como vai aquele bonitão que você está namorando?

Em vez de perguntar qual, eu resmungava:

— Bem, muito bem. — Não querendo explicar a existência de Roger em Salt Lake e Andy em New Jersey para uma mãe mórmon de cinco filhos.

Se Francie era a quintessência da pessoa ocupada, seu marido, Robert, era todo instinto, viril até o osso. Bonito demais, frio como uma escultura, coisa ruim em bela embalagem, era desconcertante.

Na festa anual de Natal da redação, afetuosamente conhecida como "o Baile", enquanto o órgão elétrico entoava os sucessos dos anos 70, "Celebrando os Bons Tempos", Robert não tirava a bunda da cadeira. Francie iria cutucar algum pobre repórter que, não achando um jeito polido para escapar, a convidaria para dançar.

Francie adorava dançar. Assim que suas sandálias brancas pisavam o salão, ela flutuava de um parceiro para outro como se mergulhada em um sonho. Dançava o *jitterbug* com o editor da noite. Dançava o *boogie-woogie* com o repórter policial. Intrometida como era Francie, eu a perdoava de tudo quando a via agitar-se ao *bunny hop*, mãos segurando os ombros do rapaz do copidesque, sorrindo como uma garota em seu primeiro encontro. Talvez ela se imaginasse de volta ao colégio, onde os rapazes tinham cara de criança ansiosa e ela contava com uma fieira de noites de verão para encontrar o camarada certo.

No dia em que completei 30 anos, Francie me puxou de lado para me desejar feliz aniversário. Falou com a preocupação de uma mulher madura partilhando a sabedoria duramente aprendida com uma filha pródiga.

— Ora, não se preocupe de estar só — disse. — Minha vida não começou até que fiz 30 anos e conheci Robert.

Suas palavras reviraram-me o estômago. Vômito de leite azedo.

Um momento mais tarde, eu me recompus e fiquei na defensiva. Não precisava de um homem para dar um empurrão na minha vida. Eu não, a jornalista "das questões de discriminação sexual" do *Trib*, uma mulher em uma cruzada pessoal e profissional para extirpar o sexismo em casa, no trabalho, além dos mares, na torre de marfim, no Exército, na Marinha e no Corpo de Fuzileiros e, sim, até mesmo na terra do Sião. Contudo mantive para mim mesma meu discurso feminista sobre a dominação; não tive ânimo.

— Obrigada, Francie — eu disse, afastando-me.

Naquela tarde, repeti o comentário de Francie a um amigo, e demos umas boas gargalhadas à sua custa. Francie, esposa e mãe mórmon, era muito engraçada. Entretanto, embora eu pudesse negar isso até meu leito de morte, as palavras de Francie me encheram de esperança. Aos 30, Francie era uma velha senhora mórmon e, contudo, encontrara um marido. Tinha uma família. Sua vida começara, seja lá o que isso significasse. Talvez o sexo tivesse começado, o que pode ser confundido com vida, se você nunca teve nenhum. A questão era: se Francie tinha esperado até os 30 para encontrar seu parceiro, talvez eu não estivesse atrasada.

QUANTO MAIS eu tentava encontrar o Verdadeiro amor, mais perplexa ficava. Roger e eu rompemos, nos reconciliamos, rompemos de novo, nos reconciliamos outra vez. Andy e eu fizemos mais ou menos o mesmo. Os dois sabiam um do outro; ambos eram ciumentos; ambos juravam me disputar. Minha vida tomou um rumo e a teatralidade de uma farsa francesa. Flores chegavam de Andy, enquanto Roger e eu estávamos esfarelando nossos *bagels*. Quando Andy viajou para Salt Lake sem avisar, Roger irrompeu em meu apartamento, irado, recolhendo sua garrafa de água, seu atlas, como um homem cujo navio está indo a pique. Quando Andy foi para casa, Roger sugeriu que o que Bonnie e Clyde precisavam era de um pequeno R&R — ou repouso e recreação — no Cabo de San Lucas. Ao telefone com Andy, eu resmunguei alguma coisa sobre "ter de pensar as coisas". A verdadeira razão que me movia era que soava divertido.

Roger telefonava para a redação.

— Thelma?

— Louise — eu respondia. — Pode aguardar por um minuto, estou na outra linha com outra pessoa.

Aquela outra pessoa seria Andy.

— Ei, Docinho. Escute, estive pensando. Por que não nos casamos?

Eu poria Andy na espera, pregaria os olhos nas duas luzes piscando, olharia em torno da sala de redação para todos os dedicados jornalistas, o grande Quarto Poder, lutando por verdade, escrevendo por justiça.

Oh, Deus, eu me odiava.

Todo dia eu esperava uma revelação divina à la mórmon que me dissesse quem me estava destinado. Ambos os relacionamentos eram tão maravilhosos, tão lisonjeiros. Ficavam tão bem *juntos*. Embora eu soubesse que boas meninas não se comportavam desse jeito, não conseguia evitar de ser a vítima de minha última conversa, aliando-me com quem quer que parecesse mais convencido de nossa inevitabilidade cósmica.

Depois de agüentar um bocado disso, Roger mudou-se para Washington, D.C., para entrar na política. Depois de agüentar um bocado disso, Andy voltou a The Farm.

Viúva duas vezes, vesti-me de preto, fiquei de luto.

Na semana seguinte, comecei a paquerar Stuart, o veterinário, um dos amigos de Roger. Stuart e eu não gostamos um do outro logo de cara. Ele achava que eu era avoada. Eu achava que ele era mulherengo. Suponho que estávamos ambos com a razão. (Mais tarde, eu insistiria que a razão para estar avoada era porque ele era um tal mulherengo. Mais tarde, Stuart insistiria que apenas agia como um mulherengo com mulheres que eram avoadas.)

Com seus oito pares de esquis, três bicicletas, dois caiaques e um *snowboard*, Stuart era um modelo para a revista *Outside*. Uma noite ele me levou a uma festa da turma do caiaque, onde embalei cervejas de butique e assisti a um videoteipe das excitantes aventuras da gangue — corredeira abaixo, nível cinco.

— Lá vai Skye! — uma garota de tranças gritou, apontando para uma forma indistinta de roupa ensopada e de capacete.

— Lá vai John!

— Lá está Laura!

— Não é Laura, é Jim!

Fiquei de pé, num canto, mastigando batatas *chips*. No caminho para casa, declarei:

— A natureza é chata.

— *Como pode dizer uma coisa dessas?!* — exclamou Stuart, com um sinal negativo.

— Água — disse eu. — Você percebe que está por toda parte.

O espanhol, de todas as coisas, foi o que nos reuniu. Eu estava freqüentando um programa de um mês de espanhol, no México, em que Stuart já estava, e nos encontramos na mesma aula noturna de espanhol, e aquilo pareceu como se o Destino falasse — em um idioma estrangeiro, pelo menos. Para a lição de casa, fomos para a cozinha da casa dele e conjugamos. O imperfeito. O condicional.

Logo percebi que estava feliz. Logo, pareceu que provavelmente Stuart poderia ser O Cara. Ele fora gentil com meus pais, tranqüilizando meu pai ao telefone antes de uma operação sem importância. Fizera uma caixa de jóias para mim de uma velha caixa de charutos. Escrevera um poema de amor para mim. Pintara-me um quadro. Íamos esquiar e eu o admirava de longe, o jeito que traçava graciosos sulcos pela montanha, dobrando cada joelho como um homem em prece. O que ele viu em mim, não tenho certeza. Seu maior temor era de que sua vida ficasse chata; talvez eu parecesse uma mulher que pudesse livrá-lo de um tal destino.

Quando Roger soube da novidade, disparou várias ameaças de morte via correio. *Nós pertencemos um ao outro; ainda temos uma chance.* Ao ler suas cartas, não pude deixar de imaginar que talvez ele tivesse razão. Eu poderia ter escolhido Roger. E, se tivesse, quem eu seria agora? Como seria nossa vida? Sempre fui curiosa acerca dos rumos não tomados (cada trilha de terra, cada alameda iluminada pelo sol). Curiosa e triste. Por que tinha descartado pessoas que significavam tanto para mim? Por que o amor era um jogo de tudo ou nada? Com freqüência me ocorria que os polígamos mórmons tinham algo de razão. Talvez eu não fosse estruturada para a monogamia. O compromisso com quatro maridos seria bastante fácil; era reduzir a lista que me aborrecia. Em algum lugar ao longo da linha, as decisões tinham se tornado de adulto, mas eu não amadurecera. *Como escolher alguém? Como dizer sim a alguém? Em que ponto devemos todos nos acomodar?*

Tudo que eu queria era uma pequena certeza. Um sinal, um anúncio de néon, uma seta reluzente de Atlantic City apontando para a cabeça de algum homem, indicando-me para *Estacionar Aqui*. Era isso que eu adorava num novo amor; parecia tão predestinado, tão inspirador. Algumas vezes parecia que o único jeito de casar era encontrar um homem e empurrá-lo para o altar antes que o encanto inicial se dissipasse, antes de que um de nós soubesse muito acerca daquilo em que estávamos nos metendo.

E sexo?

Eu tinha montes de orgasmos agora. Havia apenas um único problema: eu os tinha apenas a sós. Com um amante, ia direto ao êxtase, e então meu corpo travava. Gostaria de pensar nisso como alguma incisiva declaração feminista sobre a não necessidade de um homem para o prazer, mas não. Eu era uma sereia parada nas rochas com meu espelho e o pente e a cauda verde escamosa.

Como qualquer bom ianque, jurei me esforçar. Tentei cultivar uma exótica vida de fantasia. Durante o sexo, eu reunia um elenco de personagens sombrios. Lésbicas com cetros. Negros de peitos esculturais. Estupradores com coração. Arrastava o cenário para o palco: correntes ou espuma. Aumentava o volume. Atenuava as cores com branco e preto. Sonhava com italianos, todos ardentes de paixão e comendo almôndegas, sem legenda à vista. Tentava não pensar. Tentava não pensar em não pensar. Via a mim mesma sem cabeça, sem cérebro, só um corpo, arrepios e apetite fresco. Animais fazendo o que os animais fazem. Subi até o teto, uma câmara numa grua, espiando nossos corpos, os lençóis, os meios de nos conectarmos, de nos comunicarmos, a mão dele, a pele, o traseiro. *Não é o pênis, é o homem anexado.*

Nada disso funcionava. Nada disso nunca funcionou.

Não que meus amantes não me oferecessem suas informações de especialista. Cada homem atacava meu problema com grandes bravatas, confiantes de que *ele* tinha o toque de Midas. Isso me fazia lembrar aqueles jogos Teste Sua Força na feira rural, em que os homens batem com um martelo gigante num disco e tentam fazer soar a campainha. Roger uma vez me disse para não me preocupar, que uma "ex", outra garota de Connecticut, tinha um problema semelhante. (Será que era alguma coisa da água? Alguém já fizera uma pesquisa?) Pelo jeito, quando Miss Connecticut por fim chegasse ao clímax, ficaria tão deslumbrada que haveria de querer se casar. Roger me disse para não ser ridícula. "As pessoas não se casam para ter orgasmos", caçoou. Embora aquilo parecesse um belo conselho, será que as pessoas se casavam sem eles?

E Darwin? E se o velho bastardo tivesse falado sobre a evolução da gratificação feminina? Se os homens não chegassem ao clímax, as espécies não vingariam. Se as mulheres não chegassem ao clímax, a raça humana continuaria alegremente. E se nós, mulheres, não estávamos satisfeitas, bem, poderíamos sempre sair às compras.

Eu não tinha idéia do porque não conseguia fazer o que todo mundo fazia sem pensar, sem nenhum esforço. Talvez o herpes me contivesse. Preocupava-me com isso o tempo todo, convencida de que espalharia a doença como um rato de rua ou uma mosca tsé-tsé. Quarenta e cinco milhões de americanos são portadores de herpes, mas nenhum deles alguma vez conversara comigo a respeito do assunto. Parecia pairar sobre todos nós o pressuposto de que deveríamos manter a boca fechada; deveríamos nos envergonhar.

Em minha experiência, a maioria das pessoas trata as doenças sexualmente transmissíveis como uma grande piada. Em festas, se eu pedisse a algum camarada um gole de sua cerveja, ele diria, com uma careta:

— Claro, mas você não tem alguma doença de que eu devesse saber?

Quá-quá-quá-quá-quá.

— Limpa como um apito — eu diria, pousando meus lábios na boca da garrafa.

Uma noite, meu vizinho me contou como seu amigo ficara zangado com ele por lhe ter arranjado um encontro com uma mulher que ele conhecia.

— Então ele me telefonou depois do encontro e disse: "Pô, muito obrigado!". E eu disse: "O quê?". E ele disse: "Pelo menos você podia ter me arranjado alguém com uma ficha de saúde limpa". Opa. Tive sérios problemas para remendar as coisas depois daquela.

Sorri com simpatia.

— Imagino.

Claro, comparado à Aids, herpes é café pequeno. Não vai matar ninguém. Não vai arruinar sua vida. Mas não tem graça nenhuma, especialmente quando se é solteira e se sabe que em todo novo relacionamento chegará aquele momento em que se tem de cuspir as novas. Mesmo assim, depois do rapaz da faculdade, nenhum de meus parceiros contraiu o vírus. A ameaça estava adormecida. No meio do ato de amor, eu imaginava o vírus circulando em meus fluidos corporais, a ameba demoníaca ansiosa para aterrissar. Rawl estava errado sobre uma coisa: os homens ainda me desejavam. Os homens não conseguiam imaginar que uma tal coisa acontecesse com eles. Eu não tenho certeza de que realmente acreditassem que eu tinha o vírus. Coisa ruim em bela embalagem, era desconcertante.

Olhando para trás, eu deveria ter conversado sobre essas coisas com minhas amigas. E uma vez eu tentei. Numa noite chuvosa, depois do trabalho, enchi-me de coragem e confiança com uma amiga, na esperança de que ela me desse um conselho ou pelo menos me reconfortasse dizendo que eu não era a única nulidade sexual. Do lado de fora de meu apartamento, ficamos sentadas no carro dela, a chuva batendo e escorrendo pelas janelas.

Estávamos falando sobre sexo.

— Algumas vezes eu não consigo chegar lá — comecei. — Estou quase e tudo parece ótimo, mas então não acontece. Eu perco o pique.

— *Está brincando* — minha amiga quase engasgou. — Orgasmos, eis uma coisa com a qual nunca tive problemas. Sempre gostei de sexo, e as coisas apenas... bem... Puxa, sinto muito por você. Eu nunca poderia imaginar. Quero dizer, *você é tão bonita.*

Um dia, voltando de umas férias em Seattle, Stuart deixou-me dirigir.

Normalmente, sempre que saímos, Stuart é quem dirige, porque ele gosta de dirigir e eu não; e ele é bom nisso e eu não sou, mas o tráfego estava pesado e Stuart precisava de uma pausa, portanto parou no acostamento e trocamos de lugares. Saí da beira da auto-estrada e então, com um empurrão de adrenalina, misturei-me ao trânsito da tarde, vibrante de sol.

— *Avance, seu gordo do Ford, ande.*

Ao tomar a pista central, minha favorita (no meio não há muitas maneiras de se mudar de idéia), Stuart assumiu aquela postura de desastre, braço direito apoiado na maçaneta da porta, pernas apoiadas no tapete do chão, queixo cerrado.

— Não é tão ruim assim — eu disse.

— Relaxe — disse Stuart.

— Eu *estou* relaxada.

— *Não, não está*. Olhe para você. Toda tensa. Inclinada para a frente.

Soltei meus ombros. Recostei-me contra o banco.

— Estou relaxada.

— *Não, não está.*

Um caminhão de pão soltou fumaça à minha esquerda. Uma *van* de mudanças me espremeu à direita. Meti o pé na embreagem e mudei a marcha e senti o carro estremecer quando as dezesseis rodas passaram ao nosso lado com estrondo. De certa forma eu me tornara o tipo de mulher que meu pai xinga na estrada, o tipo de criatura hesitante e cautelosa ao extremo que o faz ultrapassá-la resmungando seu ultimato: *"Mulher no volante"*.

— Lembro-me das aulas de direção no colégio — comecei, falando não porque eu tivesse algo a dizer, mas para provar que podia conciliar duas tarefas difíceis ao mesmo tempo. — O camarada costumava dizer que não se deve olhar para o horizonte ou para baixo, para os pedais, e sim manter os olhos num ponto intermediário.

Fiz um gesto vago no espaço.

— Ele tem razão — disse Stuart.

— Não — retruquei. — Você tem de olhar o que está diante de você, diante de onde você está. E se algum garotinho correr para a rua atrás da bola e você estiver olhando para o nada? *Pimba*.

— Você verá o garoto — disse Stuart. — Seus olhos se ajustam. Você breca.

— Como sabe?

— É assim que funciona — disse ele, impaciente.

— É assim que *deve* funcionar.

— Certo.

Não falamos coisa alguma por um minuto ou dois. Stuart me observava dirigir e eu fingia não perceber.

— Stuart?

— Sim?

— Quando está dirigindo, você divaga?

Stuart não disse uma só palavra, e então eu prossegui.

— Esquece completamente que está dirigindo, tipo desaparece, tem alguma espécie de experiência fora do corpo? E, então, subitamente, acorda e não tem idéia de quanto tempo se passou ou onde você está, mas o tempo inteiro ficou dirigindo, nem mesmo pensando no que estava fazendo? Como se alguém mais estivesse dirigindo o carro, como se ele andasse por si só?

Stuart encarou-me com um olhar exasperado.

— Não entende? — ele disse.

— Entende o quê?

— *Quando você esquece que está dirigindo, isso significa que está dirigindo bem.*

— Não.

— Sim, sim, sim, sim.

— Eu, porém, só faço isso quando estou sozinha — disse eu, agitando minha mão de novo, tentando explicar. — Não consigo esquecer que estou ao volante quando você está ao meu lado.

Meus olhos luziram. Dirigir, fazer sexo, era o mesmo tipo de batalha.

— O que quer que eu faça? — perguntou Stuart.

— Não sei — disse eu. — Se soubesse, eu lhe diria, mas não sei. Não tenho idéia.

— Quer que eu dirija?

— Não, estou dirigindo. — Apertei o acelerador para provar isso.

Stuart sentou-se comprimido contra o banco, duro como um guarda de segurança, e eu olhei de propósito a meia distância e esperei pela transformação, mas não consegui me esquecer das quatro rodas girando debaixo de nós e das três saídas pelas quais tínhamos de passar antes de deixar a rodovia e dos dois caminhões rugindo atrás e que um de nós estava ainda ali, sempre estava ali, fazendo o melhor para dirigir.

OUTRO DIA STUART chegou e anunciou que formulara uma teoria com relação a mim: a razão pela qual eu não compreendia o amor era porque meu coração nunca fora partido. Eu não tinha idéia de como era ser deixado.

— Isso não é verdade — protestei. — Meu coração partiu-se. Muitas vezes. O fim de um relacionamento é terrível, não importa quem o provoca.

— Talvez — disse Stuart. — Mas é mais fácil deixar que ser deixado. Alguém alguma vez rompeu com você?

— *Sim* — eu disse. — *Uma vez.*

— Quando?

— *No colégio.*

Stuart revirou os olhos.

— *Isso conta.*

O nome dele era Jack. O que eu me lembrava mais claramente era que ele dirigia como um maníaco. Sabia perfeitamente qual o tamanho de seu carro, até os centímetros, e andava pelo trânsito de Boston mudando o câmbio com o joelho. Era um palhaço, um brincalhão, mas o dia em que rompeu comigo não foi uma piada. Sentou-se nas escadas acarpetadas de meu dormitório e me disse que nosso relacionamento não estava dando certo. Ele nunca soube o que eu fiquei pensando: guardei meus sentimentos para mim mesma.

Quando ele me disse aquilo, comecei a chorar porque ele me estava me deixando e porque não entendi o que ele queria dizer. *O que eu deveria dizer a ele?* Guardei os maus pensamentos sobre ele para mim, para não lhe ferir os sentimentos. Talvez ele estivesse zangado porque eu não conseguia dizer "Eu te amo". Eu tentara, mas, por alguma razão, as palavras não saíam. Era um sentimento muito intenso, muito cru para se expor. Como a gente se cortar com uma faca e então convidar os amigos para ver você sangrar. Não, puxa, também não era assim. Era como uma bolha saindo de um peixe. Só que a bolha de ar era a própria vida e, se escapasse, o peixe iria entrar em colapso, ficar vazio, transformar-se em nada.

Então imaginei que talvez aquela fosse uma das coisas que eu devesse dizer a Jack, mas me sentiria estúpida falando a ele sobre a faca e o peixe.

— O ponto principal é partilhar as coisas — disse Jack.

— Nós partilhamos coisas — resmunguei.

Jack enxugou uma lágrima de minha face, acariciou-me o queixo com o dedo.

— Algumas coisas — disse —, mas não o bastante para sermos íntimos.

Eu me sentia íntima, ele não. Eu falhara com ele de alguma forma. Parece que outras pessoas estavam dando coisas que eu nem mesma imaginava que faltassem.

Naquela tarde em Utah, contei a Stuart uma versão resumida dessa história — de como aquele rapaz do colégio rompera comigo e de como fiquei triste —, porém, mesmo assim, ele não se convenceu de que eu sabia bastante sobre o amor. E nem eu, embora não quisesse admitir isso a ele.

Pelo resto do dia, continuei pensando naquele rompimento, cada vez mais incomodada e intrigada. O que me enervava não era que aquele adolescente tivesse me abandonado pela razão que alegara, mas que em todos os anos que se seguiram ninguém mais tivesse me deixado.

Para meu total espanto, ganhei uma bolsa de estudos da Faculdade de Jornalismo para ir ao México por nove meses para estudar espanhol e escrever sobre a Nafta. Tinha apostado num desejo; meu professor de espanhol gentilmente exagerou em minha fluência em sua recomendação e sei lá como fui escolhida. Li a carta de aceitação vezes seguidas, lágrimas nos olhos, intrigada que um bando de estranhos depositasse um pingo de fé em mim.

Agora que eu estava de partida, Stuart me parecia melhor do que nunca. Decidimos namorar a distância. Iríamos escrever e telefonar; ele iria me visitar. Continuaríamos juntos, 3 600 quilômetros separados.

A última coisa que eu esperava quando me mudei para o México era me apaixonar novamente — dessa vez pelo país. A princípio morei em Guadalajara, mas depois de um mês me arrastando pelo calor e a poluição da cidade, dentro de ônibus para *la catedral*, enquanto os homens encaravam meus seios e se benziam, mudei-me para uma colônia de artistas com maior sensibilidade moderna. Embora eu mal falasse espanhol, sentia-me mais à vontade naquela cidade mexicana do que jamais me sentira em Utah. Depois de três anos áridos com os mórmons, o México parecia um paraíso sensual: as flores das buganvílias, as máscaras de coco, os cheiros de fruta madura e do fogo no mato, os *mariachis* altivos, as *tortillas* comidas na mão, quentes, em papel pardo, as mulas percorrendo as pedras do calçamento. Eu nem me importava quando os *rancheros* assobiavam *Güerita* (loirinha) quando passavam pela rua; aquilo me fazia sentir, bem... uma loira.

Adorei estudar espanhol. Foi um jeito de começar de novo, de aparar as arestas de minha vida e reduzi-la a objetos simples e a verbos. Como poderia me preocupar com decisões vitais quando não conseguia nem mesmo contar a meu professor o que eu comera no jantar? Mudei-me para um apartamento vizinho ao de três pintores mexicanos: um surrealista drogado e duas mulheres, Leila e Sara, que se tornaram minhas amigas íntimas. Minha bolsa me obrigava a fazer um projeto de pesquisa e, portanto, eu me reportei a uma clínica que enviava adolescentes para *ranchos* remotos para ensinar educação sexual. Sob os tetos de sapé, enquanto as galinhas ciscavam em círculos, as garotas explicavam que confiar na vontade de Deus não era a forma mais segura de contracepção.

Enquanto isso, eu nutria grandes ilusões de botar minha vida amorosa em ordem. Ao contrário, descobri que minha "telenovela" havia simplesmente se mudado para o sul da fronteira. Todos os rapazes tinham meu número. Todos os rapazes tinham meu fax. Stuart planejava visitar-me por uma licença sabática de dois meses. Roger me telefonava para me atualizar acerca das coisas. Muito raramente, Andy telefonava para saber se eu estava solteira de novo. Por dias, perambulei pelo calçamento pensando no verbo *esperar*.[1] Seu significado era aguardar, ter esperança, manter a expectativa, todas as três coisas de uma vez. Era o verbo perfeito para mim; minha vida inteira poderia ser encapsulada em uma única palavra — *espero*. Frustrada com minha falta de progresso, marquei uma *limpia* com a bruxa da vizinhança, uma limpeza, um descarrego espiritual. Num casebre enfeitado com velas gotejantes e oferendas para a Virgem de Guadalupe, uma minúscula velha enrolada num xale resmungou um encantamento obscuro e me lavou com ovos crus e uma loção após-barba de cor verde. Quando saí, não me sentia limpa; me sentia ensopada de menta.

UMA TARDE, Roger telefonou de Washington para sugerir que eu visitasse seu antigo colega de Salt Lake, Louis, um botânico, na Costa Rica. Louis e eu iniciamos uma correspondência via fax, trocando divertidas réplicas sobre a vida dos expatriados. Ele era encantador. Eu estava inquieta. Agendei um vôo.

Louis tinha jeito de um garotão. Louis gostava de samambaias. Louis estava com 37 anos e nunca votara em uma única eleição. Disse-me isso em nosso primeiro jantar juntos, depois de acabarmos uma garrafa de Merlot.

— *O quê?* — Engasguei. — *Nunca?*

Louis não via qual era o grande problema; estava normalmente fora do país e justificações de ausência eram um pé no saco, então eu fiz uma preleção embriagada sobre responsabilidade cívica, convenientemente me esquecendo de todas as eleições a que faltara.

---

1 Em espanhol, forma e significado são iguais ao português. (N. do E.)

Fomos para a praia. Entramos na mata tropical, Louis marchando pelas plantas úmidas com seu guarda-chuva e as botas de borracha. Parecia Christopher Robin.

Em nossa quarta noite de viagem juntos, numa barraca na praia, tomando doses de tequila, Louis confessou seu amor imorredouro. Acampar... você acha que eu sabia.

— Nunca encontrei uma garota como você — disse Louis, a mão segurando uma garrafa vazia de *mezcal*. — Não posso evitar. Estou me apaixonando.

— Percebe quanto isso é absolutamente *impossible?*

Eu já tinha problemas suficientes. A agência de notícias, como Roger e eu chamávamos nosso círculo social em Salt Lake, bem... tinham sido uma história ou duas, pouco lisonjeiras. Sobre a cadeia de homens em minha vida. A infamante sobreposição.

— Primeiro de tudo, você nem mesmo me *conhece* — eu disse. — Segundo, já estou namorando um dos amigos de Roger. *Não posso começar a namorar outro.*

— *Oh, Roger.* Oh, não — gemeu Louis. — Ele vai me matar. Mas não posso impedir. Eu te amo.

Estava tão convicto disso.

Depois de uma semana observando macacos e comendo palmito, eu também estava convencida. Louis era O Cara. Eu estivera escutando as vozes erradas, inspirando-me nas musas erradas. Umas poucas semanas mais tarde, Louis viajou para a Cidade do México e nós viajamos para Teotihuacán. No topo da Pirâmide do Sol, ele me deu um anel de ouro de presente. Queria demonstrar quão fortes eram seus sentimentos. Fiquei estática, petrificada. As coisas estavam acontecendo depressa demais para serem reais. Enquanto enfiava o anel no dedo, tentei não pensar em como os astecas tinham feito sacrifícios humanos naquelas mesmas pedras, matando jovens e belos guerreiros, ofertando seus corações ainda pulsantes aos deuses.

ENQUANTO ISSO, lá em Utah, Stuart se preparava para empreender uma viagem de uns 3 500 quilômetros através do deserto do México em um carro sem ar-condicionado, só para me ver.

Quase desmaiando numa cabine telefônica sufocante, eu lhe telefonara, lacrimosa, para confessar minhas transgressões, enquanto uma *abuela* enfezada me olhava de cara feia para que eu liberasse a linha.

— Já sei de tudo — Stuart disse secamente.

— *Você o quê?* — perguntei, enxugando as lágrimas.

— Já sei de tudo. *Todo mundo sabe de tudo.* Na noite em que você viajou de volta ao México, Louis telefonou para a irmã dele em Salt Lake. A irmã contou a Russell, e Russell contou para o Estado de Utah inteiro.

Stuart veio de qualquer jeito. Nós nos reconciliamos. Os faxes da Costa Rica continuavam chegando. Então, um dia, acordei perto de Stuart e recebi um fax cheio de amor de Louis e voei em minha vassoura de bruxa para a Cidade do México para ver Roger, que chegara "a negócios". Roger congratulou-me pela tremenda enrascada em que dessa vez eu me metera.

— Tudo está funcionando de acordo com o plano — disse Roger, erguendo sua cerveja Dos Equis num brinde de celebração.

— Que plano?

— O meu, é claro. Por que acha que eu a mandei para a Costa Rica? Conheço você. Conheço Louis. Acampar na praia? O que acha que iria acontecer? Eu só queria fazer Stuart sofrer. O bastardo. Oh, Calamity, você trabalha bem.

— *Você não fez isso...*

Roger sorriu.

— Tem razão; não fiz.

— *Você fez.*

Roger ergueu as duas mãos no ar, fingindo render-se.

— Não seja ridícula. Como poderia? Nem mesmo eu poderia ser assim tão maquiavélico. Foi apenas uma sugestão inocente. Com eu poderia saber o que iria acontecer?

— *Você sabia.*

Roger piscou.

— Muito bom, hein?

Naquele momento, ocorreu-me pela primeira vez que todo aquele joguinho de fundo de quintal não era acerca de mim, nem acerca do amor: era sobre vencer. Era Darwin em ação; que o mais adequado sobrevivesse.

Mais tarde, naquela noite, Roger me cutucou na cama de seu hotel.

— Tudo bem, Mata Hari, diga-me que sou aquele a quem você ama de verdade. Diga.

— Não — retruquei, rindo, devolvendo a cutucada.

— Diga.

— Não.

— Diga.

— *Eu te amo.*

O triste era que era verdade.

STUART PARTIU do México. Uma semana mais tarde, Louis apareceu à minha porta sem avisar. Começamos de onde tínhamos parado, sonhando em cafés, devaneando sobre a agência de viagens que iríamos abrir. Faríamos passeios, ensinaríamos espanhol, nunca voltaríamos para casa.

Três meses mais tarde, eu estava de volta a Utah.

Um mês mais tarde, Louis também chegava.

Eu lhe dissera para não ir — não estava segura de que nosso caso fosse mais do que simplesmente um caso, e não queria a responsabilidade de ter um botânico desempregado em minhas mãos. Mas Louis insistiu.

Como eu temia, a importação de nosso relacionamento não transcorreu bem. Precisávamos de uma floresta; precisávamos de um fax. Parecia não haver fim para a inexperiência de Louis. Nunca ouvira falar de Gloria Steinem. Decidindo-se por uma mudança de carreira, fez entrevista para um trabalho de vendedor de megavitaminas de porta em porta; ele conseguiria, assegurou-me, faria milhões. E contudo ali estava um sujeito que punha um jato de *spray* de meu perfume num cartão para guardá-lo na carteira. Punha flores para secar entre as páginas de um livro; guardava nossos faxes numa pasta. Era meigo demais para cair de amores por uma garota como eu. Relutante em magoar Louis, relutante em amargar outra falha, eu me arrastava para o trabalho e de volta a cada dia, imaginando como permitira que as coisas saíssem tanto assim do controle.

Enquanto isso, Stuart resolvera dedicar-se à mulher de número 43, uma loira de longas pernas que era excepcionalmente avoada. Agora que Stuart se fora, eu sentia uma tremenda falta dele. Agora que ele se fora, eu o queria de volta.

A DESPEITO DO QUE possa parecer, eu não passava cada momento meu acordada tentando descobrir o verdadeiro amor. Na maior parte do tempo estava comendo, dormindo, rumando para o Alberton's para uma caneca de leite desnatado; trabalhava longas horas no jornal, revisando o idioma, conferindo as citações. Eu escrevia matérias sobre a eqüidade de pagamento e cuidados com as crianças e o teto de vidro e o assoalho revestido. Sentava-me durante horas nas tediosas reuniões do subcomitê legislativo onde o grupo de interesse dos caubóis de Utah discutiam os abaixo-assinados para uma educação de nível mais elevado, contagem de cabeça a cabeça *versus* gráficos comparativos. Escrevia histórias sobre Evergreen, o grupo de terapia dos mórmons que proclamava que podia curar a homossexualidade fazendo os *gays* jogarem *softball*. Lutei para colocar minhas matérias na primeira página, para que fossem estampadas acima da dobra. O trabalho era um refúgio onde a maioria das coisas fazia sentido.

Com muita freqüência, eu me permitia uma conversa inflamada sobre independência e autonomia, liberdade e feminismo, e ficava imaginando quanto a minha vida seria emocionante se eu nunca me casasse, se eu permanecesse solteira, flexível, uma correspondente estrangeira para sempre. O único problema era que eu, na verdade, não comprava essa idéia. Queria trabalho *e* amor. Claro, casamento não era "tudo", "a finalidade", a Represa de Hoover contra a solidão, mas eu queria partilhar minha vida com alguém. Eu me confortava em pensar que havia alguém no planeta que cuidava para que meu plano não ficasse em pedaços, para que eu não me afogasse no mar. Eu não poderia simplesmente voltar de uma viagem de negócios e telefonar para minha amiga Bonnie e dizer "Queria que soubesse, cheguei em casa em segurança". Não me entenda mal, sou a favor de mulheres que se sustentam sozinhas, bombeiras ou governadoras ou presidentes da Igreja Mórmon. Mas tenho de concordar com D.H. Lawrence nisso: "Não faz sentido as pessoas ficarem isoladas, como são os postes".

COM A IDADE DE 32 anos, decidi procurar ajuda profissional.

Vi um aviso no quadro do *Tribune* com um anúncio de um serviço de aconselhamento. O anúncio mostrava a figura de uma jovem soluçando em sua mesa de trabalho. Trazia os dizeres: "Está se sentindo Deprimida? Sofre com Mudanças de Humor? Tem problemas com Relacionamentos Pessoais?".

Sim, sim, sim.

Fui e dei de cara com Angie.

Angie era uma assistente social com a voz de personagem de desenho animado. Quando sentava em sua cadeira de plástico, dobrava as pernas sob o traseiro, como se fosse pequena demais para alcançar o tampo da mesa e precisasse de uma almofada. Com suas sardas e cabelos encaracolados, Angie parecia ter 10 anos de idade, no máximo. Eu me confidenciei com ela, de qualquer maneira.

— Estou tendo problemas em tomar decisões — disse-lhe, começando a chorar. — Não sei o que eu quero. Não sei mais o que estou sentindo.

Angie fez uma carinha triste de menininha e me passou um lenço de papel.

— Feche os olhos — disse. — Escute o que seu íntimo está lhe dizendo.

Fechei os olhos. Escutei. Um ligeiro gargarejar, nada mais.

Angie me fez ficar de pé e tentar socá-la como um gladiador de TV para provar que eu tinha determinação interior. Disse-me para escrever meu próprio obituário. *(Lili Wright, uma repórter de jornal de má fama por seu legado de quinze anos de relacionamentos fracassados, morreu ontem do lado de fora do Templo Mórmon quando três de seus pretendentes se enfrentavam num duelo de pistola e, em vez disso, atiraram nela. Tinha 32 anos de idade.)* Depois de uma sessão,

Angie me disse para desenhar uma linha no meio de uma folha de papel em branco. De um lado, deveria escrever as qualidades que eu queria num homem — "as inegociáveis". Do outro , relacionar as qualidades que eu gostaria, mas não eram impreteríveis — "as negociáveis".

— Isso vai ajudar — afirmou Angie, torcendo uma mecha de cabelo. — Prometo.

Assumi meu compromisso seriamente. À esquerda, comecei minha lista.

INEGOCIÁVEIS:
1. Honesto
2. Inteligente
3. Gentil
4. Divertido
5. Trabalhador
6. Atraente (para mim)
7. Fiel — no amor (comigo)

Admirei meu trabalho e então reconsiderei. Talvez sete requisitos fosse muito. Talvez aquele fosse o meu problema. Mas eu era "todos os sete", não era? Tudo bem, talvez eu precisasse trabalhar no departamento da Fidelidade. E no da Gentileza? Bem, eu tentava. E em Honestidade? Ora, mentiras por omissões não contavam contra mim.

Nervosamente, inclinei-me sobre a coluna da direita.

NEGOCIÁVEIS:
1. Gostar de viajar
2. Dar-se bem com minha família
3. Ser ótimo na cama

Na semana seguinte, apresentei minha lista, um tanto embaraçada. Angie leu e concordou.

— Parece bom — disse. — Não está contente de classificar suas prioridades? Agora, coloque isto aqui, num lugar seguro, para que possa consultar quando ficar confusa.

Enfiei o papel na bolsa. A relação não era nem mesmo remotamente honesta. Eu escrevera todas aquelas nobres qualidades com receio de revelar minha verdadeira natureza imatura. Eis aqui a verdadeira lista.

INEGOCIÁVEIS:

1. O homem de meus sonhos deve ter coxas maiores que as minhas.
2. Ele nunca deve ficar aceso antes de jogarmos tênis.
3. Deve cantar no carro, sendo secundária e *al gusto* a entonação.
4. Ao dar aquelas corridas com alguém nas costas, não deve nunca gemer e reclamar do nervo ciático.
5. Deve ter um trabalho remunerado. Aviões de aspersão não contam. Cenários de pirâmides não contam. Ser um relações-públicas em Washington conta.
6. Deve saber quem é Gloria Steinem.
7. Deve gostar ou fingir gostar de (todos) meus amigos.
8. Deve ser capaz de segurar meu rosto, olhar dentro de meus olhos e dizer que me ama — todas as três coisas de uma vez, não uma das três ou duas das três, mas todas as três, de maneira convincente, sem bocejar.
9. Depois do sexo, deve esperar pelo menos vinte minutos antes de cair dormindo, a menos que eu também esteja cochilando, caso em que podemos cochilar juntos, que é o tipo de momento terno que mantém duas pessoas juntas.
10. Ele não pode, em nenhuma circunstância, fazer malabarismo com raquetes de tênis para viver.
11. Jamais deve catar pedaços de cogumelos, abobrinha e berinjelas de minha fritada e colocá-los em seu prato como uma pilha certinha e então insistir que gosta de vegetais, não daqueles vegetais, e, em seguida, provar seu ponto, recitar sua lista de vegetais aceitáveis, que inclui três itens: cenouras, aipo e alface.
12. Nunca deve dizer a ninguém que sou a esperta na relação.
13. Nunca deve mandar flores *in lieu* de um pedido de desculpas. Nada de flores tipo você-ainda-é-minha. Nada de

flores de foda-se. Ou flores de com-quem-está-dormindo-agora? Flores não são uma arma. Flores tipo tristonho-eu-ia-pra-casa-depois-do-trabalho-e-eu-as-vi-e-me-lembrei-de-quanto-eu-te-amo eram uma coisa boa. Deviam chegar uma vez por mês. No verão, flores-do-campo eram preferíveis. Deviam ser uma a uma e despachadas imediatamente.

14. Quando nós dois estivermos no banheiro nos aprontando para ir pra cama e ele fizer xixi, nunca deve espirrar a urina e em seguida justificar esse hábito antigo de décadas explicando que a parte divertida é tentar mirar o jato para que bolhas fiquem boiando em torno do vaso.

15. Nunca deve usar caretas sorridentes (sabe aquelas da Internet?) como uma forma de pontuação (Isso já é péssimo para uma namorada). O mesmo se aplica a corações. O mesmo se aplica a setas atravessando corações. Pontos de exclamação devem ser evitados a todo custo!

16. Nunca deve dar relatórios de atualização sob o *status* de seu plexo solar.

17. Finalmente, ele não deve nunca, jamais, nem *pensar* em me pedir para coçar as suas costas.

Angie nunca viu essa lista.

NUM FIM DE SEMANA, Roger viajou de volta a Salt Lake para uma visita. Tinha conhecido uma mulher de quem gostava e queria me ver antes que as coisas progredissem. Disse a Louis que Roger e eu precisávamos de um tempo a sós para conversar. E conversamos... entre outras coisas.

Ao ar fino e seco da montanha, em Snowbird, ficamos bêbados com *marguaritas* e nadamos na piscina a céu aberto no último andar do hotel, flocos de neve derretendo-se em nossa face. Roger enlaçou-me pela cintura e me levou pela água quente, nossos corpos envoltos pela névoa. Expus meus seios. Fizemos amor. Um jogo erótico. Eu queria que ele soubesse o que estava perdendo agora que estava saindo com outra mulher. Ele queria que eu admitisse que deveria tê-lo escolhido, deveria ter feito as malas e o seguido para Washington.

Eu me sentia mal por Louis, mas só um pouquinho. A meu ver, uma vez que você namorou alguém, sempre tem o direito de voltar para ele. Não é papo-furado, verdade. Porque seja o que for que vocês partilharam, isso vinha em primeiro lugar, era parte de quem vocês eram, sempre seriam e portanto aquele relacionamento tinha seus direitos. Como se velhos namorados fossem vovós dentro de sua psique. Ou talvez fosse o que eu dizia a mim mesma como justificativa para fazer o que queria fazer.

Após sair da piscina rumo à sauna para a sala de musculação para sabe-se lá onde, divertimo-nos agindo mal. Sexo pelo sexo. Sexo pelo poder que nenhum de nós sentia. Algumas horas mais tarde, saímos andando em ziguezague pela neve, olhos arregalados e de ressaca e então descemos o cânion sinuoso, seguindo as curvas precárias, com cuidado para não perder o controle dos freios.

Ao pé da montanha, paramos numa loja de conveniências. Passava da meia-noite. Meu porre de tequila tinha se dissipado e eu o queria de volta. Sentamo-nos em meu carro no estacionamento, olhando para as luzes da loja de conveniências. Entrei para comprar uma barra de chocolate, querendo adoçar a boca. Roger falava em círculos, seus olhos vivos com aquele seu sonho, aquele do qual eu era parte, sempre tinha sido parte, só que agora tudo o que nos restava eram a loja, conversa de bêbados e barras de chocolate.

Era hora, disse Roger, de Bonnie e Clyde fazerem sua saída triunfal.

— Então você pensou que poderia fugir de mim tão facilmente? — provocou. — Ahhhh, Cinderela. Você me subestimou. Eu sempre soube que precisava bater com um porrete em sua cabeça e arrastá-la de volta para minha caverna. Direi a nossos filhos: "Você não vai acreditar a luta que tenho enfrentado para colocar sua mãe na linha". Você é a mulher que eu quero.

— Mas não está comigo — eu disse, teimosamente. — Está com ela.

Agarrei-me àqueles fatos, prova de sua traição, prova da ordem intransigente daquilo que seria. Havia mais alguém. Alguém que devia ser levado em conta.

— Tivemos alguns namoros, pelo amor de Deus — disse ele.

— Ninguém está assumindo o compromisso de casamento ainda. Eu não tenho idéia do que está para acontecer. Além disso, e você? Quais são suas opções? Casar-se com Louis? Não creio. O camarada vive numa floresta tropical. Casar-se com Stuart? Ser a boa esposa do veterinário?

— Eu poderia — insisti. — Eu poderia me casar com Stuart.

— Escute, Thelma. Você esperou até agora. Não se acomode por enquanto.

Nenhum de nós disse algo por um momento ou dois. Fiquei observando o balconista mudar de lugar, limpar o balcão. Então Roger começou de novo. Tínhamos de decidir ficar juntos; tínhamos de decidir naquela noite. À merda com o serviço de informações. À merda com todo mundo.

Tentei nos imaginar fugindo. Arrumaria minhas roupas na mala, os livros e o peixe mexicano e os colocaria no Jetta caindo aos pedaços de Roger. No escuro, seguiríamos pela I-80 através do Cânion de Parley, rumo à enorme placa de sinalização para Cheyenne. Eu abriria o teto solar e olharia para a lua. Roger diria que eu não iria precisar de toda aquela tralha ali e eu começaria a jogar tudo fora pela abertura do teto. Uma camiseta, um vestido de trabalho, um sapato preto engraxado, velhas fotografias, um velho casaco, calças velhas, cintos velhos. Então Roger me passaria uma cerveja e ficaríamos escutando a guitarra de Ray Cooder tocar no toca-fitas e eu fumaria um cigarro para selar o pacto que havíamos feito.

Aquela era sua proposta. Casamento como fuga.

Mas eu não poderia fazer isso; não poderia confiar naquilo que não conseguia nomear.

Quando Roger partiu, desistiu de mim de vez. De tempos em tempos, ele me telefonava, me atualizando amistosamente de seus relacionamentos, dizendo em que pé estavam e eu tentava representar o técnico à beira do gramado, quase esperando que seus casos fracassassem para que ele aparecesse para me dar mais uma chance. Mas antes que eu me desse conta, num jardim ensolarado da Nova Inglaterra, uma mulher enfiou uma aliança de ouro no dedo anular de Roger enquanto eu andava de um lado para outro em meu apartamento em Salt Lake, olhando para as solitárias montanhas encimadas pela neve, convencida de que perdera a única pessoa que sabia quem diabo eu era.

DEPOIS DE NOVE ANOS como repórter, eu estava enjoada de jornais, enjoada de colunas insignificantes, de resumos de notícias de 5 centímetros, das generalizações e dos sumários e dos comentaristas, dos colunistas de tolices divertindo-se à custa dos outros, dos repórteres policiais com seus *scanners* aos pedaços, dos editores cortando 15 centímetros da margem inferior. Estava começando a ver que a vida não tinha sempre um pequeno parágrafo de resumo delineando o ponto principal da história. A vida era uma lagoa mais obscura do que aquilo. A vida era o que acontecia na loja de conveniências depois da meia-noite, e dali para a frente tudo era um borrão e ninguém conseguiria chegar exatamente à conclusão do que havia transpirado. Esqueça a objetividade. Não havia videoteipe. As histórias que eu queria contar, os jornais nunca publicavam. Como a história de meu professor de espanhol, que subira até o sétimo andar de seu prédio e saltara.

Meu editor disse que não era uma matéria.

Eu disse que era.

Então ele disse:

— *O que faz disso uma matéria é que aconteceu com você?*

CANDIDATEI-ME PARA um programa de redação criativa em Nova York e consegui.

Louis e eu rompemos; ele voltou para a selva.

Roger informou-me que adorava o casamento, amava a esposa.

Stuart largou a de número 43 e voltou para a de número 42. Jurei compensá-lo por tudo, jurei fazer tudo certo.

ALGUNS MESES antes de eu partir para Nova York, Stuart e eu rumamos para o sul de Utah para fazer caminhadas pelo Parque Nacional de Sião. Subimos por 4 quilômetros até o cume do Pouso do Anjo, um pico de granito no coração do parque. No topo, 460 metros acima da base do cânion, o ar era rarefeito e gelado e cheirava a ferro. Olhamos para baixo, para a série de rochas facetadas de vermelho e estriadas de preto, que devem ser de depósitos minerais, mas que se parecem com um trabalho de pintura descontinuado. Ao longo do platô, praticantes de caminhada jaziam de barriga para cima, ao sol, mastigando bocados de lanche tirados de embalagens herméticas. Assim que nos sentamos e ficamos a admirar a vista, imaginei se os anjos estavam subindo ou descendo, concluindo que aquilo devia ser um ponto de parada para ambos, uma congregação desconfortável de escolhidos e perdidos.

Depois de uma longa descida, levamos Brando para um passeio na campina gramada perto de um riacho. Bebemos uma cerveja morna, e Brando nadou numa torrente fria enquanto as folhas do choupo tremulavam na brisa. Então Stuart tirou uma caixinha preta do bolso.

— Eu ia perguntar no cume do Pouso do Anjo, mas havia muita gente. — Sua expressão abriu-se num sorriso gentil. — *Quer se casar comigo?*

Tudo ficou em silêncio. Silêncio mortal. O riacho, os mosquitos, minha respiração. Stuart estava me pedindo em casamento. Estava me fazendo o pedido com um anel antigo de esmeralda. Em todos os meus devaneios idiotas sobre aquele momento, nunca me ocorrera que, quando acontecesse de verdade, eu não saberia o que dizer.

— É... um lindo anel — eu disse, tentando ganhar algum tempo.

— Apenas uma imitação. Um anel de brincadeira. Pensei que poderíamos escolher o verdadeiro juntos. Experimente.

Coloquei-o no dedo anular. Era muito grande. Coloquei-o no dedo médio. O anel parecia estranho, como um bem de família que eu não tivesse ganhado. A expressão de Stuart estava me matando. Parecia orgulhoso demais de ter achado um lugar cuja beleza combinava com suas intenções. Era hora de responder e eu procurei freneticamente meus sentimentos como uma mulher que perde as chaves.

— Se tiver de pensar a respeito — disse Stuart —, não é um bom sinal.

— Está falando sério? — perguntei. — Quer se casar comigo?

— Sim, *claro* que estou falando sério. *Faz dois anos*. Você está se mudando para Nova York para estudar. Devemos assumir um compromisso. Faz sentido. Mas você está apavorada, posso ver. Está absolutamente apavorada.

— Não estou.

— *Está*.

Era verdade. Uma palavra, e o fato estava consumado. Uma palavra, e minha vida teria uma enorme e gorda linha dividindo-a, como uma linha do tempo mostrando a.C e d.C. Seria como minha história terminava. Seria a história que contaríamos a nossos filhos. Stuart iria brincar que eu o deixara em suspenso por alguns minutos. Eu iria negar a verdade.

De repente, recordei-me de como Stuart uma vez me confessara que eu não era a mulher que ele tinha imaginado desposar. A verdadeira senhora Certinha tinha aparecido a ele em sonhos. Era alta, cabelos ondulados e usava um vestido de verão florido e caminhava por um campo de grama alta procurando por ele. Era mais meiga do que eu era, mais pé no chão e paciente e gentil. Por sua descrição, ela parecia tão bonita que eu quis, eu mesma, me casar com ela.

— Posso pensar nisso um pouco? — eu disse. — Tipo me acostumar com a idéia? — *Oh, Deus, eu me odiava*. — Eu não imaginava que você fosse me pedir... eu só...

— Não é uma promoção por tempo limitado — disse Stuart, mais que depressa.

De súbito, ambos ficamos terrivelmente ocupados, empacotando as coisas vazias e recolhendo os casacos e assobiando para Brando. De volta ao carro, Stuart tomou a direção e eu apoiei meus pés no porta-luvas e Brando enfiou seu nariz entre nossos bancos. Eu mal conseguia olhar para Stuart com medo de que ele me perguntasse coisas que eu não sabia como responder. Dividimos uma cerveja e fingimos que nada tinha acontecido, que tudo estava do jeito que sempre fora, exceto, é claro, que não estava. Aquilo não era nem o começo de um começo ou o começo de um fim; o truque era descobrir qual dos dois. O anel verde continuava enfiado no dedo médio. E eu fiquei rodando-o e rodando-o e rodando-o.

NÃO MUITO TEMPO depois, eu soube que Dodge tinha se casado.

Um amigo em comum me deu a notícia. Parece que a noiva dele era formada na Harvard Business School, uma executiva de uma empresa de cereais matinais que usava echarpes de seda e carregava uma pasta de couro patente. Dodge a pedira em casamento no chuveiro. Tomar banho juntos, meu amigo me confidenciou, era um de seus rituais favoritos.

O casamento fora um grande evento. O casal alugara uma ilha no Caribe e a fina flor de Greenwich viajara para uma semana de partidas mistas e atividades locais com os nativos. Cada convidado ganhou uma sacola de presentes: óculos de sol, bloqueador solar e camisetas Dodge-e-Susie. A noiva chegou à praia em um barco ao pôr-do-sol, caminhou sob uma treliça de folhas de palma ao som de canções de amor cantadas por rapazes de pele morena sob as estrelas. Ou algo assim. Na lua-de-mel, os recémcasados velejaram pelo Pacífico Sul, balançando-se suavemente nas águas cerúleas enquanto um capitão contratado recolhia as velas e preparava *hors-d'oeuvres* de frutos do mar.

Fiquei com ciúmes?

Nem um pingo.

Estava feliz por me ver debruçada sobre meu terminal de rede, escrevendo, em minha coluna diária de 25 centímetros, sobre a cerimônia de fundação do novo templo mórmon. Que Dodge e Suzy Flocos de Milho fizessem sexo no chuveiro e comessem lulas grelhadas. Eu não precisava ser uma noiva princesa de contos de fada.

Eu passara daquela fase de princesa havia muito tempo.

PARTI PARA Nova York. Stuart e eu concordamos em namorar a longa distância; tínhamos muita prática. Alguns poucos meses depois da mudança, eu telefonei a Francie Horsham para rastrear um cheque. Ela respondeu ao telefone com um acento docemente familiar.

— *Escritório do editor.*

— Francie. É Lili. Como vai?

— *Bem,* eu nunca pensei que minha vida fosse chegar a isso.

— Francie — gaguejei. — Você está bem? O que aconteceu?

— Oh, você não ouviu dizer? Robert está se divorciando de mim — ela disse. — Ele não me ama mais. Pode imaginar viver com alguém por 24 anos e um dia ele lhe diz que não quer mais viver com você? *Estou completamente arrasada.*

Pobre Francie. O que eu poderia dizer?

— Sinto muito — murmurei.

— Os papéis serão assinados na manhã de sexta-feira — disse ela. — Depois disso, Lloyd (o editor) vai me levar para aquele clube chiquérrimo, o New Yorker.

— Que ótimo! — exclamei. — Quer dizer, o almoço.

Algum impulso masoquista me dominou. Eu tinha de perguntar.

— Então, Francie — eu disse. — Depois de passar por tudo isso, quer dizer, casamento, filhos, divórcio, você tem algum conselho para as que estão do outro lado? Como se sabe quando se encontra o cara certo?

Francie não perdeu o pique.

— Bem... eu diria: saia com um camarada que a corteje direito — aconselhou. — E case com um homem que a ame mais do que você a ele. Desse jeito, você sabe que ele nunca a deixará.

Meu avô sai do terraço, no Maine, e arrasta uma cadeira de lona para o sol. Passou a manhã inteira estudando seus periódicos de medicina alternativa e agora me estende alguma coisa para eu ler.

— Já lhe mostrei isto aqui? — pergunta.

É um anúncio de um creme homeopático que supostamente aumenta o desejo sexual feminino. Uma em quatro mulheres não sente orgasmo, declara: 46 por cento das mulheres são sexualmente insatisfeitas.

— Acredita nessas estatísticas? — pergunta vovô.

— Parece alto — digo —, mas então, por outro lado, pode ser que não.

Vovô assente, num gesto afirmativo.

— Os franceses sempre disseram que o problema era que não há muitos bons amantes.

— Está certo — eu concordo. — Todos os bons amantes estão lá na França.

Vovô estende os braços sobre a cabeça, um exercício com vistas a mantê-lo relaxado.

— Você sabe que a testosterona ajuda mulheres a fazer as coisas acontecer — ele diz. — E os feromônios. Eu costumava usar um *spray* com feromônios antes de sair com minhas amigas para o cinema ou o teatro, mas nunca funcionou. Então, um dia levei meu *spray* ao dentista. Eu tinha uma dentista, uma jovem, e ela me deu dois dos mais apaixonados beijos que já provei.

Vovô estendeu os braços num gesto largo como a se preparar para sucumbir à sua dentista e à sua broca.

— Imagine o que teria acontecido se o assistente não estivesse lá.

Relato de Prosseguimento

CIDADE DE NOVA YORK. Depois de três semanas na estrada com Brando, decidi que não podia mais viajar com ele. Era impossível cuidar dele adequadamente e ir a todos os lugares aonde eu queria ir. A maioria das praias não permite cães, portanto eu tinha de mantê-lo fechado no carro quando saía para explorar. Estávamos em julho e o tempo era terrivelmente quente. Embora, em geral, Brando fosse uma companhia animada, seu ânimo se abatia com o calor. Quem poderia culpá-lo? Gordo como estava e coberto de pêlos.

Ainda assim, era difícil deixá-lo. Eu me acostumara com sua afeição, seu cheiro de cachorro, seu perpétuo ir-e-vir. Sempre que me sentia perdida, olhava dentro de seus olhos doces, daquelas pupilas retráteis contornadas de marrom, e pedia seu sábio conselho:

— Para onde vamos, cachorrão marrom?

Meu companheiro apenas sacudia o rabo e farejava, o que eu tomava como um sinal de apoio não qualificado e otimismo com relação a seja lá o que houvesse adiante. Contanto que houvesse pedaços de paus envolvidos, contanto que houvesse água.

Quando cheguei à cidade de Nova York, fui para meu apartamento. Brando saltou de alegria ao ver Stuart. Stuart saltou de alegria ao ver Brando. Comigo, Stuart foi cordial, sem pulos, sem alegria. Estava procurando seu próprio apartamento agora, preparando-se para se mudar do meu.

Eu me sentia horrível com relação a isso, e tudo que podia fazer era não tentar convencê-lo a ficar. Seria egoísmo puro e, portanto, disse a mim mesma que não insistiria nisso. Ao mesmo tempo, eu tinha saudades de Peter, meu escritor. Estava alucinando por causa de Peter. Ficava passando em círculos por seu apartamento em Riverside Drive, olhando para sua porta, querendo que ele saísse e me cumprimentasse.

Voltar a Nova York me fez perceber quão pouco eu mudara. Toda aquela viagem e as coisas estavam tão enroscadas como quando eu partira. Aquela viagem não estava operando os milagres que eu havia esperado. Eu não queria ficar em Nova York e não queria ir embora. Dirigir para Key West sozinha era uma idéia estúpida e sem sentido, uma ousadia que eu, orgulhosa demais, me recusava a não enfrentar.

— Bem, Brando vai sentir falta de estar com você — disse Stuart, que pareceu a ponto de dizer que sentiria saudades de mim.

— Terei saudades dele — eu disse, engolindo em seco, observando Brando coçar a orelha com uma pata, a plaquinha na coleira tilintando, os olhos revirados para trás.

— Nada mais de "Viagens com Lili" — disse Stuart, com um suspiro. — Poderia ser uma bela história.

— Já estou mal pra caramba — eu disse. — Não complique as coisas.

— É *você* que o está devolvendo.

— Isso não quer dizer que seja fácil.

Tentei chamar a atenção de Brando para dizer um até logo decente, mas ele estava mastigando os pêlos de sua virilha e não poderia ser incomodado. Sempre me magoara perceber como ele se mostrava indiferente quando eu ia visitar Stuart em Salt Lake, algumas vezes mal erguendo a cabeça quando eu chegava à porta. Certa vez, no estacionamento do aeroporto, ele passara por mim para se sacudir todo para Stuart, como se eu fosse invisível, como se eu não importasse, afinal.

Agora, parada ali em meu apartamento, observando o labrador remover as pulgas de seus testículos e cruzar as patas, como uma dama num chá elegante, eu percebi que era hora de encarar os fatos. Brando tinha um e único amor verdadeiro. Portanto era coisa entre um cão e seu dono; portanto era coisa entre uma mulher e sua prole. Mas não era desse jeito entre mim e Stuart. Queria que fosse, mas não era. E nenhuma parcela de espera ou esperança ou expectativa iria mudar os fatos.

Stuart e eu tínhamos rompido. Eu podia ver isso agora. Estava acabado.

Não importava o que eu dissesse ou fizesse, ele não me aceitaria de volta. Eu não conseguia dizer se estava aliviada ou terrivelmente triste.

Na melhor das hipóteses eu estava aliviada e triste.

Praia de Fundo Arenoso

NANA MARCHOU para o oceano como um dodo desafiando a extinção. Suas pernas curtas e frágeis sustentavam uma barriga imensa e o peito largo. Nos pés delicados, usava sapatilhas de natação, feitas de brim branco e que terminavam em ponta. Seu chapéu de palha era contornado com fita xadrez, e seus óculos de sol de plástico eram cravejados de miçangas que faiscavam ao sol.

Atrás de Nana ia vovô e, em seguida, uns poucos passos trás, Chip e eu. Éramos crianças, passando a tarde no Maine com nossos avós enquanto nossos pais tiravam um cochilo muito necessário. Aglomerações amarronzadas de algas marinhas estendiam-se sobre as pedras como esfregões ensopados recusando-se a trabalhar. Contra o horizonte, o perfil suave das colinas de Camden alongava-se diante de nós.

Nana parou na beira da água, espiou o mar e franziu a testa.

— Herbert, isso vai dar trabalho — disse.

— Sim, Virginia. — Vovô me olhou e deu uma piscadela.

Nossa praia em North Haven é rochosa, uma mistura pesada de pedras acinzentadas agregada a conchas quebradas de caranguejo, ouriços-do-mar, madeira pobre, mariscos e águas-vivas. Quanto mais acima da praia se fica, menores as rochas se tornam, até que na linha da maré alta é quase só pedregulho, macio aos pés, quase como areia. Mas, com a maré baixa, as pedras são grandes e cobertas de algas e cracas, tornando perigoso o mergulho. Contudo, por alguma razão — ninguém sabe por quê —, logo acima da linha da maré baixa, a uns 30 metros da praia, há uma faixa que é inusitadamente arenosa. Nana, que adorava colocar nomes grandiosos a lugares e coisas modestas, batizou aquele trecho de Praia de Fundo Arenoso.

Assim que a praia foi batizada, era responsabilidade de Chip e minha, e sobretudo de vovô, providenciar para que ela fizesse jus a seu nome. Por todo o verão, fazíamos peregrinações até a praia para remover as pedras que haviam rudemente vagueado para onde não era seu lugar. Era tudo parte do grande sonho de Nana. Um dia haveria uma trilha não interrompida da maré alta até a maré baixa, e os nadadores poderiam caminhar até o mar de pés descalços. Sem cortes nem chapinhadas na água, só areia luxuriante sob os pés. Poderia ser bom assim.

A Mãe Natureza, aparentemente, não estava cônscia desses grandes planos. Não importava quantas pedras retirássemos, as marés do inverno traziam-nas de volta. Chegado o verão, a Praia de Fundo Arenoso dificilmente era reconhecível. Mas Nana não era de desistir. Enquanto ela supervisionava da praia, vovô vadeava pela água, dobrando-se a cada passada. Eu o seguia, e depois, Chip.

— Aonde foi parar? — perguntava Chip, esfregando as brotejas nos ombros estreitos.

— Herbert, acho que é para deixar um pouco — dizia Nana.

— Aqui está — dizia vovô, sem camisa, com os pêlos no peito vermelho reluzindo ao sol. — Ou o que sobrou.

E, assim, nós três começávamos a trabalhar, enfiando a mão na água clara, retirando as pedras, lançando-as para a esquerda ou para a direita, ouvindo os "plocs" sincopados quando afundavam no mar.

Quando criança, eu achava aquele projeto estúpido, senão um bocado cruel. Como muitas crianças, acreditava que até mesmo os objetos mais inanimados eram seres sensíveis que deveriam ser tratados com cuidado e, portanto, eu me preocupava com o que as pedras sentiam ao serem desraigadas daquele jeito. Provavelmente, levara meses até que se prendessem num ponto arenoso e, então, ali estávamos nós, gigantes descuidados, jogando-as ao léu, nem mesmo olhando para ver quem eram.

Mas Nana estava confiante de que poderia melhorar o que a natureza tinha de errado. Assim como tinha certeza de que poderia transformar seu rude marido num professor da Yale e fazer de Chip um engenheiro ou de mim alguém melhor do que seja lá quem eu estivesse para me tornar. Coisas e pessoas podiam sempre ser melhores. Era simplesmente uma questão de não deixar por menos. De não olhar muito de perto para qualquer pedra antes de pegá-la e lançá-la longe.

O Ponto de Mutação

ATLANTIC CITY, NEW JERSEY. Sem cão, sem namorado e, para todos os efeitos práticos, sem teto, rumei para a Garden State Parkway num estado de torpor. Não sabia para onde ia, e, aonde quer que eu fosse, não queria ir. Tornara-se patentemente claro para mim, a imbecil que eu fora, arrastando Stuart de Sião para Gotham só para dizer *Surpresa, você foi reconvocado*. Com certeza, nossos amigos em Utah deviam estar fazendo um sinal com a cabeça, intrigados com a audácia de minha última estupidez. E os pais de Stuart — gente tão gentil, *sensata*, dos subúrbios de Jersey, gente com móveis de carvalho e janelas contra tempestade, gente que eu tentara impressionar com um jeito relaxado e tranqüilo de ser, caso se tornassem meus sogros pelos próximos trinta anos — deviam ter concluído que minhas boas maneiras eram uma fachada esperta de uma mulher dúbia, uma P-U-T-A com o coração duro e frio como pedra. Fazendo seu menino de tolo. Antes que ele tivesse quando muito mostrado seus objetivos, suas metas.

E ali estava a verdadeira ironia: poderia se pensar que se eu resolvera ser essa safada que entra e sai, como meu amigo Dan denomina as protagonistas de tais crimes baixos, "uma destruidora de vidas", pelo menos deveria ter o bom senso de ser esfuziantemente feliz. Bebericando Tanqueray e tônicas, esfregando o nariz, num estado de suprema felicidade com meu novo Dom Juan.

Eu, porém, como estava?

Sozinha em meu Mazda, definhando na umidade, batendo pino pela pista lenta, imaginando que posto teria o combustível mais barato.

Em uma palavra: num estado deplorável.

Queria entrar num "retorno", voltar para Nova York, mas não havia caminho de volta agora. Stuart estaria em meu apartamento por pelo menos mais um mês. Peter tinha reservas quanto a me ver antes que Stuart se fosse. Não é o jeito certo de começar, ele me dissera em mais de uma ocasião. Ele tinha razão, é claro, se realmente *fôssemos* começar, o que não era inteiramente claro, já que, da última vez em que vira Peter, eu ainda estava muito confusa a respeito de Stuart. E com quem Peter estaria se encontrando, enquanto isso? Ele, provavelmente, voltara ao bar de vinhos e estaria correndo seu dedo pelo braço de outra garota, alguma outra garota que não era *verdadeiramente* uma namorada.

Os *quakers*, em Nantucket, têm uma definição para tais infortúnios ridículos: *desembarcar contra o vento*. Voltar com o vento a favor é teoricamente uma abordagem infalível, contudo, mesmo em tais auspiciosas condições, há palhaços que ainda dão um jeito de levar os barcos para a praia com o vento contra. Uma pessoa que *desembarca contra o vento* está errada e não tem desculpas. No que me concerne, eu era um marinheiro assim.

Não ajudava em nada que o banco traseiro estivesse tão quieto agora. Assim como com a maioria dos homens em minha vida, agora que o mais impulsivo se fora, eu o queria de volta. Era das pequenas coisas que sentia falta: encher sua tigela de água, perambular com ele atrás dos postos de gasolina procurando por árvores, roçar meu dedo sobre os pêlos curtos de seu focinho macio como veludo. Pensava tanto em Brando para não ter de pensar em Stuart. E para não pensar em Brando, ouvia Howard Stern.

Em seu programa matinal de rádio, Howard Stern media o busto de alguma estrela pornô de nome Marlene, fantasiando sobre o que faria se ficasse com ela a sós. Uma dançarina exótica chamada Roxanne, que conhecia Marlene antes da fama, telefonou para dizer que os seios de Marlene eram falsos. Marlene negou, e depois, mais tarde, admitiu que dera uma mãozinha a Deus. Howard Stern não se importou: *Quem pode culpar uma garota por desejar ser melhor?*

Ser melhor. Não estávamos todos tentando?

Espiando pelo quebra-vento para o tráfego, tentei recobrar alguma adrenalina. O tempo não ajudava muito. O céu tinha aquele tom de cinza que parece poluição. O ar era pesado e denso. Havia planejado parar em algum lugar na praia de Jersey, meu antigo ponto de parada para descarregar os nervos quando eu trabalhava em Trenton, e até mesmo comprara um livro sobre a história da área, mas, de alguma forma, não conseguia reunir energia para sair. Uma cidade praiana depois da outra foi ficando para trás até que, com um longo suspiro, tomei a via expressa para Atlantic City.

Oh, Deus, eu detesto esse lugar.

Cassinos sempre me fizeram sentir deprimida, mais no sentido emocional do que financeiro, embora algumas vezes um pouco dos dois. Contudo eu entrara em poucos. Reno, Nevada — para um casamento. Do que me lembro melhor foi da briga pelo buquê. Vegas — com Andy. Ao cruzar a avenida principal à noite, parece que a cidade inteira foi ligada numa tomada elétrica. Anúncios pulsantes convidam a gente a beber DE GRAÇA. Nas mesas, Andy perdeu cem dólares com uma rapidez impressionante e cambaleou até o caixa eletrônico para sacar dinheiro. À meia-noite, comemos ovos fritos, e a garçonete usou um pincel para passar manteiga na minha torrada.

Wendover, Nevada — popular entre os mórmons porque fica logo ali na fronteira. No *Tribune*, escrevi uma crônica sobre uma casa de repouso que levava seus internos para jogar todo mês; a maioria era bastante debilitada ou senil ou ambos. No ônibus, sentei-me perto de um tataravô que escondeu um punhado de notas sob seu boné do Pernalonga e depois me pediu para lembrá-lo de onde as pusera, caso esquecesse. Por seis longas horas, os velhinhos enfiaram moedas nas máquinas caça-níqueis; seus dedos estavam cinzentos. Parcialmente paralisada por um derrame, uma senhora de idade fumava e jogava com a mão esquerda, sem se dar conta de que a cinza do cigarro Capri caía em sua blusa.

Perguntei-lhe quantos anos tinha.

— Velha demais para recomeçar — disse-me. — Nova demais para concordar com isso.

Lá adiante, os cassinos de Atlantic City recortavam-se enfileirados no horizonte — Trump Plaza, o Clarion, o Sands, o Bally's, o Claridge, o Caesars, o Tropicana — enquanto a via expressa se afunilava até chegar a seus canteiros gramados. De cada lado da estrada havia campos vazios sem cultivo, um desperdício que ninguém se importava em denunciar. A cada cem metros, outro painel anunciava cantores que eu poderia jurar que estavam mortos. WAINE NEWTON, BURT BACHARACH, BARBARA MANDRELL.

Quando a via expressa terminou, circulei pelo estacionamento e entrei numa vaga. O elevador da garagem abria-se diretamente no cassino, como se a administração tivesse receio de que todos pudessem escapar. Aquele era o Sands, mas poderia ser qualquer cassino com seus carpetes escarlates, ar hiperoxigenado, gente curvada, ancorada em máquinas caça-níqueis. Sem relógios. Sem janelas. Espelhos repetiam o salão tantas vezes que não se poderia dizer o que era real e o que era reflexo, e parecia possível que se alguém voltasse à noite ou no dia seguinte ou daqui a vinte anos, o mesmo garotão queimado de sol estaria abrindo seu talão de cheques e a enfermeira desempregada teria vencido o Perfecta e o cantor do Red Hook ainda estaria cantando *Quero dinheiro. É isso que eu quero.*

A única coisa redentora de Atlantic City é a praia, embora os cassinos nunca permitam que seja fácil encontrá-la. Mas, por fim, achei uma saída e pisei na calçada, espremendo os olhos contra o sol. No passeio da praia, um deque de tábuas largas, turistas desinteressados perambulavam, comendo lanches, matando o tempo, respirando umas poucas golfadas de ar marinho antes de voltarem a se enfiar lá dentro para mudar a sorte. Recostei-me contra a grade de proteção e olhei para o mar. A maré enevoada subia e descia, cumprindo seu dever, mas parecia, tal como o deque, exausta. A distância, no final de um píer indistinto, um parque de diversões: as cadeirinhas voadoras Ferris, uma montanha-russa e uma roda-gigante com gente rodando, pendurada, gritos perdidos ao vento.

Na praia, puxei meu livro de história e comecei a ler. Em seus dias de apogeu, Atlantic City fora o mais importante local de férias praiano do país. A primeira cadeirinha voadora Ferris foi construída em Atlantic City. Assim também o primeiro passeio à beira-mar, o deque. Nas antigas fotografias em preto-e-branco, homens elegantes de cartola e damas de chapéus de sol passeavam pelo deque apinhado de gente, literalmente ombro a ombro. Um condutor de bonde propusera a construção da calçada de tábuas largas porque estava cansado de os hóspedes levarem areia para dentro dos bondes e dos hotéis. Atlantic City tornou-se famosa rapidamente por suas imprevisíveis atrações, muitas delas humanas — de Alvin "Naufrágio" Leon, que se sentou no topo de um mastro por 45 dias, ao High-Diving Horse, o Cavalo Mergulhador, que ganhava seu sustento saltando de 20 metros de altura numa piscina. O passeio tornara-se tão popular que o jornal local noticiara: "Quase todos os dias alguém cai do Deque. A cada incidente, as pessoas estavam flertando".

Era difícil agora imaginar aqueles dias gloriosos. O deque era seco e rachado, coberto de caca de passarinho. As lojas ao longo do passeio vendiam uma infinidade de bugigangas de plástico. Passando pela Tudo por 99 Centavos, entrei numa loja especializada em pôsteres pornôs e camisetas com dizeres inteligentes, tais como:

Só loiras entendem isso
Tesão Zero Depois de 2 Cervejas
Gente Maliciosa Chupa. Gente Fina Engole
O Dinheiro Não Pode Comprar Felicidade. Por isso existe a Loja
Se Você Não Fumar, Eu Não Vou Soltar Pum
Posso Ser Tímido, Mas Tenho Pinto Grande

Quem compra essa porcaria?
Havia uma fila no caixa.
Lá fora, fiquei desorientada e perguntei a dois policiais de bicicleta em que rua estávamos.
— Esta é a Illinois — disse um deles —, mas muita gente a chama de Martin Luther King.
Que diabo eu estava fazendo ali?
Desgostosa, aventurei-me para fora do deque, descendo um curto lance de degraus que conduzia à rua lateral. Estava curiosa

acerca da *verdadeira* Atlantic City. As pessoas tinham me dito que os cassinos eram uma fachada, cenários espetaculares que serviam de tapume para uma comunidade às voltas com drogas e pobreza e crime. Realmente, nem a uma quadra de distância do deque, as coisas começavam a deteriorar: calçadas vazias, lojas fechadas, lotes abandonados e mato. Desviei de uma camisinha usada e observei um pombo esquálido beliscar uma poça de óleo. O silêncio era sobrenatural.

Então alguma coisa estalou.

Assustei-me. Olhei para cima, mas não consegui imaginar o que acontecera. De repente, uma cadeira voou pela janela de um velho hotel de tijolos aparentes e espatifou-se numa pilha gigantesca de entulho. O edifício estava sendo desocupado. A cada poucos segundos, um par de braços aparecia fora de uma janela do quinto andar e lançava de lá tábuas ou pedaços de mobília velha, geladeiras, mesas, cabeceiras de cama e pés de mesa.

Fiquei ali, estatelada. O sol queimava meu pescoço, e eu estava começando a suar, porém não conseguia parar de observar o mobiliário voar pelos ares e arrebentar-se no monte de refugos. A princípio, aquilo pareceu triste, um pedaço da história sendo arrancado de seu âmago, mas então, por outro lado, talvez alguém estivesse arrumando o lugar, dando ao hotel decadente uma segunda chance de vida, comprando novos colchões, passando uma pintura nova. Pensar assim me fez desejar estar ali com os rapazes da construção — dando adeus às poltronas roídas ao embalo do antigo "eia".

Foi quando me ocorreu que era exatamente isso que eu precisava fazer.

Jogar fora minha velha mobília.

Não importava que eu estivesse chegando a nenhum lugar, remoendo o passado como alguma vaca ruminante. Era hora de jogar fora Rawl e seus shows exóticos, de jogar fora Greenwich e Dodge e seu pedido de casamento no chuveiro, de desvencilhar-me de todos aqueles maus sentimentos com relação ao herpes — era uma insensatez, pelo amor de Deus, uma maldita insensatez — de perder os Negociáveis e os Inegociáveis, de esquecer Jane Tarbox, que devia ser absolutamente bem-sucedida agora, com ou sem o francês e seus sapatos, de expulsar as velhas ameaças, *O dedo movente, Sua mãe e eu não acreditamos em divórcio, o amor pode arder em chamas ou o amor pode perdurar* — ah-ah, digo, ah-ah —, eliminar o *Eu te amo, Chuchu*, eliminar o fruto do chuchuzeiro também, calar o coro, as vozes, as batedeiras de ovos e seu fofo resultado, esquecer de voltar a Nova York e, em vez disso, continuar e prosseguir até imaginar... bem... até imaginar o que fazer a seguir. Buda tinha razão; eu precisava livrar-me de todos os pensamentos do passado e do futuro; precisava concentrar-me em nada além da libertação. Era velha demais para recomeçar, nova demais para concordar com isso.

Fui nadar.

A água estava morna e escura com a maré vermelha. Caminhando pelo raso, pescando algas de minha blusa regata, vi, pela primeira vez, como aquela jornada pela estrada poderia acrescentar algo. Como uma pintura cubista, começaria como blocos de cor, abstrações promissoras, mas, se examinada de mais perto, mostraria uma mesa, uma clave de sol, um vaso. Minha viagem poderia ser assim, se eu subisse até o topo de minha cabeça, se parasse de olhar para trás. Palavra a palavra, objeto a objeto, sondei e nomeei, lentamente desvendando as formas ocultas no emaranhado do ir-e-vir da estrada. A chave consistia em descobrir o que eu "não" estava procurando. A chave era ver não o que eu esperava, mas o que estava lá.

Quando caminhei da areia para o calçadão do deque, uma tensão enorme desprendeu-se de mim. Parecia que eu jogara uma mesa de cem quilos pela janela, como se todos os meus arquivos pendurados e contas de telefone e restituições de impostos estivessem flutuando na brisa, tremulando como aviõezinhos de papel sem um destino em particular.

Esperando que os Caranguejos Azuis Troquem de Casca

Meu avô sai do terraço, no Maine, e arrasta uma cadeira de lona para o sol. Estou fazendo alongamento, preparando-me para correr.

— Era seu pai ao telefone. Ele estava... — Vovô meneia a cabeça. — Não sei como seus pais ficaram tão ligados assim...

— Você percebeu?

— Pelo amor de Deus — diz vovô. — Como ficaram tão adequados?

— A responsabilidade é sua por papai — digo.

— Bem, tentamos ensinar a ele como se comportar adequadamente, mas Nana, por ser antropóloga, foi sempre um pouco tolerante com as coisas.

Nana diplomou-se em antropologia em Cornell.

— Eu cresci bastante reprimido — continua vovô —, mas então percebi que não é desse jeito que as coisas deveriam ser. Tive de redescobrir O Caminho. Você sabe, taoísmo. Eis onde me encontro hoje.

— E onde é isso? — pergunto.

Vovô reclina-se em sua cadeira, fazendo uma pausa momentânea para pensar.

— Bem — diz, erguendo os olhos. — Onde quer que eu esteja.

De Volta ao Bar

FENWICK ISLAND, Delaware. Nos bons dias, eu me sentia viva e invencível, dirigindo pelo verão sem preocupação ou cuidado, viajando sem rumo, aceitando as coisas como vinham, cruzando a costa beijada pela brisa salgada do mar. Gosto dessa imagem de mim mesma. Era a mulher que eu gostaria de ser.

Vaguear sem rumo e de "cabeça fresca", porém, não é coisa fácil para uma criatura preocupada. Oh, eu poderia cantarolar por uns 300 quilômetros, orgulhosa de minha recente fé, semelhante à de Buda, na interdependência de todas as coisas — combustível para o carro, carro para a estrada, estrada para perder-se, perder-se para aceitar, aceitar para a paz interior, paz interior para a grande jornada da vida, a grande jornada da vida precisa de combustível — mas, por fim, a falta de rumo, a absoluta ausência de planejamento em minha viagem tornou-se exaustiva e eu jurei, como meu pai diria, me organizar.

Organizar-me começou com encontrar um bloco de apontamentos naquela confusão do banco traseiro. Depois, enquanto os outros campistas relaxavam com uma xícara de café instantâneo, eu me empoleirei no assento do motorista, mapa rodoviário estendido sobre o colo como um guardanapo gigante. No topo de meu bloco escrevi O FUTURO. Parecia um bom lugar para começar. Numa coluna ordenada, relacionei os Estados restantes:

DELAWARE
MARYLAND
VIRGÍNIA
CAROLINA DO NORTE

CAROLINA DO SUL
GEÓRGIA
FLÓRIDA

Em seguida, procurei os símbolos vermelhos de acampamentos no mapa, medi meu dedo comparando-o à escala de quilometragem, folheei guias para esclarecimento. Pensei e pensei, pesando os prós e os contras de várias atrações turísticas. Agora que não estava procurando pelos fantasmas de meus "ex", eu não tinha certeza daquilo que procurava, o que tornou difícil saber por onde começar. Organizar-me foi um trabalho tedioso e, não demorou muito, uma latejante dor de cabeça se aninhou em torno de minhas têmporas, o produto derivado da fadiga da estrada, da falta de café e da ansiedade. Olhei estupidamente, através de meu quebra-vento sujo, para as placas dos carros estacionados, fiquei observando uma toalha de praia secar ao vento, senti o cheiro do bacon de alguém. Ninguém mais estava preocupado a respeito de O FUTURO. Ou, se estava, mantinha seus receios bem embrulhados. Fechados a zíper em suas barracas. Ou no gelo de um iglu.

Então, pela milionésima vez, jurei esquecer totalmente o planejamento. Viajar era uma questão de risco. Você não pode reservar uma aventura, agendar o tempo, antecipar o estado de espírito. Não importa quão meticulosamente planeja, você não pode ver tudo. Escolher uma rota significa não tomar quinze outras, como desposar um homem significa não dormir com todos os restantes. Foi então que me ocorreu: aquela jornada era uma verdadeira perda de tempo. Por mais leve que eu viajasse, ainda tinha de "me" levar junto, como um casaco preto enrolado que você arrasta pelo aeroporto. Não importava aonde eu fosse, *eu ainda era eu*. Não existia essa coisa de mudança genuína. Nem de real transformação. Se eu tivesse algum bom senso, teria ficado em Nova York e gastado meu dinheiro do jeito antiquado: em terapia. Com aquela conclusão derradeira, bati a porta do carro, girei a chave prateada e misturei-me ao tráfego da estrada, rumando para o sul.

Tomei a balsa de Cape May para Lewes, Delaware, e então, dirigi ao longo da costa, procurando um lugar para passar a noite. Perdi-me seguindo as placas para algo chamado Camp Henlopen, que soava como um local de acampamento, mas que, na verdade, era um abrigo para menores. Dentro de uma lanchonete cheirando a sanduíche e protetor solar, perguntei, numa mesa de adultos, se saberiam me indicar como voltar à praia. Um camarada de meia-idade com bíceps fortes e de boné me disse que seguiria para aquele lado e que me acompanharia, e antes que eu me desse conta, os amigos à mesa acenavam em despedida com um coro de "Tchau, Stan". Assim que saímos, perguntei o que era Camp Henlopen, e Stan me explicou que era um abrigo para as crianças da cidade passarem o dia, dirigido pelo departamento de polícia. Perguntei se ele era um policial, e ele respondeu que sim. Então indagou onde eu estava hospedada, e eu disse que procurava um *camping,* e ele me disse que eu poderia ficar em seu *trailer*, que estava estacionado, vazio, num parque chamado Praia do Tesouro.

— Ficar com você? — perguntei.

— Não *comigo* — disse Stan, parecendo aborrecido. — Deixo você ficar lá com as crianças. Estou dizendo que pode ficar em minha casa.

Em sua casa? Em sua casa sem ele? Olhei por debaixo de seu boné, tentando descobrir se ele era algum tipo de maluco ou o homem que dissera que era, um bom policial procurando mostrar a crianças pobres um pouco de verão. Enquanto isso, ele espiava com ar cético dentro da anarquia de meu Mazda, tentando me avaliar.

— Posso confiar em você, correto? — perguntou.

— Sou uma estudante — eu disse, como se fosse alguma garantia de boas intenções.

Ele se calou. Eu me calei. Cada um de nós tentando imaginar o que se passava na cabeça do outro.

— Tudo certo então. Vamos — disse ele.

Seguimos para Praia do Tesouro, um subúrbio de casas móveis que não saíam dali para parte alguma. Cada casa tinha um gramado em miniatura, cercado de gansos de madeira e gerânios coloridos. O *trailer* de Stan era limpo como um avião, cada coisa em seu lugar. Ele abriu a geladeira e tirou uns pedaços de frango frito de dentro de um recipiente de plástico e disse que eu poderia comê-lo no jantar. E eu disse obrigada, não mencionando que não comia frango, porque Stan parecia o tipo de camarada não chegado a bobagens que pensa que vegetarianos são pirados. Depois Stan puxou um mapa e me perguntou o que eu gostaria de fazer, e eu resmunguei alguma coisa sobre apreciar o panorama, e Stan disse que não tinha certeza do que exatamente eu estava procurando, e eu pensei que éramos dois. Perguntou se eu gostava de ostras, e respondi que sim, e ele disse que eu deveria tentar o Smitty McGee, por aquele caminho, e apontou. E eu olhei. Então, ele me mostrou a pedra onde estava escondida a chave extra, e, com um rápido aceno por sobre o ombro, entrou no carro.

Incerta do que fazer a seguir, fiquei andando a esmo pelo *trailer*, verificando suas acomodações, o purificador de ar com cheiro de limão, o sabonete. Sempre fico com essa sensação incômoda quando estou na casa de alguém sem a presença do dono. Sinto um ímpeto de xeretar, e então fico com receio daquilo que posso encontrar. *Quem era aquele camarada?*

Disquei para os números de telefone que ele me dera para ver se batiam.

Primeiro, o número de seu local de trabalho.

— Camp Henlopen? — uma mulher atendeu.

Desliguei. Chamei seu bipe. Bipava. Liguei para Stuart. Não tinha nada a falar com ele, mas telefonei do mesmo jeito.

— Onde você *está*? — ele perguntou. Sua voz soava acolhedora e familiar, como uma camiseta favorita da qual você não quer se desfazer.

— No *trailer* de um camarada em Delaware. Ou Maryland. Não tenho certeza.

— *O quê?*

Expliquei. Ficar perdida. Camp Henlopen. Stan.

— Acha que sou maluca de estar aqui? — Precisava de um exame realista dos fatos. — Ele é policial. Deu-me os números de contato, e eles conferem. Os amigos dele sabem que Stan me trouxe para cá.

— Bem, você tem de decidir sobre isso por si mesma — disse Stuart em seu melhor estilo você-fez-a-cama-agora-deite-se-nela.

Eu queria que ele dissesse que deveria correr para um hotel e debitar a conta em seu cartão de crédito, mas ele se recusou a ser enrolado. Se parecesse preocupado, então eu poderia bancar a corajosa e dizer: "Oh, não, está tudo bem". É isso que dizemos em minha família. Tudo está ótimo. Porém, já que ele se mostrava tão *blasé*, eu tinha de aceitar seu *blefe* ou passar vergonha.

Stuart continuou:

— Olhe, no íntimo, é provável que ele esteja esperando que algo possa acontecer...

— O velho será-que-eu-poderia, não-poderia?

— Correto, quero dizer, ali está aquela bela mulher na estrada querendo ficar no *trailer* dele. Quem sabe ela não esteja a fim de se divertir? Mas se você emitir os sinais certos, duvido que ele vá tentar alguma bobagem.

— Nunca fui boa em emitir sinais — eu disse.

Stuart deixou passar.

— *Tudo bem* — falou, como se aquilo resolvesse tudo.

— *Tudo bem* — disse eu, procurando uma desculpa para continuar ao telefone. — Bem, então, tudo bem... eu te amo.

Eu não pretendia dizer aquilo, mas escapou. Era o que nós sempre dizíamos quando desligávamos, só que agora não havia mais por que dizer isso. Ou sentir isso.

— Cuide-se — disse Stuart.

E eu disse:

— Tentarei.

Eu não sei, você é uma mulher. Por que não me diz? Para onde vai o amor?

Era uma pergunta danada de boa, e Carl sabia disso. Pareceu satisfeito consigo mesmo enquanto olhava para a multidão da *Happy hour* no Smitty McGee, os que bebiam e os que fumavam, os casais e os solteiros, todos num maldito esforço para fazer o amor ir para *algum lugar*.

A pergunta de Carl era evidentemente retórica, entretanto eu me senti compelida a pesá-la, de qualquer forma.

— Aonde vai o amor eu não sei — comecei. — Quero dizer... talvez nunca *vá* realmente para algum lugar...

Fitei-o, buscando ajuda, mas ele estava perdido em suas lembranças, apagando o cigarro no cinzeiro. Então, lembrou-se de alguma coisa e chegou mais perto, para partilhar comigo.

— Chegou a um ponto que até o sexo entre mim e minha esposa era sexo de corredor — disse, com um ar conspiratório. — Já ouviu falar de sexo de corredor?

Fiz um sinal negativo. A cutícula de meu dedão estava sangrando. Limpei um ponto de sangue em meu short e então bebi um gole de vinho.

— Não ouviu falar de sexo de corredor? — Carl perguntou com um ar de surpresa irônica. Baixou a voz enquanto me contava o segredo. — Sexo de corredor é quando o cara passa pela esposa no corredor e os dois dizem: *foda-se.*

Evidentemente, era hora de ir embora. Pedi minha conta à garçonete.

Carl pareceu surpreso.

— Vai embora?

— Estou muito cansada.

— Puxa, eu lhe contei tudo sobre minha vida e eu não sei nada sobre você — Carl falava num tom indignado. Talvez se sentisse mal por ter me contado aquelas histórias, ou estivesse zangado comigo por induzi-lo a fazer isso. — Quero que saia comigo hoje. Vou levá-la até aquele local à beira da praia. Você vai gostar.

— Muito gentil de sua parte — eu disse. — Mas preciso dormir um pouco.

Carl deu a última tragada, esmagou o cigarro e, então, falou, pronunciando cada palavra lentamente, como se estivesse fazendo mira.

— *Eu... estou... convidando... você... para sair.*

Sorri, com ar de idiota, como se não tivesse notado seu tom. Aquele foi meu erro. Eu poderia ter permanecido com Buda, bebido conscientemente em silêncio... Mas, não. Eu devia saber, a essa altura, que tudo entre homens e mulheres termina no mesmo lugar. Não com relação a sexo, mas com relação à solidão. Todos queremos alguém para nos abraçar, alguém para afagar o cabelo até que o sono chegue. Bem, eu não poderia ser essa pessoa para Carl; e agora ele se sentia rejeitado. Todos querem alguém até que não querem mais.

Dei um nó em minha blusa de algodão em torno da cintura e tentei parecer, bem, avoada.

— Prazer em conhecê-lo, senhor! — exclamei, para o pai de Carl. O velho olhou ao redor, assentiu e ergueu dois dedos num adeus.

Estendi a mão a Carl.

Ele parecia mais calmo agora, talvez um bocado embaraçado. Tomou minha mão e continuou a segurá-la, balançando-a para cima e para baixo como uma bomba de água.

— Não deve apavorar-se com o casamento — ele disse, baixinho.

Eu ainda estava pensando no sexo de corredor, como uma pessoa passa pela outra e as duas dizem: *foda-se*.

— Ficar apavorada não vai levá-la a lugar nenhum — disse ele. — Você precisa tentar.

Minha garganta fechou-se. Aquele estranho penetrava pela minha pele; de alguma forma, enxergara meus medos embrulhados na ponta de meu cajado de andarilho. De repente, não consegui me lembrar do que eu estava fazendo em Delaware — dos cinco pontos daquela minha estúpida viagem. Quem, quando, o quê, por quê, onde.

Carl soltou minha mão.

— Boa noite — eu disse. — Obrigada pelo vinho.

Empurrei a porta pesada de vidro e caminhei para a escuridão da noite. Soltei o cadeado de minha bicicleta, montei no selim fino e rumei para a estrada, ainda cheia de carros. Os faróis do tráfego na mão contrária quase tornavam impossível enxergar. Senti-me frágil, passando a dois ou três centímetros da beirada do asfalto, tentando equilibrar os pneus no cascalho. Os pedais giravam em círculos, lentamente a princípio, e depois mais rápido, até que o verão soprou em meu rosto, aquele verão e o último verão e os verões todos diante de mim, como se eu estivesse viajando pelo tempo, como se eu pudesse elevar-me ao céu e voar para as estrelas. Lá para cima, para alguma galáxia congelada, onde não havia desejo. Nem desejo, nem sensação de vazio. Nem ter e reter, reter e perder. Nenhum compromisso oscilante entre junto e sozinho.

De volta ao parque Praia do Tesouro, estiquei meu saco de dormir sobre a cama de Stan, para não sujar seus lençóis, e então me deitei, joelhos encolhidos até o queixo. Os ruídos penetravam pelas frestas, televisão e telefones e tráfego. Quando os carros passavam, diamantes de luz deslizavam pelo teto e desciam pela moldura da janela. As paredes do *trailer* pareciam finas como uma camiseta, como se alguém pudesse furá-las com um punho bem direcionado. Fiquei imaginando se Stan iria aparecer inesperadamente no meio da noite. Fiquei imaginando que, se fosse um homem violento, se houvesse mesmo a mais remota das possibilidades, eu morreria naquele *trailer*, naquela noite, e seria apenas outra matéria do noticiário das seis, uma matéria sobre um homem e um revólver.

Rolei do outro lado. Era uma idéia paranóica. Eu não iria morrer naquela noite. Não iria morrer até que fosse vovó, com minha família rodeando minha cama, concordando que eu poderia partir agora, que já bastava. Tentei dormir, mas não consegui e, em vez disso, pensei no amor, para onde ia e por que e se eu nunca encontraria um jeito de agarrá-lo, domá-lo, ensiná-lo a voltar para mim quando eu gritasse seu nome.

Dançando

QUANDO EU TINHA por volta de 10 anos de idade, meu pai apaixonou-se por uma música de Billy Joel chamada *I Love You Just the Way You Are* [Eu te Amo do Jeito que Você É]. Era uma canção jazzística de amor sobre como aquela garota não deveria mudar para tentar agradá-lo. Meu pai a chamava de "sentimental", o que soava como um comentário crítico, mas, na verdade, era um alto elogio. Sentimental significava romântico no bom sentido, direto do coração. Papai descobriu a canção numa rádio AM, comprou o disco compacto e, de tempos em tempos, a tocava na vitrola de nossa cozinha. Depois de assoprar o pó da agulha, ele colocava gentilmente o braço do toca-discos sobre o 45 rotações, ia até mamãe e a convidava para dançar.

— Vamos lá, Gorduchinha — dizia, puxando-a pela mão.

Ninguém que não amasse minha mãe a chamaria de Gorduchinha. Mamãe pesava cerca de 50 quilos no dia de seu casamento e, quinze anos depois, engordara apenas 7 quilos. Mas papai tinha uma habilidade impressionante para transformar insultos em apelidos carinhosos. Quando menino, Chip tinha o apelido de "Eu quero, eu quero" porque, segundo diziam, era tudo que falava. Eu era Bugs e, nos anos vindouros, Alce. Esqueci a origem do Alce; só sei que era engraçado e elogioso vindo de meu pai.

Quando papai estendia a mão, minha mãe sorria e se levantava. Ao chegar em casa depois do trabalho, ela costumava se enfiar numa camisola de flanela cor-de-rosa e um roupão. Meu pai a enlaçava pela cintura, por cima de toda aquela roupa, e balançava a mão direita dela na sua, ao compasso da música.

E assim meus pais começavam a dançar, traçando arcos lentos entre o fogão, o monstrengo de nossa geladeira de 1938, a televisão preto-e-branco empoleirada num banco. No alto, a lâmpada elétrica lançava um brilho cáustico, aquecendo as moscas mortas e aprisionadas no lustre. No balcão de fórmica, jazia um bolo de carne, ainda cru, uma caixa de arroz, um pacote de brócolis congelado tentando chegar à temperatura ambiente.

Embora fosse um bom dançarino, meu pai não tinha uma figura elegante, sobretudo porque usava roupas demais: grossa calça cáqui pendurada em seus quadris, uma camiseta, uma camisa de flanela, dois pulôveres de lã, dois pares de meias. Perdera a maior parte dos cabelos. As lentes de seus óculos eram cobertas de partículas de poeira, uma galáxia de estrelas da qual estava perto demais para enxergar. Quando começava o solo de pistom, ele fechava os olhos, apreciando a harmonia, e mergulhava em devaneios, revivendo em pensamento alguma festa realizada havia muito tempo.

Mamãe parecia esgotada de um longo dia no escritório. Podia-se ver em seu rosto. As faces descoradas, o jeito que seus brincos de prata comprimiam cada lóbulo da orelha. Minha mãe é uma bela combinação do rígido e do delicado. Seu nariz, que meu pai chama de "o biquinho", é longo e estreito. Sua boca é pequena, os olhos, de um castanho suave. Naquela época, ela usava os cabelos encaracolados presos no alto, como uma professora da TV. Uma mulher tímida, analítica, que escolhe suas palavras com a precisão das palavras cruzadas, enquanto meu pai é o mestre em mal se apropriar delas. Mamãe gosta de finais felizes. Papai gosta de filme *noir*. Mamãe é puro cérebro. Papai é todo coração. Discutem por qualquer coisa desde que consigo me lembrar.

E, então, papai começava a cantarolar a letra enquanto os chinelos de mamãe deslizavam *chap-chap* pelo chão de tijolos com vermelhão. Por poucos compassos, separavam-se e então voltavam a ficar juntos, rodopiando. Minha mãe sempre sabia aonde ia meu pai, como se acompanhar seus passos fosse a coisa mais natural do mundo. Sentada na escada, admirando-os pela grade do corrimão, eu podia ver que se amavam, que algo real e palpável os mantinha unidos.

Eu não poderia amá-la mais
Eu te amo do jeito que você é.

Eu imaginava que aquela letra tinha um significado especial para meu pai. Ele era um homem difícil de amar do jeito que era: um dono de casa que detestava cuidar da casa. Contudo, a meu ver, era um romântico, que, de todas as qualidades, eu julgava a maior. Meu pai acendia lampiões de querosene ao jantar para que pudéssemos comer à luz deles. No Natal, dava a cada garota de sua vida — minha mãe, minha cunhada e eu — uma pequena jóia. Papai era aquele que me contava a história de como ele e mamãe tinham ganhado tanto dinheiro no jogo, durante a lua-de-mel na Itália, que ficaram mais uma semana. Minha mãe se esquecera inteiramente do ocorrido.

— Não preciso de um memorial — disse certa vez. — Casei-me com um.

E, naquela noite, papai pusera uma canção de amor para tocar na vitrola. Naquela noite, ele convidara minha mãe para dançar.

Billy Joel ondularia a voz num *I Love You Just the Way You Are* final. Sustentaria o acorde no *aaarrrre* infinitamente, arrastando-o escala acima, escala abaixo, num leque de notas diferentes até ficar completamente sem fôlego. Eu queria que a música jamais terminasse, que seguisse pela noite toda e que o bolo de carne nunca fosse assado e que a TV continuasse desligada, muda, e que não houvesse discussões, nem uma, mas meu pai jamais tocava a música de Billy Joel duas vezes.

Quando a canção terminava — teriam sido três minutos, quem sabe quatro? —, tudo voltava ao normal. Alguém precisava lavar a alface. O arroz tinha de cozinhar. Ao olhar meus pais se afastarem, minha mãe prendendo um grampo no cabelo, meu pai ajeitando a calça, eu compreendia, como sempre, quando meus pais dançavam na cozinha, que três minutos podem ser o suficiente para manter duas pessoas unidas.

Meu avô sai do terraço, no Maine, e arrasta uma cadeira de lona para o sol. Estou sentada, de biquíni, tentando pegar um bronzeado.

— Sabe, Lili, quando se chega à minha idade, veja só, a maioria das mulheres não está mais interessada em sexo. Elas só querem continuar casadas.

Eu rio.

— Verdade?

— É verdade — diz vovô. — Agora, eu desisti de sexo e do jogo e do cigarro e da religião. Muito chato. Já lhe contei que tive aulas de dança com uma amiga minha?

— Não — eu digo. — De que tipo?

— Dançávamos *swing* e um pouco de tango. Eu era péssimo, então. Porém depois que minha amiga aprendeu, ela pedia a outros homens que dançassem com ela. Um dia perguntei: "Eles a convidam para ir para a cama depois?". E ela me disse que vários a haviam convidado, e quando um não convidou, ela havia ficado desapontada.

Vovô dá um tapa na coxa e cai na risada.

— Pra você ver como é a espécie feminina. Ela ficou desapontada porque não teve a oportunidade de rejeitá-lo.

Nós Acreditamos

TANGIER ISLAND, Virgínia. Logo que a pequena embarcação de madeira deixou Onancock, uma tranqüila cidade na península de Delmarva (assim chamada porque Delaware, Maryland e a Virgínia reclamam uma parte dela para si), senti uma onda de alegria e adrenalina, aquela que eu muitas vezes sentia quando seguia para algum lugar novo.

Minha estada no *trailer* tinha se passado sem incidentes — nenhum machado ensangüentado, nenhum toc-toc à meia-noite na porta. Antes de sair, escrevi um bilhete de agradecimento a Stan, o policial, e enfiei debaixo de uma toalha, feita de retalhos bordados, sob a torradeira. Assim que tranquei a porta atrás de mim, senti uma vontade imensa de gritar bravatas a respeito da viagem. Como meu amigo Dan gosta de dizer depois do término bem-sucedido de uma escapada arriscada: "Nós nos metemos nessa. Nós saímos dessa. Ninguém ficou ferido".

Ali estava eu, viva e alerta naquela brilhante e ensolarada manhã, seguindo para a ilha Tangier, uma das maiores produtoras de caranguejos de casca mole do mundo. Isso era tudo o que eu sabia sobre aquela tripa de terra que se estica na baía de Chesapeake; isso e o que um homem que eu tinha conhecido em Assateague me contara, dizendo que o pessoal em Tangier era maluco.

— Maluco como? — perguntei. Havia muitas maneiras.

— Bem, é bastante isolado por lá — disse. — O povo local está acostumado à sua maneira. Sem carros nem nada. Nem muita comunicação com o mundo real.

Deixar o mundo real soava ótimo para mim e, portanto, rumei para Onancock, estacionei meu carro numa pequena garagem de aluguel, enfiei na mochila umas poucas roupas e arrastei minha bicicleta para a balsa. Quando a pequena embarcação deixou a praia, inclinei-me na amurada e olhei a paisagem. A baía de Chesapeake parece mar aberto, só mais verde, suas ondas mais condensadas e confusas, como se não fossem a lugar algum por indecisão. Algas marinhas amarronzadas flutuavam como *linguine* numa caçarola fervendo. Dentro da balsa, uns doze passageiros, camaradas mais velhos de abrigos de algodão, conversando em grupo, remexendo nas sacolas. Na cabine, a porta do capitão se encontrava aberta. Um homem robusto, de meia-idade, quepe branco e uniforme, estava sentado atrás do leme. Resolvi fazer uma pergunta ou duas, na esperança de conversar um pouco.

— Desculpe-me — eu disse. — Este barco navega durante todo o ano?

O capitão voltou a cabeça lentamente como uma tartaruga, parando quando seus olhos castanhos encontraram meu olhar. Era um homem bonito, com uma larga face bronzeada, cabelos castanhos escondidos sob o quepe. Um vinco irônico na boca. Sobrancelhas grossas como uma pincelada de tinta. Pareceu surpreso — ou aborrecido. Era impossível dizer. Sem uma palavra, voltou-se, como se tivesse visto tudo que precisava para chegar a alguma decisão.

— Navega até outubro. Por quê? Vai voltar?

Seu sotaque era forte, cada vogal esticada bem comprido como um pulôver molhado.

— Se vou voltar? Bem, não sei. Nem cheguei. Como é Tangier?

Ele demorou um pouco antes de responder.

— Bem... você vai descobrir, não vai?

Não havia como negar isso. Recostei-me contra a parede da cabine, voltando minha face para o sol. O espaço cheirava a madeira quente e, através da vigia, a água quebrava-se em partículas ao sol, como um espelho que caíra da parede e que parecia melhor daquele jeito.

— O senhor é da ilha? — perguntei, em meu tom mais educado.

— Nascido lá — disse ele. — Minha família é de lá desde o começo.

— Sabe de algum lugar onde eu possa passar a noite?

— Pode ficar com meu irmão, Norman. Ele tem um estabelecimento. Betty's Bed and Breakfast. Há um folheto na cabine.

Aquilo me lembrou o México; é engraçado como gente estranha invariavelmente indica o hotel dirigido por seus parentes.

— Como apareceu por aqui? — ele perguntou.

— Bem, é o tipo de história engraçada. Em Assateague, alguém parado na fila para comprar um sanduíche de ostra frita me disse para vir — respondi, orgulhosa de minha impetuosidade. — Estou descendo a costa, dirigindo do Maine até Key West.

O capitão arqueou uma sobrancelha.

— Por quê?

Aquele camarada me lembrava meu pai, que conseguia fazer murchar mesmo o plano mais mágico com uma pergunta de uma única palavra, "Como?"

— Acho que só para viajar — eu disse.

— Está viajando sozinha?

— Sozinha — retruquei, com minha voz mais altiva, tentando transmitir a impressão de que sozinha era bom, que eu tinha ofertas de companhia, não que fosse verdade, mas eu *poderia ter*. Talvez. De qualquer maneira, a questão era que eu escolhera estar sozinha, que sozinha *significava* alguma coisa, *provava* alguma coisa acerca de independência, autoconfiança, armar barracas e...

— Tem namorado? — perguntou o capitão.

— Sim — eu disse, tentando não parecer na defensiva.

— Por que ele não veio com você?

— Tinha de trabalhar — eu disse. Não tinha certeza de que me referia a Stuart ou a Peter, mas, que diabo, ambos tinham de trabalhar.

— Você tem peito— disse ele, abanando a cabeça. — Eu não faria uma viagem como essa nem se me pagassem um milhão de dólares. Nem por um milhão eu me meteria nessa.

Eu jamais fizera uma viagem que deixasse tão pouca gente com inveja.

— Por que não? — perguntei.

— Detesto estar sozinho — retrucou o capitão. — Você, por acaso, é... uma solitária?

Eu não poderia dizer se ele estava se mostrando um gozador ou condescendente.

— Uma solitária? Não creio — disse eu. — Sou escritora. Bem, mais uma jornalista. Ora, sou uma jornalista tentando escrever, só que não estou escrevendo por ora. Estou viajando, e depois escreverei sobre isso. Talvez. Se valer a pena escrever.

— Vai ser um livro?

— Não sei.

— Como vai se chamar esse livro?

— Não pensei num título — eu disse. — Nem comecei a escrever.

O capitão nada disse. Senti-me como se o tivesse decepcionado. Seus dedos firmes viraram o leme um tico para lá, um tico para cá, como se anos de experiência estivessem naqueles ajustes finos, o que, provavelmente, era verdade.

— Chame-o de *Ao Sul em Chesapeake* — disse ele.

— Mas seria sobre *toda* a costa, do Maine a Key West — eu retruquei, sentindo a necessidade de defender aquele livro não escrito, não começado, de um hipotético título errôneo. — Não apenas Chesapeake.

O capitão continuou calado por algum tempo.

— Chame-o de *Ao Sul do Maine*.

Dessa vez não objetei. Através da vigia, eu podia divisar uma faixa de terra a distância.

— Como foi crescer em Tangier? — perguntei.

— Um paraíso de criança — disse o capitão, sua voz suavizando-se. — Sem crimes. Nem drogas. Vida simples. Nada de janelas arrombadas, sem televisão, sem eletricidade, sem aquecedor. Os homens trabalhavam na água e as mulheres cuidavam da casa.

— Tudo chegava de barco?

— De que outra maneira chegaria lá? — ele perguntou. — Quando a baía congelava, nada havia para comer, a não ser o que saía da água. Pode imaginar cuidar de uma casa sem eletricidade? Hoje em dia as mulheres não conseguiriam. Como cuidar de um casa cheia de filhos no auge do inverno em uma ilha sem eletricidade?

Estampou um daqueles seus olhares significativos, esperando por minha resposta. Eu não conseguia imaginar ter uma casa, tomar conta dela sozinha.

— Não sei — disse, num tom respeitoso. — Parece muito difícil.

Ele concordou e voltou-se, satisfeito que eu tivesse dito isso.

— Alguma vez teve vontade de ir embora? — perguntei.

— Eu fui embora — disse ele. — Moro em Onancock.

— Quero dizer, deixar a região.

— O quê, mudar para a cidade? — Ele torceu o nariz e voltou-se para mim. — Onde você mora?

— Nova York.

— Ora essa, o que eu faria em Nova York? Onde iria pescar em Nova York? Acha que algum executivo se mudaria para Tangier? O que iria fazer lá? Não há nada lá para ele.

Fez uma pausa e, então, prosseguiu:

— Não há razão para ir aonde não é seu lugar.

Ele fez aquilo parecer tão simples! Você é quem você é. Você vive de acordo.

— Acho que tem razão — eu disse. — Não posso enxergá-lo em Manhattan.

Ele concordou.

— Agora, se você estiver interessada na história da ilha, deve procurar minha tia. Ela tem 91 anos. Dorothy Walker é seu nome. Ela lhe contará como era.

A silhueta da ilha apareceu à vista, uma torre pontiaguda, uma enorme caixa-d'água, grupos de casas. Um espessa bruma de verão entorpecia as cores, suavizava os detalhes, arredondava os cantos.

— Podem dizer o que quiserem sobre Tangier, mas é um lugar danado de bonito — disse o capitão, erguendo uma mão reverente. — Aquilo seria uma bela pintura para pôr num quadro. Olhe como a cidade está assentada sobre a água. Já viu alguma coisa mais bonita do que essa?

Era melhor responder à pergunta.

— É bonita — eu disse.

Uma jovem entrou na cabine, pegou uma prancheta e começou a ler no intercomunicador um roteiro preparado: *De ambos os lados do barco podem-se ver os viveiros de caranguejo. É onde os pesca-dores guardam os caranguejos de casca mole. A ilha de Tangier é a ca-pital mundial da pesca do caranguejo de casca mole.*

Agradeci ao capitão e lhe disse que ia apanhar minhas coisas. Ele assentiu num cumprimento.

— Vai gostar de Tangier — disse. — Não há lugar como esse. Entramos no porto por entre as marcas náuticas, postes de telefone com topos com quadrados em verde e triângulos verme-lhos, indicando verde para o porto e vermelho a estibordo. A velha norma de navegação aflorou de memórias enevoadas: *Vermelho Retornar à Direita.* Um gavião-pescador, que fizera um ninho no topo de uma bóia, observou-nos passar, como uma velha admi-rando um desfile. Ultrapassamos os viveiros de caranguejos, pe-quenas cabanas sustentadas por pilastras, cada uma equipada com uma pilha de potes de caranguejos e um pequeno bote amarrado. O nome dos botes me fez lembrar dos cantores do interior: *Loretta Star, Kathy Lee, Miss Nancy, Bette Bee, Ginna-Jack.* Um dos viveiros tinha um grande painel com os dizeres *Jesus Nunca Falha.* Outro tinha um daqueles peixes simbólicos da religião encabeçando as palavras *Nós Acreditamos.*

A balsa atracou na doca e nós desembarcamos em meio à curiosidade e à confusão. A cidade não passava de, quando mui-to, uma mercearia, alguns restaurantes anunciando bolinhos es-peciais de caranguejo, em cartazes no formato de mão. Uma meia dúzia de mulheres em carrinhos de golfe esperava para oferecer condução. Cortando a multidão com minha bicicleta, pedalei por uma rua estreita de casas brancas. Quase todas tinham uma cer-ca; algumas com um poste branco, outras com correntes, corroí-das e pendentes, como canis sem cachorros. Fiquei surpresa de ver que muitas casas tinham túmulos, lajes de pedra acinzentada como dominós congelados na grama. A igreja tinha um enorme cemitério com tumbas acima do solo, lajes de concreto branco li-geiramente maiores do que um caixão, como um campo de len-çóis secando ao sol. *Parks. Pruitt. Crockett. Dise.* Os mesmos no-mes apareciam nas lápides, repetidamente.

Cruzei uma ponte de madeira e inspecionei a ilha como um todo. Basicamente, Tangier era um grande mangue com uma fi-leira de casas de ambos os lados. Pairando acima de tudo, estava uma torre verde, da caixa-d'água, que parecia uma espaçonave alienígena que se esquecera do como voltar para casa. Do coração da ilha, a água túrgida escoava por hectares de vegetação de mangue, de um verde amanteigado como polpa de abacate. Aqui e ali, poças de lama ou um barco a remo. Era lindo, de um jeito tranqüilo, vazio. O calor começava a ficar opressivo, um suadouro. O suor descia pelo meu peito enquanto eu pedalava.

Por fim, cheguei à casa que vira no folheto. Uma alegre construção vitoriana de três andares da cor de pão de gengibre e com uma antena parabólica orientada para o céu. Betty's Bed and Breakfast.

A mulher que atendeu à porta tinha cerca de 50 anos, era forte, com um birote de cabelos castanhos. Seus ombros penduravam-se de um lado, como se trabalhar tivesse tirado o melhor dela.

— Imagino que tenha um quarto para um pernoite, não? — perguntei. — Peguei a balsa em Onancock e o capitão me recomendou que ficasse aqui.

— Siiim. É o irmão de Norman — disse a mulher, com um sinal afirmativo da cabeça. — Mas... sinto muito, não há vagas. Uma jovem reservou o sofá. Vem para cá hoje, depois do trabalho, de Washington, querendo dar o fora da cidade. Então, houve um cancelamento e ela ficou com o quarto. Não sei o que lhe dizer.

Seu sotaque era uma maravilha. Uma mescla de longas vogais e palavras pronunciadas de forma brusca.

— Então, o sofá está livre? — perguntei.

A mulher pareceu divertir-se, como se eu tivesse pedido para comprar suas calcinhas.

— Bem, sim, pode olhar. Não é nada especial.

Abriu a porta. Um homem apareceu, bonito, com braços fortes, olhos cor de amêndoa e espessas sobrancelhas escuras. Indiscutivelmente, o irmão do capitão.

— Norman, esta moça está querendo alugar o sofá...

Norman sorriu.

— Duas em uma semana. Nunca tivemos nada assim antes.

Eu me senti como um cão perdido, pronto para se enrolar em qualquer trapo de tapete.

— Qual é seu nome? — ele perguntou

— Lili.

— Norman. Prazer em conhecê-la, Lili — disse ele, apertando minha mão.

Entramos para olhar o sofá. A sala de estar era decorada com toalhinhas de crochê, bibelôs de porcelana com anjos e carneirinhos. O sofá em questão era, bem, um sofá. Bege. Almofadas quadradas. Comprido o bastante para se deitar. Nós três olhamos para ele, como se esperando que falasse.

— Parece ótimo — eu disse. — Tenho dormido numa barraca, portanto um sofá seria um luxo. Está feito, se não se importam.

— Nããão — disse Betty. — Pode ficar. Talvez a outra moça que vai chegar deixe você dividir o quarto com ela. O quarto sai por 65 dólares por noite. Você poderia perguntar quando ela chegar. Então, terá uma cama.

— De qualquer jeito — eu disse —, estou feliz por estar aqui. Portanto, quanto você cobra pelo sofá?

— Vinte e cinco dólares — disse ela —, com o café da manhã completo incluído.

O TERMÔMETRO da varanda indicava 42 graus Celsius, mas a umidade dava a sensação de que a temperatura estava mais alta. Norman fumava enquanto eu matava mosquitos a tapas e passava os olhos pelas matérias das revistas sobre Tangier. Setecentas pessoas, 80 por cento delas pertencentes a uma de quatro famílias, vivem na ilha de 4 quilômetros de extensão. Muitas ainda falam com o antigo sotaque regional inglês. O ponto mais alto da ilha fica a 5 metros e meio do nível do mar, tanto quanto as criptas acima do solo. "Nós enterramos os mortos na ilha", explicava um folheto. "Eles são enterrados a um metro de profundidade e, em alguns dos cemitérios mais antigos, o topo da vala fica à mostra, como nos cemitérios de Nova Orleans." Há sete lojas de presentes, duas mercearias, duas igrejas, um posto de correio, uma escola, mas nenhum médico, banco, empresa de mudança, loja de bebidas ou cadeia. "Somos metodistas assumidos. Temos nosso próprio colégio. Também temos uma pista de pouso. Alguém pode dizer que estamos isolados. Isso é uma questão de opinião."

Ergui os olhos. Um daqueles carrinhos de golfe passou por nós. *Esta é uma das mais antigas casas da ilha, construída em 1918. Foi destaque na edição de novembro de 1973 da* National Geographic. *É também uma pousada com café da manhã.* O carrinho fez a curva e desapareceu dos ouvidos.

— Fazem isso todo dia? — perguntei.

— Quando os barcos chegam — disse Norman. — As mulheres levam os turistas para uma volta pela ilha. Contam sua história.

Adorei escutar Norman. Ele tinha uma maneira gentil. Enquanto Betty parecia exausta e irritada, Norman era a calma de uma limonada.

— Fumar mantém os insetos a distância? — perguntei, esfregando uma picada.

— Creio que sim, pois não gostam muito de mim.

— Aqui diz que o povo de Tangier mantém o sotaque elisabetano. É o que você tem?

Norman pareceu ligeiramente aborrecido.

— É o que *dizem* que nós temos. Não sei com certeza o que dizer a respeito, Lili. O povo costumava ter sotaque, mas não muito, hoje em dia. Costumavam falar de um jeito que ninguém sabia o que estavam dizendo. Não é mais assim. É obra da TV.

Eu tinha de dizer alguma coisa.

— Norman, meu nome se pronuncia Li-li.

Ele concordou.

— É difícil.

Outro carrinho de golfe se aproximou. *À direita está o Betty's Bed and Breakfast. As diárias são 70 dólares por noite para casais, e crianças com menos de 12 anos não pagam.*

Ouvi Betty falando com outros hóspedes ao fundo. Enquanto as vozes dos visitantes eram indecifráveis, o sotaque de Orange de Betty corria pela casa como instantâneos de histórias em quadrinhos. Ela conseguia sustentar a conversa dizendo quase nada.

— *Siiim.*

— *Certamente que siiim.*

— *Fácil assim?*

— *Ora, que óóótimo.*

— *Eles conseguem descansar um pouco.*

— *Quem saberia?*

— *Isso ela pode.*

— *Bem, que bom.*

— *Siiim.*

Norman acendeu outro cigarro. O camarada fumava pra valer. E, contudo, pelo jeito suave com que as nuvens de fumaça ondulavam por sobre sua camisa de algodão, era difícil acreditar que um hábito tranqüilo como aquele fosse letal.

— Então, Norman, diz aqui que não há médico na ilha, mas há um policial. O que ele faz?

— Bem, Lili, é uma boa pergunta. *Todos* nós gostaríamos de saber — respondeu Norman. — Ele obriga as motonetas a diminuir a velocidade para 25 quilômetros por hora, coisa assim. Prende alguns bêbados por desacato público. Ganha um bom dinheiro também. Não é um contracheque ruim.

— Mas não se pode comprar bebida na ilha.

— Não, a ilha segue a "lei seca" — concordou Norman. — Alguns turistas ficam muito desapontados quando chegam e descobrem que não podem comprar um drinque. Uma senhora alugou um barco particular por 80 dólares para levá-la de volta a Crisfield.

— Para comprar bebida e voltar?

— Não, foi embora de vez.

Novamente outro carrinho de golfe passou, proclamando: *Custa 60 dólares por noite por casal, e inclui café da manhã completo. Há um pátio atrás, de onde se pode...*

— Já ouviu dizer que era para ter sido feito um filme de cinema aqui? — perguntou Norman. — Com Kevin Costner e Paul Newman.

— Está brincando. — Eu me sentei. — Que filme?

— Aquele chamado de... oh, vou pensar, mas seria filmado bem aqui na ilha. Iam construir um restaurante na propriedade de minha irmã. Todas as minhas cabanas alugadas por semanas. Mais — ele inclinou-se para a frente, para dar maior ênfase —, iam contratar umas 110 pessoas. *Uma Carta de Amor*, é isso. Mas o conselho da cidade votou contra. Sabe por quê?

Fiz um sinal negativo.

— Paul Newman bebia cerveja.

Caí na risada.

223

— Paul Newman bebe cerveja numa cena. Nem era de verdade. Uma cerveja no restaurante, e havia uma cena sem roupas, de Robin Wright, só que de costas. A nudez nem mesmo acontecia aqui. Ela tirava a roupa em algum outro lugar, só que as pessoas iriam *pensar* que era aqui. Duzentas pessoas assinaram uma petição dizendo que queriam o filme. O conselho da cidade votou contra. Um casal da igreja e o prefeito acabaram com a coisa toda. Isso me deixou doente.

— O prefeito não é também o ministro da igreja?

— É o prefeito, o clérigo, o principal assistente *e* o agente funerário. Ganha uns 150 000 dólares com todos esses trabalhos. O que importa a ele se pegássemos o filme? Ele já pegou o seu.

— Sobre o que era o filme? — perguntei.

— Era uma história de amor. Bonita história. Paul Newman achou que a ilha era perfeita. Oooh, recebemos algumas críticas ruins da imprensa. Jay Leno disse alguma coisa. Fico surpreso que não tenha ouvido falar. Aquele camarada do rádio, Howard Stern, ele sabia sobre isso. Uma mulher veio aqui e disse: "Norman, nem vou lhe contar o que ele falou". E eu insisti: "Vá em frente, é provável que eu concorde com ele". Ela disse: "Fico embaraçada". Então você pode imaginar. Pense no que o filme faria pela ilha. Eu só queria ver como é que fazem isso. Eu me interesso por essas coisas. Nunca vi um filme ser feito.

— As pessoas ficaram preocupadas que isso pudesse trazer muitos turistas?

— Não, foi a cerveja.

— Acho que o povo daqui é muito religioso.

Norman esmagou o cigarro no cinzeiro.

— Gostam de pensar que são.

— Norman, conhece alguém que me levaria e me mostraria como pegar caranguejo de casca mole? Adoraria ver como é feito.

Se eu tivesse uma agenda para minha estada, seria essa: encontrar um verdadeiro pescador. Sempre abriguei sentimentos românticos sobre homens que trabalhavam no mar, e nenhum deles era baseado em experiência ou fato. Depois de passar tantos verões no Maine, se poderia pensar que eu me tornara uma pescadora de lagostas, mas não. Éramos "veranistas", um rótulo que, infelizmente, sempre me fez sentir incapaz, como uma pessoa mais adequada para o croqué do que para pescar, o que, é claro, eu era. Mas Tangier parecia uma oportunidade ideal para observar os legendários pescadores de Maryland de mais perto.

Norman pensou por um minuto.

— Eu poderia perguntar a meu vizinho Malcolm. Ele mora lá — disse apontando para os arbustos da casa vizinha. — Uma vez ele me disse que, se houvesse moças em visita, ele as levaria a passear.

— Só moças? — perguntei, com um meio sorriso.

— Bem, visitantes, você sabe.

Ali à esquerda está o Betty's Bed and Breakfast. O estabelecimento data de 1904 e agora você pode passar a noite...

As guias de turismo estavam me dando nos nervos. O jeito com que circulavam pela ilha falando como papagaio dos fatos como se nada tivesse mudado, como se nada tivesse mudado, como se nada tivesse mudado desde a última volta. Levou um minuto para que eu me desse conta do por que me irritavam.

Lembravam-me a exposição de gatos.

Em meu primeiro ano em Utah, em um dia sem notícias, fui despachada para uma feira estadual para cobrir a *exposição* de gatos. Determinada a fazer o melhor daquela vergonhosa incumbência, entrevistei avidamente os fanáticos da Associação dos Amantes de Gatos. Escrevi:

> *"Bandito parecia um vencedor com suas longas pernas, pintas alegres e* pedigree *de prestígio. Mas, então, o competidor final usou de* sex-appeal. *Estavam empatados até que o Escocês se esticou e deu um beijo no juiz", disse Cheryl de Young, enquanto embalava seu gatinho, segundo colocado. "É realmente difícil bater o fator sedução."*

Foi um relato decente de 37 centímetros. Dito e feito. Mas antes que eu percebesse, um ano se passou. Como sorte é para quem tem, eu me vi trabalhando em exposições de gato nos fins de semana e fui encarregada de cobrir mais uma. Segui para as feiras, fervendo de raiva: eis o que eu era agora — uma jornalista que cobria exposição de gatos. Parei para ver como a vida fugia para longe de mim, como os anos se mesclavam como uma mistura de bolo barato.

Enquanto observava o carrinho de golfe fazer a volta e seguir para a cidade, percebi algo que não havia percebido antes. Minha inquietação, a claustrofobia de papai — era o mesmo tipo de medo. Ele tinha pavor de ficar trancado em aviões e cinemas e em meio de pessoas falando alto. Eu tinha pavor da rotina, da emoção repetitiva, de um gradual entorpecimento da carne até o osso. Papai sossegava suas preocupações ficando em casa, eu sossegava as minhas saindo, buscando aquilo que fosse novo, provocando um distúrbio romântico para que ninguém ficasse entediado. Parcerias levam à rotina que leva a estagnação que leva a exposições de gato.

Agora chegamos a uma das mais antigas casas da ilha. As diárias aqui são de 75 dólares por noite...

Eu tinha que me mexer.

— Norman, vou sair para dar uma volta de bicicleta.

— Tudo bem — disse ele, acendendo outro cigarro. — Tenho montes de coisa a fazer por aqui.

TOMOU-ME três minutos inteiros para voltar à cidade. Parei do lado de fora de uma casa onde dezenas de copos plásticos se penduravam numa cerca com correntes. Um aviso dizia: *Todas as Receitas são 5 por 1 dólar.* Dei uma olhada; eram receitas pesadas, cheias de maionese e produtos enlatados. Suponho que as mulheres da ilha tinham de ser criativas com aquilo que chegava nos barcos. A receita de Torta de Pêssego dizia o seguinte:

1 massa de torta assada
1 caixa de gelatina de pêssego
1 xícara de açúcar
1 lata de 250 g de pêssego
1 colher de chá bem cheia de amido de milho
1 embalagem pequena de chantili

Na Loja de Presentes de Jim comprei um livro com gírias locais, que folheei enquanto comia um sorvete de creme, de casquinha, num banco à sombra. Os habitantes nativos de Tangier são chamados de *os daqui*. Os recém-chegados são *os que vieram para cá* ou *forasteiros*. Alguma coisa temporária é *não vai durar até uma boa maré alta*. Beber é *passar um sufoco*. Comer uma lauta refeição é *correr para desembarcar*. Namorar é *soltar faísca*. Quando se tem de fazer xixi, você vai *dar uma aliviada*. Se tornar mais velho é *ficar um bagaço*, tal como em "Ela ficou um bagaço desde a última vez que a vi". *Grosseiro* é sujeira, normalmente em seu pescoço ou nas costas. *Kaflugie* é uma distância indeterminada ao longe, como em "Eu poderia lançar isso a um *kaflugie*". A camada grossa que se forma numa pintura velha é *mãe*. Algo perigoso é um *abrigo que dá coceiras*. E minha favorita: uma pessoa que vive a boa-vida, especialmente uma criança, está *saboreando seu pãozinho*.

Perambulei pelo museu da ilha, uma sala simples nos fundos de outra loja de presentes; estava cheia de lampiões de querosene e mapas e pontas de flechas e tinha uma mesa repleta de novas reportagens sobre Tangier, muitas relativas ao filme. Norman não havia exagerado.

"Não queremos nenhuma festa barulhenta, com bebida ou palavrões por parte da equipe de filmagem", palavras da senhorita Anne Parks, de 97 anos. Parks nunca vira um filme e não queria ver agora. "Como papai costumava dizer, lutarei contra isso com unhas e dentes."

A conselheira Nina C. Pruitt, uma bibliotecária de escola, votara contra o filme. "Até mesmo Howard Stern está falando de nós. Se ele nos chama de idiotas, devemos estar fazendo a coisa certa." Membro do conselho da cidade, Betty Dail Parks não teve problemas para dormir depois de votar não. "Tenho de prestar contas a Deus, não a Kevin Costner."

Que turminha!

Tangier era uma enorme família espalhada e, como muitas famílias, um pouco amalucada. Durante anos, pensei que minha família detivesse a patente da insanidade. Houve uma tia-avó, chamada Tanta, que certo dia se sentou numa cadeira de balanço e nunca mais se levantou. E minha prima em segundo grau, Louise, que esvoaçava por Greenwich num roupão de bruxa todo negro e transparente, com um bastão de madeira na mão. E tia Mary, cujo primeiro marido fizera uma fortuna vendendo espartilhos e cujo segundo casamento com o senhor Wright (nenhum parentesco) terminou repentinamente numa manhã com uma série de batidas sonoras. Tia Mary perguntou à criada que confusão era aquela. "É o senhor Wright", explicou a criada. "Está se mudando e levando a mobília com ele." Depois disso, tia Mary viveu uma existência exótica no Sherry Netherland Hotel, em Manhattan, comendo torradas quentes com manteiga, raramente tirando o roupão de seda. Colecionava caixas estofadas e vidros com camafeus, e passou pelo período das rendas. Tinha paixão por programas noturnos de TV, particularmente com brigas de mulheres.

Quando criança, eu sonhava em ser órfã. Em minhas fantasias, os Roderick, os pais de minha amiga "Barbie", Page, abririam suas portas para mim, me vestiriam com roupas com a marca do Jacaré e me levariam para as Bahamas para umas férias mais que necessárias. O fato de a senhora Roderick ter desaparecido brevemente em uma "instituição" pouca influência tinha em dissuadir-me. Aquilo também parecia exótico.

Demorou anos até que eu enxergasse que toda família é uma Tangier, uma ilha onde você pode propagar sua própria marca de estranheza, projetar um mundo com sua própria imagem imperfeita e deformada. Ou, como meu irmão, Chip, gosta de dizer: "A coisa boa com relação a ter filhos é que você pode ferrá-los do seu próprio jeito especial". Cada família tem seus costumes e regras, até nos mais triviais detalhes. Quando menina, fazendo compras na mercearia com minha mãe, eu sempre sabia quando uma estranha tinha deixado cair inadvertidamente alguma coisa de comer em nosso carrinho. Repolho e coco ralado saltariam fora, rápidos como um foguete. Não eram nossos.

Em muitas famílias, recém-chegados permanecem forasteiros, não importa quantos anos se passem, como minha cunhada Sue, que lutou para integrar-se à nossa família estreitamente ligada. Sue corta queijo em cubos, não em fatias. Abre seus presentes de Natal rasgando o papel, em vez de guardá-lo para o ano seguinte. Lá no Maine, Sue pintou de novo de amarelo o quarto de Nana, que era cinza, o quarto azul, de creme... sem ter idéia que perturbava a ordem natural. Ao jantar, com meus pais, com uns copos de vinho para lhe dar coragem, fez perguntas que tínhamos passado a vida inteira evitando.

— *Senhor Wright, acha que voltará algum dia a trabalhar?*

— *Senhora Wright, não se sente sozinha vivendo aqui nesta estrada?*

Enquanto eu esperava que meus pais se explicassem, um arrepio delicioso subia por minha espinha. Quando, tacitamente, eles encerraram aquele teste, eu me desapontei que não tivessem se exposto, como se o conhecimento público de suas fobias pudesse impulsioná-los a mudar. Mas quem era eu para falar? Eu não ia exatamente ao encontro das expectativas de meus pais. E, contudo, esperava que me compreendessem, não importava o que eu fizesse; esperava que me compreendessem sem me fazer muitas perguntas. Em minha família, quanto mais estranhos nos tornávamos, menos tínhamos de falar sobre isso. Pode não ser saudável, mas é assim que somos.

Era vovô, entre todos, que ajudava a clarear o ambiente. Certa vez vovô disse a papai que ele não julgava que eu *algum dia* me casaria, porque eu viajaria e escreveria. Mamãe e papai devem ter ruminado aquilo por um bom tempo, porque papai, mais tarde, repetiu isso para mim, sua maneira de dar sua bênção, eu suponho. As coisas com meus pais melhoraram depois disso. Pararam de fazer insinuações a respeito de casamento e começaram a imaginar como sua filha poderia viver um tipo diferente de vida. Aquilo me ajudou a imaginar como poderia viver um tipo de vida diferente.

E, agora, eu começava a ficar quase orgulhosa das excentricidades à la Tangier de minha família. Ser irracional é fazer parte de seu próprio tipo de clube exclusivo, com um conjunto extenuante de deveres anuais. Mais peculiar que insípido. As histórias são melhores. E é reconfortante saber que não importa o quanto você se pareça estranha, tia-avó, Fulana de Tal já foi mais do que você. Ou como meu pai uma vez colocou: "Pense só, se você tivesse nascido uma Roderick, não seria excêntrica como nós".

Pescadores acordam às 4 da manhã e, portanto, o povo em Tangier janta antes das seis. Naquela noite, eu jantei num restaurante na cidade. A refeição veio em vários tons de amarelo e marrom: bolinhos fritos de caranguejo, macarrão e queijo, bolinhos de maisena, chá gelado. Quando terminei, meu barco tinha definitivamente corrido para desembarcar.

Pedalando minha bicicleta pela cidade, depois do jantar, vi como a ilha havia mudado desde a manhã. Os excursionistas de um dia tinham partido. Com exceção de um punhado de turistas para passar a noite, o povo de Tangier recuperara sua ilha para si. Mulheres conversavam por sobre as cercas. Jovens faziam o melhor para parecer "legais" em carrinhos de golfe. Braços dobrados, a mão esquerda no volante, a mão direita pendurada entre as pernas, olhos semicerrados e com ar de auto-satisfação. Um rapaz coberto de penugem como pêssego levou sua garota até a máquina de Pepsi na esquina. Ela deitou-se sobre seu colo, os seios caindo diante dele, colocou moedas na ranhura, apertou a tecla de suco, endireitou-se e sentou-se com sua bebida de frutas fermentada. O rapaz deslizou os braços sobre os ombros nus da garota e, em seguida, saiu dirigindo.

Quando voltei ao Betty's, Norman tinha duas boas-novas. Malcolm, o vizinho, concordara em me levar para a água na tarde do dia seguinte, e a mulher de Washington dividiria o quarto comigo e, portanto, eu não teria de dormir no sofá. Agradeci a Norman, e então segui para a varanda dos fundos para ver o sol se pôr atrás da usina de tratamento de lixo. O céu inteiro se tornara de um rosa velado. Tangier me recordava o planeta do *Pequeno Príncipe*, onde o sol nascia de um lado da ilha e se punha do outro, um mundo inteiro do tamanho dos braços esticados de um garoto.

De repente, um motor roncou. Um sedã preto descia a faixa de terra que se esticava diante de mim, a distância. Garotada apostando corrida. O que mais fazer em uma ilha de 4 quilômetros? Dirigir por dirigir. Dirigir para sentir a velocidade. Eu me vi no banco do passageiro, vibrando enquanto meu namorado apertava o acelerador até o chão, dando asas à imaginação, enquanto as casas e os arbustos e a baía se tornavam um borrão passando pela janela aberta, e pensei se algum dia eu me moveria rápido o bastante para ser alguém que importasse.

No DIA SEGUINTE, nadei e li, e, no começo da tarde, fui visitar Dorothy Walker, a tia de 91 anos do capitão. Dorothy vivia num *trailer* num pequeno pedaço de terra com lápides de túmulos atrás e uma cerca com correntes ao redor. Quando abriu a porta, expliquei que estava hospedada com Norman e que queria saber sobre a ilha. Ela pareceu acostumada a receber hóspedes inesperados e disse, com gentileza:

— Sim, entre.

Dorothy era uma mulher delicada, frágil, mas não um bagaço. Cabelos de um ruivo pálido. Fisionomia doce, com rugas. Seus óculos grandes eram rosados. Sentei-me no sofá e ela sentou-se em sua cadeira de balanço, que lhe permitia ver pela janela os vizinhos passeando na rua. Enquanto conversávamos, Dorothy jogou uma bola para seu gato Pitty Pat.

Dorothy nascera em Tangier. Seu pai, um comerciante, tinha uma loja de artigos em geral e um cinema, que ela pronunciava cii-neem-ma. E, oh, Tangier era um lugar tão maravilhoso para uma criança! Patinavam no gelo e havia bailes e iam a festas onde todos se sentavam no tapete oriental e tocavam a "victrola" e ouviam música. Naquela época, as mulheres não trabalhavam fora, cuidavam da casa, tinham filhos. O doutor Gladstone fazia o parto de todos os bebês e nunca perdera um.

Dorothy freqüentara a faculdade; ela e suas irmãs foram as primeiras da ilha a fazer isso. Depois da faculdade, passaram a lecionar. Entre o divórcio e a morte, Dorothy não tivera muita sorte com os maridos. Três deles, ao todo. Mas, antes disso, Dorothy e sua filha, Lynn, e seu genro, Paul, tinham feito uma porção de viagens juntos, para as Bahamas e o Egito e a Grécia. Os amigos de Paul achavam que ele era maluco de sair de férias com a sogra, mas eles se divertiam. Ela até mesmo tentava voar num daqueles pára-quedas em que você é içado para o alto e arrastado por um barco. *Parasailing?* Perguntei. Sim, *parasailing*. Experimentara o *parasailing*, e sua filha pensara que ela era maluca, mas ela fora e voltara e tinha os arranhões para provar. Não muito depois disso, sua filha, Lynn, morrera de câncer. Tinha apenas 41 anos.

Dorothy ficou com os olhos marejados de lágrimas ao pensar em Lynn. Eu fiquei com os olhos marejados de lágrimas ao observar Dorothy, uma mulher que sobrevivera à sua filha. Ficamos olhando a fotografia emoldurada de Lynn que se encontrava sobre a estante da TV. É difícil olhar a imagem de alguém que você não conhece e ver aquilo que a mãe desse alguém vê, mas eu tentei. Dorothy dera início a um fundo para concessão de bolsas de estudo na escola da ilha em nome de sua filha.

— Estou pensando em vender meu anel de casamento. — Estendeu a mão em que havia um brilhante grande como uma moeda de dez centavos. — Tem quatro quilates.

Eu estava mais interessada nos dedos de Dorothy, nas rugas fundas, nos nós da artrite.

— É muito importante viajar quando se é jovem — disse Dorothy —, porque nunca se sabe.

Perguntei sobre os invernos na ilha. Dorothy disse que passava os invernos em seu condomínio em Maryland, mas que volta a Tangier a cada verão, porque é onde sua família está.

Literalmente.

Seus pais estavam enterrados nos fundos do quintal. Seu pai morrera, na faixa dos 40 anos, de derrame, mas sua mãe chegara aos 91 e passara a vida inteira na ilha. Seu pai era gordo, fora isso que o matara. E era por isso que Dorothy não comia comida gordurosa, embora gostasse bastante de doces.

Dorothy me disse como adorava seu carrinho de golfe e como conhecia os hóspedes da Betty's na balsa e que durante os anos fizera amigos adoráveis. Tantos que não conseguiria recordar-se de todos os amigos que fizera, mas que eles se lembravam dela e voltavam para vê-la e diziam: "Dorothy, lembra-se de mim?".

Desejei que Dorothy se lembrasse de mim se algum dia eu voltasse, porém como haveria de se lembrar? Eu era apenas outra *forasteira* passando uma tarde. Dorothy perguntou quando eu partiria de Tangier. Eu disse que na manhã de terça-feira, dali a três dias, no barco da manhã, com destino a Onancock. Dorothy disse que iria até a balsa para dizer até logo. Eu disse que ela não precisava fazer isso, e Dorothy insistiu que queria.

Antes que eu saísse, Dorothy me deu uma borboleta amarela de crochê com uma antena de limpador de cachimbo e um pequeno ímã atrás. Disse que eu poderia colocá-la na geladeira.

— Colocá-la na geladeira e pensar em mim — falou. — Eu mesma a fiz em crochê antes de minhas mãos ficarem ruins.

— Quem sabe eu possa voltar algum dia — eu disse.

Dorothy concordou.

— Recebemos uma porção de gente que retorna.

— Farei uma parada para visitá-la — eu disse.

E Dorothy exclamou:

— Estaremos aqui! Alguém estará aqui.

ÀS 5H15 DAQUELA TARDE, um homem entrou pela varanda da frente do Betty's. Usava jeans, uma camiseta agarrada sobre os ombros relaxados e cobertos de sardas. Sua cabeça era perfeitamente redonda, a base meio escondida numa barba avermelhada, como o *muppet* de *Vila Sésamo*. Meu pescador tinha chegado.

— Vooocê é Liila?

— Lili — eu disse.

Ele fez um gesto de concordância e sentou-se no balanço da varanda.

— Sou Malcolm. Sinto muito, mas... não posso levá-la — disse. Cada palavra era cantada, sincopada com a próxima. — Meu barco está no conserto. Quem sabe amanhã. Pode estar pronto.

— Amanhã seria ótimo — eu disse, tentando esconder meu desapontamento.

— Sii-imm, bem... amanhã pode dar certo. Por que deseja ir?

— Queria saber mais sobre a pesca de caranguejo de casca mole — disse eu. — Só estou curiosa de como isso é feito.

Ele balançou a cabeça, digerindo a resposta, e pareceu achá-la satisfatória.

— Há quanto tempo pesca caranguejo? — perguntei.

— Desde a escola — respondeu ele. — Larguei no segundo grau. Meus amigos trabalhavam na água, eu os via ganhando dinheiro e queria fazer algum. Adoro isso. Nunca quis fazer outra coisa. Nunca soube como fazer outra coisa, na verdade, mas isso, apenas isso, você sabe...

Esboçou um rápido sorriso.

— Então, se saiu bem neste ano? — perguntei.

— Difícil fazer a vida agora — disse ele. — Há tantos regulamentos. Dizem que estão tentando salvar a baía, mas não sabem do que estão falando. Há muitos caranguejos por lá. Daqui até a estrada, jogue a rede, você pega centenas. Essa gente da regulamentação, eles se sentam nos escritórios, você sabe. Nunca estiveram na água um dia na vida.

Comecei a divagar sobre nossa aventura do dia seguinte. Eu acordaria às 3 da manhã e me sentiria como, que diabo, um tipo de nobre, como uma marca melhor de turista. Lá na baía, em meio ao escuro da noite que morria, lançaríamos redes gigantes por sobre a popa, ou as baixando com um guindaste corroído. (Eu não tinha idéia de como pegar caranguejo.) Quando chegasse a hora, puxaríamos a rede e, oh, meu Deus, veja só todos aqueles caranguejos esticando-se e agarrando-se e enrodilhando-se em meio às linhas molhadas. Com um impulso final, os caranguejos iriam correr para a liberdade, mas nós prenderíamos aqueles velhos bichos mal-humorados com luvas pretas de borracha, luvas de homem, os dedões quatro vezes o tamanho de meu polegar, e os enfiaríamos numa cesta ou num tanque ou numa caixa. Então, começaríamos de novo. Lançando e puxando até que minhas costas doessem. Seria como... como... como uma pintura de Winslow Homer. Quando o trabalho estivesse feito, sentaríamos e tomaríamos um café preto numa caneca suja. Malcolm ruminaria uma história ou duas. Iria me ensinar a ler as ondulações da baía, a prever o tempo a partir dos suspiros da manhã, e...

— É casada?

Aquilo me tomou um minuto. Eu ainda estava no barco de caranguejos, bebendo café preto numa caneca suja.

— Não — eu disse, rapidamente acrescentando o obrigatório —, mas tenho um namorado.

— Quantos anos você tem?

— Trinta e três.

— Eu também — sorriu Malcolm. Aquele sorriso demorou um segundo a mais antes de desaparecer. Ambos assentimos com a coincidência.

— Não sou casado — disse Malcolm. — Meus irmãos são. Você acha que vai se casar?

— Espero, algum dia — eu disse, tentando pensar num jeito de mudar o rumo da conversa.

Malcolm concordou.

— Da última vez que levei uma moça para pegar caranguejo, minha namorada ficou louca de ciúmes — disse. — Não sei se eu poderia fazer isso de novo.

Sua namorada ficara enciumada?

Malcolm continuou.

— Aquela mulher, Lydia Brown, ela volta sempre, tentando mudar as coisas aqui na ilha. Tem aquelas idéias. É de Minnesota. Diz que foi mandada por Deus para *salvar a ilha* — disse, tentando fazer piada. — Algumas pessoas dizem que o Diabo a mandou. Ela recebeu ameaças de morte e tudo o mais. Está tentando arruinar os pescadores, dividi-los em cristãos e pecadores.

Eu não precisei adivinhar a que turma ele pertencia.

— Não vejo por que seja da conta dela o que acontece por aqui — eu disse, esperando deixar claro que eu não era outra intrometida como Lydia Brown, armada com Deus e uma programação.

— E não é — disse Malcolm, mãos entre os joelhos, olhos focalizados nos arbustos. — Mas ela está aqui agora, tentando dividir todo mundo. Nós, pecadores, não somos tão ruins. De qualquer jeito, no ano passado, eu a levei para o mar, e minha namorada... bem, ficou muito enciumada. Não, não ficou nada contente com isso. Eu poderia falar a ela sobre você, mas não sei o que ela vai pensar. Nada contra você, veja bem.

Eu não tinha idéia do que dizer. Será que aquela mulher realmente pensaria que eu poderia seduzir seu homem?

— Bem, estou apenas interessada em saber sobre a pesca de caranguejo. — Cruzei minhas pernas castamente. Um pouquinho de linguagem corporal não faz mal. — Não quero colocá-lo numa situação complicada com sua namorada. Isso não seria justo com você...

— Obrigado por dizer isso. Bem, perguntarei a ela, mas ela é muito ciumenta. Verei como encara a coisa.

— Ela não poderia vir junto? Assim, ficaria confortável e...

— Não, ela tem de trabalhar.

Malcolm levantou-se. Senti que estava perdendo terreno.

— Se não der certo, sabe de alguém mais que me poderia levar? — perguntei, tentando não implorar.

— Você não teria problemas em pescar alguém. É uma bela moça.

Eu estava absolutamente confusa; de certa forma, ele virara tudo pelo avesso.

— Então... como vou saber se poderá me levar ou não? — Eu não iria ficar esperando eternamente na varanda.

— Passarei por aqui amanhã — ele disse, sem muita convicção, enquanto seguia preguiçosamente pelo gramado.

Fiz tudo o que eu podia para não perguntar a que horas.

NAQUELA NOITE, vi Betty e Norman sentados no jardim.

— Lili — Norman chamou. — Já foi pescar caranguejo?

— Não — respondi, me aproximando. — Malcolm não tem certeza se pode me levar. Disse que, da última vez que levou uma moça para passear, a namorada ficou enciumada.

Norman pareceu confuso.

— Nunca o vi com uma garota — disse. — A menos que seja coisa recente.

— Ele não tem nenhuma namorada — afirmou Betty.

Não tinha me ocorrido que Malcolm estivesse mentindo.

— Ele disse que está namorando desde o ano passado — eu falei.

— Ele mora logo ali — disse Betty, apontando para a cerca. — Eu saberia se tivesse uma namorada, e ele não... De jeito nenhum.

— Quem sabe ele não queira me levar — aventurei-me a dizer.

— Bem... então por que me disse que, se houvesse alguma moça interessada em sair, ele a levaria? — Norman pareceu genuinamente intrigado.

— Ele disse que a última mulher que levou foi Lydia Brown — continuei —, e que sua namorada ficou enciumada.

— *Ele não tem nenhuma namorada* — insistiu Betty.

— Talvez ele tenha pensado que você está com a Salvem a Baía — disse Norman.

— Quem sabe apenas não tenha gostado de mim — eu disse.
— Ele me contou que acabara de voltar de Williamsburg com sua namorada. Foram a Busch Gardens.

— Ele não saiu da ilha — disse Norman. — Tinha de pescar.

Parecia perfeitamente claro que a fantasia de meu pescador ficaria nisso. Betty encerrou a conversa com suas solenes negativas.

— Ele não saiu com nenhuma namorada.

Desnecessário dizer, Malcolm não reapareceu. No dia seguinte, passamos um pelo outro de bicicletas. Ele sorriu e disse "ooolá" e não parou. Talvez Malcolm tivesse mesmo uma namorada ou quem sabe tenha desistido de me levar assim que ouviu que eu tinha um namorado ou talvez quisesse que todas as damas forasteiras *solicitassem* expedições para pescar caranguejos para que ele pudesse rejeitá-las. Que ele apenas gostasse de se ver solicitado para poder dizer não.

Acho que eu conhecia um pouco esse tipo de comportamento.

NAQUELE DOMINGO, fui à igreja. Não que eu seja religiosa, nada disso. A única vez que minha família compareceu à igreja tinha sido para casar pessoas ou enterrá-las, e depois uma vez para meu batismo tardio como membro da Igreja Episcopal, com a idade de 3 anos. Nunca falamos sobre Deus ou fé ou lemos a Bíblia e eu sempre me senti muito bem sem isso, agradecida por não nos reunirmos em fins de semana por tolas obrigações religiosas. Sempre achei a idéia de Deus vaga e opressora. Quando pressionada, eu digo: "Sou espiritualista", a divina cláusula de escape. Do jeito que enxergo, vivemos, morremos, retornamos à Terra como velhos cães e incômodas moscas e há algo poético nisso, algo decente e justo. Coisas ruins acontecem por nenhuma boa razão. O bem é sua própria recompensa. Nenhuma vida após a morte para os mártires, nenhum dia de julgamento ou segunda chance, só o aqui e o agora, o que é assustador o suficiente para ser inspirador. Se acredito em alguma coisa, é na Mãe Natureza, na biologia das flores, no poder curativo do mar. Vovô estava atuando como um *lobby* para que eu me tornasse uma *wiccan*, algum tipo de feiticeira, ou uma druidesa. Gostava da idéia da adoração de árvores e queria construir um círculo cerimonial de pedras lá no Maine. Vovô estava tentado a se tornar ele próprio um druida, mas com catálogos via postal empilhados e tantas apostas em cavalos de corrida para fazer; bem, ele só não tinha achado tempo.

Assim, por 33 anos, eu vivera muito bem sem Deus, mas ultimamente andava imaginando, como vinha fazendo com a maioria das coisas, se estava perdendo algo. Antes de sair de casa, decidi ir a um grupo de diferentes tendências, dar uma volta pela loja, ver se conseguia encontrar alguma fé que se adequasse a meu estilo. Nada com muito Jesus na cruz. Nem muito O Senhor Lá no Alto, Pai Santíssimo. Só um pregador que me inspirasse a conduzir-me melhor da próxima vez. Até então, eu brincara de cabular aula, mas, na manhã de domingo, em uma ilha metodista de 4 quilômetros, não havia literalmente mais nada a fazer.

Divisei Dorothy no banco de trás e sentei-me perto dela. Ela sorriu e deu um tapinha em meu joelho. A igreja era bonita de um jeito casto, com janelas de vitrais rosados e buquês de funeral sobre o órgão. Várias centenas de pessoas alinhavam-se nos bancos, mais mulheres do que homens. Antes que eu me desse conta, começaram a se agitar, sentando e levantando e ouvindo uma espécie de conversa de aquecimento do reverendo sobre como ele certa vez se encontrara, oh... tão perdido.

— Que chance eu tinha, sendo um Parks *e* um Pruitt?

Todos riram porque a maioria das pessoas ali era ou Parks ou Pruitt.

Porém, certamente, o senhor Parks-Pruitt se encontrara de novo. Quando o homem se sentou, um ministro, substituto do reverendo/diretor de escola/agente funerário/prefeito, que estava fora da ilha, tomou o púlpito dizendo que iria rezar até que passasse sua mensagem, sem se importar que os caranguejos de casca mole ficassem duros.

Você há de convir que isso pode durar metade de um dia.

O sermão da manhã foi a história do Filho Pródigo. Sendo uma filha pródiga, aquilo prendeu minha atenção. O ministro relatou então a parábola de um jovem que se aventurou pelo mundo, desperdiçou sua herança e voltou para casa como um mendigo, implorando perdão. O pai não guardou nenhum ressentimento e o recebeu de braços abertos, matando até mesmo uma vaca em sua honra.

— Muitas pessoas são como o Filho Pródigo. Suas prioridades estão equivocadas. Tudo o que lhes importa é a nota de dólar. Contanto que tenham o dinheiro, julgam que têm o mel da vida.

Continuou a preleção digressionando sobre a avareza e o pecado. Sua face gorda tornou-se vermelha e suada. Implorou a leste e implorou a oeste, tentando espremer o mal para fora de nós como se fôssemos esponjas. A maior honra, trombeteava, não é o dinheiro ou o mel da vida, mas ser um cristão, um homem ou mulher de Deus.

— Vocês têm a responsabilidade de caminhar no temor do Senhor.

A última coisa que eu desejava era caminhar no temor do Senhor. Já tinha medos suficientes. A Igreja sempre fora para mim um desapontamento e tanto. Discursos altissonantes e irados em demasia. E muito pouco coração. Olhei para Dorothy. Estava sentada pacientemente, mãos segurando um lenço; e eu fiquei imaginando se estaria absorvendo tudo aquilo ou ruminando seus próprios pensamentos. Examinei seu anel, aquele que ela poderia doar para sua instituição de bolsas de estudo, quatro quilates, terceiro marido. Pensei em suas viagens. *É tão importante ver o mundo quando se é jovem, porque nunca se sabe.* Mulheres idosas são pessoas para dentro das quais você pode viajar, pessoas que compreendem que apenas a história sobrevive. Senti que, quando menina, eu queria isso para mim mesma; ainda queria. Mãos encarquilhadas pelo tempo. Velhos anéis. Pode-se cair em adoração diante da igreja, que é uma pessoa. O vitral de seu ser. Partículas quebradas de cores fundidas com a mais firme cola. Algo brotou dentro de mim. Algo como a tristeza e algo como o amor. Tinha a meu lado toda aquela vivência, vivência repleta de significado e guardada dentro de uma pequena mulher. Uma mulher que não mais viajava muito, mas que se recordava claramente dos lugares onde estivera.

DEPOIS DA IGREJA, de volta ao Betty's, parei para conversar com Norman, que estava sentado nos degraus da varanda, fumando um cigarro. Perguntou-me se eu encontrara um pescador para me mostrar os caranguejos.

— Não — eu disse. — Talvez você conheça um que seja casado, para não haver confusão.

— Não... Ah... — Norman fez um gesto vago. — Não creio que as esposas se dariam ao trabalho de se preocupar com isso.

Chutei um pedaço de grama. Só me restava mais um dia.

— Bem, Lili, Marie pode lhe mostrar as coisas por aí — disse Norman. — Ela trabalha com o pai. É uma boa moça. O marido morreu num acidente de barco alguns anos atrás. Tem dois filhos. Vê aquela casa lá longe, com venezianas, do lado oposto à igreja? — Apontou para um ponto mais alto com a mão que segurava o cigarro. — É a casa dela. Vá até lá e pergunte a ela. Ela poderia lhe mostrar as casas dos caranguejos. Quando Lydia Brown chega, fica com Marie.

Segui para lá e bati na porta.

— Eeeentre.

Uma mulher da minha idade, com um tufo de cabelos encaracolados caindo sobre o rosto, equilibrava-se em uma perna, tentando enfiar o pé num tênis. Com uma rápida olhada, entrei na cozinha; o pão branco, o quadro infantil, a mobília que parecia não ter sido comprada, mas doada, os provérbios cristãos presos na geladeira.

— Oi. Meu nome é Lili. Estou hospedada com Norman e Betty e gostaria de saber sobre a pesca do caranguejo. Disseram que você poderia me levar até as cabanas.

Marie parecia familiar, de certa forma, embora eu tivesse plena certeza de não nos conhecermos.

— Beemmm — disse ela, medindo-me. — Pode estar aqui às nove, amanhã?

— Claro. Ótimo. Obrigada.

— Vai à igreja hoje?

— Fui de manhã — eu disse, contente de poder relatar aquele fato verídico.

— Você ainda poderia ir mais uma vez hoje — disse Marie, com um sorriso. — Eu vou de manhã, à noite, sempre que posso.

— Acho que uma vez é suficiente para mim — eu disse. — Mas podemos conversar sobre isso.

— Ohhh. Siimm. — Marie apontou o dedo e o agitou no ar com um jeito brincalhão. — Conversaremos sobre isso.

Às cinco para as nove, bati na porta. Um garotinho loiro convidou-me a entrar. Marie estava na cozinha. Usava short largo bastante surrado e uma camiseta com uma estampa de Oliver North.

— Bem na hora — disse. — Minha menina, Vicky, vai ficar em casa hoje, mas Tommy vem conosco. — Voltou-se para o garoto. — Depressa, Tommy.

Marie andou pela cozinha pegando roupas sujas, gritando para Tommy se apressar. Suas canelas eram um pouco tortas, seus ombros, quadrados. Gostei de observá-la se mover. Era o tipo de garota que eu invejara quando criança. Uma moleca. Uma moleca sexy. Às vezes minha admiração por tais garotas fluía para uma completa atração. Marie era o tipo de mulher que eu poderia namorar, se eu fosse um homem, o tipo de mulher que me fazia imaginar se eu poderia amar uma mulher "daquele jeito", se uma tal coisa estivesse em mim. Eu gostava da idéia de amar uma mulher, de haver alguma nova qualidade de êxtase ou comunhão, algo ainda não tentado, mas parecia duvidoso que eu alguma vez consumasse esse impulso.

Apenas uma vez uma lésbica se insinuara para mim. Aconteceu num domingo, num bar em Park City, Utah. Eu estava com meu amigo Tad, que achou a coisa toda hilária e fez de tudo para encorajá-la.

— Ela não é bonita? — disse aquele pedaço de mulher de cabelos ruivos olhando para mim como se eu fosse a Estátua da Liberdade.

— Oh, é bem bonita — respondeu Tad, rindo e levando a Guinness à boca.

— Há coisas que eu quero fazer com você — a mulher murmurou. — Sei do que você *precisa*.

Por um momento, fiquei imaginando se ela realmente sabia do que eu precisava. Enquanto ela falava, eu podia vê-la imaginando a nós duas juntas, molhadas e entrelaçadas, e me aborreceu que ela me esmiuçasse com os olhos da mente sem minha permissão. Estava um pouco embriagada e não me deu sossego, e eu resolvi, por fim, usar o velho truque de desaparecer no banheiro, escondendo-me naquele compartimento úmido até que, finalmente, ela foi embora.

Marie voltou para a cozinha e parou diante da pia o tempo suficiente para que eu lesse os dizeres em seus cadarços cor-de-rosa: "Jesus me Ama".

Meus olhos se arregalaram; eu iria direto pro inferno.

Nós três pedalamos nossas bicicletas em direção às docas. Tomamos um barco a motor desgastado pelo tempo, e Marie amarrou um colete salva-vidas no peito estreito de Tommy.

— Detesto isso — ele reclamou.

— Vai usar — disse ela. — Não tem escolha.

Marie puxou a corda do motor e seguimos pela água. O porto estava coalhado de pequenos barcos.

— Hanny! — Marie diminuiu a marcha ao se aproximar de uma mulher gorducha numa baleeira. — Como vai?

Hanny fez um gesto vago e então me encarou, de cara feia.

— Essa é Lydia Brown?

Marie fez um movimento negativo. Deus do céu, ela pensa que sou Lydia Brown, a discípula, a fanática.

— Não, outra pessoa — disse Marie. — Uma escritora.

A mulher fez um ar de que não havia distinção. Eu sorri, tentando parecer ao mesmo tempo inofensiva e sincera, feito nada fácil. Avançamos ao lado das cabanas de caranguejos e Marie prendeu o barco com um nó de marinheiro. Caminhamos pela doca até as bóias, uma fileira de barris de madeira acinturados na boca que se assemelhava a uma linha de montagem. Cada recipiente era cheio com água circulante e umas duas dúzias de caranguejos azuis.

Comparados aos caranguejos lá do Maine, aqueles eram enormes, mais largos que minha mão. Em elegantes passos na ponta das patas, andavam de lado sob a água, as garras erguidas como um boxeador pronto para desferir um golpe. Alguns jaziam empilhados um em cima do outro, acasalando-se ou brigando, eu não poderia dizer qual dos dois. Suas faces se estendiam horizontalmente. Os dentes principais, no meio. Um frio olho preto de cada lado. Cada perna tinha uma mancha azul-escura, esverdeada. Com suas intrincadas articulações e carapaças opacas e descoloridas, pareciam antigos guerreiros, crustáceos que exigiam respeito.

Com uma rede curta, Marie começou a pescar os caranguejos, sentindo a membrana sob as pernas onde as carapaças se rompem. Depois, ou os lançava de volta ao barril ou os jogava dentro de uma caixa estreita de papelão. Sempre pensei que os caranguejos de casca mole fossem um tipo especial de caranguejo, mas acontece que todos os caranguejos perdem as carapaças enquanto crescem. A cada poucos meses, saem da antiga casca e tornam-se maiores. Antes que a nova carapaça endureça, o que leva metade de um dia, o "caranguejo de casca mole" fica absolutamente indefeso contra predadores, aquáticos ou humanos. Nus no mundo, escondem-se entre a vegetação e esperam pelo melhor.

Os pescadores capitalizam essa estreita janela de oportunidade. Usando uma draga, dragam o fundo da baía e então identificam os caranguejos com uma marca vermelha especial que indica que estão prontos para moldar uma nova matriz de carapaça. Aqueles que vão "descascar" são armazenados nas bóias até que percam a antiga proteção. A cada seis horas, alguém como Marie lança fora os caranguejos mortos, limpa o barril das carapaças descartadas e recolhe os caranguejos que trocaram de casca. Os bichos são colocados no gelo; o frio interrompe o crescimento da nova carapaça. A família de Marie vende caranguejos congelados, mas a maioria dos pescadores os embarca vivos na balsa da manhã. O processo completo exige um inacreditável trabalho intensivo, do qual decorrem os altos preços. A maior "baleeira" de cascas moles os vende a 22 dólares a dúzia. Se um caranguejo endurece antes da colheita, é vendido como um caranguejo duro por uma fração do preço.

— Os duros são chamados de *jimmies* — explicou Marie.

— Pode me dizer qual é o macho e qual a fêmea? — perguntei, sempre a repórter do sexo.

— Siimm. — Marie pegou um par e virou-os de barriga para cima. — Está vendo isso? — apontou para um padrão com formato de cúpula. — Estas são fêmeas, as tímidas. E estes — apontou para um apêndice com formato de lápis — são machos.

243

Marie riu. Eu ri. Mesmo no mundo dos caranguejos, mulheres eram redondas, homens tinham ereção. Ainda rindo, Marie acrescentou:

— Nós os chamamos de... como é chamado em Washington? O Capitólio e o Obelisco.

Marie pôs-se a escolher e a classificar os crustáceos; e eu fiquei a examinar o barril de cascas vazias. Era incrível como os caranguejos faziam aquela casca só para se livrarem dela, e como estavam em constante crescimento, mudando as velhas carapaças para se tornarem alguma coisa maior.

— É tudo por ora — anunciou Marie.

Entramos na cabana dos caranguejos, da qual não havia muito o que se dizer: uma máquina de fabricar gelo, algumas cadeiras e barris. Sobre o balcão, um bastão para medir o tamanho dos caranguejos: enorme, jumbo, primeira linha, médio, pequeno. Marie começou a alinhar os caranguejos numa caixa e cobriu-os de gelo moído. Eu me acomodei sobre o balcão de onde, pelas duas esquadrias e janelas e duas portas abertas, tinha quatro diferentes visões da baía. Lá fora, nas docas, Tommy brincava, divertindo-se.

— Você é fã de Oliver North? — perguntei, olhando de novo para a camiseta de Marie.

— Ele veio aqui. — Marie voltou-se e ergueu as costas da camiseta. — Assinou minha camiseta. Não dá mais para ver, foi lavada muitas vezes.

— Ele está concorrendo ao Senado pela Virgínia?

— Não sei ao certo. Deve estar, se veio até aqui. Não sou entendida em política. Você poderia perguntar à minha irmã. Ela sabe tudo a respeito disso. De qualquer forma, ele chegou de avião ao aeroporto. Distribuiu camisetas para nós e tudo o mais. Ficou o tempo suficiente para angariar votos, eu acho.

Marie ligou um rádio de pilha e sentou-se numa cadeira de plástico, tamborilando os dedos sobre as pernas.

— É casada? — perguntou.

Balancei minha cabeça numa negativa.

— E você?

Eu sabia a história, mas queria ouvi-la contar.

— Meu marido morreu há onze... doze anos. Parece que faz tanto tempo... Coisa que acontece a qualquer um...

— O que aconteceu?

— Um mistério, na verdade. Estava pescando. Caiu do barco, não encontraram o corpo por quatro dias. Ele sabia nadar. Dizem que foi um ataque do coração. Tinha só 24 anos. Eu estava grávida de Vicky na época. Era o pai dela. O pai de meu outro filho, Tommy, eu não sei por onde anda. Eu estava numa piooor. Você não gostaria de me conhecer naquela época. Eu fazia de tudo. Fosse cerveja ou droga, tanto faz, eu era a primeira a entrar de cabeça. O pai de Tommy não era daqui. Ele não fincou raízes. — Agitou a mão direita como se estivesse limpando uma janela suja. — Mas dois anos depois eu encontrei o Senhor, e assim tudo passou.

— Como o encontrou? — perguntei.

— Bem, foi num encontro evangélico. Transcorreu por seis semanas. Foi quando fui salva.

— Salva?

— Duzentas e sete almas foram salvas em seis semanas. As duas igrejas trabalharam juntas. Havia serviços religiosos todas as noites. A cada noite as pessoas eram salvas. Todo mundo na ilha falava sobre isso. O ar em torno da cidade era realmente pesado, como se você tivesse de cortá-lo com uma faca para passar. A senhora que corta meu cabelo me disse: "Marie, você tem de ir". Eu disse: "Não vou". Não freqüentava a igreja naquela época. E disse: "Não, obrigada. Quero 'distância disso'".

Marie esfregou o ar de novo, com a mão.

— Mas comecei a pensar sobre o assunto. Acho que foi então que eu descobri que seria salva naquela noite.

— O que aconteceu, quero dizer, como é que fazem isso?

— Não é nada extraordinário, na verdade — disse ela. — Perguntam: "Você admite que é uma pecadora?". Eu disse sim. "Você blablablá?" Sim. "Você blablablá?" De dez a quinze almas foram salvas naquela noite.

Parecia fácil demais. Um grupo de gente acenando e, logo em seguida, a redenção. Ou talvez a mudança pudesse acontecer durante a noite. Talvez eu não tivesse vivenciado a noite certa. Droga, você pode ficar grávida numa noite. Ou casar da noite para o dia. Ou ambos, se estiver atrás do tempo perdido. (Em mais de uma ocasião, usei essa linha de pensamento para reafirmar a mim mesma que não havia pressa para fazer uma coisa nem outra.)

— Como foi sentir isso? — insisti.

— Foi uma sensação maravilhosa. — Marie dobrou a perna sobre o joelho como um menino. — Eu tinha uma filha e já havia sido casada, mas não há alegria que se compare. Aquele peso foi tirado de mim, e eu senti alegria e paz. Em uma noite fui libertada de todos aqueles pecados. Conheço gente que foi boa a vida inteira, mas ainda assim vai para o inferno. Eu fiz de tudo no mundo. Estava mergulhada em muitos pecados e, então, fui limpa.

— Mas o que a fez ir à igreja naquele dia, em primeiro lugar? — perguntei.

— Eu soube apenas que o Senhor me reservava muito mais do que aquilo que eu estava conseguindo. — Marie balançou seus cachos. — E eu soube que aquela era uma de minhas últimas chances. Ele tentara e tentara e estava "quase a ponto de desistir de mim".

— Acha que vai se casar de novo?

— Bem... — Marie sorriu. — Se o Senhor julgar adequado e me mandar um bom cristão, ora, tudo bem. Francamente, seria ótimo ter um homem para me sustentar. Mas estou fazendo tudo direito. No verão, trabalho aqui. No inverno, faço assistência social. Só não me vejo casada porque estou realmente contente com minha vida.

— Percebi ontem, na igreja, que havia muito mais mulheres do que homens.

— É verdade — concordou Marie. — Eu era do tipo que dizia: "O que há de errado com esse quadro? Onde estão todos os Guardiães da Promessa?".

Fez uma pausa por um segundo.

— Ora, não quero que pense que estou dizendo que sou perfeita. Não, não, não. E não estou dizendo que é fácil. *Mas pela graça do Senhor*, é uma coisa repentina. Não é o que Marie deseja. É o que Ele deseja. — Bateu no bracelete, uma tira preta de náilon com as letras fluorescentes WWJD — *What Would Jesus Do?* [*O Que Jesus Faria?*]

O que Jesus faria? Eu não tinha idéia. Droga, tudo que eu fazia era o que Lili queria fazer; e não estava funcionando muito bem. Marie acreditava sinceramente que entrara pecadora e saíra uma santa. Parecia tão simplista, mas quem sabe fosse essa a questão. Ela acreditava que havia mudado, portanto havia mudado.

Uma guitarra elétrica vibrou, vinda do rádio.

— Oh, Led Zeppelin me faz lembrar meus dias de pecado — disse Marie, parecendo nostálgica. — Fui a um de seus *shows*, portanto você pode imaginar como eu era.

Mudou de estação procurando algum insípido coro cristão entoando canções de esperança.

— Então, o que você pensou sobre o filme? — perguntei, sorrindo por antecipação.

— Você sabe como me posicionei. — Marie sentou-se direito e fez um movimento negativo com a cabeça. — Não tínhamos necessidade de nada daquilo por aqui, não, senhora. O Senhor proverá de outras maneiras.

— Mas nem era uma cerveja de verdade...

— Sim, mas então, quando eu dissesse a meu filho que sou contra a bebida e palavrões e ele falasse: "Mas... e aquele filme? Quero dizer, não entendo qual é a sua", como eu poderia me explicar? Não, senhora. Não precisamos de nada disso.

Agora que tínhamos falado sobre caranguejos e Ollie North e casamento e Jesus e sobre o filme, não havia realmente muito mais o que dizer. Não no mau sentido, mais como se nós tivéssemos esgotado o assunto e pudéssemos agora sentar e deixar o tempo correr. Olhei pelas portas e janelas para as pilastras e as armadilhas e os barcos. Dava uma sensação de paz e serenidade observar a baía desdobrar-se ao largo, eu ali, com os pés pendurados e balançando sob o balcão. Ali estávamos nós, duas mulheres numa cabana de madeira circundada pela água, deixando nosso tempo escoar até o almoço, esperando que os caranguejos azuis trocassem de casca.

MAIS TARDE, NAQUELA MANHÃ, conheci a mãe, a irmã e duas tias de Marie, todas elas trabalhando nas docas, preparando caranguejos para o mercado. Abaixamos a cabeça para entrar na cabine de um barco de madeira, e Marie apresentou-me às mulheres.

Eu me sentei e fiquei observando e ouvindo. Aquilo me fez lembrar um círculo de costureiras, só que de crustáceos. Cada uma armada com um par de tesouras cor de laranja, as duas tias cortavam fora os rabos, as faces e as guelras dos crustáceos e amontoavam todos numa pilha de gelo, onde as criaturas sem cara se retorciam no frio.

— Parece um frango com o pescoço cortado — eu disse.

Todas disseram siimm, igualzinho.

A mãe e a irmã de Marie enrolavam cada caranguejo num filme plástico, enfiando as pernas sob o corpo num pacote apertado. Quando uma caixa de papelão estava cheia, era lacrada e levada para o *freezer*. Vez ou outra, uma das mulheres levava um caranguejo pingando água até o nariz, cheirava, fazia uma cara feia e jogava o rejeitado no lixo.

— Você fica doente pra valer se comer um desses — disse a mãe de Marie. Então perguntou se eu tinha ido à praia.

Eu disse:

— Oh, sim, é maravilhosa.

Ela concordou:

— Oh, é mesmo, não é?

Então as mulheres tocaram no assunto controverso do filme e explicaram como toda a ilha fora mortalmente contra sua realização. Julguei melhor não mencionar Norman e a petição com duzentos nomes. A tia mais nova disse:

— Paul Newman é muito velho, mas eu fico com Kevin Costner.

Alguém me perguntou se eu alguma vez viajara para fora do país. Contei que tinha ido à Europa e ao México, e, então, não sabendo se perguntava a ela se fora a algum lugar, resolvi não perguntar nada e, depois, mais tarde, desejei ter perguntado. Elas quiseram saber onde eu trabalhava, e lhes falei sobre a escola e o bico em "Good Morning America", e então disseram que "Good Morning America" tinha ido a Tangier, havia cinco anos, não, dez, não, doze anos, ou talvez fosse aquele outro programa matinal, e ninguém tinha certeza, mas alguém havia gravado em fita e depois apagara por engano. Depois a tia mencionou como a Bell Atlantic realizara um comercial de TV em Tangier no ano anterior, e que o pessoal da TV fora ao centro recreativo e contratara gente por 60 dólares só para falar, só para ver se iriam usar ou não. Imagine, 60 dólares só para falar. E o pessoal que participara do anúncio — ora, foi um anúncio muito bonito — ainda estava recebendo cheques pelo correio e, pelo jeito, sempre receberiam. Eu disse que achava que aquilo era chamado de resíduo, não querendo ser uma sabe-tudo, mas tentando acrescentar alguma coisa. As mulheres todas concordaram. Resíduo.

Então, a tia mais nova me mostrou onde o governador George Allen assinara a geladeira quando estivera ali havia três ou quatro — ou cinco — anos? Toda aquela conversa sobre números me levou a pensar e perguntei quanto tempo os caranguejos viviam. A tia mais velha disse que até que fossem capturados e encaminhados para o mercado. Perguntei quantas vezes os caranguejos trocavam de casca. Alguém respondeu três vezes, e então um pescador de olhos vermelhos, que se enfiara ali havia uns cinco minutos e se acomodara numa cadeira, proclamou que um caranguejo troca de casca 22 vezes antes da idade adulta. Aquilo era novidade para todo mundo. Vinte e duas vezes. Imagine...

Então me acorreu que eu agia de um jeito um bocado estranho, como aqueles caranguejos azuis, só que, em vez de moldar minha própria casca, eu deixava que os homens fizessem isso por mim. Eu usava cada homem como um novo conjunto de armadura, conferindo meu reflexo no espelho — *Quem era eu com aquela pessoa? Era aquela que eu queria ser?* —, e quando era hora de crescer de novo, eu me livrava de minha antiga carapaça, deixando-a mergulhar no fundo da baía. Lá ficava eu, nua, por todas as doze horas, até que encontrasse uma nova casca e começasse a circular de novo. Era uma maneira de crescer, porém não muito gentil. Era hora de parar de usar as pessoas para descobrir a mim mesma; eu precisava deixar crescer minha própria maldita couraça e fazer isso logo, porque não iria trocar de carapaça 22 vezes antes de encontrar uma adequada.

Concluí que mudaria, e tentei acreditar nisso

Tinha pisado em Tangier uma pessoa; saía outra. Talvez não salva, mas caminhando nessa direção geral. A idéia me deixou feliz, como se eu tivesse cumprido alguma tarefa e pudesse tirar o resto do dia de folga, como uma pessoa gorda decidindo começar a dieta no dia seguinte.

Tendo assentado o problema, recostei-me e relaxei e concentrei-me em estar bem ali onde eu estava. E enquanto as mulheres trabalhavam na pilha de caranguejos de casca mole, desbastando faces e guelras e rabos com suas tesouras cor de laranja, enquanto ouvia o clique-clique dos caranguejos entre a montanha de gelo, percebi que não importava o que eu pudesse ter perdido ao não sair com um verdadeiro pescador. Eu estava saboreando meu pãozinho bem ali.

No DIA SEGUINTE, parti no barco da manhã.

Quando a balsa estava prestes a sair, avistei Dorothy Walker parada no acostamento, em seu carrinho de golfe. Eu me esquecera que ela havia prometido vir para minha partida. Acenei, mas ela não me viu. Parecia menor ao volante, sua face perdida atrás dos óculos de sol cor-de-rosa de tamanho exagerado. Sua cabeça virava de um lado para outro, inspecionando a multidão. Continuei acenando, imaginando se sua visão era curta.

Dizer adeus sempre me deixa com a sensação de tristeza e de vazio e entendo por que muita gente os evita. Meu antigo colega de quarto, Chris, costumava brincar que você sabe que o relacionamento terminou quando a namorada pára de levá-lo ao aeroporto. Parecia verdade. O inverso era verdade também: só alguém realmente perdido de amor põe o relógio para despertar para ver seu avião partir. Louis fez isso por mim da primeira vez que parti do México. Dirigiu até um campo gramado ao lado do aeroporto e sentou-se no teto de seu carro e ficou observando meu avião taxiar, na verdade aguardando até que desaparecesse nas nuvens. Foi uma das coisas mais gentis que alguém já fez por mim.

De repente, pareceu duplamente importante que Dorothy me visse. Inclinei-me na amurada e acenei vigorosamente e, então, com certeza, ela me viu.

Viu-me e sorriu e acenou.

Então, encenei um daqueles ridículos sinais com os dois braços erguidos, agitando-os sobre a cabeça, como um náufrago pedindo socorro. Dorothy riu e, em seguida, levou a mão aos lábios e me soprou um beijo, beijo que navegou por sobre a água esverdeada da baía de Chesapeake para cumprir sua promessa.

Mamãe

V IRGINIA BEACH, Virgínia. Telefonei para mamãe para saber como estava. Durante o último ano ou mais, a advocacia não ia muito bem. Seus sócios no escritório — eram seis ou sete, todos homens, todos mais jovens uma década ou duas — queriam dispensá-la porque ela não trazia negócios suficientes; não fazia, diziam, "chover na nossa horta". Periodicamente, eu a pegava para levantar seu moral, o que não parecia lhe fazer muito bem. Eu disse a ela para lutar ou encontrar um trabalho em algum outro lugar onde fosse apreciada, mas ela não fez nem uma coisa nem outra.

— Mas você faz um bom trabalho — protestei, afastando-me do telefone público até onde o fio permitiu. — Isso não conta nada para aqueles camaradas?

— Conta, mas não é negócio — disse mamãe. — Hartford está passando por recessão no momento, e lá costumava ter muito trabalho para todo mundo, mas agora o trabalho minguou e não há muito a fazer. Os rapazes estão protegendo seus pequenos feudos, e eu sou um dreno para os recursos. Adeus horas remuneradas.

Imaginei um barco a remo empilhado de relatórios jurídicos vagando pelo mar.

— Bem, mamãe, telefone para alguma daquelas advogadas e consiga seu próprio trabalho. *Vai, mamãe, vai. Trabalho em rede, mamãe, trabalho em rede.*

— Trabalho em rede... sim, bem, vou tentar. Vou almoçar com uma amiga na próxima semana.

— Que ótimo.

— Não sou boa nisso — disse mamãe com um suspiro pesado. Parecia exausta. — Nunca fui. Não quero pegar um telefone e pedir alguma coisa a alguém, seja dinheiro, seja para almoçar. Seu pai sempre foi o sociável, tão à vontade com as pessoas. Eu me apoiava nele.

Era uma das coisas confusas acerca de papai: é um misantropo que se dá bem com gente.

— Papai diz que você fica *choramingando* todo o tempo.

— Ele exagera.

— Ele diz que você se levanta no meio da noite e ouve programas de rádio falar e come biscoitos e toma leite.

— Que biscoito que nada, bolacha de maisena.

Eu costumava gostar de molhar as bolachas de maisena no leite. O jeito que as bolachas ficavam molengas e caíam no fundo do copo, rodando para que você as resgatasse com uma colher... Mas a idéia de minha mãe fazendo isso no meio da noite me pareceu insuportavelmente melancólica, como algum tipo de regressão, uma coisa de criança que se deve superar.

— Mamãe, você tem conseguido dar a volta por cima. Não deixe aqueles asnos derrubarem você.

— Ora, *você* é quem não deve se preocupar — disse mamãe, usando sua voz mais confiante. — Não é tão ruim assim, e eu estou bem.

— Isso é o que você diz. Se passa a noite toda chorando, nada está certo. Mamãe, não deixe que aqueles homens a cerceiem. Você ainda pode ser você. E ainda tem um marido e dois filhos e três netas que a adoram e uma casa no Maine e ninguém pode lhe tirar isso. É só um trabalho.

Parei para respirar. Por que estava fazendo sermão quando deveria estar ouvindo?

— Pode dizer exatamente o que a está entristecendo?

Minha mãe gemeu.

— Não sei. Não consigo explicar. Acho que pela primeira vez na vida estou experimentando emoções que não podem ser explicadas pela razão.

Pensei por um minuto e então peguei um lápis para anotar aquilo. Pareceu-me importante e melancolicamente belo, uma borboleta amarela espetada numa bandeja de resina. *Emoção que não poderia ser explicada pela razão* — não era isso o amor? O amor, com freqüência, não tem uma boa razão, não importa quanto se procure. Com o amor, o irracional faz sentido.

— Sempre fui boa em tudo — continuou mamãe. Falava num tom distante agora, como uma bolacha de maisena afundada no leite. — Tinha boas notas. Era bonita. Agora estão me dizendo que não sou boa.

— Não estão dizendo que você não é boa — objetei.

— Ora, de certa forma, *estão* — insistiu mamãe, defendendo suas mágoas. — Ellen diz que não estou acostumada a assumir riscos.

Ellen era a psicóloga que ela começara a consultar.

— Riscos? — eu disse. — O que ela quer dizer com isso?

Mesmo enquanto falava, eu sabia o que Ellen queria dizer. Papai reclamava disso fazia anos. "Ela não toma uma decisão", resmungava. *"Não pode puxar o gatilho."*

Eu concordava com ele, embora tivesse de admitir que me identificava desagradavelmente com isso.

— Eu sempre fui comportada, obediente, esperando por um afago na cabeça, esperando por aprovação — disse mamãe. — Uma boa moça.

Mamãe era uma boa moça. *Gostava* de ser uma boa moça. Funcionava para ela; funcionara até agora. Fora criada para ser uma boa moça. Para não magoar os sentimentos de ninguém. Para não confiar na sorte ou na mágica, não apregoar uma fé cega. Somos ianques, ianques do pântano, ianques de Connecticut. Trabalhamos com afinco e esperamos o resultado.

— Sim, acho que também tenho algo disso de boa moça — eu disse. — Tento agradar todo mundo e então fico frustrada e digo "esqueça" e começo a agradar a mim mesma e depois me sinto *culpada*...

Mamãe parecia não estar ouvindo.

Finalmente, suspirou e disse:

— Eu disse a Ellen outro dia que durante toda a minha vida fui levada a acreditar que, se eu colorisse desenhos prontos, tudo ficaria bem.

— Colorir desenhos prontos?! — exclamei. Imaginei um livro para colorir de 50 centavos. Figuras ridículas de patos. Papel granulado barato. Do tipo que mamãe se recusava a comprar quando éramos crianças. Ela insistia que desenhássemos em folhas em branco, para que tivéssemos de imaginar alguma coisa. Transformar o nada em algo. Transformar o nada em arte.

— Mamãe... você detestava isso.

— Colorir desenhos prontos — repetiu mamãe, sua voz nebulosa, como se estivesse conjurando alguma utopia distante, ordenada, alguma zona livre de conseqüências onde nunca fôssemos responsáveis pelas escolhas ineptas que fizemos, pelas maneiras como caímos abruptamente e levamos conosco as pessoas, onde cada final era feliz, cada heroína, heróica, onde qualquer distraído com um giz-de-cera azul poderia dar vida ao mar.

— *Mamãe!* — Eu a estava perdendo.

— Oh, eu sei — disse mamãe, descartando aquele devaneio, irritada por ter sido acordada tão cedo. — Claro, detesto, mas sou tão *boa* nisso...

— Mas você é boa em outras coisas também.

— Sim, mas são tão mais difíceis...

Senti-me melhor. Concordávamos: já bastava daquela coisa passiva de boa moça. Não iríamos nos acomodar para colorir os desenhos de alguém; queríamos desenhar os nossos. Hesitaríamos, correríamos a língua pelos lábios. Faríamos chover ou não faríamos. Que os homens da previsão do tempo ficassem por aí com seus ponteiros e imaginassem.

— Não sei de onde esse negócio todo de boa moça surgiu — eu disse —, mas tem de acabar.

Mamãe deu uma risada seca, praticamente uma gargalhada.

— Sabe o que eu gosto de dizer?

— O quê?

— Os bons moços chegam por último — disse mamãe. — Mas as boas moças chegam muito depois.

Vovô sai do terraço, no Maine, e arrasta uma cadeira de lona para o sol. Estou admirando a água-viva que encontrei na praia.

— Lá vai Watson — diz vovô, apontando para um avião que cruza o céu deixando rastros de algodão em seu trajeto. Os Watson, os Watson da IBM, vivem logo ali, descendo a estrada; têm sua própria pista de pouso, sua própria frota.

— É bonito — eu digo —, mas estou contente de não estar lá.

Vovô concorda.

— Nana preferia viajar de navio — diz. — Não gostava de grandes aeronaves. Deixavam-na apavorada. Os assentos eram muito apertados, e ela sempre acabava se sentando perto de algum camarada que tentava lhe passar uma cantada. Na verdade, ela não se importava muito com essa parte. Gostava de saber que ainda despertava interesse.

Ri.

— Então, o camarada tentaria seduzi-la no avião?

— Certo, dizia todas aquelas coisas lisonjeiras. Certa vez, perguntei a uma senhora amiga minha: "Por que vocês, mulheres, acreditam em todas as bobagens que os homens lhes dizem?". Sabe o que ela disse?

Faço um movimento negativo.

— Ela disse: "Oh, na verdade, não acreditamos nessas coisas, só gostamos de ouvi-las".

O Canal

CANAL DE CURRITUCK, Carolina do Norte. Para evitar as estradas principais perto de Norfolk, tomei a balsa gratuita ao longo do canal de Currituck. Estava um dia nublado, o céu dormitando de calor. A travessia demorou cerca de 45 minutos e eu comecei a conversar com um dos rapazes que trabalhavam na balsa. Era um homem corpulento, peito largo, com cabelos pretos cortados à escovinha. Ele me disse que conhecera a esposa naquela balsa, e eu exclamei *verdade?!* E ele me disse que não a primeira esposa, a segunda. A primeira esposa era difícil, sempre lhe dizendo o que ele devia fazer, *toc toc toc*, martelando na mesma tecla, e um dia aquilo o encheu.

— Esta é minha vida. *Esta é minha vida*. Posso fazer o que eu quiser.

Ele a deixou. Foi viver sozinho; não foi fácil, mas ele foi.

Certo dia, trabalhando na balsa, conheceu aquela bela mulher, e aconteceu que ela era cega, mas aquilo não pareceu importar muito, e ele a convidou para jantar e lhe deu os números de telefone de gente boa que atestariam seu caráter. Foi preciso algum convencimento, mas, graças a Deus, ela aceitou. Fizeram uma ótima refeição e, em seguida, deram uma longa caminhada juntos. Depois disso, os dois se encontraram por várias vezes, até que um dia ele a pediu em casamento e ela aceitou e agora estavam casados e muito felizes, muito felizes mesmo.

— É uma bela história — disse eu, e ele concordou que era.

Então pediu licença para cuidar do trabalho, e eu tentei encontrar o horizonte com toda aquela nebulosidade. Você poderia imaginar onde estava, embora não houvesse jeito de saber com certeza. Então fechei os olhos, segurei firme na amurada, inclinei-me para trás, apoiada nos calcanhares, e fingi que era uma cega perdida de amor.

Ao Sabor da Maré

Vovô sai do terraço, no Maine, e arrasta uma cadeira de lona para o sol. Estou sentada, em traje de banho, pingando.

— Foi nadar? — pergunta ele.

— Só me molhei — digo. — A água estava congelando.

— Água fria é bom para você — diz vovô. — Você sabia que a mãe de Jean Harlow a fazia derramar água fria nos seios todos os dias para evitar que caíssem?

— O quê?

— Ora, bem, isso devia contrair os vasos sanguíneos. — Vovô começa a dar braçadas no ar e sorri. — Mas ela morreu jovem, portanto eu acho que não deu muito certo. Você conhece Nanny, e ela costumava entrar na água uma vez ao dia, duas vezes quando estava quente. Nana adorava deitar e boiar na água. Claro, preferia nadar sem maiô.

— Verdade?

Isso é difícil imaginar; Nana estava sempre bem-vestida, com tudo combinando.

— Claro — diz vovô. — Um dia o velho Edgar estava trabalhando na casa e saiu para almoçar, e nós pensamos que ele já tinha ido embora naquele dia. Fomos à praia e Nana quis nadar, mas tinha deixado o maiô em casa, então entrou nua na água. Bem, estava voltando para casa com a roupa com que viera ao mundo e, de repente, Edgar volta do almoço.

Vovô solta uma risada.

— Edgar jurou que tapou os olhos, mas eu aposto qualquer coisa com você como ele ficou espiando.

Medo de Voar

COLINAS DE KILL DEVIL, Carolina do Norte. Se ondas são como orgasmos, aquela era uma praia de mulher — uma explosão espetacular de ondas gigantes que se quebravam uma vez, cuspindo e se revolvendo e reunindo forças até se quebrarem de novo, escorrendo por sobre a areia dura num lençol de espuma branca. Depois da balsa de Currituck, rumei para Outer Banks, o cordão de ilhas que se curva em torno da Carolina do Norte como um parêntese fechando uma sentença. Num mapa, essas ilhas parecem frágeis, como se algum furacão que se auto-respeitasse pudesse lançá-las voando para fora do mar, mas o homem não tem tratado as ilhas com mãos cuidadosas. Os Outer Banks são desenvolvidos, superdesenvolvidos, coalhados de cadeias de lojas enfileiradas e *delicatessens* e campos de golfe em miniatura, pavimentados pela rodovia de cinco pistas chamada de Bypass, onde as pessoas em férias correm à velocidade de 130 quilômetros por hora para chegar seja lá onde querem estar a seguir.

Entretanto era fácil ignorar tudo aquilo dali onde eu me sentava, na varanda dos fundos do Tan-O-Rama, o motel que escolhera pela única razão de ser pintado de uma tonalidade vibrante de azul, como bolo de aniversário congelado em que se enfia o garfo de lado. Numa cadeira de praia, pés descalços apoiados, caneca de café na mão, olhando a extensão da praia defronte até o leste, respirei em grandes haustos o ar salgado. À minha direita, homens de capa lançavam linhas de pesca nas ondas de um longo píer que rebrilhava ao sol como um rico brocado. A placa na entrada do píer vangloriava-se de proporcionar "*A Maior Diversão sem Viagra*", e aquilo parecia correto. Numa praia assim gloriosa, você consegue esquecer ex-namorados e pais céticos e cães que você rejeitou e casamentos que não aconteceram. Ali, o oceano estava vivo e no comando.

Diante de mim, um sujeito de idade pescava na linha da arrebentação. Observei-o por algum tempo, embora pescar não seja lá um esporte para espectador. De repente, sua linha deu um tranco para a frente, dobrando-se por força de um peso invisível. O homem acionou a carretilha e da água surgiu um peixe que ele arrastou pela boca até a areia. Abaixou-se e retirou o anzol, jogou o peixe na geladeira e, então, rapidamente, colocou nova isca, arremessou a linha e ficou de pé, imóvel, olhando novamente as ondas, como se não fosse permitir que um peixe interferisse em sua pescaria.

Resolvi ir até lá para dizer um alô. De certa forma, não me sinto como se tivesse chegado a algum lugar até conhecer alguém. Gosto da idéia de que essa pessoa possa se lembrar de mim. Não por muito tempo, é claro. Só por uma hora ou duas ou quem sabe até o jantar, quando pode contar algum fragmento de nossa conversa — o que eu disse, o que ele disse —, e assim nossas palavras haveriam de perdurar, uma vela ainda não assoprada.

De mais perto, o homem parecia mais velho, talvez na casa dos 70. Sua calça jeans murchara onde houvera um traseiro. Seus dentes tinham um tom de mostarda. Tufos de cabelos cresciam em suas orelhas e juntas, contudo não era um homem feio; só um camarada velho desgastado em lugares estranhos.

— Bom dia — eu disse com um menear de cabeça e um sorriso, segurando minha caneca de café. Vi você pegar aquele peixe. O que era?

— Roncador — disse ele, esmiuçando-me por trás dos óculos de sol de lentes verdes. Seu boné preto trazia escrito Sears.

— São bons de comer? — perguntei.

Desde Tangier, eu parecia ter desenvolvido um pseudo-sotaque sulista, como se a umidade tivesse se impregnado em minha língua e a deixado mole.

— Oh, sim — disse ele.

— De que tamanho era?

— Sessenta centímetros. Dois quilos e meio.

— Posso olhar?

— Claro — disse ele, apontando para trás.

O peixe estava deitado de lado, ofegante, um olho preto para cima. A areia cobria as escamas como farelo de pão. Seu beiço era grosso e branco como giz novo. Havia alguma coisa de dar pena naquela boca, que se abria e se fechava, querendo água e encontrando apenas ar. Uma trilha rosada de sangue e água escorria daquela beiçada. Por que ele não dava um fim ao sofrimento daquela pobre criatura?

Afastei-me.

— É um peixe e tanto.

— Sim. Um verdadeiro banquete.

— Não quer matá-lo?

— Oh, ele vai morrer.

Todos nós vamos morrer, mas... o que eu poderia dizer? Era o peixe dele.

— Vive aqui? — perguntei.

— Minha esposa e eu temos um chalé. A gente vem para cá durante a semana e depois volta para a Virgínia nos fins de semana, quando fica muito lotado. Temos vindo desde 1978, na época em que havia apenas uma fileira de cabanas, uma mercearia. Nada de Bypass.

Girou a carretilha e lançou a linha. Um peso e um anzol descreveram uma curta e desajeitada curva pelo ar como um móbile desequilibrado.

— Minha isca se foi.

Ele girou a carretilha de volta e deu um passo para trás, e eu o segui. O roncador ainda respirava. Fiquei a imaginar se o peixe estava sofrendo ou simplesmente confuso; talvez estivesse vendo sua vida passar diante de seus olhos, um clarão branco, ou quem sabe o peixe enxergasse em azul. O velho pegou sua presa pelas guelras, expondo as dobras escarlates de dentro pela abertura.

— Vou colocar o peixe no carro — disse. — Com licença.

Afastou-se com o peixe, e eu me senti mal por o nobre roncador morrer num estacionamento. Sempre tive um ponto fraco por peixes, por sua dignidade de olhos arregalados, suas escamas tão cuidadosamente dispostas no lugar, sua tranqüila dominação de 70 por cento do planeta, sua liberdade, seu respirar fazendo bolhas, seu movimento de cauda, seus meneios graciosos e não-convencionais em meio a pedras e algas, correntes ocultas e maré baixa. Lá atrás, bem lá atrás, o povo acreditava que os peixes eram criaturas sábias, sagradas. Curadoras de icterícia e coqueluche e má sorte. A pegada de Buda.

O velho voltou e pegou a vara de pescar e então enfiou a mão na geladeira e tirou um camarão, descascou-o e cortou-o em pedaços, colocou uma porção da carne acinzentada em cada anzol e voltou para a beira da praia. Eu o acompanhei, resolvendo fazer a conversa durar até que meu café terminasse.

— Por que as pessoas pescam do píer? — perguntei. — Tem algum tipo de vantagem?

— Não, só gostam de se sentar. Mas pagam para fazer isso. Seis pratas mais ou menos. Se pegar alguma coisa por lá, todos os camaradas se juntam em torno porque pensam que você sabe onde estão os peixes. Prefiro pescar na praia. Gosto de silêncio.

Imaginei se aquilo era alguma insinuação.

— Eu o estou aborrecendo?

— Oh, não, é bom ter uma companhia.

— Meu nome é Lili.

O velho pareceu confuso, estudando-me através daqueles seus óculos de sol, tentando imaginar se eu queria alguma coisa e concluindo, por fim, que não.

— O meu é Archie.

— Prazer em conhecê-lo. Deixe-me perguntar-lhe uma coisa. Por que não há mulheres naquele píer? Nenhuma mulher por aqui gosta de pescar?

— Oh, não, mulheres gostam de pescar. Minha esposa pescou comigo até que teve um problema do coração. Ela ainda vem algumas vezes e fica sentada na varanda. — Apontou para o Tan-O-Rama. — Ou vamos para a ponte em Manteo, e ela se senta comigo. Mas não gosta de vir de manhã cedo. Quando saí, ela ainda estava dormindo. Assim, eu pesco até as nove. Depois, vou buscá-la e vamos sair para almoçar na cidade.

Imaginei Archie e a esposa almoçando. Provavelmente, teriam um prato favorito. Talvez Archie não tivesse de pedir; o garçom saberia o que ele queria. Aquilo deixava Archie feliz, que alguém além de sua esposa soubesse como ele gostava dos ovos. Nova York era difícil nesse aspecto, pouco provável que o garçom reconhecesse os gostos de alguém.

A vara curvou-se. Archie começou a girar a carretilha e então parou.

— Tome aqui — disse, oferecendo a vara. — Quer fazer isso?

Eu me senti uma idiota, como se fosse um pouco velha para isso, mas peguei a vara de qualquer maneira. Já pescara antes, porém nunca pegara alguma coisa. Não que aquilo fosse *pegar* um peixe, mas girei a carretilha, na esperança de que fosse um falso alarme. Um momento depois, um peixe de faixas prateadas deslizava pela areia. Archie caminhou alguns passos e pegou a presa.

— De que tipo é? — perguntei.

— Peixe-cabra.

A pobre criatura não chegava a ter vinte centímetros, cauda incluída.

— Não parece uma cabra — eu disse, estupidamente.

— Não. Mas são bons para comer. Não há limite de tamanho para o peixe-cabra.

Tudo, pelo jeito, era bom de comer. Archie colocou o peixe sobre uma suja toalha branca, retirou o anzol e jogou a criatura atordoada na geladeira. O peixe se debateu, a pegada de Buda aprisionada em plástico.

— Agora você pode contar a todos que pegou um peixe — disse Archie. Sorriu como se tivesse feito sua boa ação do dia.

Sorri, tentando mostrar que estava agradecida, e estava, embora preferisse deixar o peixe livre. Então Archie escolheu outro camarão, arrancou sua casca, foi até a linha do quebra-mar e lançou a linha. Terminei meu café frio enquanto nós dois ficávamos parados de pé, olhando para aquelas ondas fortes que estouravam, imaginando o peixe que nadava sob elas.

O MEMORIAL DOS irmãos Wright ficava logo abaixo do Tan-O-Rama e, naquela tarde, resolvi ir até lá. Fora ali, nos Outer Banks, de frente para as dunas de areia das colinas Kill Devil, que os irmãos fizeram história quando sua precária máquina voadora lançou-se ao ar. Você há de pensar que com um sobrenome como Wright, eu adoraria vagar pelo imenso azul lá em cima, mas esta Wright aqui detesta voar. Odeio o recipiente em que você é metido. O ar viciado dentro dele. A disparada pela pista. O desesperado arremesso. Uma hora e 12 000 metros dentro do avião e aquilo vai me atingir: não temos nada a fazer aqui em cima. Por que os comissários de bordo estão servindo amendoins quando todos iremos morrer? Coxas tensas, ouvido atento a ruídos, nariz se torcendo em busca do cheiro de fumaça, eu sonho acordada com o desastre, a asa se partindo — pode se quebrar, a maioria das coisas chega a esse ponto — e nós despencando para o solo com um pássaro de uma asa só.

Fico apavorada ao voar e fico ainda *mais* apavorada de estar apavorada com o que voar *quer dizer*. A claustrofobia de meu pai começou com o medo de voar. Comecei a me preocupar que se aquele medo tomasse vulto, outros viriam, como fumaça por sob a porta. A simples idéia de voar não faz sentido. Como poderia uma máquina tão monstruosa desafiar a gravidade? Uma pena, quem sabe. Um esporo ao vento. Mas um avião de 400 toneladas?

— Faz sentido perfeitamente — insistia Stuart, desenhando uma figura para provar. Rabiscava uma asa, o vento zunindo embaixo, o vento zunindo em cima, setas apontando para cima. Examinava-me a expressão como um meteorologista aguardando uma fresta nas nuvens, querendo, como sempre quis, que eu acreditasse. Mas nunca fui boa em crer naquilo que não compreendo.

Quando criança, eu costumava pesquisar as coisas que me apavoravam; a paranóia vista como uma pesquisa acadêmica.

265

O segundo grau foi mais esclarecedor e, depois de me derramar sobre diagramas enciclopédicos de nuvens de prótons, concluí que poderia sobreviver à maioria das tempestades elétricas contanto que não praticasse golfe ou me agachasse perto de mastros de bandeira. Dois anos depois foi o licor, um vício tão insidioso e tóxico que fiz um voto de temperança, uma solene promessa que durou bem até o sexto ano. E, agora, vinte anos mais tarde, rumei para o Museu Wright, procurando recuperar a confiança na aerodinâmica. Procurando uma reconfortante estatística; ou duas. Um diagrama com setas maiores apontando para cima.

SEMPRE ME ABORRECEU como os homens celebram qualquer grande conquista humana erigindo um enorme falo sobre uma colina, e o Memorial Nacional dos Irmãos Wright é o exemplo clássico. O monólito gigante eleva-se no topo de uma duna de areia de 30 metros de altura, e eu tive de rir quando um folheto no centro de visitantes referiu-se a ele como o "mastro do memorial Wright". Não pude resistir e perguntei a um guarda se o formato do monumento era significativo. Algo talvez a ver com impulso?

O guarda disse:

— Ora, não, é uma réplica de uma torre de comando, um marco de vôo de três lados.

Agradeci e me afastei.

Lendo os letreiros, estudando o modelo em tamanho natural da primeira máquina voadora dos Wright, me perdi por uma hora ou duas. Era realmente uma senhora história. Os irmãos Wright eram originalmente de Dayton, Ohio, mas a cada inverno, a estação fraca para seus negócios, os jovens inventores viajavam para os Outer Banks em busca de ventos fortes e aterrissagens suaves. Isso foi em 1900, bem antes do Tan-O-Rama, quando os Outer Banks não eram nada a não ser vilas isoladas de pescadores, acessíveis apenas pela água. Os irmãos dormiam em barracas nas dunas, tremendo de noite enquanto ouviam um solitário tordo-imitador. De dia estudavam a física do equilíbrio, proporção e elevação, convencidos de que, embora outros tivessem falhado, eles poderiam alcançar o impossível.

Sua inspiração: um construtor de dirigíveis, um alemão de nome Otto Lilienthal. Antes do aeroplano, planadores e balões a ar eram a única maneira de voar e tendiam a seguir em uma direção: para baixo. O museu tinha uma fotografia de Lilienthal dirigindo sua geringonça; parecia um inseto colossal com asas de gaze. O inventor sentava-se no centro de um selim em pivô, pés estendidos até a metade de uma barra, como um homem desesperado por uma cadeira. Não era a maneira mais segura de viajar, para dizer o mínimo, e Lilienthal morreu com a idade de 48 anos, quando seu planador fez uma aterrissagem fatal de nariz na terra. Os irmãos Wright não se dissuadiram.

Por muitos anos vi-me afligido pela crença de que voar é possível ao homem, escreveu Wilbur. *Minha doença tornou-se severa e sinto que logo me custará uma grande soma de dinheiro, senão minha vida.*

A cada inverno os irmãos retornavam aos Outer Banks, testando planadores, trocando asas, acrescentando elevadores na frente e atrás. O museu tinha uma coleção de seus cadernos de anotações — tinta preta em velhas páginas — cheios de equações cuidadosas calculando graus e tangentes e ângulos de incidência e proporções de asas e envergadura. Foi somente em seu quarto inverno, em 1903, que eles conseguiram acrescentar um motor e propulsores. Mas não foram muito longe. As hastes do propulsor quebraram, porcas e dentes da engrenagem se soltaram, o motor bloqueou-se. Naquela noite, enquanto os ventos uivavam sobre as ilhas a 120 quilômetros por hora, os irmãos conversavam no frio, incapazes de se manter aquecidos mesmo com cinco mantas, dois cobertores, uma fogueira e uma bilha de água quente.

O vento e a chuva continuaram durante a noite, escreveu Wilbur, *mas aceitamos o conselho do técnico do Oberlin "Animem-se, rapazes, não há esperança".*

Finalmente, a máquina voadora dos Wright estava pronta. Os irmãos jogaram uma moeda para ver quem iria pilotar. Wilbur ganhou. Os irmãos chamaram cinco voluntários da Estação de Salva-Vidas das Colinas de Kill Devil para testemunhar a partida. Mas Wilbur embicou o avião para cima muito depressa e, três segundos depois da partida, ele se arrebentou na areia.

Três dias mais tarde, depois dos reparos, em 17 de dezembro de 1903, com um vento norte de 43 quilômetros por hora, os irmãos, vestidos de casaca e gravata de gala, novamente convocaram os salva-vidas. Orville, que era fotógrafo amador, ajustou a câmara num tripé e disse a um voluntário chamado Daniels que apertasse o botão caso tivessem sucesso. O solo estava muito frio, as poças de água cobertas de gelo. Os irmãos não conseguiam ouvir um ao outro por causa do ronco do motor, mas faziam sinais com as mãos.

Orville baixou a asa inferior e soltou o cabo de retenção. Wilbur correu paralelamente à pista por... três metros... sete metros... dez metros... Por fim, treze metros pela pista e o avião desgarrou do solo.

Daniels tirou uma fotografia.

O aparelho subiu três metros no ar e então se inclinou um pouco, motor batendo, propulsores girando, para a frente, para a frente, antes que o avião aterrissasse em segurança de volta na areia.

Tempo total de vôo: doze segundos. Distância total: quarenta metros. Não muito mais do que uma corrida até a primeira base num jogo de beisebol.

Eles conseguiram! — uma testemunha gritou. — *Pro inferno, que não voariam!*

Sessenta e seis anos mais tarde, o homem caminharia na Lua.

Antes de sair do museu, anotei uma citação que havia lido, alguma coisa que Orville escrevera como um velho recordando sua juventude: *Fiquei mais emocionado em voar antes de estar finalmente no ar — quando estava deitado na cama pensando em como aquilo seria excitante. Adorei aquilo.* Era verdade para muitas coisas. A vida raramente se equipara à expectativa. Também os homens raramente o conseguem. E como poderiam? Não sei por que nós, mulheres, esperamos que meros mortais se igualem a nossos sonhos, mas esperamos ou pelo menos eu esperava ou tinha esperado ou ainda esperava, embora tentasse não fazê-lo. O amor era mais delicioso quando eu não tinha ninguém — quando era uma virgem de 13 anos de idade deitada na cama, abraçando meu travesseiro, pensando em como seria excitante.

Fora do museu, no campo onde os irmãos haviam voado pela primeira vez, marcos em pedra mediam as distâncias de seus quatro vôos iniciais, cada um deles um suspiro mais longo que o anterior. Segui pela calçada, o vento nos ouvidos, tentando imaginar por que estava tão impressionada com a história deles. Havia uma elegância simples na narrativa: dois irmãos sonharam que poderiam voar; construíram um aeroplano a partir de peças velhas de bicicleta; em condições precárias, tentaram e tentaram até que conseguiram. Os irmãos Wright eram românticos *e* práticos, impulsos contrários que nunca fui capaz de equilibrar. Quem sabe fosse possível ser ambos. Como vovô, o velho Ianque do Pântano. Era prático o bastante para cobrir sua sopa no microondas com uma redoma de *Tupperware*, para prender com prendedor de roupa suas listas de tarefas para que não *fugissem* sem ele, para guardar um quebrador de gelo em seu carro caso ficasse de repente preso lá dentro e tivesse que arranjar um jeito de sair. Aquele era o mesmo homem que certa manhã se esgueirara para dentro do banheiro de Nana e tirara uma foto dela saindo da banheira, o sol banhando-lhe as costas, uma foto que Nana o fizera destruir, mas que ele enfiara num bolso da lembrança para salvaguardá-la (ela parecia Marilyn Monroe, ele me disse), o mesmo homem que todo verão, em seu caminho para o Maine, dirigia até o túmulo de Nana, em Worchester, Massachusetts, e depositava flores de plástico em sua tumba, o mesmo homem que parava de novo em agosto, a caminho de casa, para recolher o buquê.

Quanto mais eu remoía sobre isso, mais certeza tinha: era estupidez procurar um Namorado ou um Marido. O truque era encontrar um homem que fosse os dois.

Enquanto caminhava de volta para o carro, pensei em vovô e em mamãe e em seus livros de colorir e nos irmãos Wright e seu aeroplano com asas de algodão e resolvi que estava empenhada em tornar aquela viagem uma coisa muito segura. Estava empenhada em fazer minha vida segura demais. Era hora, como Ellen, a psicóloga, diria, de assumir alguns riscos. Era hora de aprender a voar.

ATRÁS DO BALCÃO do Jockey Ridge State Park, estava um homem que poderia ser o dublê do Super-Homem: 1,95 m e da compleição de um retângulo. Seus dentes eram tão brancos como cubos de açúcar, um deus grego em jeans azuis. Se isso é do que se precisa para pular de *paraglider*, uma espécie de planador em que você se pendura num bastão, preso por cordas de segurança, eu não estava qualificada.

Super-Homem me estendeu uma prancheta.

— Precisamos que você preencha este formulário. Pode se sentar ali e assistir ao vídeo.

Segui seu dedo até uma pequena sala de projeção, onde uma mamãe e um papai e seus filhos com bonés de beisebol estavam plantados em frente a uma televisão. Na tela, um sujeito parado na borda de uma imensa ponte, braços totalmente abertos, pronto para pular. A trilha musical heróica atingiu o clímax quando ele se inclinou para o espaço aberto, como um exercício de confiança executado de forma terrivelmente errada. Então caiu, num movimento lento, flácido e inanimado, indefeso, infeliz, passando por um paredão de rocha transformada em borrão até que, um momento antes da catástrofe, seu pára-quedas se abriu e a corda elástica deu um tranco. Corta para um médico num avental branco falando sobre traumas na coluna, apontando para os gráficos médicos com uma cara séria.

Traumas na coluna?

Voltei-me para a mamãe. Ela parecia indiferente. Afundando-me em minha cadeira, relanceei os olhos para uma placa com uma citação de Otto Lilienthal: *É uma tarefa difícil comunicar-se com alguém que nunca desfrutou um vôo aéreo. O prazer indefinível... experimentado em subir tão alto, no ar, balançando acima das encostas ensolaradas, sem vibração ou ruído...*

Otto Lilienthal era o camarada que se arrebentara no chão.

O *release* não proporcionava muito conforto: *O salto de* paraglider *é um esporte fisicamente exigente e inerentemente perigoso, e o Departamento do Parque não é responsável por traumas causados por equipamento com defeito ou por erro do praticante...*

Onze parágrafos depois, os instrutores, o Jockey Ridge Stale, o Estado da Carolina do Norte, tudo mundo estava isento de responsabilidade a meu respeito.

A aula de solo começou às nove e meia com um curto documentário descrevendo nossa primeira lição de salto. Íamos começar nas dunas de areia — um alívio. O Parque Estadual de Jockey Ridge tem algumas das maiores dunas do país, algumas alcançando trinta metros de altura, vale dizer 6 milhões de caminhões de areia ao todo. Embora eu estivesse contente por não pularmos de qualquer penhasco, aquele vídeo realmente guardava uma certa semelhança com os momentos de abertura da série *A Wide World Sports* [Um Mundo de Esportes Radicais]. Aqueles aprendizes de *paraglider* estavam sofrendo alguma séria agonia ao despencar: aterrissagens desastradas com giros de 360 graus em torno da barra central, pernas espasmódicas dando tesouradas no ar, corpos estatelando-se na areia.

— *Mantenham os olhos à frente e mantenham a aceleração* — papagaiou o narrador. — *Sempre ouça seu instrutor. Deixe o planador fazê-lo voar.*

Mas havia um final feliz. Na hora em que os créditos rolavam pela tela, até mesmo o brutamontes terminal respirava um pouco de ar, e um pôr-do-sol florescera e os alunos empolgados davam tapas uns nas costas dos outros enquanto um cantor da Nova Era gorjeava: *Sua hora é agora. Você aprenderá. Você pode tentar. Venha e abra suas asas e voe.*

Um jovem de rabo-de-cavalo adiantou-se e desligou a fita.

— Vamos poupá-los da música chata — disse.

Seu nome era Lincoln e se encontrava ali para nos contar "como aquela coisa toda de saltar de *paraglider* funciona". Lincoln estava descalço.

— Esta é a primeira lição, e vamos manter tudo simples — disse Lincoln. — Tudo que vocês precisam fazer é correr colina abaixo e esperar até seus pés saírem do chão. O vento está soprando a 50 quilômetros por hora, de modo que não terão problema em começar a voar.

Cinqüenta quilômetros por hora?

Aquilo era cerca de quarenta quilômetros a mais do que eu esperava, mas tentei não pensar nisso e, ao contrário, olhei para Lincoln, o que não era uma maneira ruim de passar o tempo. Lincoln usava seus cachos presos num rabo-de-cavalo. Seu shorts de soldado pendia preso apenas em seus quadris. Uma deliciosa argola circundava o lóbulo de uma orelha. Seu cavanhaque era salpicado de fios ruivos. Parecia à vontade, como se tivesse vestido a pele naquela manhã e ela se ajustasse perfeitamente. Ele me lembrava de uma subespécie de fã de esqui que eu encontrara em Utah, os tipos dedicados a aventuras terrestres que podem seduzir uma garota numa única tarde falando sobre neve. Ou, no presente caso, sobre o vento. Aposto que Lincoln sabia tudo sobre o vento. Aposto que poderia cheirá-lo e prová-lo e acariciá-lo na concha da mão. Eu poderia "cair de quatro" por aquele garoto de olhos azuis, por um mês ou dois. Até que acordasse numa manhã e dissesse a ele para arranjar um trabalho de verdade.

— Manobrem com seu peso — disse Lincoln. — Se o planador girar para a direita, usem seu peso e inclinem de volta para o meio. Mantenham as mãos na barra frontal. Não um aperto mortal, só um ligeiro toque. Para subir, puxe a barra para baixo. Para parar, empurre para cima. Isso manda o nariz para cima, para um estol, conhecido como recomeço. Portanto, se quiser ficar no controle, é melhor ir depressa ou devagar?

— Devagar — disse o papai.

— Isso é o que todo mundo pensa — disse Lincoln, balançando em seus calcanhares. — Mas é *errado*. Você tem que manter o seu momento. Caso contrário, você cai no que chamamos de "facho". Assim que atingir a velocidade de estol, você perde todo o controle. É tal como uma bicicleta: o único jeito de andar sem as mãos é aumentar sua velocidade.

Lincoln explicou que há três tipos de velocidade — velocidade do ar, velocidade do vento, velocidade do chão — e eis por que se voar a trinta quilômetros por hora num vento de trinta quilômetros por hora, você na verdade não vai a lugar nenhum, e meus olhos se arregalaram, e talvez Lincoln tenha percebido, porque me olhou e disse:

— Não queremos sobrecarregar vocês com muita informação, mas só mais uma coisa. Para onde acham que a maioria dos iniciantes olha quando voa?

— Para o chão — disse o papai.

— Correto — disse Lincoln. — Mas, na verdade, isso é *errado*. Para onde quer que estejam olhando, é onde vão aterrissar. Seu corpo seguirá seus olhos. Quando os pés deixam o chão, o cérebro tende a ficar confuso. O que vocês têm de fazer é olhar para onde querem ir, não para onde estiverem indo.

Aquilo me tomou um minuto: *Olhar para onde se quer ir, não para onde se está indo.*

— Como o vídeo explicou — disse Lincoln —, deixe o planador fazer vocês voarem.

Saímos para o compartimento dos equipamentos. Três outros instrutores nos esperavam: uma adolescente, dobrada pela cintura, torcendo seus longos cabelos como uma casquinha de sorvete; um rapaz tímido, cheio de espinhas, trajando um short de cotelê desfiado; e um terceiro rapaz, que usava elástico com bolinhas nos cabelos e que saltava pelo terraço, lançando-se para a frente e caindo, socando o ar.

— É como o Natal, cara! — exclamou. — É *beeem* como o Natal.

Seu nome era Tartaruga. Sua licença para o *paraglider* estava presa com velcro em torno do pulso. Suas viseiras eram cortadas como gomos de limão e ele tinha aquele jeito de olhar por elas como se fossem em 3D, como se visse todas aquelas coisas legais que você nem poderia imaginar. Estendeu-me um arnês e um capacete de um vermelho brilhante.

— Tenho cabeça grande — eu disse.

— Certo — disse ele, num tom cético.

— Tenho.

— Experimente.

Serviu.

— Adivinha de que tamanho é — provocou ele.

— Extragrande para homens?

— Pequeno.

Tartaruga sorriu como me visse vestir uma camisolinha infantil.

Caminhamos em direção às dunas. O vento uivava. Mamãe e Papai não pareciam ansiosos para se lamentar do furacão e, assim, eu me esgueirei para o lado de Tartaruga.

— Então, existem muitos praticantes radicais de *paraglider?*

Quando fico nervosa, reverto para a condição de repórter.

Tartaruga concordou.

— Há um monte de pentelhos metidos a técnicos por aí que gostam de contar vantagem, mas não tem de ser assim.

— Como é que você entrou nessa?

— Quando eu era criança, costumava ter aqueles sonhos de despencar no vazio — disse Tartaruga. — Caía e caía e caía.

— Chegava a aterrissar?

Tartaruga parou.

— Se aterrissa, você está morto.

— Oh, certo...

Voltamos a caminhar.

— Então, uma noite — continuou Tartaruga —, lá estava eu, caindo de novo e, mais que de repente, em lugar de cair, eu estava voando. Voando, cara, como Silver Surfer. — Estendeu os braços numa pose em prancha de surfe.

— Como quem?

— Silver Surfer. Nunca ouviu falar de Silver Surfer? Foi o máximo, um super-herói, sabe, dos quadrinhos. Frank? Ela nunca ouviu falar de Silver Surfer.

— Silver Surfer é o máximo, cara — disse o Rapaz do Cotelê.

Senti-me com 9 anos de idade.

— Então, esta é sua primeira vez? — perguntou Tartaruga.

— Hum-hum — disse eu. — Detesto voar, mas quem sabe isso seja diferente.

— Oh — concordou Tartaruga —, se é.

As dunas eram notáveis, 30 milhões de toneladas de areia, um horizonte sinuoso que parecia uma mulher deitada sobre o ventre, nádegas roliças suavizando-se em omoplatas, relaxando-se em braços esticados, preguiçosos. Enquanto subíamos, o vento jogava areia em meus tornozelos e soprava os cabelos em minha boca. Papai parecia aborrecido; vento de quase cinqüenta quilômetros por hora não constava do folheto. Lá em cima, fingindo confiança, meia dúzia de outros aprendizes agrupavam-se, em silhueta, como extras do filme *O Paciente Inglês*.

Do topo da duna, podia-se ver tudo, as casas da praia, o Bypass, o mar. O vento estava raivoso, e eu perguntei a uma mulher de meia-idade com voz de fumante se poderia colocar minha câmara em sua sacola para que não ficasse emplastada de areia. Seu cachorro, um *collie* em miniatura, começou a latir.

Tartaruga o ameaçou.

— *A minha é maior que a sua.*

O cão rosnou. Tartaruga rosnou.

O cão escarvou a areia. Tartaruga ajoelhou-se e escarvou a areia.

O cão mostrou os dentes. Tartaruga ameaçou-o com uma ponteira rombuda.

O cão ganiu e lambeu a boca de Tartaruga. Tartaruga uivou. O cão uivou. Homem e animal rolaram pela areia num abraço louco.

Aquele sujeito era nosso instrutor.

Lincoln tossiu e então falou com uma calma de padre.

— Podem se juntar em torno de mim para eu não precisar gritar? Puxa, que barulheira. Na verdade, numa escala de um a dez de barulho, esta é dez.

Uma cadeira de lona passou voando.

Lincoln continuou.

— Num dia como este, você pode perder o rumo, portanto vamos apenas segurar no *paraglider* e dar a cada um a chance de sentir como é. Então, conversaremos sobre nossas opções. Com um vento tão forte, vocês vão preferir ficar parados. Quando a gente gritar "facho", não empurrem a barra com muita força, ou vão se transformar num dardo humano de areia.

Um dardo humano de areia, hum-hum... *Animem-se, rapazes, não há esperança.*

Afivelei meu capacete em torno do queixo e então me meti dentro do arnês, um cruzamento entre roupa de astronauta e fralda. Quando não consegui imaginar como prender a presilha, a mulher com voz de cigarro me ajudou, procurando um gancho debaixo de minha virilha. Nós duas estávamos nos torcendo e retorcendo quando Lincoln se aproximou.

— Acho que posso ajudar — disse. — Tire o arnês.

Tirei o arnês. Ele o virou de cabeça para baixo.

— Tente deste jeito.

Papai, sendo Papai, apresentou-se como voluntário para ir primeiro. A garota e Tartaruga estenderam o *paraglider* numa longa colina em declive gradual, e Papai prendeu seu arnês ao *paraglider* e se pendurou como um pêndulo, corpo paralelo ao solo. O Rapaz do Cotelê ergueu uma asa. Lincoln ergueu a outra. O resto de nós ficou parado atrás, a uma respeitável distância, incapaz de ouvir Lincoln ministrar a extrema-unção. Finalmente, Papai ficou de pé, o *paraglider* sobre sua cabeça. Agarrando a barra, correu colina abaixo.

Não dera mais do que seis longas passadas, e as asas se inflaram de ar e ele foi arrebatado e, contudo, por um breve momento, suas pernas, inconscientes de que haviam abandonado o chão, continuaram correndo, debatendo-se, impotentes, pelo ar, como uma personagem de desenho animado que não se deu conta de que caiu de um despenhadeiro. O *paraglider* inclinou-se desajeitado para baixo, desgovernado e ressentido, como se soubesse que o piloto não tinha idéia do que estava fazendo. Os dois instrutores seguravam cada um uma asa e corriam ao lado, berrando instruções, até que, num bufo final de desgosto, a exausta geringonça desabou na areia, lançando Papai de volta à terra com um impacto de revirar o estômago.

— Uaaaau — resmungou a mulher do cigarro. — Que péssima aterrissagem.

De repente, eu não estava mais nervosa. Aquilo não era um vôo de *paraglider*; era uma versão para adultos de *Um-Dois-Três-Já*. O tempo inteiro em que Papai estivera no ar, Lincoln e o outro rapaz não tinham em momento algum soltado o planador.

Demasiado curtidos para assumir riscos.

Desabei na areia, aliviada e desapontada. Quando você consegue dominar os nervos para ter coragem, é uma vergonha não colocar isso em uso. E, contudo, eu não conseguia parar de observar como cada aluno corria colina abaixo. Não era o vôo que me fascinava, mas a arremetida. A transição entre correr e voar, o momento em que o vento supera a gravidade e em que apenas o aprendiz de vôo não percebe isso e, portanto, suas pernas continuam correndo de um jeito cômico, no ar. Aquilo me fez lembrar de sexo — tudo se parecia com isso nos últimos dois dias —, de como o sexo fora para mim por tantos anos, de como eu estivera tão ocupada correndo sem nunca perceber que pisava no vazio.

Suponho que a maioria das mulheres se esgueira suavemente para dentro do sexo, mas esse não era o jeito que eu me envolvia. Meu corpo não voava. Eu era um planador Wright improvisado, preso com polias e graxa de bicicleta, uma geringonça de um sonhador com um livro de registro de vôos fracassados e aterrissagens desastrosas, uma máquina voadora de pano e cola que somente depois de muito remendo e muito conserto finalmente conseguira uns míseros doze segundos de vôo. Era um ato de vontade. A vontade de não ter vontade. Mas, com o tempo, cada vôo superara o último — até que cheguei aos lugares onde meus parceiros tinham voado por todos aqueles anos. Ou assim eu gostaria de pensar.

Ao olhar para trás, não tenho a plena certeza de que estivesse agindo errado. Não era aquela coisa de sentimento católico de culpa. Uma coisa de odeio-minha-vagina. Acho que você pode desejar tão ardentemente alguma coisa que ela consegue fugir de você. Você fica tão concentrada em *fazer* acontecer que não deixa acontecer. Por mais que tente, mais rápido aquilo foge, como um garotinho se esquivando do beijo da vovó. Talvez eu tenha subestimado o poder da química. *(Por que nos reportamos à ciência para descrever algo tão próximo da arte?)* A química do amor. A química do sexo. A inexplicável, irracional fagulha que acontece num estalo. Aquela parte que você não consegue planejar ou discutir ou apressar, mesmo se tiver 31... 32... 33 anos. Tudo o que eu sei é que o sexo tornou-se o canto onde aprendi a atrelar minha imaginação, a viajar pelos dois lados de uma brisa, a me tornar, como os irmãos Wright certa vez disseram, "íntima do vento".

Se fosse mais esperta, teria aplicado o que funcionava com o sexo ao resto de minha vida. Se fosse mais esperta, teria percebido que uma aula de 75 dólares para aprender a voar de *paraglider* com Lincoln poderia me ensinar mais do que tudo que eu precisava saber acerca do sexo e do casamento e do amor: *Relaxar. Segurar a barra levemente. Não olhar para onde se está indo, mas para onde se quer ir. Deixar o planador fazê-lo voar.*

Quando chegou minha vez de ir, eu me senti meio estúpida, como se os instrutores estivessem fazendo aquela palhaçada de exercício para divertir os turistas, o que, é claro, eles conseguiam. Enganchei meu arnês na haste central e pendurei-me como um bebê embrulhado numa cegonha. Pratiquei um pouco em inclinar meu peso de um lado para outro para manobrar e, então, levantei-me e corri.

Uma duas três quatro passadas e eu estava voando, olhando a colina lá embaixo e, ao longe, para o mar, planando... tudo bem, para ser honesta... planando a um metro do chão. Quando puxei a barra, o planador subiu. Quando empurrei para fora, eu desci. Lincoln me disse para relaxar, para manobrar apenas com dois dedos, e ele tinha razão quanto a isso, dois dedos na barra era tudo de que eu precisava para fazer aquela geringonça prosseguir. Era algo como navegar, como você pode brincar com o vento. Eu me sentia leve ali, leve e flexível. Tudo muito legal, embora às vezes, com Lincoln e o Rapaz do Cotelê correndo ao meu lado, eu não me sentisse me movendo, afinal: velocidade do solo, velocidade do ar, coisa assim. Quando aterrissei — pés primeiro, meio agachada — e olhei para a colina, eu tinha conseguido ir tão longe quanto Orville conseguira naquele seu primeiro dia. Era um começo. Um Novo Começo na categoria.

Um a um, os alunos tiveram sua vez, e depois Lincoln nos deu "tíquetes de vento" para uma aula grátis:

— Queremos que todos vocês fiquem ansiosos por voltar.

Eu partiria na manhã seguinte, mas guardei o comprovante assim mesmo. Era bom ter uma aula grátis de vôo enfiada no bolso.

Voltei para o escritório do parque com Tartaruga. Escorregávamos para baixo, pelas dunas, o vento em nossos cabelos. Eu tinha uma pergunta a mais que queria fazer.

— Então, quem é melhor com o *paraglider*, os homens ou as mulheres?

Tartaruga não hesitou.

— As mulheres.

— Verdade? — eu disse. — Por quê?

Tartaruga me olhou através de sua viseira verde-limão, sorrindo com um ar malicioso para seja lá o que tenha visto.

— Bem, por alguma razão, as mulheres acham mais fácil deixar rolar.

ACORDEI ANTES do nascer do sol, puxei minhas cortinas e consegui divisar Archie pescando na praia. Por um breve momento, pensei em ver o sol nascer, mas, em vez disso, voltei a dormir. Uma hora depois, tomei café e desci para a praia. Archie estava parado no mesmo lugar, usando a mesma calça jeans, o mesmo boné, vara na mão, esperando uma mordida.

— Peguei um, mas ele escapou — disse. — Trouxe o malandro até a areia.

— Bem — eu disse —, acho que, se não houvesse um pouco de disputa, não seria tão divertido.

Archie concordou, com um ar dúbio. Assim que estava pronto para lançar a linha de novo, eu me afastei do alcance do anzol. A isca de camarão zumbiu no ar e caiu no mar. Então, esperamos. Tentei reter o som das ondas na memória. Parecia incrível que o oceano continuasse executando aquela intrincada dança dia e noite, mesmo quando não havia ninguém para ouvir ou ver.

Contei a Archie que estava de partida naquele dia. Por um instante, ele não disse nada; porém, então, falou como se se sentisse obrigado a partilhar uma sabedoria de velho.

— Para ser um pescador, você tem de ser paciente — disse.
— Você nunca sabe se vai pegar alguma coisa. Em certos dias, pode pegar um tubarão. Em outros, pode pegar um bagre.

Concordei, desenhando um arco na areia com o dedão do pé.

— Tem razão — eu disse. — E quando você desiste, nunca sabe se, caso tivesse ficado mais tempo, poderia ter apanhado um verdadeiro peixão. Mas, em algum momento, você tem de ir embora.

O velho me encarou, perplexo, e então polidamente me disse:

— Certo. Nunca se sabe.

De volta ao meu quarto, comecei a me sentir triste por partir. Embora mal conhecesse Archie, gostava daquilo que conhecia: que ele se encontrasse com a esposa para o almoço, aquela sua esposa que costumava pescar até que seu coração sofrera um baque, mas que ainda o acompanhava, vez ou outra, contanto que não fosse de manhã cedo. Archie tinha sua rotina; não era excitante, porém não era um tédio. Apenas reduzira a vida às coisas que mais lhe agradavam. Fiquei imaginando se a próxima pessoa a ocupar aquele quarto sairia e conversaria com Archie. Fiquei imaginando se, caso eu voltasse no ano seguinte, Archie se lembraria de mim. Então resolvi que não importava se ele se lembrasse ou não. O importante era que ele estava ali. No mesmo lugar. Pescando.

QUANDO ARRASTEI minha mala para fora, para colocá-la no carro, um dos gerentes lavava seu Chevy no estacionamento. Acenou.

— Quer lavar o meu? — gritei, com um sorriso.

— Claro.

Balancei a cabeça, sorrindo, embaraçada.

— Oh, desculpe, eu estava brincando.

O gerente era bem-apessoado, com cerca de 45 anos, cabelos cortados bem curtos e uma compleição enxuta e rija. Parecia um camarada que cuida de coisas complicadas e não reclama.

— Está fechando a conta? — perguntou.

— Infelizmente.

— Você realmente precisa lavar o carro. O ar marinho é terrível para a pintura. Manobre até aqui e eu jogarei uma água nele.

— Oh, não — eu disse. — Estava apenas brincando.

— Eu sei, mas traga-o para cá, só leva um minuto.

— É muita gentileza sua. Obrigada.

Então, manobrei o carro, e o gerente tirou o sal e os mosquitos mortos do meu Mazda, e eu fiquei sentada num degrau, ao sol, e conversamos; e eu não pude evitar em me sentir como se estivéssemos em algum filme dos anos 50, em que o rapaz lava o carro da garota, e a garota finge ser tímida. Talvez fosse a mangueira. Há algo de romântico (e, claro, de fálico) numa mangueira verde no verão, o sol criando arco-íris no jato de água, a água se dispersando com aquele barulhinho gostoso no capô do carro. Eu, na verdade, não estava flertando, apenas sendo amistosa. Mas quando alguém lhe está fazendo um favor e esse alguém é um homem, sobretudo um sulista, e há toda aquela coisa cavalheiresca acontecendo, termina sendo um tipo de flerte. Você não pode dar o fora daquela situação. E, por um momento, eu não desejava isso, particularmente. Deixei o homem cuidar do carro.

— É daqui? — perguntei.

— Não, mas estou aqui faz trinta anos.

— Aposto que mudou um bocado. Como era isto, por aqui, quando você era criança?

— Não havia muita coisa — disse ele. — Corolla e Duck não existiam. Costumávamos atirar em porcos selvagens no mato. Sabe, você precisa realmente limpar seu carro com maior freqüência. Nada acaba mais com a pintura do que cocô de passarinho.

— É possível que tenha razão. Fui de carro a Corolla ontem. Qual é o negócio com aquelas casas enormes?

Fora uma viagem desagradável. Não havia apenas casas de praia, eram casas de sonho: enormes bolos de aniversário em tons pastel espremidos juntos numa fileira de açúcar. Parei numa *casa aberta à visitação*, um castelo com torreões chamado de alguma coisa parecida com Ambrosia ou Jubileu. Uma mulher com um sorriso falso de corretora de imóveis me disse que a maioria das pessoas comprava aquelas casas como investimento. O que poderia ser melhor? Uma casa de sonho que se transformava em lucro. Por um breve momento, fantasiei ser uma incendiária da *Monkey Wrench Gang*, tocando fogo numa centena de bolos de aniversário.

Mas, se eu estava indignada, meu novo amigo, o gerente, tomava aquilo como progresso.

— Toda aquela terra foi comprada por um só incorporador — explicou, esfregando uma mancha teimosa na porta de meu carro. — Fez algum trato com a Sociedade Audubon e lhes deu um pedaço de terra para preservação, e então construiu as mansões. Venderam como pipoca, por alguns milhões. Tom Cruise tem uma. — Aquilo soava como correto. Proporções de Hollywood e preços de *Ases Indomáveis*. — Tenho pensado em pegar os binóculos e ir até lá, dar uma espiada em Nicole.

Eu ri. Ele se calou e me olhou.

— Quer um pouco de feijões-manteiga?

— Feijões-manteiga? Nunca vi.

— São bons.

— Bem, claro, posso experimentar.

Segui o gerente até a cozinha do motel. Uma mulher enorme estava sentada diante do fogão. Parecia uma pescadora de um conto de fadas dos irmãos Grimm.

— Sirva-se — disse o gerente, estendendo-me uma tigela de plástico.

A sopa era de um amarelo doentio com pedaços acinzentados de carne de porco boiando em cima, mas não havia como recusar agora. Pesquei alguns feijões gigantes, fugindo do porco, sorrindo feito boba para mostrar minha apreciação, caso a mulher tivesse feito aquela gororoba. Disse obrigada, e ela assentiu, e eu fiquei pensando se ela achava que o gerente estava usando seus feijões para me seduzir e, portanto, sorri mais ainda para mostrar a ela que eu não era o tipo de mulher que aceitava feijões-manteiga como concessão.

De volta lá para fora, o gerente começou a ensaboar o carro. Dei um pulo e disse que poderia fazer aquilo. Ele me afastou e me disse para eu comer os feijões. Estavam bons, eu disse, e estavam mesmo. Cremosos, quentes, macios como manteiga. Então, dois rapazes do escritório começaram a encher o saco do gerente, perguntando quando ele iria lavar os carros *deles*. Ele os despachou com um gesto da mangueira, corando um pouco.

Quando terminou, eu lhe agradeci e lhe estendi minha tigelinha vazia. Não saberia dizer se ele esperava que acontecesse algo a seguir, como sairmos para tomar um drinque, mas resolvi ir embora. Eu me sentia mal em não dar nada em troca; contudo, só o que consegui fazer foi dizer algo banal.

— Ora, muito obrigada. Não há muita gente gentil assim em Nova York.

— Aposto que não — disse ele. — Dirija com cuidado.

Foi um jeito muito agradável de partir de um lugar, carro limpo, estômago cheio, entretanto não pude me impedir de imaginar se eu tinha inadvertidamente manipulado aquele homem. Aquela coisa de feijão-manteiga realmente fora uma parada dura. Talvez eu devesse ter recusado os feijões para que ele não fizesse uma idéia errada. Então, por outro lado, se eu tivesse recusado, ele poderia presumir que eu estava bancando a envergonhada porque supostamente os homens gostam de mulheres que são difíceis. Mas, e se você estiver interessada no homem, mas não em feijões? Deveria aceitar os feijões para ser agradável ou confessar que você não é do tipo de garota de feijão-manteiga porque é sempre importante ser quem você é?

Merda. Quem sabia? Havia tantas maneiras de emitir o sinal errado. Você podia, simplesmente, apreciar os feijões, ora!

A caminho da cidade, peguei uma fita que Peter me dera para ouvir na estrada. A princípio, aquele presente havia parecido o tipo de coisa de colégio — aquele rapaz que eu conheço me fez esta fita —, mas eu já tocara a maldita fita tantas vezes que fiquei surpresa que ainda funcionasse. Era a coisa mais próxima que eu tinha de uma conversa, de uma companhia. As músicas todas pareciam ser sobre nós, de um jeito ou de outro, engraçado. Elvis Costello em *Every Day I Write the Book*. Leonard Cohen em *I'm Your Man*. E Iris De-Ment cantando com aquele seu jeito anasalado e solitário *Easy's Getting Harder Every Day*. E, então, havia *I Am Superman* com o REM, uma canção que eu nunca tivera tempo de ouvir, mas que agora ouvia sem parar.

Você não ama aquele cara de verdade, percebe agora, não é?
Eu sei que não ama aquele cara porque vejo isso em você

Então, vinha o coro de *Eu Sou o Super-Homem*, que me fazia sorrir. Imaginei Peter andando de um lado para o outro em seu apartamento, divertindo-se com sua bravata musical, rindo consigo mesmo.

Era um tipo sutil de sedução, cortejar por procuração, cortejar com humor. Mas eu tinha de admitir, estava funcionando.

LÁ PELO FIM DA TARDE, eu já percorrera quilômetros ao longo da costa, incapaz de encontrar um quarto. Era sexta-feira, no auge do verão. Conforme escurecia, lutei contra o pânico enquanto seguia de hotel para motel para áreas de *camping*. Pensei em dormir no carro, mas não consegui decidir onde seria mais seguro, num gigantesco estacionamento de supermercado ou numa rua lateral distante, e quanto mais eu pensava em ambas as possibilidades, mais depressa dirigia e mais forte agarrava o volante.

Finalmente, numa pequena cidade industrial de Georgetown, Carolina do Sul, passando pelos superlotados Budget Inn e Days Inn e Hampton Inn, apareceu um motel construído com o que pareciam blocos de lava com uma placa piscando VAGAS. Meu quarto no Ache e See custou 37 dólares, e eu tive o que paguei. Marcas de queimadura de cigarro nos lençóis e cortinas do banheiro despencadas e a trava da porta quebrada e o ar cheirando a enxofre da usina de celulose local. Perguntei a um homem efeminado no balcão de recepção se o lugar era seguro e ele me disse para não me preocupar. Tinha um bastão de beisebol. Se eu chamasse, ele iria em meu socorro. Ele não parecia o tipo de homem que pudesse proteger minha virgindade, mas agradeci, de qualquer forma. A noite toda tentei não tocar em nada, na pia, no toalete, nos lençóis. E foi ali, de todos os lugares, no rosa sujo de meu quarto, que sonhei pela primeira vez que podia voar.

O sonho começou no escuro; algo diabólico me caçava, agarrando minha blusa enquanto eu corria pela rua. Em pânico, agitei meus braços e mãos até que, de alguma forma e miraculosamente, flutuei no ar, passando pelos galhos das árvores, por janelas e chaminés. O panorama era em preto-e-branco, esfumaçado como um desenho a carvão. Ao brilho de uma lâmpada de poste, eu divisava a cidade abaixo, a copa das árvores e os telhados, a cuidadosa treliça das calçadas e a rua. Gradualmente, o céu encheu-se de luz, como se a manhã tivesse chegado cedo naquele dia. Eu não voava como um super-herói, nem com arroubos corajosos e capa vermelha; eu me mostrava cautelosa, um pouco desequilibrada, lentamente experimentando aquela nova maneira de ser. Era como uma terceira dimensão, um quadrado inerte transformando-se num cubo. Eu podia voar agora. Aquilo era parte de minha vida.

Nos meses que se sucederam, continuei sonhando o mesmo sonho, embora nunca se tornasse velho ou mundano. A cada noite eu ficava emocionada em descobrir que minhas asas ainda funcionavam e que eu ainda tinha a ousadia de deixar o chão.

Nadando com Vovó

ERA MARÉ ALTA em Greenwich, e nós quatro — vovó, vovô, Chip e eu — seguimos lentamente, passando pelo cedro, descendo a colina cheia de mato em direção ao canal de Long Island. Eu devia ter cerca de 7 anos.

Connecticut, no verão, é quente e úmido. Dia após dia, uma nebulosidade de um cinza-pálido ensopa o céu, e tudo o que se pode fazer é sentar-se sem fazer nada, em estupor, e esperar que uma tempestade de raios de tarde enxágüe a massa gordurosa de poluição. Era um daqueles dias quentes demais para pensar, quentes demais para grandes ambições, e estávamos excitados com a simples perspectiva de ficarmos molhados.

Vovó liderava a marcha. Olhei para seus pés, bulbosos com os joanetes que pulavam entre as tiras de suas sandálias de plástico. As flores gigantes em púrpura que enfeitavam seu maiô faziam os dentes-de-leão da campina parecerem mirrados. Vovô marchava alto e ereto em seu maiô azul-marinho, como um salva-vida idoso voltando ao trabalho. Chip ainda usava óculos, porque sem eles não enxergava quase nada. Eu caminhava orgulhosa, mesmo que só um pouquinho, com meu novo maiô amarelo, pavoneando-me com as margaridas que se penduravam sobre minha barriga como um broche fora de lugar.

Quando chegamos ao paredão da praia e à doca apoiada em pilastras, Chip e eu jogamos nossas toalhas no chão, espiamos por sobre a borda para procurar peixes e, então, descemos pelos degraus para mergulhar os pés na água. Na ponta da doca, vovó desceu seu corpo pesado pela escada e entrou na água sem um ruído. Em um minuto ou dois, podíamos ver sua touca branca de banho flutuando como uma bola de praia, fugindo ao longe. Nadava de peito — cabeça alta, face para a frente —, fazendo suaves arcos que mal ondulavam a água, como se o oceano fosse um amigo querido que ela não desejava perturbar. Para mais e mais longe se afastou, até que sua touca era apenas outra bóia, até ficar distante dos ouvidos, fora do alcance.

Vovô não era essas coisas como nadador. Abordava a tarefa como um dever, não um prazer. Ele desceu pela escada até que a água alcançasse seus joelhos, deu uns giros, fez um curto ensaio de mergulho, nadou umas doze braçadas de nado livre, voltou e deu outra dúzia de braçadas, como se fosse um exercício militar, como se estivesse cumprindo ordens. De volta à doca, sentou-se nas pranchas de madeira, a água pingando dos membros tensos, o peito fino ofegando muito ligeiramente enquanto ele observava a preguiçosa peregrinação de sua esposa, distanciando-se dos barcos do porto.

— Acha que está tudo bem com ela, lá? — perguntou.

Eu me sentara na doca, pernas cruzadas feito índio, com cuidado para não me espetar em alguma felpa de madeira, e olhava para vovô, que sempre parecera alto e sábio e inacessível. Eu poderia dizer que ele não gostava que vovó saísse do alcance de seus olhos. Balançava a cabeça com um misto de preocupação e admiração, maravilhando-se silenciosamente de como sua esposa, com tão pouco esforço, mantinha-se à tona.

— Acha que se ela ficar em perigo, eu teria tempo de encher aquele bote de borracha e ir até lá e salvá-la? — perguntou, apontando para um barco inflável perto da colina. — Eu digo a ela para não ir assim tão longe, e ela diz "você tem razão", e então da próxima vez nada para mais longe ainda. Não há muito que eu possa fazer. Quem sabe eu devesse deixar aquele bote inflado e amarrá-lo aqui embaixo.

Talvez ele devesse, pensei. Até que ele subisse a colina e assoprasse para encher o bote e o arrastasse até o canal, vovó teria morrido afogada. Tentei imaginar vovô remando em golpes apressados, em pânico, num pequeno bote de borracha, mas aquilo era muito pavoroso para se considerar por mais tempo. Além disso, vovó *sempre* haveria de flutuar. Era um ser mágico, uma grande foca, em casa, em seu ambiente, em seu mar nativo. Embora eu nunca pudesse resumir isso em palavras, sabia que nadar era um jeito de vovó colocar distância entre si e as coisas que ela conhecia bem, um jeito de deixar o familiar para trás. Se não podia viajar, poderia nadar. Se não podia nadar, leria ou contaria histórias. Água, palavras — qualquer uma delas poderia manter um corpo boiando.

Depois de uma boa meia hora, vovó retornou, refrescada e contente. Subiu a escada de incêndio, arrancando a touca de banho, sorrindo para nós, sacudindo a cabeça para tirar a água salgada dos ouvidos.

— Estava gostoso lá? — perguntei.

— Absolutamente esplêndido — disse vovó. — Delicioso.

Naquela tarde, eu jurei tornar-me uma vovó tão logo conseguisse dar um jeito. Então, eu poderia nadar para longe, mar adentro, onde ninguém me alcançaria. Distante da praia, eu flutuaria sozinha, ouvindo as gaivotas grasnar e o *ronc-ronc-ronc* de uma baleeira de Boston dando partida no motor, a rápida rabanada de um peixe rompendo a superfície das águas e o bater das velas de um barco chocando-se contra o mastro, enquanto meus braços descreveriam semicírculos na água, como um pintor retraçando uma forma adorada. Depois, por fim, tendo-me aventurado a ir tão longe como desejava, eu voltaria e olharia para a praia e admiraria a silhueta de meu marido, uma parte integral da paisagem de casa, aguardando meu regresso.

Vovô SAI DO TERRAÇO, no Maine, e arrasta uma cadeira de lona para o sol. Estou comendo um sanduíche de atum com maionese. Vovô acabou de esquentar no microondas uma pequena porção de bacalhau.

— Então, vovô, o que acha que é preciso para se fazer um bom casamento? — pergunto.

— Bem... — ele começa cautelosamente. — Compromisso. Ambas as pessoas têm de querer um compromisso. Se uma delas é um ego do tipo eu-primeiro, não vai funcionar. Mas se você amar alguém, vai querer que seja mais feliz do que desejou ser feliz você mesmo, portanto não se importa em fazer coisas em prol dela.

Compromisso. Altruísmo. Parece que vovô fez a maior parte do pesado encargo nesse quesito.

— Então, você tem de arranjar alguém com quem seja compatível — acrescenta —, alguém que goste de fazer aquilo que você quer fazer.

— Como soube que queria se casar com Nana?

— Nossa Senhora! — exclama vovô, como se a resposta fosse absurdamente óbvia. — Bem, quando estava com ela, eu me sentia simplesmente maravilhoso. E quando não estava com ela, eu desejava estar, sempre. Então, imaginei um jeito em que pudesse estar sempre com ela, e o jeito era me casar com ela. Acho que foi isso.

Terapêutica

Edisto beach, Carolina do Sul. Esperando na fila por uma vaga no acampamento de Edisto Beach, comecei a conversar com duas mulheres que estavam sentadas com as pernas penduradas para fora no assento da frente de um carro vermelho, procurando por uma brisa. Reclamavam da droga de chateação que era aquela — a espera, o calor. Fumavam e tinham uma geladeira de plástico que imaginei fosse para guardar cerveja gelada. Pareciam ter minha idade e esperei que pudéssemos chegar a um acordo e tomar algumas naquela noite. A morena a meu lado tinha uma tatuagem borrada no ombro que parecia um machucado. Estava me contando como Edisto era ótimo e como havia uma bela praia de conchas onde se podia caminhar com a maré baixa. A loira meio vesga no banco do passageiro mencionou seu marido e eu pensei que era legal que ela tivesse feito uma viagem com a amiga, só as duas. Um minuto mais tarde, um homem apontou a cabeça pela janela da loira e acariciou-lhe o braço com o polegar.

Foi quando percebi que haviam trazido os companheiros.

Era tolice me sentir rejeitada, mas eu me senti. Meu humor estava mais para uma companhia feminina, porém as mulheres que vi viajando sempre arrastavam os namorados ou maridos ou filhos com nariz escorrendo ou choramingando querendo *band-aids*. Eram tão inabordáveis, tão sobrecarregadas com os outros a puxá-las, querendo atenção. Será que não sabiam que *eu* precisava de atenção?

Voltei para meu carro. Atrás de mim, na fila, estava um velho sedã bege com um barco de motor prateado sobre um reboque. Um homem miúdo estava ao lado do carro, fumando. Usava short verde vincado e uma camiseta em que se lia: *Quando acabarem meus dias de tédio, estarei morto.*

Cumprimentou-me com a cabeça.

— Quente aqui — eu disse, enxugando o suor em meu pescoço.

— Nem tanto.

— Já esteve no Hunting Island State?

O homem fez um sinal negativo e sorriu.

— Venho sempre a Edisto. Tudo o que se quiser está bem aqui.

Disse-me que seu nome era Troy. Estava em Edisto para encontrar os amigos para irem pescar. Tinha um leve sotaque sulista, olhos de um azul-marinho, uma fileira de dentes lascados como telhas partidas. Parecia ter uns 50 anos. Rugas fortes vincavam-lhe a face. Uma cicatriz enorme corria por um dos joelhos. Outro sinal de fratura sobre o nariz, como uma estrela.

Troy perguntou-me se eu era escritora. Indaguei por quê. Ele disse que ficara me observando tomar notas e que sua filha era redatora em Washington para uma agência de propaganda e que, portanto, ele sabia tudo sobre a profissão, mas sobre o que exatamente eu estaria escrevendo? Eu respondi que não tinha certeza, um texto acerca de viagem, quem sabe. Ele então falou que eu deveria escrever um livro sobre Edisto, porque havia todos aqueles lugares maravilhosos, como aquela praia escondida, cheia de conchas. Disse que iria pescar camarões com seus amigos assim que chegassem e que eu seria bem-vinda se quisesse acompanhá-los e ele me levaria para a água e que eu iria adorar. Devo ter mostrado um ar cético, porque ele disse que eu deveria ir e não me preocupar, o que eu entendi fosse sua maneira de reafirmar que não era um malandro ou algo assim, só um homem com um barco.

Sua oferta era tentadora. Eu estava morrendo de vontade de sair para o mar. Depois de todo aquele tempo na praia, os únicos barcos em que eu estivera eram balsas, o que realmente não contava. Além disso, estava desapontada comigo mesma por tratar as coisas pelo lado da segurança. Minha incursão pelo *paraglider* dificilmente poderia ser considerada uma aventura de alto risco, e restava apenas um Estado da federação entre mim e a Flórida. Era hora de pôr alguma coisa na fila. Contudo... contudo havia a evidente possibilidade de que aquele camarada fosse um aproveitador. Procurando por sexo, levemente irracional, patologicamente perigoso. Mas ele dissera que os amigos estariam junto e assim pelo menos não seríamos apenas nós dois, um casal, sozinhos.

Troy acendeu outro cigarro, cruzou os braços, esticou o queixo, enfiou as mãos nos bolsos e puxou o short para cima.

— Por quanto tempo você acha que vai ficar fora? — perguntei.

— Estaremos de volta para o jantar — disse Troy. — Por quê, você tem planos?

— Na verdade, não — eu disse, orgulhosa demais para admitir que não tinha absolutamente lugar algum aonde ir.

— Então venha me encontrar quando se acomodar — disse ele. — Estarei por aqui.

Dentro de alguns minutos, o guarda acenou para que eu me adiantasse e me indicou o lote nº 3. Um camarada ruivo, esperando sua vez, disse que o lote 3 era um dos melhores, na praia, em lugar alto. Eu não sofreria com inundações numa tempestade.

— Que tempestade? — perguntei.

O homem deu de ombros e desviou os olhos.

Rumei com meu carro pela estrada de areia e estacionei numa ladeira no alto do acampamento. Enquanto as praias na Carolina do Norte são expostas ao vento e intocadas pelo homem, Edisto é tropical, uma floresta luxuriante de palmeirais e filicales. Enquanto espalhava minha bagagem pela clareira, o primeiro mosquito me atacou. Mosquitos gordos, enormes, mosquitos aristocráticos com asas como jóias e estômagos cheios; com todos os palavrões e tapas, enterrei as estacas na areia.

Quando a barraca estava armada, subi até o costão. A praia era fragmentada, curta e coberta de conchas quebradas. Casais passeavam pela espuma branca da água que se abria em leque e escorria de volta com o quebrar de cada onda acinzentada. Mães se deitavam em toalhas coloridas, observando os filhos brincarem. Você diria que adoravam aquele trecho teimoso de praia, que ninguém encarava aquele dia de verão como uma dádiva.

Quando voltei para minha barraca, Troy se encontrava à minha espera, ansioso como um animalzinho de estimação. Seus cabelos castanhos estavam despenteados, como se ele tivesse perdido o boné.

— Você vem? — perguntou. — Ora, a namorada de Jimmy não apareceu e, portanto, somos apenas dois homens, mas somos gente boa, pode crer.

Dois camaradas. Dificilmente um grupo de excursão, mas um grupo, sem dúvida. Embora me preocupasse a maneira com que Troy continuava a dizer que eu não precisava me preocupar, disse:

— Eu vou.

Enquanto caminhávamos em direção ao carro, um sujeito com uma barriga enorme, que deduzi ser Jimmy, tomou o banco da frente. Estava quase nu, com apenas um short de calça jeans cujas pernas haviam sido cortadas de forma um tanto inadequada e uma corrente de ouro no pescoço. Sua barriga era tão redonda e cheia como um travesseiro bem recheado. Parecia ter minha idade, sem tirar nem pôr. Tinha cara de italiano, o menino da *mamma* criado com canelone.

— Jimmy, praaazer em te conheeecer. — Sua voz era puro creme sulista. Apertei-lhe a mão, que pareceu mole na minha.

Quando rumei para o banco traseiro, Jimmy insistiu que eu me sentasse na frente. O carro era uma daquelas pesadas caminhonetes duplas americanas, um sofá sobre rodas. O banco traseiro estava atopetado até o teto com uma tralha danada: roupas empilhadas precariamente num cesto de lavanderia, um violão, uma pasta fechada com fita adesiva. Aparentemente, Troy era um daqueles sujeitos que moram no carro — uma espécie que eu reconhecia por haver me transformado em uma.

Troy acendeu um cigarro e firmou o cotovelo na janela enquanto sacolejávamos pelos buracos.

— Quero pegar um pouco de camarão — disse, falando para o teto sujo, a fim de que suas palavras flutuassem até onde estava Jimmy.

— Se eu pegar alguns mariscos — disse Jimmy —, vou fazer mariscos à *la casino*.

— Pegou um pote? — perguntou Troy.

— Sim, eu trouxe um pote.

— Trouxe temperos?

— Trouxe sal.

Troy entrou no estacionamento da loja da esquina. Jimmy me perguntou o que eu queria beber. Pedi um chá gelado, por favor. Troy disse que queria suco de uva, uma bebida que eu esquecera que existia. Um momento depois, Jimmy reapareceu e partimos de novo, percorrendo a Rota 174, procurando por algum retorno que acabou não estando onde costumava estar, forçando-nos a fazer a volta na pista, feito nada fácil quando se está rebocando um barco.

— Você vai adorar, Lii-lii — disse Troy, esticando cada sílaba como uma mola, para cima e para baixo. — Vai ser o melhor capítulo de seu livro.

Quando, finalmente, encontramos a saída, seguimos por ela até que a estradinha acabou e surgiu um pequeno atracadouro na borda de um mangue. Eu podia ver por que chamam aquele trecho de Baixio. Longos bancos de junco de um verde amarelado espalhavam-se pela água como uma colcha de penas. Na distância, uma fileira de árvores escuras. Acima, nada, a não ser o céu.

Agora, tínhamos que pôr o barco na água. Saí do carro. Jimmy saiu também, e Troy deu ré até uns dez metros da beira d'água. Jimmy soltou o barco do reboque, e então Troy manobrou o carro, mas, em vez de avançar, recuou, caindo no mangue. Quando a água ameaçava invadir o veículo pela janela de trás, aberta, Troy pisou no freio. O motor prateado do barco deslizou do reboque com um baque. Jimmy correu para dentro da água para agarrá-lo.

— Jesus, Troy — berrou. — Tem de fazer isso do jeito mais difícil?

Troy pisou fundo no acelerador e o carro, chapinhando água, subiu a rampa. Ele estacionou debaixo de uma árvore. Fui até lá e perguntei a Troy se ele tinha um agasalho que pudesse me emprestar, porque estava começando a garoar. Ele voltou e tirou um moletom de seu cesto de lavanderia.

— Está limpo — assegurou-me. Pegou uma geladeira de plástico e redes e então seguiu em direção à doca.

— Posso viver como um andarilho — disse —, mas *adoro* isso.

Na rampa que descia até a doca, Troy parou para me dar passagem.

— *Aprei-vu si vu plei.*

Jimmy já estava sentado no bote, esperando. Só então Troy se lembrou de que não trouxera os salva-vidas. Enquanto discutia aquele contratempo com Jimmy, Troy segurou o barco a motor contra a doca com os pés descalços, a corrente puxando suas pernas para os lados numa abertura cada vez mais larga. Troy estava dizendo que se fôssemos pegos sem os coletes salva-vidas, estaríamos fritos — mas o mais provável era que não fôssemos apanhados —, quando o bote escorregou com um impulso definitivo e Troy caiu na água com estrondo.

Emergiu, cuspindo água, com um sorriso amarelo. Apoiando-se na borda, enroscou uma perna e, então, a outra, escorregou para dentro do barco e se deitou. Quando ficou de pé, seu short deslizou e ele ficou com o traseiro descoberto. A água escorria de seu peito como chuva.

— Pronto? — perguntou.

Aquilo iria ser um divertimento e tanto, pensei. Sem salva-vidas. Um capitão atrapalhado que cai do barco. Um primeiro-oficial barrigudo. Moça de férias procurando vagamente pelo sentido da vida ou pelo menos o sentido de sua vida. Era tudo tão absurdo — tão Três Patetas — que quase esqueci meus receios de ser raptada com uma faca serrilhada para peixe. Optando pelo lugar do meio, espremi meus pés entre uma velha bateria, um rolo de corda e várias partes de um remo de plástico. Troy deu partida no motor e saímos. Jimmy encarapitou-se na proa, face ao vento como um cão de caça enfiando o focinho para fora da janela de um carro, em busca de ar fresco.

Parecia esplêndido deixar a terra para trás. Deslizávamos tão suavemente pela água que a vegetação bloqueava o horizonte. Por várias vezes um estreito canal surgia, sedutor, como uma entrada para um labirinto. Eu não tinha a menor idéia para onde íamos e não importava, realmente. Acima de nós, o céu se mostrava silencioso e cinzento. Troy manobrou o barco para uma passagem e desligou o motor. Um fedor de peixe subia dos bancos de lama. Os dois homens começaram seu trabalho.

Eu nunca vira ninguém pescar camarões antes, mas podia perceber que existia uma arte para isso. Uma rede para camarões parece um enorme cortinado redondo de renda com pesos em torno de sua circunferência e uma corda no centro. O pescador lança sua rede para o alto, tentando fazê-la cair plana e aberta sobre a água. Conforme os pesos afundam, ele puxa a rede pela corda do centro. Os pesos se juntam, capturando seja lá o que for que fique preso dentro da rede.

Troy disse que estava experimentando uma nova rede, duas vezes o tamanho da antiga. Agarrou uma seção com os dentes e segurou outras porções com as mãos, como um toureiro com uma capa. Lançou a rede para o alto. Ela caiu numa massa enrodilhada. Troy praguejou, pediu desculpas a mim, recolheu a confusão, desembaraçou a maçaroca — isso levou alguns minutos —, lançou-a de novo e observou-a cair num emaranhado completo.

— Não tenho prática com isso — resmungou. — Precisaria de dois advogados de Filadélfia para resolver essa confusão.

O barco começou a fazer água, mas ninguém pareceu notar. Arranjei um novo lugar para pôr os pés, apoiando-os numa pilha de corda no fundo do bote. Na proa, Jimmy parecia estar com melhor sorte. A cada lance, pegava alguns camarões, que ele enfiava num balde branco.

— *Uoo-uoo-uou* — berrou Troy. — Morro de medo de seu talento.

— Olhe, Troy! — exclamou Jimmy. — Os camarões estão pulando que nem pipoca.

— Ora, ora, por que não faz algo quanto a isso, filho? — disse Troy, examinando sua rede. — Estou com um problema aqui.

Jimmy ergueu um peixe prateado de uns dez centímetros pelo rabo.

— Troy, você chama isto de uma manjuba ou um come-ostras?

— Jogue aqui.

Jimmy jogou o peixe. Troy o pegou. Eu quase caí.

— Manjuba — disse Troy.

— Bem, ora, algumas pessoas chamam de come-ostras...

— Menino, isso é uma manjuba. — Troy apontou para uma nadadeira baixa. — Jimmy, olhe aliii. Aquele pássaro está vindo cá para caçoar de você.

Tínhamos nos aproximado da margem lamacenta. Troy pegou um remo, enterrou-o na lama, empurrando-nos para águas mais fundas. O remo partiu-se em dois. Troy perdeu o equilíbrio e caiu pela borda. Um momento depois, ele apontou, pestanejando, cuspindo, encharcado de novo. Nem Jimmy nem eu prestamos atenção, já que Troy não parecia dar a mínima para o fato de estar fora ou dentro da água, sujo ou molhado.

Eu estava com sede, mas havia esquecido meu chá gelado no carro. Jimmy tinha me pedido para segurar seu suco de uva e, enquanto ele estava de costas, bebi um gole. *Opa!* Vodca. Então os rapazes estavam enchendo a cara às escondidas! Tomei outro gole. Lembrou-me de um ponche dos tempos da faculdade, que a turma chamava de Suco de Jonestown. Eu mesma teria pedido um, porém, aparentemente, os coquetéis do Estado da Carolina eram só para homens, e eu não queria ser confundida com uma nortista perdida.

— Quantos cigarros você tem? — perguntou Jimmy.

— Tem um maço boiando em sua direção — eu disse.

O fundo do barco era agora uma modesta lagoa. Ergui os pés para um lugar mais alto, dessa vez a caixa de pescaria. Jimmy voltou-se, falando quase num suspiro.

— Troy e eu trabalhamos numa grande empresa. Sou gerente de 25 funcionários. É... bem, pode ser muito estressante. Troy e eu sempre dizíamos que iríamos pescar, só que nunca tivemos uma oportunidade. Agora, aqui estamos.

Sorriu como se tivesse chegado ao final de um conto mágico de fadas.

— Diga, Lili — falou Troy. — Que faculdade freqüentou?

— Brown — eu disse, esperando que ele não entendesse.

— *Ohhhh!* — Ele encheu a boca para falar, com um respeito irônico. — Estamos no topo do quociente de inteligência.

Jimmy segurou um camarão pelas antenas esticadas.

— Troy, alguma vez já comeu isto aqui cru?

— Neca. Jogue aqui.

O camarão aterrissou na palma de Troy. Desejei que parassem com aquela coisa de jogar as pobres criaturas. Num movimento brusco, Troy enfiou o camarão vivo na boca e mastigou com força.

— Nada mau — disse. — Nada mau mesmo. Tipo de noz.

Não consegui olhar. Espiei dentro do balde para admirar a coleta. Translúcidos e da cor acinzentada da areia, os camarões nadavam como fantasmas debilitados. Através de suas cascas, você podia enxergar os olhos pretos, as entranhas de forma oval e o fino tubo intestinal. Examinei o grupo, tentando imaginar quais eram machos e quais eram fêmeas. Meu livro de biologia marinha dizia que o camarão troca de sexo conforme cresce. Nasce macho, em adulto torna-se fêmea. As ostras são ainda mais versáteis, trocando de sexo a cada poucos meses.

Ora, é uma solução engenhosa para as desigualdades do sexo, pensei. Contudo, como seria estranha essa mudança, tirar o batom, a saia, ir ao barbeiro para fazer a barba... Mas que divertido ter um pênis. Eu teria uma ereção na mesma hora. Depois, me masturbaria. E me masturbaria de novo. Então, iria a um banheiro público, baixaria o zíper da braguilha, abriria a fenda da cueca e faria xixi num arco dourado dentro da privada, conversando sobre os Bulls, os Lakers, os Knicks. Depois, transaria com uma mulher. Qualquer mulher. Droga, eu provavelmente passaria o dia inteiro brincando com meu novo pênis.

Ergui os olhos.

Troy estava me encarando.

Peguei meu bloco de anotação e a caneta e tentei parecer ocupada.

— Como se chama toda essa vegetação de brejo? Apontei minha mão para o mato. — Junco ou algo assim?

Troy envesgou os olhos.

— Junco — disse. — Só diga que o velho caipira chamava de junco.

Jimmy fez um movimento de cabeça, em dúvida.

— Vamos ter de auditar esse livro.

— Auditar o livro? — disse Troy.

— Sim.

— Você quer dizer *editar* o livro?

Jimmy jogou a bituca de cigarro na água lamacenta e pegou sua rede. Troy lutava com um nó. Os dois estavam tão preocupados, tão absolutamente felizes, que não perceberam que estávamos agora, indiscutivelmente, afundando.

Então, como uma aparição do outro mundo, um enorme veleiro surgiu diante de nós. Velas em equilíbrio perfeito, motor ronronando, deslizava pela água mal provocando uma ondulação. O casco trazia inscrito o nome *Terapêutica* e, atrás de sua amurada prateada, dois homens de short cáqui e camisa pólo espiaram para baixo, para nós, como donos de plantação inspecionando a gentinha em seus campos. Pareciam executivos, homens que mandam lavar a seco suas roupas. O mais alto tinha na mão um balde com uma alça dourada. Só pude imaginar que aparência devíamos ter, vistos daquele convés aberto, projetado no ar. Jimmy, a barriga pelada cheia de lama. Troy, ensopado. Eu, encolhida e imunda num barco meio afundado.

— Pegando alguma coisa? — perguntou o Balde Dourado.

— Estão pulando — disse Troy, lutando para encontrar chão firme entre toda aquela tralha flutuando.

— Grande?

— Sim. Grande. — Troy estendeu o dedo indicador a uns dez centímetros do polegar. Olhei para Jimmy, que soltou uma risadinha, medindo uns dois ou três centímetros no ar. Então Troy começou a se vangloriar um pouco mais para o Balde Dourado, que ouvia prazerosamente do convés traseiro — eu não tenho idéia do que seja um convés traseiro, mas me deixou feliz pensar que o Balde Dourado estava num.

Aqueles camaradas me aborreceram. Levei um minuto para perceber por quê. O veleiro, os executivos, era a vida que eu vivera com Dodge. A vida de Greenwich. A vida de cruzeiro, em que se admiram os pescadores de camarão com a mesma curiosa boa vontade que se usa para quebrar os caranguejos de casca dura com um martelinho ou para comer sua primeira porção de milho com manteiga. Eu apostaria o último cigarro de Troy que o *Terapêutica* era equipado com salva-vidas e cartas náuticas, pistola de sinalização, um extintor de incêndio, sistema de radionavegação, celular, máquina de fax, lanterna à prova d'água, protetor solar (seis e quinze), pelo menos duas embalagens de meia dúzia de garrafas de cerveja gelada, uma bola de queijo de cabra apimentado. Tudo protegido atrás daquela amurada. Sob controle e confortável e calmo.

Eu invejava aquela vida e, contudo, me ressentia disso. Por quê? Eu não tinha certeza. Talvez fosse uma coisa de classe, sempre aquele ressentimento contra gente mais bem situada, aquela presunção de que esse pessoal não merece o que tem. Mas quem era eu para falar? Loira, olhos verdes, de Connecticut, uma egoísta saída de escolas particulares desdenhando de privilégios. Eu sabia que estava emitindo julgamentos generalizados com relação aos navegantes vestidos com a grife Ralph Lauren, mas diminuí-los e considerá-los esnobes me fazia sentir que eu agira certo em me afastar de Dodge e de Greenwich; e que, agora, naquela tarde, eu estava no barco certo, mesmo que fosse uma canoa inundada.

Erguendo meus tênis ensopados, deixei a água amarelada escorrer. O barco fora arrastado para um banco de lama que surgira com a maré baixa. Enterrando meu nariz no moletom de Troy, cheirei o tecido e percebi um aroma familiar de sabão em pó, e então puxei as mangas sobre minhas mãos enregeladas.

Os iatistas nos desejaram boa sorte e seguiram seu caminho.

— Veja só — disse Troy, quando o barco mal podia ser ouvido. — Quisera ter aqui meu violão. Tudo que teríamos de fazer era começar a tocar um pouco e cantar e logo, logo, nos convidariam para subir e comeríamos lagosta, *simmm senhorrr*. Veja, um lado não sabe como é o outro lado. Não conhecem caipiras como nós. Eis por que precisamos do violão. Eles querem conhecer *a gente*. Eles têm dinheiro, mas não sabem cantar.

Dito isso, Troy voltou-se para a água. Equilibrando-se nos dedos do pé no fundo do barco, olhou para a água escura, a rede acima de seus ombros, pensando onde os maiores camarões poderiam estar se escondendo.

— Onde vocês estão? — perguntou, como uma bruxa má. — Onde estão?

Lançou a rede; ela caiu redonda e plana. Troy suspirou com alívio.

— Quando eu morrer e for para o céu, espero que Deus tenha uma rede para mim. Eu poderia desperdiçar minha vida fazendo isso.

E, assim, nós três desperdiçamos nossas vidas juntos, por outra hora ou mais, até que Troy anunciou que era hora de esvaziar o bote. Além disso, disse, estava ficando escuro e devíamos voltar ao acampamento e preparar o jantar. Pelo jeito do balde, tínhamos capturado camarões para um pequeno aperitivo, mas eu não iria dizer nada. Troy puxou a correia do motor, que arrancou com um ronco, e saímos de lá.

Gradualmente, a água foi drenada pelo ralo automático, uma válvula que se abria apenas quando o barco estava em movimento. Éramos parecidos, aquele barco e eu, pensei: ambos tentando andar rápido o bastante para deixar a água suja escorrer.

Voamos pelos canais, passando por hectares de adoráveis juncos esguios, por conchas peroladas incrustadas nos bancos de lama. O vento úmido penetrava em nossa pele. O sol escorregou de trás de uma nuvem cinza e, por uns poucos minutos, a face de Troy rebrilhou de amarelo.

De volta ao carro, fui me sentar no banco traseiro, mas Troy me disse para "sentar na frente com os brancos". Fiz uma careta de desgosto. Os rapazes estavam todos inchados, vangloriando-se do grande banquete que iriam fazer. Troy disse que tocaria violão e que seria uma cantoria no acampamento porque as pessoas adoram essa coisa e que eu deveria ir e assaríamos o peixe na grelha e nos divertiríamos. Concordei em aparecer, feliz por deixar nossa aventura prosseguir.

A NOITE CAIU. Pedalei minha bicicleta até a barraca de Troy, equilibrando um pacote de bolachas de água e sal e um pedaço de queijo *cheddar*. Minhas pernas bronzeadas brilhavam com o repelente de insetos, e uma lanterna saltava em meu bolso da frente como, bem... você pode imaginar. Achei o local facilmente. A mesa de piquenique estava coberta de equipamentos, geladeiras, sacos de batatas fritas e aquela tralha toda para *camping*. Já tinham acendido o fogo.

Não levou muito tempo para que eu percebesse que Troy estava bêbado como um gambá. Um hálito esfumaçado subia de sua boca e seus olhos azuis brilhavam, lascivos, à luz alaranjada do fogo. Suas pernas pendiam moles, uma marionete à espera que mexessem seus cordéis. Assim que cheguei, eu quis ir embora.

— Aqui está ela! — exclamou Troy, numa voz embriagada, quase cantando. — *Senhorita Lili. Senhorita Lili. Senhorita Lili.*

— Oi — eu disse, num fio de voz. — Eu trouxe *hors-d'oeuvres.*

— *Whore's durvies* — murmurou Troy, um sorriso malicioso franzindo o rosto[1].

— Oi, Jimmy — eu disse, esperando que ele estivesse sóbrio.

— Oi — ele respondeu, suavemente. Uma camisa de padrão escocês, desabotoada, enquadrava sua barriga como uma cortina barata. — Quer beber alguma coisa?

Jimmy não parecia bêbado, mas tinha um ar diferente daquele da tarde. Será que eu estava ficando paranóica ou ele tentou reter meu olhar? Sua expressão suave tornou-se ainda mais doce e ele esboçou um sorriso estúpido.

— O que você tem? — perguntei.

— Temos soda ou cerveja ou vodca com, bem, suco de uva.

Considerei as implicações de cada escolha. Soda (boa menina). Cerveja (garota divertida). Vodca (menina má). Oh, que perda de tempo.

— Vodca e suco de uva.

— *Mesmo*? — Jimmy pareceu impressionado.

Meu coquetel chegou, forte e arroxeado. Sentei-me à mesa de piquenique, abri o pacote de bolachas, cortei o queijo. Os homens debruçaram-se sobre mim, intrigados, como se eu tivesse preparando sanduíches de pepino no Saara. Não havia peixe ou batatas ou mariscos à *la casino* ou qualquer coisa que pudesse ser servida no jantar, com exceção talvez de torta de milho e uma caixa de *Cheezits.*

Troy pegou seu violão.

---

1 Jogo de palavras pela pronúncia entre o francês *hors* (fora) e o inglês *whore* (prostituta). (N. do E.)

— Não se preocupe, Lili — disse, colocando a perna sobre o banco de madeira. — Vamos nos divertir. As pessoas vão chegar e parar e cantar e teremos uma FES-TA!

Uivou para a lua. Jimmy pareceu embaraçado.

— Tenho uma coisa para você — disse Jimmy. Desapareceu na barraca e voltou com a palma da mão fechada. Abriu a mão lentamente. Uma estrela-do-mar, redonda. Um círculo branco perfeito, uma moeda que os anjos poderiam usar. Estendeu-a a mim com um sorriso tímido. A concha cabia em minha palma e pesava quase nada.

— Algumas pessoas dizem que são talismãs religiosos — disse Jimmy —, porque se você abre, têm todas aquelas cruzes pequeninas dentro.

Ergui os olhos. Jimmy inclinava a cabeça com um jeito envergonhado.

Eu me metera numa encrenca.

— É bonita — eu disse, olhando para minha mão. — Onde a encontrou?

Jimmy me contou uma história que não escutei porque estava tentando imaginar como iria sobreviver àquela noite sem ferir os sentimentos de Jimmy ou chamar a polícia do parque para prender Troy por bebedeira. Eu deveria ter percebido que a noite muda tudo. O bonzinho se torna ameaçador. As inibições desaparecem. Eu queria escapar sem que qualquer um dos homens avançasse sobre mim. Não porque não pudesse dar conta deles fisicamente — não chegaria a tanto —, mas porque detestaria ver um belo dia de pescaria ir pro brejo.

Troy inclinou-se, desequilibrado, esticando a mão até minha orelha. Quase cuspindo, murmurou:

— Jimmy não é bonito? Se eu fosse mulher, iria com ele, mas não sou HO-MOS-SE-XU-AL. Lili, você tem namorado?

Assenti num sim entusiástico.

— É casado, Troy? — Imaginei que não era, mas queria que ele confirmasse.

— Divorciado.

— E você? — perguntei a Jimmy.

— Divorciado.

Aquilo levou Jimmy a falar sobre sua ex-mulher, de como ela o fizera de bobo com seu chefe, que acontecia de ser seu melhor amigo. Quando Jimmy percebera, perdera o emprego e o casamento.

— Não dá certo com alguém como aquela — disse. — Não dá para viver com alguém assim.

Jimmy desabou sobre o banco, parecendo ferido, como se fosse começar a chorar. As chamas dançavam no rosto dele.

Troy estava indignado.

— Pode imaginar alguém fazendo isso com um camarada bom como Jimmy?

Não respondi e, em vez disso, olhei em torno, pelo acampamento. Mesmo no escuro, eu podia divisar papais assando hambúrgueres e crianças bebendo suco. A moral e a virtude americanas em todas as direções. No centro de tudo, nós três — dois homens divorciados, uma mulher solteira — juntos nas sombras, mergulhados em tristeza, bebendo suco de uva "batizado" de vodca para ter coragem. Fingíamos que estávamos orgulhosos de viajar de cabeça fresca, mas a rotina descontraída e solitária não resistia a qualquer escrutínio. Aquele era o canto dos perdedores, sem dúvida nenhuma. Tentei não pensar nisso. Nada de grandes confissões naquela noite. Nada de lágrimas de coitado de Jimmy. Nem de Troy entrar em pane. Nem Lili fazendo interurbanos dos quais se lamentaria na manhã seguinte. Só um bate-papo psicoterápico e, depois, cama.

— Cante uma canção, mano, cante uma canção — disse Troy. — *Se eu tivesse um martelo, martelaria a manhã. Martelaria* (acorde errado)... *Martelaria* (acorde errado) *a tarde por toda esta terra.*

Jimmy mudou de humor com aquela distração, bateu o pé e começou a cantar. Juntei-me ao coro, entoando a letra familiar como velhos amigos. Troy jogou a cabeça para trás, fazendo serenata para a copa das árvores e, então, de repente, parou.

— Onde está todo mundo? Pensei que viriam se juntar a nós.

Eu não tive coragem de dizer que, se fosse mãe de alguém, diria a meus filhos para não chegar perto daquele bêbado com o violão.

— Onde estão aqueles camarões, Jimmy ? — perguntou Troy.

Sim, pensei, onde *estavam?* Jimmy levantou-se e colocou a água para ferver, cozinhou umas duas dúzias de camarões, que dividimos em três pratos. Havia duas variedades: pequeno e microscópico.

— Fomos nós que pegamos este aqui? — perguntei a Jimmy, erguendo um espécime maior.

Ele pareceu envergonhado.

— Os menores. Os outros eu comprei na mercearia.

Tiramos as cascas e comemos envoltos pelo cheiro da fumaça da fogueira. Troy dedilhou o violão e cantarolou:

— *Havia uma bela garota e Lili era seu nome. Ela chegou a Edisto e nós nunca mais fomos os mesmos. Oh, Lili. Oh, Lili. Oh, Lili.*

Jimmy encolheu-se.

— Que é isso, *cara!*

Bocejei com um gesto teatral e disse que realmente precisava dormir.

Jimmy murmurou que eu poderia ficar mais um pouco. Inclinou-se para mim, como se não quisesse ficar sozinho, como se desejasse aconchegar-se comigo por toda a noite e não pensasse em nada a não ser como meu corpo macio era diferente do dele. Mas fiz cara de quem não tinha idéia de aonde ele queria chegar e agradeci aos dois pelo jantar.

— Iremos à praia das conchas amanhã — disse Troy.

— Não sei se vou — eu falei. — Quero ir à igreja de manhã.

— Igreja? Que igreja?

— Aquela igreja batista de negros sobre a qual li. — Embora os serviços religiosos em Tangier tivessem sido um fracasso, eu decidira, generosamente, dar a Deus uma segunda chance.

— *Jesus, IRMÃO.* — Troy berrou como se fosse um daqueles membros de congregação cristã que se retorcem e gritam e sacodem braços e pernas, pedindo a salvação. — *SALVA MINHA ALMA.*

Esgueirando-me pela escuridão, voltei à minha barraca, imaginando se Troy e Jimmy me chamariam de volta ou me seguir até a barraca, mas eles não fizeram nem uma coisa nem outra. Ajoelhei-me sobre meu saco de dormir, deitei-me de costas e fechei os olhos cansados.

Mas não consegui dormir.

E se Troy e Jimmy aparecessem? Troy estava bêbado, e Jimmy se sentia solitário, mas nenhum deles planejava um *rendez-vous* à meia-noite, planejava? Sem chance. Sem a mínima chance. Além disso, havia uma patrulha no parque, em algum lugar, e tudo decorrera da melhor forma durante aquela tarde até a bebedeira começar. E, mesmo depois, as coisas não haviam piorado, só ficado um tanto depressivas, certo?

Certo.

Fechei os olhos e fiquei ouvindo três sapos coaxarem uma melodia obscura. O ar cheirava a terra morna, como se a chuva estivesse a caminho. Eu me sentia enjoada e cansada de estar enjoada e cansada, enjoada e cansada de estar sozinha. Enrodilhando-me como uma bola no saco de dormir, maldisse as mulheres no carro com seus malditos maridos. Maldisse a mim mesma por ser uma moça do tipo suco de uva, por ter resolvido passar o tempo com Troy, em primeiro lugar. Maldisse os homens, individualmente, coletivamente, aqueles com veleiros e aqueles que conseguiam cantar. E quando esse refrão deletério finalmente exauriu-se por si mesmo, caí no sono.

Por volta das 3 horas da madrugada, acordei. Começava a chover, uma chuva fininha a princípio e, depois, uma disparada louca de pingos, fortes como pontos de exclamação. Cada vez mais duros, batiam em minha barraca. O teto pelo menos até então continuava seco. Ao acender a lanterna, vi que a chuva se infiltrava pela janela com zíper. Correr o fecho acabaria com a ventilação, mas assim fiz. Um raio coruscou e depois se seguiu o estrondo de um trovão. Comecei a pensar em mastros de bandeira e em ferros, imaginando se dois pólos eram condutores eficientes de eletricidade.

Que diabo eu estava fazendo ali?

O teto começou a gotejar. Stuart jurara que sua barraca era à prova d'água, mas não era possível que aquilo fosse à prova d'água. Se a tempestade realmente piorasse, eu poderia me enfiar no carro. Assim que comecei a calcular quanto ficaria molhada ao correr pelo acampamento, um carro subiu a colina.

Jesus Cristo. Quem seria?

Era como um filme de terror, a clássica cena da tempestade de raios logo na abertura, quando alguma mulher aparentemente inocente é assassinada para que o detetive tenha um mistério a resolver à altura de seu cérebro privilegiado. A atriz morta não tem nem mesmo uma fala. Aparece e some rapidinho.

A porta do carro bateu forte.

Espiei pelo vão da barraca, o corpo tenso. Será que alguém me ouviria se eu gritasse? Parecia improvável. A luz de uma lanterna lançou um facho em minha direção. Ruído de passos pisando a areia molhada. Eu estava absolutamente indefesa, praticamente nua numa camisola, paredes de náilon como proteção. Detesto acampar. Detestava aquela viagem.

— *Lili* — a voz sibilou. — *Lili, é Troy.*

Jesus Cristo, era Troy. O Troy bêbado, o Troy *não-sou-homossexual*. Ele iluminou minha barraca, olhando para meu rosto.

— Sim? — eu disse, tentando parecer calma e educada, uma anfitriã na porta de entrada cumprimentando um hóspede inesperado.

— Só queria ter certeza de que não estava ensopada com a tempestade.

Uma voz saiu de dentro de mim. E tenho quase certeza de que não era minha.

— Não, não, estou bem. Nem um pouco molhada. — A chuva formara uma lagoa a meus pés.

— Tudo bem— disse Troy. — Só estava verificando.

Calou-se como se tivesse algo mais a dizer, mas não soubesse como falar. Então, voltou para o carro. O motor roncou. Os faróis dançaram pelos arbustos batidos pela chuva quando ele se afastou.

Soltei um suspiro pesado. Tudo estava em ordem. Tudo estava bem. Troy se mostrara paternal, um cavalheiro. Será que não percebera que iria me deixar apavorada, droga? Encolhi-me no saco de dormir, respirando lentamente, num compasso de ioga, fingindo que estava a salvo em minha cama em Nova York. Aquilo não funcionou, então disse a mim mesma que a chuva era a música da Nova Era trazida aos trópicos só para mim. Como aquilo também não funcionou, deitei-me de costas e esperei.

E esperei.

Por fim, a chuva diminuiu, transformando-se num pinga-pinga melancólico.

— LILI. LILI. ACORDE.

Manhã. Quase manhã. Meus olhos se arregalaram. *Oh, meu Deus, era Troy outra vez.* Ele me olhava pelo mosquiteiro, mãos nos joelhos, como um urso espiando num buraco. Seu rosto parecia tão amarfanhado como um lenço de papel usado. Por um minuto eu não consegui relembrar o que estava acontecendo, por que Troy parecia estar em todo o lugar ao mesmo tempo.

Erguendo-me sobre os cotovelos, tentei parecer alerta.

— É uma bela manhã para dormir — começou Troy. — Mas estou levando o barco para a água.

Aquilo me tomou um minuto.

— Vou à igreja, lembra?

— *Oh, puxa* — disse Troy. — Eu me esqueci. Desculpe. Tudo bem... Bem... Desculpe. Até mais tarde então.

Eu queria um quarto com chave e não me importaria se fosse naquele Motel dos Morcegos lá em Georgetown. Ao carregar um punhado de roupas para o banheiro comunitário, tentei clarear minha cabeça com uma escova de cabelos dura e abluções de água fria. A face no espelho não parecia a minha. Ocorreu-me que aquela viagem poderia estar funcionando: talvez eu fosse alguém diferente agora.

MAIS TARDE, naquela manhã, estacionei nos fundos da Primeira Nova Igreja Batista. Era a razão pela qual eu fora a Edisto, a princípio. Um de meus guias proclamava que aquela fora a primeira igreja na América construída por uma mulher. Seu nome era Hepzibah Jenkins Townsend, e ela era uma mulher branca criada por escravos. Nascida na Carolina do Sul em 1780, Hepzibah era apenas um bebê quando sua mãe morreu e seu pai foi aprisionado durante a Guerra Revolucionária. Os escravos que trabalhavam nas plantações de anileira pegaram a menininha e a criaram como filha. Anos mais tarde, ela se casou com um rico fazendeiro de anileiras, embora não fosse o tipo de esposa submissa a seu homem. Quando o marido recusou-se a incluir suas irmãs em seu testamento, Hepzibah mudou-se, em protesto. O senhor Townsend cedeu. Mais tarde, ela quis construir uma igreja batista para os escravos que a criaram, mas novamente seu marido se opôs a seu plano. Destemida, Hepzibah construiu um fogão de taipa (taipa é um material como argamassa, neste caso feito de conchas de ostra moídas) e abriu uma padaria que vendia pães e biscoitos num quiosque de estrada. De dólar em dólar, o embrião cresceu até que, em 1818, foi erigida uma igreja que Hepzibah dedicou aos negros batistas de Edisto. Anos mais tarde, quando ela morreu, foi enterrada no velho cemitério da igreja.

Eu me encantara com a história e decidira ir ao culto da igreja. Não era lá um grande plano, mas parecia correto. E eu estava tentando confiar nesses instintos, manobrar meu planador com apenas dois dedos na barra.

A VELHA IGREJA era uma estrutura branca com quatro colunas estreitas e uma cúpula semelhante a uma cartola. Alguém me dissera que os cultos regulares aos domingos eram celebrados no anexo da igreja e, realmente, o pessoal entrava em fila no edifício branco de blocos de concreto. Péssimo. Eu queria me sentar na igreja de Hepzibah. Caminhando pelo gramado molhado, procurei o túmulo de Hepzibah, desejando que o sol saísse, mas uma nuvem cinza cobria Edisto, opressiva como um terrário. Mesmo depois do pé-d'água da noite anterior, o céu reunia energias para desabar novamente.

O cemitério parecia abandonado. Velhas lápides, lajes quadradas de pedra pintadas de branco, meio caídas para os lados, como se abaladas por ventos antigos. Um marco em forma de obelisco era particularmente alto e circundado por uma rústica cerca de ferro. Ervas daninhas espalhavam-se a seus pés. Com certeza, era o túmulo dela.

Hepzibah Jenkins (1780-1847)... Seu caráter foi tão fortemente forjado e seus impulsos tão generosos que ela não foi objeto da indiferença de ninguém. Desde a mais tenra idade professou o Evangelho de Jesus Cristo e sua fé permaneceu firme e constante até o fim. A isso ela mes-

clou tanta humildade que sua confissão religiosa mais freqüente era "Eu sou uma pecadora salva pela graça".

Eu sou uma pecadora salva pela graça. Amo a palavra "graça". A maneira como sempre parece melhor em letra maiúscula, Graça, o jeito que o *Gr* se ergue tão sólido como uma coluna ou uma boa idéia, e depois o *aça* se estende, infinito, um pássaro sobre a água. Meu primeiro contato com a graça foi no primeiro grau, quando tínhamos de rezar na hora do lanche, antes de abrir os sacos de papel.

Deus é poderoso.
Deus é bom.
Vamos agradecer a Ele por nossa comida.
Aaaaamém.

Minha boquinha repetia essa graça sem pensar ou sentir, sustentando o *A* de Amém com uma teimosia ridícula. Depois havia um curto silêncio até que algum esperto estourasse um saco de batata fria ou, melhor ainda, soltasse um pum.

Anos mais tarde, apaixonei-me pelas conotações seculares da Graça. Fazia-me lembrar de um feixe de juncos altos e inclinados sob o vento, ou de uma mulher grávida, seu ventre redondo como a lua, ou de um poço claro de água limpa. Eu queria me movimentar pelo mundo com Graça, mas, em vez disso, recortara uma imagem desconjuntada, derrubando coisas, errando meu caminho, suando, atrasada, sempre atrasada, fechando-me no amor apenas para pular fora, deixando pontas esgarçadas, como uma faca cega tentando cortar uma corda.

Em torno do pátio da igreja, as famílias desciam de carros americanos. Os homens em ternos pretos. As mulheres e as meninas em trajes pastel — vestidos de renda e luvas passadas havia pouco, sombrinhas pretas sobre os braços. Sentindo-me desnuda em meu short cáqui, fui para trás da igreja a fim de passar batom, afofar meus cabelos, tirar a areia dos ouvidos.

Aquele era meu primeiro ofício religioso numa igreja negra. Fiquei imaginando se eu era uma intrusa. Certamente eu não era sua primeira visita branca. Ainda assim, no átrio, a timidez me dominou. Fingi ler uma placa sobre Hepzibah e tentei controlar meus nervos.

— Vai entrar? — perguntou uma voz à porta.

— Eu gostaria.

— Ora, seja bem-vinda.

Uma mulher gorda num vestido alvejado de branco estendeu-me um programa. Esgueirei-me para um banco nos fundos e tentei me integrar, o que era praticamente impossível. Mulheres com longas unhas faiscantes e peitos fartos inclinavam-se de um lado e do outro, trocando beijinhos nas faces e se abraçando e perguntando *como vai você* e *como vai fulano?* E os chapéus — nunca vi tantos chapéus: um chapéu de forma rombuda e um chapéu de bolo de casamento e um chapéu no formato de oito e um chapéu igual a uma travessa e um chapéu que parecia as orelhas do Mickey Mouse e um que subia em espirais como o Museu Guggenheim. Alguns tinham abas e outros tinham renda. Muitos eram maiores que a face que sombreavam e desafiavam todas as leis da gravidade. Em meio a tanta exibição cerimonial, senti-me comum, assexuada, uma boneca dura de peito chato em roupas de segunda mão.

A igreja em si era modesta, dez filas de bancos em duas seções, um teto de telhas, cinco candelabros pintados de dourado. Acima do púlpito pendurava-se uma cruz delineada de bulbos de lâmpadas coloridas que me lembrou Atlantic City. Aquilo não parecia particularmente um santuário, mas um recipiente pronto para ser preenchido.

Então a cantoria começou. Não de uma vez, mas gradualmente, como se um impulso tivesse despertado e agora precisasse ser expresso. Lá no púlpito, um homem com uma guitarra elétrica dedilhou alguns acordes. O coro, dez senhoras de largo sorriso e de vestes brancas, começou a cantar, abrindo caminho e batendo palmas pela nave central para reunir-se a ele, lá em cima. A canção tinha quatro versos que o coro repetia em escalas cada vez mais amplas de som.

Oh, a que Deus poderoso servimos
Acordou-me esta manhã
Conduziu-me em meu caminho
Oh, a que Deus poderoso servimos

Fiquei à espera da próxima estrofe, que a peça terminasse ou prosseguisse, mas cantavam os mesmos quatro versos sempre outra vez. A cada verso, o som tornava-se mais rico e as palavras adquiriam maior significado. O suor escorreu pelo meu pescoço, pelas dobras atrás dos joelhos. Um porteiro estendeu-me um leque de papel. Virei-o, li o anúncio da casa funerária no verso, e então sacudi o leque, abanando o ar em minha face, e imaginei, como sempre faço quando me abano, se o exercício de abanar na verdade não me deixa mais acalorada. Não importava, dava uma sensação boa.

Todo mundo parecia inquieto agora, como grãos de pipoca frigindo em óleo e preparando-se para estourar. As pessoas se levantavam e batiam palmas e se balançavam, girando os cotovelos e inclinando os queixos em direção aos céus até que os únicos sentados eram os mais velhos, pouco firmes, mães embalando crianças. E eu. Eu não conseguia me decidir a ficar de pé. Imaginei se iria parecer alheada, não me juntando a todos e, contudo, não queria parecer presunçosa ou pouco sincera. Afinal, era uma visitante, uma visitante branca, a única visitante branca, o pior tipo de turista religiosa, uma agnóstica esperando encontrar a Deus em suas férias de verão. A presunção desse desejo me fez vergar de vergonha.

Oh, a que Deus poderoso servimos
Acordou-me esta manhã
Conduziu-me em meu caminho
Oh, a que Deus poderoso servimos

Olhei para a nuca das pessoas. Cabelos tão diferentes dos meus. Fileiras de trancinhas e tranças afras apertadas e cabelos alisados e cabelos alisados cacheados e pequenas presilhas de plástico e repartidos curtos nos cabelos masculinos cortados até quase o couro cabeludo. Então ergui os olhos para as janelas da igreja, caneladas, vidro opaco, do tipo que não permite que se veja para fora. Parecia que aquela igreja era a única coisa viva, como se o resto da Carolina do Sul tivesse se enclausurado, esperando que nós terminássemos.

Acordou-me esta manhã
Conduziu-me em meu caminho

Pensei em Troy me acordando, colocando-me a caminho. Pensei em seus faróis amarelos rasgando a escuridão e no velho caipira inclinando-se e me inspecionando. Tentei pensar em Deus, mas não sabia por onde começar. *Deus é Urso Pomposo. A Gorda Dama é o próprio Jesus Cristo. O Pai, o Filho, o Espírito Santo. Deus é poderoso, Deus é bom, Vamos agradecer a Ele por nossa comida. Acordou-me esta manhã. Conduziu-me em meu caminho. Oh, a que Deus poderoso servimos.*

A quem eu servia?

A mim mesma na maioria das vezes. Algumas vezes eu desejava ter sido criada com religiosidade. Parecia um bocado mais fácil ser nascida dentro da religião do que adotar uma mais tarde. Que conforto acreditar que Deus está olhando por você, que existe um plano mestre, que existe *algum* plano, que você é parte de algo maior, uma parte de um todo. Espiritual... *ah*. Eu era um satélite perdido circulando na escuridão.

Quando o coro finalmente parou, não foi como naqueles hinos episcopais que terminam com um acorde maior decisivo. Em vez disso, o hino findou com urras e palmas como um velho carro tossindo e engasgando até parar. Lá na frente, um homem num terno de abotoamento duplo começou a pregar sobre Jesus. Eu não conseguia ouvi-lo muito bem, mas aquilo soava como um testemunho. O homem agitava-se em transe com seu próprio canto. Olhos fechados, seguia seu ritmo. A mulher perto de mim num vestido verde da cor de pasta de dente começou a gritar *está certo* ou *Amém*. Suas mãos eram pesadas de anéis de ouro, como se alguém a adorasse e quisesse demonstrar isso claramente. Ergueu-as batendo palmas e dando murros no ar, fazendo sua parte para encorajar o bom pecador.

Quando o homem saiu, o reverendo tomou o púlpito. Eu esperava algum pregador espalhafatoso, mas aquele homem não era nenhuma caricatura. Com seu manto preto de mangas largas, parecia muito sério, sem idade definida, como se pudesse olhar dentro de você e descobrir coisas. Quando começou a pregar, as pessoas ainda estavam gritando e rezando e não lhe dando nenhuma atenção, mas ele não pareceu se ofender. Depois dos anúncios sobre os inválidos em hospitais e do estudo da Bíblia e das pessoas por quem deveríamos orar, disse-nos a mensagem daquela manhã: *"É hora do exame"*. Sua cadência recordou-me uma pescaria com isca artificial. Ele lançava a linha e, então, com um gesto rápido do pulso, recolhia a isca.

— Bem, quando você vai ao médico, ele o examina de cima a baixo, de um lado e de outro; chamam a isso de *medicina preventiva*. Bem, você precisa olhar para dentro de seu coração. Precisa olhar dentro de seu coração e fazer alguma *manutenção preventiva*. Porque agora, exatamente agora, é a hora do exame. Quando você agiu errado, pode voltar atrás e reconciliar-se. Então tudo ficará bem. Mas você precisa olhar para si mesmo. E ficará tudo bem. Se você olhar para si mesmo. Porque somente *você* pode julgar *a si mesmo*, e *quando* você julgar a si próprio, então *tudo* ficará bem.

Agora ele estava cantando, num doce embalo, os óculos enfumaçados.

Tudo ficará bem. Se eu examinar a mim mesma, tudo ficará bem.

De cima vieram os tamborins e a guitarra e o pregador cantou mais e mais alto até que senti que éramos varas quebradas arrebatadas em seu ciclone. O pregador usou de persuasão e nos exortou e exigiu que olhássemos em nosso coração, bem no fundo de nossa alma, e fizéssemos um inventário daquilo que víamos, um inventário daquilo que éramos, fizéssemos mudanças, seguíssemos o caminho reto de *Jeeeesus*.

Então, era hora da comunhão. Permaneci em meu banco. Certa vez eu cometera o erro de tomar a comunhão. No verão em que tinha 13 anos e trabalhava como babá, minha família me levou às celebrações da Páscoa e, quando chegou a hora da Eucaristia, corri para o púlpito porque estava envergonhada demais para permitir que todos soubessem que eu não acreditava em Deus. Apavorada de ser apontada como uma fraude, ajoelhei-me quando a pessoa em minha frente se ajoelhou, comi a hóstia, engoli o vinho licoroso. Aquilo pareceu descer bem. De volta em casa, devoramos um pacote de *donuts* e tudo que eu conseguia pensar era que Cristo estava impregnado em todo aquele açúcar polvilhado e na geléia. Foi uma das poucas vezes que senti que Deus me observava. E Ele não se mostrou satisfeito.

Depois da comunhão, o coro começou novamente.

Algumas vezes você tem de rezar para prosseguir
Algumas vezes você tem de rezar para prosseguir
Algumas vezes você tem de rezar para prosseguir
Mal consegue prosseguir

Algumas vezes você tem de gritar para prosseguir
Algumas vezes você tem de gritar para prosseguir
Algumas vezes você tem de gritar para prosseguir
Mal consegue prosseguir

Algumas vezes você tem de...

Enquanto as vozes iam num crescendo, todos se levantaram e a igreja estremeceu como se não pudesse conter todo o som, como se a música esmurrasse as janelas, se lançasse contra as portas, irrompesse pela Rota 174 para convocar o povo de Edisto. Sentei-me no banco e observei como uma moça branca, uma moça branca que não acreditava.

— Oh, sim, *verdadeirameeeente*.

A mulher perto de mim no vestido verde-pálido perdera toda e qualquer inibição. Pontuava a melodia com *"Ohhhh, sim"* e *"Meu Senhor"* ou, algumas vezes, com um brado musical. Tudo de dentro dela emergia, numa catarse, numa purgação. Gostei do jeito que aqueles batistas declaravam que a vida era dura, em vez de manter o lábio superior tenso de ianque. E apenas depositavam suas queixas aos pés de Jesus, uma bela idéia em meu livro. Havia apenas um problema: eu não acreditava em Deus. Não conseguia *me imaginar* acreditar em Deus. Quero dizer, *acreditar* realmente, não apenas *fingir* acreditar ou *tentar* acreditar. Muitas coisas não se juntavam. As mesmas velhas perguntas sem respostas: como poderia um ser, não importa quão divino, criar um mundo? E se o tivesse criado, por que não fizera um trabalho melhor? Como alguém poderia lembrar-se de tanta gente e, quanto mais, amá-la? Por que não mostrava sua face de vez em quando para que seus adoradores retornassem? Não fazia sentido. Eu supunha, porém, que não era para fazer sentido. Não devíamos *pensar* em Deus, devíamos *sentir* a Deus. Como o amor. *E que diabo eu sabia sobre o amor?* Minha versão de amor era tão reduzida. Dois minutos depois de ter conhecido um homem, puxava um ábaco para descobrir o que havia nele para mim. Não era de admirar que eu não andasse pelo mundo com Graça. Graça, o casamento da força com a da rendição. Graça, aquela mergulhadora noturna, confiante de que a água fria há de se abrir para seus ombros, cintura, pés e depois fechar com firmeza, de novo, apagando todos os traços da queda. Rendição. Crença. Eu não sabia como fazer nem uma coisa nem outra.

Foi quando me levantei.

Eu não merecia me levantar, mas me levantei mesmo assim. Levantei-me e recostei-me contra o banco à minha frente, mexendo meus lábios, pronunciando silenciosamente as palavras hipnóticas que, tendo sido repetidas tantas vezes, haviam perdido todo o significado, ou, ao contrário, pareciam significar tudo, como se todas as outras palavras fossem supérfluas, porque aquelas quatro frases englobavam tudo o que era necessário ser dito.

Algumas vezes você tem de cantar para prosseguir
Algumas vezes você tem de cantar para prosseguir
Algumas vezes você tem de cantar para prosseguir
Mal consegue prosseguir

Foi quando percebi que se deixasse a música aprofundar-se ainda mais, eu iria chorar. De pé em meio àquela estrondosa congregação, eu me senti absolutamente sozinha. Eles tinham a Deus, e eu não tinha. Talvez nunca tivesse. Mordi minha bochecha e torci meu queixo e bocejei um daqueles bocejos falsos de Stuart e enterrei minha unha na cutícula de meu polegar e tentei fingir que era sei lá quem, mas não havia como escapar dos batistas em cântico, do banco de madeira, do leque de papelão feito com varetas para exame de garganta. Enquanto o coro retumbante invocava o Salvador, encarei com olhos duros as janelas nubladas da igreja, imaginando se, do outro lado, finalmente começara a chover.

QUANDO O CULTO terminou, a mulher perto de mim estendeu sua mão. Passou-me a sensação de coisa macia e surrada quando ela balançou nossas mãos e então me olhou por cima dos óculos bifocais e depois através dos bifocais, como se fizesse um exame minucioso.

— Obrigada por vir — disse.

— Não — disse eu. — Eu é que lhe agradeço.

Caminhei para a entrada. Chovia. Mulheres amontoadas no átrio. Maridos correndo para trazer os carros. Eu ainda queria ver o interior da velha igreja e, portanto, me aventurei pelo gramado e empurrei a porta lateral. Lá dentro, a igreja parecia sólida e acolhedora. O teto era alto, as paredes, da cor de creme. Quatro janelas altas de cada lado deixavam entrar uma luz suave. Uma dúzia de colunas marchava pelos bancos, seis em cada fila. Um balcão no segundo andar avançava no alto; visualizei faces infantis espiando, acenando, deixando cair bolinhas de papel num chapéu extravagante de uma senhora.

Sentei-me no quarto banco. O ruído lá fora — a chuva e as buzinas dos carros e mulheres exclamando até logo — pareceu estar a quilômetros de distância. Com o polegar, esfreguei o suor seco de minha palma, torci o pescoço até estalar, alisei as rugas de meu short de algodão e então olhei para o altar, espremido entre uma velha geladeira, uma mesa de jogo, um gabinete de arquivos, umas caixas de papelão. Aquela era a igreja de Hepzibah. Seu espírito tinha cinzelado as bases e recortado as janelas. Foi ali que tentei rezar.

Eu nunca soube exatamente como rezar. Mas fiz o melhor que pude. Reclinando-me no banco diante de mim, pensei carinhosamente nas pessoas que eu amava: mamãe e papai, Chip e Sue, minhas sobrinhas, vovô, vovó, meus amigos íntimos, meus "ex"; desejei-lhes saúde e felicidade e uns poucos momentos de paz. Prometi dar mais e esperar menos. Foi quando percebi que estava *pensando* aquela prece, não *sentindo* a prece, e tentei transferi-la da cabeça para o coração, e, então, finalmente, acolhê-la dentro de minha alma. Eu não tinha idéia de onde estava minha alma, mas a imaginei como um corpo interno, expandindo-se para o corpo externo, num tipo de coisa de corpo inteiro, como uma mulher levitando num truque de mágica. Depois tentei enviar uma prece a Deus, o que pareceu tão fútil como remeter uma carta sem endereço, o tipo de correspondência malfeita que se extravia em meio à pilha do correio. Eu não sei se a prece chegou ao destino. Mas eu tentei.

Quando terminei, sentei-me no banco, mãos vazias e abertas sobre o colo. Enquanto meus olhos percorriam para cima e para baixo o cordão de luzes de Natal preso à mesa de jogos, pensei em todo o tempo que eu desperdiçara, imaginando e me preocupando, receosa de me dar a alguém, receosa de permitir que alguém se desse a mim. Pensei nos pescadores em Gloucester escorregando no pau-de-sebo ao tentarem chegar à bandeirola. Pensei em vovó desejando viajar, mas nadando em vez disso e em como ela sempre voltava flutuando para nós, coberta de sal. Pensei em papai comendo fora daquela primeira vez e em como ele não se sentira seguro de onde pôr o cartão de crédito e em como mamãe se inclinara para perto para mostrar a ele. Pensei em Jimmy me dando uma estrela-do-mar redonda, pensei em todas as pequeninas cruzes ocultas dentro dela e como só poderiam ser vistas se a estrela-do-mar se quebrasse.

E foi quando, finalmente, eu chorei.

Ainda não fazia dez minutos que eu voltara ao acampamento quando Troy apareceu. Se o velho beberrão estava de ressaca, escondeu muito bem.

— Como foi a igreja?

— Bom.

— Era a única branca?

Concordei.

— Disseram *"Graças a Jesus EU ME ENCONTREI"*? — Troy encenou a prática evangélica, arrojando-se de joelhos, queixo para o céu.

— Mais ou menos — eu falei.

— Ainda quer ir até a ilha das conchas?

— Não sei. Acho que vai chover.

— Pra mim não importa — disse Troy. — Vou sair de barco do mesmo jeito. Se quiser ir, eu a levarei. Se não quiser, está ótimo também.

— Onde está Jimmy?

— Eu *sabia* que você tinha uma queda por ele. — Troy abriu um sorriso tão largo como um garoto diante de um segredo. — As moças *o adoram*. Ele partiu cedo, esta manhã. Tinha de ver a namorada. Os dois vivem juntos. Mas ele não gosta dela. Ela enche o saco dele com aquela mania de controlá-lo. *"Jimmy, o qui cê tá fazendu aí em Edisto com essa coisa ruim do Troy?"*

O que *eu* estava fazendo em Edisto com aquela coisa ruim do Troy? Nesse ponto eu estava passando dos limites da cautela. Eu já pagara caro com um belo susto na outra noite no acampamento, mas não tinha planos para o dia.

— Vai embora hoje? — perguntei, tentando não parecer esperançosa. Não queria que aquela excursão desandasse para uma noite aconchegante a dois.

— Sim, o mais tarde que eu puder. Tenho de trabalhar amanhã.

— Bem, eu gostaria de ir até a ilha, se você tem certeza de que não se importa.

— Não, claro que não — disse Troy, com entusiasmo. — Leve sua câmara. Vou lhe mostrar uma coisa. *Você vai ficar maluca.*

Reuni umas poucas coisas e sentei-me no banco do passageiro em sua enorme caminhonete americana. Troy estava todo sorrisos, dizendo como admirava meu espírito porque eu fazia coisas e não deixava ninguém me irritar. Troy jurou que ia me mostrar um trecho de estrada que eu jamais esqueceria em toda a minha vida porque era tão lindo e que eu teria de tirar uma foto para mostrar a todo mundo lá em casa. Rumamos para a Rota 174 e entramos por uma pequena estrada vicinal.

— Lili — disse ele. — Agora, não se assuste quando descer ali. Você vai pensar que chegou aos confins da Terra.

Pelo pára-brisa eu pude ver o que ele queria dizer. Uma linha de enormes carvalhos formava uma majestosa arcada sobre a estrada. Antes daquela viagem, eu nunca vira um carvalho de verdade, mas ficara fascinada com seus encantos. Um dia antes de chegar a Edisto, parei em Angel Oak, um bosque com o carvalho mais velho da Carolina do Sul e alguns espécimes com 140 anos. O mais velho tinha um tronco de sete metros e meio de circunferência e suas raízes eram acinzentadas e pesadas como uma pata de elefante. Os galhos eram tão enormes que se arrastavam pelo chão até que, num ato de desafio, erguiam-se de novo, buscando o sol.

Aqueles carvalhos de Edisto eram dramáticos, mas de um jeito diferente. Suas raízes se estendiam pela estrada como se procurando por um amante do lado oposto. Cada ramo era recoberto de cipós penugentos, como uma mulher elegante envolvida em boás. As árvores eram tão entrelaçadas que não se poderia dizer onde uma começava e a outra terminava. Irradiavam o respeito silencioso de uma catedral.

— Se eu morrer, quero morrer bem aqui — disse Troy, dando um tapa no volante. — Falo sério. Você pode me enterrar bem aqui.

— É lindo — murmurei. — Deixe-me tirar uma foto.

Saí e tentei focar todas aquelas árvores em meu visor, mas foi inútil. Bati a foto mesmo assim. Voltei para o carro e suspirei.

— Agora, não se preocupe, eu sempre dirijo bem depressa por aqui — disse Troy. — É algo que preciso fazer.

O carro avançou pela estrada de areia de pista única. Mais rápido. Mais rápido ainda. Troy não estava brincando. Talvez aquela fosse sua maneira de assegurar que morreria ali. Pedras voavam, chocando-se furiosamente contra o eixo do carro. O motor gemeu quando chegamos a trinta... cinqüenta... setenta quilômetros por hora. A estrada era sinuosa, tornando impossível ver o que estava por trás de uma curva. Enquanto o veículo voava, senti-me como se estivéssemos numa corrida maluca e o velho calhambeque estivesse prestes a ser lançado para o espaço. Imaginei que Troy havia bebido.

Passamos por uma placa amarela de sinalização: CUIDADO CRIANÇAS.

Troy afundou o pé no acelerador.

— *Uoo-uoooô* — uivou, olhando para mim, tirando completamente os olhos da estrada, tirando as mãos completamente do volante. — Eles me viram. Cuidado crianças!

Apoiando minha mão no painel, imaginei o acidente, a cena no hospital: eu, uma múmia de ataduras num hospital de Charleston; Troy na maca ao lado, garrafa sobre os lençóis, fazendo serenata para mim com seu violão. *Oh, Lili, oh, Lili, oh, Lili.*

Foi então que vi o fim da estrada. Troy soltou o acelerador. O carro diminuiu a marcha. Diante de nós erguia-se uma casa abandonada, uma pequena doca e um homem colossal com uma face barbuda e uma roupa preta impermeável de pescaria com botas da mesma cor. Em uma das mãos segurava a coleira de um enorme cão que rosnava.

— Eis o verdadeiro caipira — disse Troy, num tom protetor. — Não se preocupe. Eu falo.

Troy saiu e bateu um papo com o homem de preto e pagou a ele uma taxa de 5 dólares para ter acesso à doca, mantendo um olho no cão e seus dentes arreganhados, e logo estávamos de volta à água. O barco estava recoberto de lama do dia anterior e cheirava como peixe podre.

Meu senso de direção é tão inexistente que eu nunca poderia imaginar onde nos encontrávamos ou para onde íamos, mas cerca de dez minutos depois chegamos à praia das conchas. Não parecia nada especial. Só um trecho de praia nua, oceano plácido de um lado, vegetação rasteira do outro. A corrente cruzada tornava arriscado chegar à praia, mas Troy deu um jeito. A uns poucos passos da areia, ele pulou na água e puxou o barco para que eu pudesse descer sem molhar os pés.

A praia estava vazia, nem uma pessoa, nem um barco. Só Troy e eu, uma brisa ligeira e uma maré apressada. Parecia que Troy me trouxera para a primeira praia da Terra ou quem sabe a última, como se fôssemos os únicos sobreviventes num filme apocalíptico. Homem e Mulher. Sobrevivendo de algas, preocupados com a continuação das espécies.

Droga. Eu estava numa sinuca danada. Se Troy fosse forçar alguma coisa, aquele seria o lugar ideal. Ninguém sabia onde eu estava. Eu não sabia onde estava. Bem, não iria parecer apavorada. Afivelei minha máscara de está-tudo-bem na cara e anunciei:

— Vou dar uma volta.

Troy concordou.

— Por aqui tudo tem conchas — disse, apontando. — Toneladas delas.

Rumei para a praia, esperando sentir uma mão em meu ombro. Virei-me. Troy estava ocupado com o barco. Continuei em direção à praia de novo, esperando sentir uma mão em meu ombro. Virei-me. Troy ainda se ocupava com o barco.

Então me ocorreu que eu estava me comportando como uma completa idiota. Ali estava um camarada que me oferecera exatamente o que eu queria, um passeio de barco para a praia das conchas, a praia que as moças do carro vermelho haviam me dito que era notável. Não apenas isso, ele não era um daqueles sujeitos pegajosos, carentes, que querem *partilhar* cada momento, pendurando-se em seu ombro, com aquelas conversinhas moles cheias de malícia. Não, aquele camarada me deixara caminhar pela praia sozinha. E isso não é tudo que nós podemos querer? Um homem que nos deixe caminhar pela praia sozinhas. Ou melhor: um homem que nos deixe caminhar pela praia sozinha *e* que cuide do barco.

E o que ele recebe de nossa parte, em troca?

Duvidamos dele. Tomamos o coitado por pilantra.

Seria o caso de pensar que depois de passar três horas com os batistas, eu tivesse aprendido uma coisa ou duas a respeito da fé, mas não. Senti-me tão envergonhada que foi como se eu *estivesse* na igreja, ouvindo o tipo de sermão de que gosto mais, o tipo que faz a gente sentir-se pequena e reduzida a pó e determinada a fazer melhor da próxima vez, o tipo que torna um prazer e tanto sair de lá e caminhar e ver o mundo esperando por você, como se você merecesse ser parte de tudo aquilo, como se você tivesse sido redimida.

Olhei para meus pés e comecei a prestar atenção às conchas na praia. Bancos enormes delas aglomeravam-se na marca da maré alta. Conchas de ostras, conchas de amêijoas, conchas de búzios, conchas de mariscos, conchas de mexilhões, conchas de vieiras, conchas em formato de sininho, pedaços de coral. Aqui e ali uma concha gigante que eu comprimi contra o ouvido, ouvindo seu sopro saudoso. Vaguei de volta pela praia em direção à terra. Adiante, moitas de vegetação rasteira, campos de gramíneas do brejo e poças de água. E silêncio. A quietude de espaço aberto, ecoante de brisas e vasta, o tipo de imensidão que o faz sentir-se pequeno e contudo em paz. Nada se movia. Estranho como é pouca a vida que se pode ver em tais espaços. As criaturas se enrolam e se enterram e nadam e zumbem e se arrastam e chapinham e olhamos e vemos apenas uma gaivota ou duas. No entanto muito acontece abaixo da superfície.

Caminhei por uma meia hora ou mais, enchendo os bolsos de conchas. Quando começava a voltar, avistei uma enorme estrela-do-mar redonda, maior do que aquela que Jimmy me dera. Tinha cinco finas aberturas, estreitas como chaves e uma delicada flor de cinco pétalas gravada por uma mão amorosa e firme. Seu interior azul como a alfazema tinha uma textura irregular como a de uma impressão digital e havia outra flor, essa mais cheia, como uma poinsétia. Troy iria amá-la. Voltei para a praia para mostrar a ele o que eu encontrara.

Quando me aproximei, Troy estava sentado na areia dando *Cheezits* às gaivotas, tentando sem sucesso que um pássaro mais gordo comesse em sua mão. Uma fina camada de areia cobria-lhe o corpo inteiro, como se ele fosse uma ostra empanada. Esvaziei os bolsos e arrumei meu butim como uma natureza-morta.

— Uau! — exclamou ele. — Você fez bem-feito.

— Olhe isto aqui. — Passei-lhe a estrela-do-mar.

— Você achou uma. Que beleza.

— Que tipo de concha é esta? — perguntei, segurando uma concha que guardava uma espantosa semelhança com as unhas do pé de Troy.

— Um molusco? — sugeriu Troy. — Não sei. O que eu pareço? Um biólogo marinho? Está com fome? — Passou-me os *Cheezits*.

— Obrigada. — Mastiguei alguns e senti meus dentes rangerem.

— Podem estar com um pouco de areia — disse Troy.

Concordei, forçando-me a engolir.

Troy suspirou, feliz.

— Você é uma pessoa tão confiante, Lili... — Olhei para o mar, imaginando para onde aquela linha de pensamento conduzia. —

Poucas pessoas teriam vindo aqui comigo. Você confia em *todo mundo*. Espere só até eu contar ao pessoal lá do escritório sobre a bela pessoa que conheci neste fim de semana. Não vão acreditar. Quisera ter um vídeo de você para mostrar a eles.

Senti-me como um troféu.

— Você é bonita como um pintassilgo — disse Troy. — Ora, não estou flertando com você. Só estou dizendo que é bonita como um pintassilgo.

Eu não sabia o que dizer. Talvez eu devesse ter dito quanto ele era gentil, o que era verdade, ou que bonito pintassilgo ele era, o que também era uma espécie de verdade; Troy era charmoso de um jeito só seu, mas eu não queria perturbar o equilíbrio de nosso frágil arranjo.

— Qual é o nome de seu barco? — perguntei, tentando mudar o rumo da conversa.

— Bem, não tem nome, mas acho que vou batizá-lo de *Lili*, porque estou totalmente encantado com você. O *Lili*. Se tivesse sorte, eu fincaria raízes aqui com você.

— Você, eu e uma caixa de *Cheezits*.

— Não precisaríamos de mais nada.

Continuamos sentados por alguns minutos e minha cabeça parecia pesada e incômoda e então percebi que estava absolutamente exausta. A noite atribulada na barraca abafada, as três horas na igreja, o calor, meus devaneios sem fim sobre a precisa circunferência de minha estupidez, as mil e uma divagações a respeito de estar jogando com as coisas de forma muito segura ou lidando com elas de forma não segura o bastante, as ponderações sobre quem tinha Deus e quem não tinha, a preocupação sobre a possibilidade de eu algum dia encontrar um amor que durasse, tudo daquilo me deixara acabada.

Precisava deitar minha cabeça e descansar.

— Preciso tirar um cochilo — eu disse.

— *Oh, cara* — disse Troy, com cara de tonto, como se eu tivesse proposto que fôssemos comer uma pizza. — Me parece ótimo.

Recostou a cabeça na caixa de pescaria e então curvou o torso como um camarão. Deitei-me a seu lado, de costas para ele, pousei minha cabeça sobre meu braço e fechei os olhos.

Troy cantarolou em melhor falsete feminino.

— *E então, o velho caipira deitou-se na praia de conchas e adormeceu...*

Ri, cansada demais para retrucar. A areia macia acomodou-me como um colchão. O céu cobriu-me como um lençol. No torpor do sono, concluí que não tinha de ficar de olho em Troy; Troy estava de olho em mim. Um momento mais tarde, quando Troy cutucou-me o braço, não gritei. Debruçou-se sobre mim segurando um salva-vidas amarelo.

— Use isto como travesseiro — disse. — Me acorde se quiser ir embora.

Agradeci e encostei a face na borracha macia e fechei os olhos e mais uma vez senti a praia fechar-se em torno de mim. O oceano avançava e o oceano recuava, murmurando alguma coisa que eu não consegui ouvir.

Em uma hora ou pouco mais, acordei. Troy abriu os olhos alguns minutos depois. Sentamos na areia, lado a lado, um pouco atordoados, olhando para o horizonte, aquela longa linha que corta o mundo em dois. Embora eu não achasse que fosse possível, Troy parecia ainda mais recoberto de areia. Esticou o braço direito em minha direção, como uma metade de uma ponte móvel.

— Pegue na minha mão — disse.

— O quê?

— Pegue na minha mão.

Peguei, entrelaçando meus dedos nos dele, nossos braços formando uma torre sobre a areia. Troy abriu um sorriso largo e estreitou os olhos, como se estivesse fixando aquele momento em sua mente.

Preguiçosamente, tomamos o barco e rumamos para a terra e prendemos o barco no reboque. Troy disse que queria um suco de uva e eu falei que também queria. O gelo na geladeira derretera. A isca meio descongelada nadava na água com o suco de fruta e a vodca. Troy achou um copo de plástico, lavou-o com água e serviu-me um drinque. Metade suco. Metade vodca. Sem gelo. Tinha um sabor como de um picolé, só que melhor.

Quando rumávamos de volta à cidade, o sol apareceu. Inclinei-me para fora de minha janela, para a luz, sentindo-me triunfante. A praia das conchas tornara-se uma aconchegante e feliz lembrança. Troy e eu não conversamos muito, só bebemos nosso drinque aos golinhos. Deixamos para trás as casas, os baixios.

— Topa uma volta pela cidade? — ele perguntou.

Concordei. E assim passeamos por Edisto num domingo. Troy mostrou-me a casa que costumava alugar e uma que queria comprar. Divisei minha casa dos sonhos, um chalé branco de dois andares com uma linda varanda. Troy insistiu em comprar um saco de gelo. Finalmente, voltamos para o acampamento.

— Tenho um pouco daquele queijo e bolachas. Quer? — eu disse.

Troy aceitou. Acho que nenhum de nós estava pronto para que ele fosse embora. Então, sentamo-nos diante de um coro de mosquitos e eu cortei o queijo *cheddar* em fatias.

— Então... você gosta de seu namorado? — perguntou Troy. De certa forma, sua pergunta não me surpreendeu.

— Acho que sim — eu disse. Estava pensando em Peter.

— Bem, tenha certeza disso — disse ele.

Meus olhos seguiram a curva de seus ombros, as cavas amarfanhadas de sua camiseta, as linhas vincando seus olhos, sua face. De repente, ele parecia mais velho. Como se tivesse feito as mais duras escolhas da vida e agora vivesse com elas, para o que desse ou viesse.

— Você tem que ter certeza de estar amando — disse ele. — Eu amei, amei realmente, mas não minha esposa. Achei que a amava, mas não. Estávamos casados, porém não nos amávamos.

Fez uma pausa, torcendo a boca.

— Bem, eu desejo a você tudo de bom. Espero que aprenda o que precisa aprender, porque você é uma pessoa excelente. Se eu fosse vinte ou trinta anos mais novo, a pediria em casamento.

Troy sorriu, sua face sombreou-se, os olhos marinhos imaginando como seria.

Pela primeira vez eu pus nossa diferença de idade de lado e imaginei se Troy e eu poderíamos por acaso dar certo, quando Troy era mais jovem, quando eu era mais jovem, antes de ele ter perdido o prumo. Imaginei a nós dois na praia das conchas, liquidando com uma garrafa de Chianti, cantando *Peter, Paul and Mary*, sem horário ou ordem, sem chave. Troy tentaria encontrar um dente de tubarão para mim e voltaria de mãos vazias. Eu tentaria enterrar seus pés, Iríamos nos divertir a valer até que a coisa toda explodisse e fosse para o inferno. O que teria acontecido. Sem dúvida.

Quando Troy encerrou seu devaneio — fiquei imaginando se o dele era igual ao meu —, levantou-se. Eu me levantei. Troy me deu um abraço. Abraçamo-nos e pestanejamos. Troy afastou-se e eu observei seus pés descalços cruzarem o acampamento até que ele parou e voltou-se.

— Algum camarada sortudo vai te ganhar um dia.

— Eu espero — disse eu, dando um tapa num mosquito e errando. Troy subiu naquele seu carro atopetado de coisas e acomodou-se no banco, tocou a buzina e seguiu pela estrada arenosa, o barco balançando nos suportes, a mão acenando pela janela aberta.

Deixei escapar um longo suspiro.

Troy era um bom sujeito. Tão logo eu assim concluí — definitivamente —, senti saudades. Cortei uma fatia de queijo para mim e abri uma cerveja e voltei ao meu devaneio, permitindo-me imaginar nós dois juntos. Droga, tudo começa na imaginação. O fator inevitável é que não há distinção entre homens e mulheres. Não realmente. Nem sempre. Mesmo quando tudo parece acomodado, não está. Mesmo quando não há jeito, tudo ainda é possível.

Na Cama

EM POUCO TEMPO terminamos de fazer amor. Depois de três meses de falsos começos, Peter e eu parecíamos acostumados a todo aquele ardor que não levava a lugar algum. Peter era um idealista; eu estava aprendendo a ser. Daria certo ou não, e nós nos afastávamos, caíamos de costas, esfriando, reduzindo as batidas de nosso coração, sossegando a respiração, acomodando-nos ao cálido suor da cama.

Primavera em Nova York, um tempo para o romance e tudo o mais, e eu estava a fim de ir fundo nisso, como em algum filme tolo, viver uma história de amor em que ninguém ousa acreditar. Exceto que aquela versão era confusa, brilhante e matizada como um ninho daquele pássaro alcoviteiro lá da Nova Guiné. Olhei pela janela para as torres das caixas-d'água da Broadway e senti a preocupação chegar mais perto. Peter puxou de leve os pêlos de meu braço.

— Quando ele chega? — perguntou.

— Na próxima semana. — Meu dedo circulou o miolo de sua palma. Pensei em Stuart em Utah, empacotando as coisas, as cordas elásticas, a fita adesiva, o cachorro, aprontando-se para se dirigir ao leste para viver comigo. — O que vou fazer?

Peter falou lentamente. Cada sentença continha idéia própria.

— Não sei. Não posso responder a isso por você. Não gosto desta situação.

Virei minha cabeça para o lado e inspecionei a parede.

— Creia, eu também não gosto. Não queria isso.

— Diga a ele para não vir.

— Não posso fazer isso.

— Diga a ele para arranjar sua própria casa. Isto aqui é Nova York. As pessoas precisam de espaço. Ninguém divide um estúdio.

— Ele está se mudando para Nova York para ficar comigo.

— Diga que as coisas mudaram.

— Ele ainda precisa de um lugar para morar.

— Esse não é o jeito certo de começar.

— Fala de nós?

Peter não disse nada.

— Claro, não é o jeito certo de começar — eu falei. — O jeito certo de começar é ter 25 anos e ser livre e inocente, mas é um pouco tarde para isso.

— Alguém já enfiou o dedo em seu ouvido?

— *O quê?*

— Alguém já enfiou o dedo em seu ouvido? É uma sensação boa. Quando eu era criança, costumava enfiar um lápis dentro do ouvido. Do lado da borracha. Adorava. Preste atenção.

Peter colocou o dedo em meu ouvido, comprimiu as paredes, sua unha raspando a pele, sensação de dor. Dobrou a orelha pela metade, deslizou pelo canal e depois recuou e entrou, abrindo lugares que não estavam lá antes. Parecia sexo. Tinha jeito de sexo. Ou de água. Ou de uma concha na praia.

Quando comecei a chorar, Peter me puxou para mais perto. Meu nariz enterrou-se em seu pescoço. Seus dedos escorregaram pelo meu couro cabeludo, uma carícia gostosa. Olhos fechados, mergulhei na escuridão, enquanto Peter murmurava *sinto muito, sinto muito, sinto muito.*

Aquilo não parecia certo.

— Não é culpa sua.

— Sei que não é minha culpa, mas sinto muito. Sinto muito porque você está triste. Meu pai costumava dizer isso quando ficávamos chateados. Era quase como um lamento. *Sinto muito, sinto muito.*

Ele tinha razão. Por onde andavam escondidas aquelas palavras? Por que eu não as dizia? Eu sentia muito pela maneira que havia tratado Stuart e sentia muito por ter começado as coisas com Peter daquele jeito e sentia muito por não conhecer meu próprio coração. Será que eu dissera a Stuart que eu sentia muito? Não consegui me lembrar. Provavelmente, não. Quem sabe uma vez, num comentário passageiro, em alguma frase defensiva, numa transição apressada para a próxima coisa dita, quando o que eu precisava era de um eco, de um coro, de um ulular lamentoso que se formasse e crescesse.

Sinto muito. Sinto muito. Sinto muito.

Era hora de uma piada, de algum tipo de reparação.

— *Queriiiido* — eu disse, afastando-me a fim de olhar para Peter, escorregando meu dedo ao longo de seu nariz. — Só sei que não conseguiria deixá-lo. Você vai ter de pensar por nós dois.

— Diga a ele que não venha.

— Não posso.

Peter sentou-se de pernas cruzadas. Sentei-me para acompanhá-lo, assoei o nariz. Estudei-lhe os braços longos, pálidos e cobertos de sardas, o jeito que seu ventre relaxava num ligeiro bolsão. As unhas de seus pés estavam avermelhadas, alguma espécie de fungo. Ele ficou me observando enquanto eu o observava. Sorriu.

— Gosta do que vê?

— Gosto.

— Deite-se.

— Preciso ir embora.

— Deite-se.

Deitamos, face a face, perto o bastante para que seu nariz ficasse duplo e seus olhos parecessem dois pires azuis numa vareta de equilibrista. Aquilo era amor. Ou hipnose. Não, talvez arqueologia, porque ele estava escavando em busca de respostas e encerrando a busca. Frustrado, Peter rolou e ficou de costas e dirigiu ao teto suas perguntas.

— *Por que nos apaixonamos? Por que deixamos de amar? Por que temos de morrer?*

Vovô sai do terraço, no Maine, e arrasta uma cadeira de lona para o sol. Estou observando um veleiro distante singrar as águas em direção à ilha.

— Bem, Lili, vamos usar o tabuleiro de *Ouija* hoje à noite? — pergunta vovô, rindo da própria piada.

— Você ainda tem essa coisa?

— Claro — diz vovô, fingindo estar chocado com a pergunta. — Está no armário do hall. Você sabe que Nanny e eu predissemos que seu irmão seria um menino? Claro, acho que havia uma probabilidade de cinqüenta por cento nisso.

— Nana acreditava mesmo em toda essa bobagem? — pergunto.

— Por certo — concorda vovô. — Nana acreditava em astrologia e na reencarnação. Sempre dizia que havia vivido outras vidas.

— Quem ela teria sido? — pergunto.

— Bem... ela não tinha certeza absoluta, mas sabia que havia vivido num castelo.

Tento não cair na risada.

— Então, era da realeza.

Vovô sorri.

— Naturalmente.

Aprendendo o Princípio da Criatividade no Reino da Eterna Mudança

KEY WEST, FLÓRIDA. Qualquer tolo sabe que quando uma mulher completa uma jornada de autodescoberta supõe-se que ela se case com o homem de seus sonhos. Ou, no mínimo, que fique noiva. Particularmente se a mulher tem a idade de Jane Tarbox. E, particularmente, se a mulher já deixou um namorado de faculdade, um garçom de Nantucket, um palhaço tenista francês, um rapaz do colégio, um executivo de Wall Street, um pintor de parede, um relações-públicas de Washington, um botânico, um veterinário e, é bem possível, um escritor sonhador de Manhattan escaparem por entre os dedos. É de supor, agora, que a aventureira tenha companhia em seu carro. E, agora, é de supor que *o homem esteja na direção.*

Contudo ali estava eu — sozinha — percorrendo a Flórida, tentando não perder a cabeça com o calor. Apesar de todas as minhas bravatas que antecederam a partida, acerca de fazer uma viagem para classificar minha vida amorosa, minha vida real, 3 200 quilômetros depois eu não tinha chegado a nenhuma brilhante solução. Pelo menos nada incisivo o bastante para formar uma frase.

O engraçado era: estava tudo muito bem. Eu estava muito bem. Tudo estava muitíssimo bem.

Será que eu me sentia diferente? Meu pai me faz essa pergunta a cada aniversário como uma piada, e eu sempre digo que não, mas dessa vez a resposta era sim, um pouco. Mais audaciosa. Mais otimista. Tinha aquela fé cega de que as coisas iriam se acomodar de seu próprio jeito a seu próprio tempo.

De alguma forma.

Claro, pendurar suas esperanças e sonhos em "De alguma forma" é uma aposta muito incerta, mas que escolha temos? Além disso, "de alguma forma" é um passo enorme acima de *Sonhar com ou Sem Chance*. Pode-se fazer uma porção de coisas com "de alguma forma", se você não se esforçar demais.

A RETA FINAL rumo sul pela Flórida foi longa e tediosa e sob um calor inacreditável. Flórida em agosto — eu devia estar fora de meu juízo perfeito. Em Fort Lauderdale, passei a noite com os pais de uma colega de escola. Ficamos a tarde toda observando Max, o cão da família, nadar na piscina para recuperar seu brinquedo, enquanto minha anfitriã, Sophie, uma ex-atriz, balbuciando em trejeitos cômicos, me enchia de perguntas pessoais.

— Então, tem namorado?... Dois?... Bem, que bom para você! Espero que meu filho encontre uma boa moça algum dia, só que ele gosta de *asiáticas!* Imagine! *Asiáticas!* Não me pergunte por quê.

Jantar com taças de vinho. Uma cama com lençóis passados e engomados. Era tão bom ser mimada que eu desejei me amoitar no quarto de hóspedes e nunca mais ir embora. Mas, logo cedinho na manhã seguinte, arrastei-me a contragosto para o Mazda, que recendia a uma cacofonia de aromas de *muffin* vencido, a *chardonnay* e barraca mofada. Sophie preparou-me uma embalagem de piquenique com feijão-de-corda e bolachas. — "O que mais os vegetarianos comem?" — e eu segui para o sul através da infernal Miami em direção às Keys — as pequenas ilhas de areia e coral do golfo do México —, minha mente zumbindo com imagens daquilo que estava por vir.

Plantation Key, Fiesta Key, Long Key, Conch Key, Duck Key, Crawl Key, Boot Key, Pigeon Key, Ramrod Key, Summerland Key, Boca Chica Key, e, cheguei àquela, Sem Nome Key. Nunca tinha me dado conta de que havia tantas Keys, que aquele colar de ilhas se estende por mais de 160 quilômetros. Minhas costas estavam suadas contra o assento; meu traseiro, amortecido. A cada vinte

333

minutos ou mais, eu cruzava uma ponte, divisava um pedaço de água azul, uma provocação de beleza, mas, em seguida, outro *shopping* de estuque pink, outra placa anunciando que faltavam apenas quarenta quilômetros para a "Ripley's de Key West Acredite ou Não".

Era minha primeira viagem para Key West, mas eu já podia imaginar. Haveria hotéis simples, orgulhosos, onde 25 dólares comprariam um quarto de um amarelo desmaiado com telas enferrujadas, um ventilador de teto, uma rede nos fundos. Haveria praias límpidas, cacatuas, papagaios e grous perambulando pelos alagadiços. (De certa forma, eu fizera uma metamorfose nos Everglades e os transportara para as Keys.) E, ao famoso pôr-do-sol, um punhado de habitantes dos vilarejos locais, queimados de sol, iria se reunir na praia da cidade para molhar o pé, num rito cerimonial. E lá estaria eu... bronzeada, descalça, de vestido-de-verão tomara-que-caia, a viajante orgulhosa em final de jornada. Ao meu redor, um halo, um brilho tão palpável que casais, aos cochichos, assentiram em admiração. Era uma visão arrebatadora, quase sagrada. Um capítulo sinfônico final escrito em *purple prose.*

Eles mandam você para a faculdade para ganhar conhecimento,
Mas tudo o que você quer fazer é aprender a seduzir.

Eu andara poupando aquela fita do Jimmy Buffett exatamente para aquele momento. Tamborilando os dedos no volante, cantei balançando a cabeça e o ombro. Num semáforo vermelho, um camarada de cavanhaque num sedã caindo aos pedaços me olhou e riu.

Vinte e quatro quilômetros... nove quilômetros... Entrando em Key West.

Aqui. *Aqui.* Três mil e duzentos quilômetros e finalmente ali. Mas, espere, espere só um minuto... esta cidade é uma bagunça, *a mesma velha merda de amontoamento turístico.* Howard Johnson's. Quality Inn. Day's Inn. Alamo. Domino's. Sol branco congelado em cartão. Carros circulando como condores. Carros entrando, carros saindo. Quase comecei a chorar.

À luz da lua
Ele é um francês à noite...

Oh, cale a boca, Jimmy!

Então, uma placa para a Cidade Velha. A estrada estreitou-se. E, de repente... Eu estava numa rua tranqüila de casas vivamente coloridas com treliças cor de pão de gengibre e cadeiras de balanço e bandeirolas com o festivo arco-íris e varandas em tom pastel, varandas simples e varandas de dois lances que se dobravam ou se curvavam ou se inclinavam, como em postura de gente velha. Palmeiras irrompiam do solo arenoso. Buganvílias exibiam chocantes flores cor-de-rosa. Podia sentir-se a excentricidade comprimindo-se contra as portas da frente, esperando para escapar, como se a festa tivesse começado anos antes, mas nunca fosse tarde demais para se juntar a ela.

Estacionando sob um enorme e florido *flamboyant*, pedalei minha bicicleta pelas imediações até que cheguei à Hospedaria do Galo Vermelho, uma casa em estilo vitoriano com uma cabeça de galo (intencional) do tamanho de uma lavadora de pratos pendurada na varanda do segundo andar.

Lá dentro, o *concierge*, um rapazinho *gay* suado e com um brinco de brilhante numa orelha, graciosamente deixou-me barganhar com ele um quarto por 5 pratas. Em seguida, enchi-o de perguntas em busca de sugestões de passeios.

— Tudo depende daquilo que você quer fazer — disse o atendente, que me lembrava Sting, só que gordo e ensebado. — Você, provavelmente, deveria começar com o Trem de Conch.

— O Trem de Conch?

— É aquele trem turístico vermelho que circula por toda a ilha, e o guia fala sobre todas as casas. — Sua mão fez um círculo no ar.

Revirei meus olhos.

— *Hum... hum...* Você entendeu. Bem... há a Casa de Hemingway e o Ponto Mais ao Sul. — Falava num tom completamente entediado ou quem sabe estivesse com muito calor para ser útil. — Você, provavelmente, vai passar um monte de tempo nos bares.

— Suponho que sim — eu disse, não querendo parecer pouco aventureira.

O telefone tocou.

— Com licença. — Ele pegou o telefone de um jeito afetado, entre o indicador e o polegar. — E aí, Princesa?

— Como *vou* saber se ela é certinha? — O *concierge* revirou os olhos para me impressionar.

— *Perguntar a ela?* Só por você, Preciosa.

Voltou-se para mim.

— Nosso camareiro quer sabe se você é certinha.

Concordei, deslizando para uma banqueta, cotovelo no balcão, queixo apoiado na palma da mão.

— Sim, Francis, seu assanhado. Nossa adorável hóspede é *heterossexual*. Tchauzinho então. E não telefone de novo.

Desligou o telefone e fez uma pausa.

— E, é claro, você vai ver o pôr-do-sol para poder dizer que esteve lá. É um pesadelo, mas sabe como é, sacrifícios devem ser feitos... E o cemitério...

— O cemitério?

— Oh, *siiim*. Nosso cemitério é único. As pessoas costumavam ser enterradas lá, mas agora, bem... o nível da água é tão alto, a mais alta elevação da ilha é de um metro, e eu acho que os defuntos ficavam flutuando na superfície e, portanto, eles desenterraram todo mundo e colocaram os corpos em criptas. Algumas das inscrições são um barato.

— Como?

— "Quisera que você estivesse aqui". Ou "Eu lhe disse que estava doente". Minha favorita é "Pelo menos eu sei onde você está dormindo esta noite". Não vi com meus próprios olhos, veja bem — Ele bateu a mão no coração —, mas é o que me contaram. Daria cada história...

— Espere aí, é verdade ou mentira?

— Na verdade, não tenho certeza. Há um bocado de *histórias* sobre Key West. Algumas delas são verdadeiras. Não se esqueça, Key West é o "fim da linha". As pessoas aqui estão fugindo, da lei, da vida. Ninguém dá a mínima para quem você é ou com quem você *dorme*. Não é como aqueles lugares horríveis como *Iowa* ou *Indiana*. Quero dizer, aqui, quando você acorda de manhã, ainda sabe que é *gay*, mas pelo menos não tem de *esconder* isso. Se as pessoas não sabem lidar com bichas, não deveriam vir para cá. *Ponto final.* — Falava de forma mais petulante agora, como se estivesse relembrando alguma antiga ofensa, mas rapidamente recuperou a alegria. — É relaxante para héteros também. Ninguém vai espiar debaixo dos lençóis para ver do que você está *a fim.* A parte ruim é que ninguém quer se *comprometer* com nada.

— Quer dizer com relacionamentos?

— Relacionamentos. Trabalho. Planos. O amanhã. Estão todos fugindo. Esqueça essa coisa de identificar alguém. São usuários de droga ou artistas ou jogadores ou são espantosamente ricos ou espantosamente pobres ou algum tipo de *criminoso* com uma folha corrida de dar medo. Esta ilha tem uma longa história de estranheza. Key West foi fundada por piratas e náufragos e pela ralé. As pessoas vêm para cá para escapar. Escute, amor, a quantos lugares você pode ir para uma reunião dos A.A. sete dias por semana e dos N.A...

— N.A.?

— Narcóticos Anônimos... Tem reunião no N.A. duas vezes na semana.

Assenti, com um sinal de cabeça.

— Escute, esta ilha costumava ser desregrada, totalmente desregrada. Sem lei alguma. Era tudo droga, e a cadeia estourava de gente. Estourava todo fim de semana. Agora temos *famílias* e a *Disney* e o *Hard Rock Café* e...

O telefone tocou novamente.

— Sim, meu traseiro está queimando.

Pausa.

— Escute aqui, espada. Agüente-se nas calças. Estou conversando com nossa adorável hóspede... Como eu sei?

Olhou para mim.

— O camareiro quer saber se você está disponível.

Fiz um sinal negativo.

Meu novo amigo fez um gesto de aprovação.

— Achei que não. Uma jóia de garota como você.

Colocando a boca de novo no telefone, fustigou:

— Não, ela não está disponível. Agora, vá tirar o pó ou cuidar das coisas ou se ocupar e pare de me atormentar com sua fantasia patética.

Com um gesto brusco, desligou o telefone que segurava entre o polegar e o indicador, dedinho empinado. Eu diria que aquilo era impossível, mas vi por mim mesma.

Você HÁ DE PENSAR que é impossível ficar perdido numa ilha de três quilômetros por cinco, mas eu me saí admiravelmente bem. Pelo jeito, os marcos tinham se derretido com o calor. Em minha primeira incursão pela cidade, dei de cara com o Forte Zachary Taylor, a base naval. No dia seguinte, depois de me dizerem que o forte, na verdade, era um parque com uma praia, o velho Zachary estava em algum lugar, à espera de ser localizado. Na outra manhã, depois do café, fui praticar *jogging*, estudando meu mapa antes de enfrentar o calor, apenas para terminar perdida nos bairros de casas populares. Sim, há casas populares em Key West, onde a gente pobre vive em cabanas cai-não-cai com galinhas ciscando em círculos e sofás encostados em pequenas varandas e longos trechos de um silêncio impressionante em hora matinal.

Todas as ruas conduziam a Duval, o canal dragado transformado na principal rua comercial da ilha, uma faixa tomada por restaurantes e lojas de miniaturas de Jimmy Buffett e cafés que serviam torta de limão à *la Key*, e, de acordo com um folheto, 45 lojas de camisetas cujas mensagens se rivalizavam com as de Atlantic City em indecência: *Se Você Não Está a Fim de Sexo Oral, Feche a Boca*.

Numa entrevista para a *Paris Review*, consta a famosa citação de Hemingway, um dos mais ilustres residentes de Key West, que teria dito: "O presente mais essencial para um bom escritor é um detector de merda embutido, à prova de impactos". O mesmo parecia ser verdade para Key West. Aparentemente, a Casa Mais ao Sul não era realmente a casa mais ao sul; só costumava ser. E a Casa Mais Antiga de Key West podia não ser, *na verdade*, a mais antiga casa atualmente, digamos assim. O guia turístico no museu da Casa de Hemingway disse-nos que Papai e sua terceira esposa, Pauline, eram os orgulhosos proprietários de 51 gatos. Meu guia de viagem insistia que a colônia de gatos, na verdade, ficava em Cuba, não em Key West. Depois de algum tempo, eu percebi que não importava muito aquilo que era fato e o que era ficção, todos tínhamos ido a Key West por causa do mito. Como as histórias que Nana costumava contar, as histórias sobre Key West não eram sempre verdadeiras, mas soavam bem.

Naquela noite, fui a um clube noturno *gay* que o pessoal insistiu ser a *verdadeira* Key West. Havia um show de *drags* ao lado da piscina. Esgueirei-me entre belos rapazes de short apertado e recostei-me contra uma cerca branca. Banhada de luz, a água da piscina reluzia num sensual azul David Hockney e a brisa da noite roçava sua superfície como o arrepio do desejo. Fiquei a olhar, relembrando Peter correndo seus dedos pelo lado interno de meu braço. Parecia ter se passado a metade da eternidade desde que havíamos estado em contato.

O mestre-de-cerimônias pediu-nos que déssemos boas-vindas calorosas a Googie Gomez.

Googie surgiu num minivestido rosa-choque e botas de plataforma, faiscante em imitações de brilhantes, dublando a canção *Barbie Girl*. Embora Googie tivesse investido algumas horas em sua montagem, tenho que dizer que Page e eu fazíamos melhor lá naqueles dias de rodeio da Barbie. Googie parecia Barbie jogada em lixo radiativo, especialmente quando passou, com ares de *vamp*, por um par de lésbicas corpulentas com cabelos rapados, as mãos nos bolsos como homens sem nada para dizer. Googie certamente bateria a Page e a mim em movimentos sensuais. Ela-ele enroscou-se num mastro, deslizando um boá de penas por entre as pernas como um fio dental entre os dentes, jogando seu traseiro para os deuses: *"Vamos lá, Barbie, vamos festejar! Ah, ah, ah, uuui"*.

Outras *drag queens* vieram e se foram, dublando canções de Elvis e de Donna Summer, e eu confesso que achei o espetáculo todo um bocado chato. Key West podia se orgulhar de ser *risqué*, mas, droga, você veria o mesmo comportamento em Salt Lake City. E em Utah, havia ainda uma excitação adicional em desafiar os mórmons. Com tão poucos tabus em Key West, Googie Gomez não era uma blasfêmia. Ele era apenas outra garota.

Na manhã seguinte, visitei o Jardim Secreto de Nancy Forrester, meio hectare de floresta tropical feita pelas mãos de uma mulher, atulhada com raras inflorescências botânicas, orquídeas e palmeiras altíssimas, supostamente o único jardim público *frost-free* do país. Nancy estava com seus 50 anos, boêmia por distração. Quando comecei a fazer perguntas, ofereceu-me um café quente e eu pedi água e sentamo-nos em sua varanda — sua casa ficava no centro do jardim — e conversamos, ou, quer dizer, ela falou e eu ouvi.

Nancy me contou que não enxergava seu jardim como horticultura, mas como arte, que poderia vender suas terras para um investidor e fazer a festa, mas que jamais sairia de lá porque estava direcionando sua vida para o poder espiritual dos espaços verdes. Falou tanto que minha mão começou a suar e meu bloco de anotações ficou úmido. Sua história começava a me fazer lembrar das plantas em seu jardim, espalhando-se e se entrelaçando, sem fim nem começo, até que eu tinha esquecido de minha pergunta inicial e tudo que pude fazer foi não apertar as mãos sobre meu estômago que roncava, não fechar os olhos ou cochilar.

— As pessoas sentem algo especial quando vêm a este jardim — dizia Nancy. — Uma energia, você sabe. Temos realizado casamentos aqui, cerimônias de comprometimento. Uma mulher casou consigo mesma.

— *O quê?* — Saí de meu estupor. — Uma mulher se casou com quem?

— Seu nome é Allison, uma bela moça. É enfermeira, trabalha com pacientes aidéticos e, no mês passado, convidou a todas as suas amigas e realizaram uma cerimônia aqui no jardim, e ela casou consigo mesma. Quero dizer, não legalmente, é claro. Uma cerimônia de comprometimento. E o seu vestido era...

— Por que ela quis casar consigo mesma? — interrompi-a.

— Você deveria perguntar a ela. Allison trabalha no hospital.

— Como é que ela fez isso?

— Bem, ela escreveu seus próprios votos. Eram muito bonitos.

— Até que a morte nos separe?

— Algo assim.

— E a lua-de-mel?

Nancy fitou-me muito séria, tentando decidir se eu estava fazendo piada.

— Você tem de perguntar a ela.

CASAR COMIGO MESMA... ora, a opção nunca me ocorrera. Finalmente, a solução que eu andara procurando por todos aqueles quilômetros.

Tentei me imaginar contando a novidade a meus pais.

— Mamãe. Papai. Tenho uma coisa que quero contar a vocês... Ah... bem... Sei que estão esperando que eu me case, e tenho uma boa notícia: decidi casar comigo mesma.

O chapéu de tecido atoalhado de papai cai de sua cabeça.

— Ora, eu sei que não sou a parente que esperavam... mas, com o tempo, tenho certeza de que vão me aceitar como parte da família.

Que casamento seria! Eu alugaria uma ilha no Terceiro Mundo, flutuaria num barco ao pôr-do-sol, contrataria rapazes nativos para tocar clarins ao luar. Todos os meus amigos compareceriam e dançaríamos e eu me daria um pedaço de bolo e todos celebrariam meu futuro feliz... comigo! No brinde lacrimoso, minha dama de honra iria declarar que havia sido amor à primeira vista: ela explicaria como, depois de tantos enganos, eu finalmente encontrara minha alma gêmea.

Depois da celebração, quando o último convidado fosse cambaleando para casa e eu ficasse sozinha comigo mesma em minha suíte de lua-de-mel e fosse hora de consumar os votos... bem, acho que eu saberia o que fazer.

Mas, e se, depois do casamento, o Príncipe finalmente cavalgasse até a cidade num corcel de nome Jake? Eu não poderia desposá-lo também, o que seria poligamia. Eu teria de me divorciar — de mim mesma, jogar fora o velho testículo e a aliança. (Roger sempre dizia que eu daria uma adorável primeira esposa.) Mas eu tinha uma tremenda dificuldade em terminar com os relacionamentos. Ver o amor desperdiçado por nada, dizer adeus pela vida inteira, era tudo tão trágico.

O que eu faria sem mim?

Oh, a dor no coração, a perda. Eu teria de dar a notícia a mim mesma com cuidado. Não diria pelo telefone. Por *e-mail*. Oh, não, não, muito cafona. Faria isso em pessoa, olharia para mim mesma diretamente nos olhos, seguraria minha mão na minha.

— Lili, você sabe que eu ainda me importo com você — diria a mim mesma. — Sou eu, não você. Só preciso de um pouco de espaço e de tempo para resolver as coisas, pensar nas coisas com cuidado. Não é justo com você prosseguir fingindo desse jeito. Mas não se preocupe. Você encontrará alguém algum dia, alguém melhor do que eu. Desejo a você só o melhor. Você merece. Ninguém merece mais do que você. E você sabe... quem sabe... *a gente pudesse ser amiga.*

A GAROTA QUE CASOU consigo mesma concordou em encontrar-me para um drinque.

Fora muito amistosa ao telefone, lisonjeada de partilhar sua história. Encontramo-nos num bar de cadeiras na calçada, uma choça glorificada com mesas e cadeiras de plástico. Assim que entrei, uma jovem de minha idade acenou para mim. Era bonita, com jeito de menino e, contudo, feminina, de cabelos castanhos bem curtos, dentes numa fileira muito branca e uma pele perfeita. Parecia atlética, como se pudesse mandar uma bola direto para o campo do adversário, como se pudesse correr rápido o bastante para apanhá-la no ar.

— Como vai? — perguntou, pousando a garrafa de cerveja para levantar-se e apertar minha mão.

— Muito bem — eu disse. — Gentileza sua me encontrar.

— Ora — disse ela —, acabei de voltar da praia. Pegue uma cerveja.

Eu tinha esperado encontrar alguém um pouco maluca, mas Allison não era tão fácil de rejeitar. Apoiou os pés descalços na mesa circular e começou a falar de si mesma. Tinha 35 anos, era divorciada, não de si mesma, mas do primeiro marido. Nascida e criada em Kentucky, casara-se numa igreja batista com um enorme vestido, sete damas de honra e sete cavalheiros de honra, a parafernália toda. O casamento não durara dois anos.

Eu, é claro, fiz o papel de inquisidor.

— O que saiu errado?

— Acho que me joguei de cabeça muito cedo — começou. — Meu marido parecia um sonho. Tinha tudo que eu sempre quis em alguém, menos a qualidade do amor incondicional, da aceitação de quem eu sou. Eu pensava que, quando a gente se casa, o homem deve amar a gente como a gente é, mas eu estava redondamente enganada.

— O que ele não aceitava?

— Oh, ele sabia como arrancar a casca de velhas feridas. Tinha ciúmes de meu passado. Fazia com que eu me sentisse mal com relação aos antigos relacionamentos. Fazia perguntas, e então voltava as respostas contra mim. Olhei para minha cerveja. A antiga nº 42 fizera um pouco disso consigo mesma.

— Depois do divórcio, vim a Key West para passar férias, e então percebi que precisava ficar. Havia encontrado um belo espaço aqui. Tinha aquele incrível apartamento que emerge entre as árvores. Você deveria ver. É como um ninho, como uma cabana encarapitada lá em cima. Quando cheguei aqui pela primeira vez, eu estava um trapo. Não sabia mais o que sentia. Não sabia quem *eu* era. Na verdade, você não precisa ser você mesma quando está com alguém.

Ah, sim, pensei, o velho jogo da casca de caranguejo.

— Eu sabia que era hora de viver sozinha, mas, Deus, foi difícil a princípio. Sentia-me muito solitária e triste. Lia e escrevia e ouvia jazz e escrevia em meu diário todos os dias e observava a mim mesma lutar com o ser sozinha. Mas, por fim, encontrei meu próprio lugar e comecei a gostar de mim pela primeira vez em minha vida, a gostar de vestir esta pele.

Ela estava tão certa. Aquilo era exatamente o que *eu* precisava fazer. Eu nutria a *intenção* de ser sozinha, mas havia tantos, bem, *homens interessantes*. Enterrar-me em Key West, respirar a brisa perfumada de flores, perder-me num melodioso acorde de saxofone, parecia tão pacífico. Claro, o sofrimento muitas vezes soa romântico quando não é o seu.

— Meu círculo de mulheres ajudou um bocado — emendou Allison.

— *Seu o quê?*

— Círculo de mulheres. Não ouviu falar?

Meneei a cabeça.

— Somos um grupo de mulheres que se reúne, gente que procura desenvolver o espírito comunitário. Nós nos encontramos uma vez por semana. Não há sessões de fofoca ou terapia em grupo... Bem, algumas vezes acontecem... mas conversamos e rimos e fazemos meditação em grupo. Estamos apenas lutando para descobrir quem somos realmente e como ficar bem com isso. Você sabe: quem sou eu e qual é minha Verdade?

Quem sou eu? Fiquei imaginando. *Qual é minha Verdade?* Talvez eu não fosse profunda o suficiente para ter uma Verdade. Talvez eu precisasse me concentrar em questões mais simples, tais como *Onde estou? O que há para o almoço?* Como se para confirmar isso, estudei as unhas vermelhas e brilhantes de Allison, pensando se eu poderia usar uma tal tonalidade. *Alguma vez eu tivera uma Verdade? Se tivera, onde a deixara?*

— Mas conte-me alguma coisa sobre você — disse Allison. — O que a trouxe a Key West?

— Apenas uma viagem — eu disse, vagamente, implícito ali que não havia nenhuma história que valesse a pena contar. A última coisa que eu queria era conversar sobre mim. — Então, de onde você tirou a idéia de casamento?

De um livro, disse Allison. Aquele livro excelente sobre como ser uma mulher lasciva e selvagem, e uma das sugestões era a de se lançar num casamento. Assim que Allison lera aquilo, começara a fazer a lista de convidados.

— Estava apaixonada por *mim* — disse. — Então, decidi gritar isso ao mundo. Não sou perfeita; sou imperfeita, mas estou aqui na Terra para ser a melhor Allison que posso ser.

— Mas... por que o casamento?

— Eu finalmente assumi um compromisso comigo mesma, já que vinha me esquivando disso por 35 anos. Era uma maneira de honrar-me. Um casamento de meu lado masculino e feminino, meu *yin* e meu *yang*, unindo meu eu forte e atlético com meu eu mais complacente e compassivo. Quero regozijar-me com meu ser Allison.

Eu me remexi, desconfortável. Qualquer coisa remotamente da Nova Era me faz sentir como uma ianque estóica, mais do que apenas um pouco só reprimida. E, contudo, a Garota que Casou Consigo Mesma parecia tão calma, tão... *normal*. Mas, honrar a mim mesma? Regozijar-me com meu ser Lili? Bom Deus, eu estava tentando sobrepujar meu ser Lili, tornar-me alguém melhor. Baixei os olhos para a pilha de pulseiras de prata em meu pulso, para a cutícula arrebentada do polegar, as manchas brancas em minhas unhas, meus joelhos enormes marcados por velhas cicatrizes.

Ergui os olhos, pensei em algo e sorri.

— Como fez a proposta a si mesma?

Allison entendeu a piada, mas respondeu seriamente.

— Eu disse alguma coisa assim: "Você é minha parceira de corrida, minha parceira de mergulho e minha amiga, e eu gostaria que fosse minha esposa".

— Ou marido?

— Marido e esposa.

O casamento em si fora uma cerimônia íntima. Mulheres de trinta — uma convenção de bruxas, como Allison colocou — reuniram-se de noite no rústico chalé de Nancy, com vinho e pão e queijo e frutas e o bolo de casamento. A noiva usava um vestido verde-pálido com um longo V nas costas, uma coroa de flores e brincos com libélulas. Percorreu a nave de pés descalços e em seguida leu os votos que escrevera.

Eu juro nutrir meu corpo e alma com risos, exercício, alimento nutritivo, pensamentos e palavras positivas sobre mim mesma e os outros... para dançar para sempre a música de minha alma...

Remexi-me de novo, mais desconfortável. Dançar a música de minha alma? Eu mal conseguia encontrar minha alma, imagine fazê-la tocar música.

— Mas o que isso lhe *pareceu?* — perguntei.

Allison considerou por um momento.

— Ótimo — disse. — Mostro as fotos às pessoas e elas dizem: "Oh, você está tão linda". E, sabe, eu me *senti* linda. Oh, e depois dos votos, eu disse às convidadas que todas poderiam beijar a noiva.

Caí na risada.

— Então, foi melhor do que seu primeiro casamento?

— Melhor? — Allison franziu a testa. — Não, *diferente...* sim, *melhor*, porque em meu primeiro casamento, a excitação estava do meu lado de fora. Era uma representação para meus pais, para outras pessoas. Esse foi centrado em mim, para mim.

345

Tudo aquilo soava tão egoísta. Tão egocêntrico. Míope. Não consegui decidir se era uma boa coisa — cuidar do próprio jardim, pensar globalmente, agir localmente, esse tipo de coisa — ou uma coisa terrivelmente narcisista, de um solipsismo exagerado, a praga de nossa superficialidade, tão auto-absorta, tão auto-ajuda. Contudo, por outro lado, Allison era enfermeira, uma enfermeira de pacientes com Aids. Cuidava de pessoas doentes; doava-se.

— Então, está namorando alguém agora? — perguntei.

A pergunta escapou. Evidentemente, se eu fosse o tipo de mulher que conhecesse sua própria Verdade, aquela pergunta estaria fora de questão, mas eu não era esse tipo de mulher nem a pergunta se mostrou fora de propósito.

Allison sorriu.

— Tenho saído com um homem maravilhoso. Ele é um ex-integrante da equipe Terra, Mar e Ar da Marinha, entre outras coisas. Não o convidei para o casamento e seus sentimentos ficaram um pouquinho feridos, mas ele entendeu, em algum nível, que eu só queria mulheres na cerimônia.

Regra nº 355 de Emily Post: Jamais convide seu namorado para seu casamento. Jamais convide seu marido.

— Pensa em se casar algum dia? — perguntei. — Quero dizer, com alguma outra pessoa?

Ela riu.

— Bem, não sei. Os velhos contos de fada são difíceis de morrer. Se me casar, será completamente diferente. Não vou me perder em alguém mais. Tenho que estar com uma pessoa que me encoraje a crescer, alguém que esteja co-criando comigo.

Soava como uma tira de quadrinhos do *New Yorker*. Uma mulher esguia num coquetel murmura para a outra: *"Eu costumava ser co-dependente, mas agora sou co-criativa"*.

— Então, está feliz agora? — perguntei. — Feliz Para Sempre?

Allison torceu o nariz.

— Vamos dizer que as alegrias são mais simples agora.

Enquanto pagávamos a conta e nos levantávamos para sair, fiquei remoendo aquilo que Allison dissera. Casar consigo mesma — era bastante ridículo. Contudo, talvez Allison estivesse certa. Assumir um compromisso consigo mesma, com sua felicidade e bem-estar, saber o que se sente, ter alguma idéia do porquê, criar algo, ser criativa com alguém, sozinha, porém junto — eram ideais pelos quais valia a pena batalhar.

Quem sabe eu *devesse* casar comigo mesma. Mas, se o fizesse, teria de ser numa cerimônia secreta. Sem convidados, sem igreja, sem convenção de bruxas ou porcelana. Não, se eu algum dia tivesse a coragem de pedir minha mão — e eu aceitasse —, definitivamente teria de fugir para casar comigo mesma.

Então me ocorreu: talvez eu já tivesse feito isso.

QUANDO ALLISON E EU caminhávamos de volta à cidade, um jovem guiou a bicicleta em nossa direção, carregando um garotinho de cabelos loiros na garupa.

— Leon — chamou Allison, virando-se para mim. — Ora, aqui está alguém que você deveria conhecer.

O estranho deu um abraço em Allison. Seus cabelos caíam sobre os ombros em longos caracóis luminosos. Sua camiseta era rasgada com elegância para expor os músculos duramente conquistados. Parecia um cruzamento entre *personal trainer*, um deus nórdico e Fábio.

— Ooooi, Allison — ele disse, suavemente. — E aí?

— Leon, esta é Lili — disse Allison, afagando as bochechas do garotinho. — E este anjo aqui é Atlas. Eu estava contando a Lili sobre meu casamento. Lili, se eu tivesse que lhe dar um conselho antes que se vá de Key West, seria conseguir que Leon lesse seu mapa astrológico. Este homem mudou minha vida.

Ora, eu nunca pusera muita fé em astrologia, mas acredito no poder do acaso. E se um astrólogo traz a bicicleta para seu caminho numa tarde ensolarada em Key West e é conhecido por mudar vidas e você passou os dois últimos meses procurando, escarafunchando uma pequena orientação espiritual, bem, só uma tola iria ignorar aquele sinal. Ou talvez só uma tola fosse cair nessa.

Leon estava morando no barco de um amigo, mas poderia ler meu mapa na noite seguinte, se eu o encontrasse na livraria onde ele trabalhava. Eu deveria aparecer por volta das nove; até então Atlas estaria dormindo. Leon normalmente cobrava 100 dólares por uma leitura, mas, já que eu estava em viagem, poderia pagar o que pudesse. Durante a negociação, Allison ficou pendurada em Leon como uma irmãzinha em adoração.

NA NOITE SEGUINTE, pedalei minha bicicleta até a livraria e toquei a campainha. Leon abriu a porta com um sorriso. Tínhamos dois pequenos problemas: Atlas não estava dormindo, não até o momento, e Leon esquecera o mapa no barco.

— A melhor coisa a fazer é ir até o barco e fazer a leitura lá — disse ele.

— Onde está o barco exatamente? — perguntei, imaginando se aquele era algum tipo de truque, olhando para Atlas, pensando se tinha idade suficiente para fazer papel de acompanhante.

— Na baía — disse Leon. — Podemos tomar um táxi aquático. Funcionam até a uma.

Deus. Aquela ia ser uma longa noite. Fiz uma pausa até que a velha linha de raciocínio de Ken Kesey veio à minha cabeça: Ou você está no ônibus ou fora do ônibus. Por uns dias a mais, eu ainda estava no ônibus.

— Vou poder voltar com certeza? — perguntei.

Leon assentiu.

— Então vamos.

Enquanto caminhávamos para as docas, tentei puxar conversa.

— Então, você lê mapas o tempo todo?

— E escrevo livros de ficção — disse Leon. — Este garoto aqui tem o nome do herói de minha série de ficção, Atlas Astroworld. Esse nome me veio há doze anos. Também estou editando um livro de astrologia por conta própria. Na primeira parte, disseco os arquétipos junguianos. Depois comento o mapa de Jesus. Olhe só aquela lua.

A lua estava cheia e brilhante como um farol. O encanto envolvente do luar fez Leon calar-se por um instante.

— Minha lua está em Aquário — começou, de novo, enquanto eu prendia minha bicicleta no píer com o cadeado. — Eis por que você tem diante de si um esquisitão como eu. Tenho a alma de um humanitário. Mas meu signo é Aquário, o cientista louco. Está entendendo tudo, Atlas? — Espiou o garotinho que brincava com os cabelos de Leon. — Ele vai saber muita coisa quando crescer. É vegetariano. Estou pensando que terei de me mudar logo. Key West é um bom lugar para dar início às suas visões, mas meu mapa diz que estou em processo de uma transformação maior. Estou aberto para o Universo...

Leon assumiu uma pose de ator shakespeariano, braços implorando aos céus.

— Eu digo: *Universo, faça comigo a sua vontade.*

Aquele era o sujeito que mudara a vida de Allison? Justo quando eu estava imaginando como poderia cair fora educadamente daquela aventura de leitura de mapa, um rapaz numa lancha chegou à doca.

— Eis o táxi aquático — disse Leon.

Não parecia existir um jeito decente de fugir e então tomei a mão do rapaz da lancha e entrei na embarcação. Leon indicou a direção, e seguimos pela baía, ziguezagueando entre os veleiros. O luar incidia sobre nós tão luminoso, as coisas luziam com seu brilho fosforescente que tudo parecia mágico, fotografias em preto-e-branco coloridas à mão. Parecia magia estar na água, livre e um pouco turbulenta, tal como correr por Manhattan num táxi à noite. Sorri para Atlas, aconchegado em sua cesta, os cachos esvoaçando ao vento. Eu poderia passar horas cruzando a baía, mas a lancha encostou junto a um veleiro de bom tamanho. Leon subiu pela amurada.

— Até que horas você trabalha? — perguntei ao rapaz do barco.

— Uma da manhã.

— Eu preciso de uma corrida de volta de qualquer jeito.

— Se não me chamar, eu apareço por aqui — disse o rapaz.

O barco fez a volta e mergulhou na noite. Leon abriu o ferrolho e desceu uma escada. Esperei no convés, olhando, sentindo a noite. Talvez as estrelas realmente guardassem o segredo de quem fomos, de quem seremos. Cada um de nós — a gorda, o traficante, o travesti, o policial. Quem sabe não fosse Deus, mas as estrelas que estivessem no comando. Quem sabe...

— Cuidado com a cabeça ao descer a escada — avisou Leon.

Lá na cabine, Leon arranjava a cama para Atlas, afastando livros e um gravador, abrindo um tubo de pasta de grão-de-bico e óleo de gergelim e um saco de torradinhas de milho orgânico, dizendo a Atlas que era hora de nanar.

— De quem é este barco? — perguntei, sentando-me na bancada.

— É de uma amiga minha, uma cliente, uma artista. Ela mora no barco, mas teve de viajar às pressas. Seu namorado — ele é de Aquário, bom rapaz — está na prisão em El Paso por tráfico. Então ela foi até lá para tirá-lo da cadeia. Ofereceu-me para ficar aqui de graça. Então eu disse: "Ei, Atlas, estamos nos mudando para um barco".

Que tipo de vida era essa para uma criança engatinhando? Olhei para os redondos olhos azuis de Atlas à procura de sinais de tensão, mas nada havia ali.

— E a mãe dele? — perguntei.

— Louisa mora em Key West. Passamos uns bons anos juntos. Não consultei o mapa de Louisa quando a conheci. Foi meu erro. Devo lhe dizer que tenho quase certeza de que numa vida anterior eu fui o poeta Percy Shelley. Ora, ele fugiu para se casar com sua primeira esposa, tal como Louisa e eu. Mais tarde, Shelley se apaixonou por outra mulher, Mary Shelley, a que escreveu *Frankenstein*, e a sua primeira mulher ficou tão enciumada que cometeu suicídio. Bem... Louisa não é muito feliz, mas não tentou se matar. De qualquer forma, quanto a mim, devo estar casado em seis meses, tal como Shelley. Eu disse ao Universo na noite passada: "Universo, estou pronto". Quer um pouco de pasta de grão-de-bico?

Aceitei, muda, ainda pensando em Louisa, que não ia se matar.

— Bem, na Renascença, positivamente eu fui o astrônomo alemão Johannes Kepler. — Leon esperou por minha reação e, sentindo ceticismo, emendou rapidamente: — Ou seu aprendiz.

— Verdade? — eu disse.

Leon colocou Atlas sentado no banco perto de mim e me encarou.

— Tudo bem — disse, esfregando as mãos. Passou uma camada de pasta numa torradinha e deu a Atlas, e colocou perto do menino uma caneta e um papel para rabiscar. Então arrumou um pedaço de papelão, marca-textos, um compasso e papéis de astrologia diante de si e apertou a tecla RECORD no gravador.

— Quando você nasceu?

— No dia 22 de novembro de 1963, às 9 horas e 34 minutos, em Hartford, Connecticut.

Muitas pessoas perceberiam o significado daquela data, mas Leon não fez nenhum comentário. Em vez disso, começou a traçar um mapa astrológico, descrevendo várias partes enquanto fazia. Dois minutos depois, eu estava perdida.

— Temos aqui um mapa do céu no momento em que você nasceu. Estas são as Casas. Eu as chamo Reinos da Experiência. Os Signos estão em volta. São Estilos de Expressão Arquetípica. O DNA está codificado em nós. Como em toda a sociedade desde o início dos tempos, há sempre um guerreiro, um líder, um mensageiro, um pequeno repórter...

Soltou uma risadinha.

Eu forcei um sorriso.

— Olhe aqui, você tem Capricórnio no ascendente. Isso significa que está aqui para redefinir a comunidade. Está usando a máscara da anciã, a velha mulher sábia. Sua abordagem com relação ao mundo, *quem você é*, sua experiência de si mesma é de Capricórnio, o que significa penetrar fundo dentro de si mesma para encontrar a verdade, como um eremita, e depois trazer tudo isso para fora, para o mundo. Você quer alcançar algo, mas é muito cautelosa e prática.

Debruçando-me sobre a mesa, esperei impaciente pelo bom recheio, por algo como o amor.

— Ora, você tem Libra no meio do céu. Mas Libra é governado por Vênus. E Vênus está em Sagitário. Então, sua carreira na vida tem algo a ver com ensino, filosofia e expansão dos horizontes. Mas sua motivação é Marte, explorando o espírito. Sua visão espiritual está na casa doze, a Casa do Subconsciente. Você tem Vênus lá, também. É coisa de, *uoou*, relacionamento.

Aquilo me interessou. Meus relacionamentos eram muito, bem, *uooou*.

— E Marte também está lá. Ora, essa casa também nos diz como você experimentou o útero, a origem, o lugar que se pressupõe prover segurança e conforto. O seu estava em conflito. Já no útero, eu estava em conflito. Tudo estava começando a fazer sentido.

— De um lado você tem Marte, o Guerreiro. Do outro, Vênus, ou o Amor. Portanto você fica no puxa-empurra. Isso pode interferir nos relacionamentos.

Relacionamento de puxa-empurra. Sim, sim, essa era eu.

— Acho que estou um tanto confusa — comecei.

— Bem, numa visão geral, você está aprendendo o princípio da criatividade no reino da eterna mudança — disse Leon. — É uma conotação profunda.

Leon fez uma pausa, dando-me tempo para absorver toda aquela sabedoria. Porções de pasta escorriam pelas bochechas de Atlas.

— Portanto você tem a alma de um gênio — continuou Leon —, um pouco inibida, mas que vai brilhar mais com o tempo. Está seguindo a rota do feiticeiro, da cigana, do estudioso. Agora, Vênus é o regente de seu meio do céu e está na décima segunda Casa das Imagens e Ilusões. Este é um local muito romântico. Você está apaixonada pelo amor.

Apaixonada pelo amor, bem... era verdade.

Leon pegou um texto astrológico.

— Você está em busca da experiência perfeita, num cenário ideal. Algumas pessoas vão buscar eternamente o Príncipe Encantado só para descobrir que a pessoa que desejam é humana e falível, afinal.

Depois de tudo... nenhum príncipe?

— Agora, seu Júpiter está em Áries... Isso significa que você valoriza a auto-expressão, a ação, a crença baseada em experiência pessoal, o fazer por si próprio... provavelmente, vai escrever sobre alguma coisa esquisita... coisas estranhas... coisas estranhas.

Tentei prestar atenção, mas me senti mergulhando na décima segunda Casa dos Devaneios e da Exaustão. Era muita coisa para absorver de uma vez. Sentei-me ereta como um manequim e fingi escutar, mas deixei meus pensamentos vaguear para onde quisessem. Ir a um astrólogo era como consultar um psicanalista. Você paga a alguém para lhe dizer coisas agradáveis, para tornar o caos da vida inteligível, para reconfortá-la afirmando que suas burradas não são inteiramente sua culpa. Droga, mesmo o melhor dos astrólogos jamais há de entender a coisa toda. Falam e falam e você pega aquilo que lhe interessa, como pescar roupas limpas na cesta de lavanderia da família. Se não soubesse que viria, não acreditaria que iria.

Os olhos de Atlas estavam ficando pesados, e os meus também. O barco nos embalava e as palavras de Leon pareciam cair num vazio. Ele estava dizendo alguma coisa sobre Jesus ter três sinais em Escorpião ou talvez eu tenha entendido assim ou talvez ele tivesse dito, não estou certa; não estava ouvindo.

— *Você está em processo de uma lenta e poderosa transformação... mergulhando e investigando para encontrar a verdade... A sabedoria muitas vezes vem do adivinho, do gênio, do idiota...*

Então, eu fizera uma viagem de 3.200 quilômetros para terminar num veleiro emprestado com um astrólogo que pensava que era Johannes Kepler reencarnado. Ele estava prevendo meu destino, mas eu não conseguia nem mesmo ouvir. Todos nós temos que percorrer nossos próprios círculos, eu acho, reaprender o que a última geração aprendeu e lhe *contou* e você *entendeu*, mas *realmente* não compreendeu porque não aconteceu com você. Darwin não ficaria contente (Claro, qualquer coisa que desagrade a Darwin me agrada imensamente.) Acho que não existem respostas verdadeiras até que você as torna reais. Isso me fez lembrar de uma história que eu lera certa vez no jornal. Um pastor da Carolina do Norte realizou um batismo em massa, salvando 2 mil almas numa única manhã. A tarefa era tão hercúlea que ele fizera o trabalho do Senhor com uma mangueira de incêndio.

— *Não é a água* — explicou o pastor. — *É a crença que se tem nela.*

Talvez o mesmo seja verdadeiro para maridos. Não é tanto o homem, porém a fé que você deposita nele. Talvez não haja o homem certo até que você escolha um, até que se permita acreditar.

— *Você é uma eterna viajante. É inquieta fisicamente. A independência é o sopro da vida para você. Suas muitas aventuras podem interferir em sua capacidade de estabelecer relacionamentos íntimos. Você confia na lógica sobre a emoção... mas está trabalhando para combinar efetivamente o coração e a mente.* Leon consultou outros livros, olhos nervosos, queixo luzindo. Leon tinha todas as respostas, mas eu estava prestes a inquiri-lo quanto a algumas perguntas relevantes. *Para onde foi o amor?* Eu não tinha idéia, porém aquilo parecia bem claro: era estupidez fazer uma lista de requisitos sobre o amor. *Tudo era negociável.* Mesmo que você escolhesse o Marido mais comum e sem graça, seu destino não estava seguro. Tudo que o amor tocava transformava-se em arriscado. Tudo era como a faca e o queijo.

Pensando nisso, aquele negócio todo de "final feliz" era bobagem. O amor podia ser feliz, mas não era um fim. Por quê? Porque o amor não era *uma* coisa; eram muitas. O amor se transforma, evolui. *Fica velho.* Ou você aprende a viver com o velho amor — apreciar o ritmo de suas marés, cuidar da ocasional onda turbulenta — ou passa a vida caçando o novo amor, como algum fã enlouquecido sempre em viagem. Escolher o show desvairado da estrada significa perder outras coisas, prazeres mais tranqüilos — *as alegrias são mais simples agora* —, como observar seu filho engatinhar pelado numa daquelas piscinas baratas de plástico e apontar para a água balbuciando *uaua* como se tivesse inventado a coisa toda e você explicando que aquela água é como a água do oceano e é a água que vira chuva e a água que vira gelo. Que a água estava em todas aquelas coisas; como o amor estava em todas aquelas coisas: piscina e oceano e chuva e gelo.

— *Você está diante de uma dose tripla de rendição. Deixando as coisas prosseguir, mudar. Render-se significa deixar de oferecer resistência, fundir-se. Portanto é como capitular, fundindo-se com Deus.*

Quem haveria de querer todas as respostas para o amor, afinal? Ter o mapa rodoviário perfeito tornaria o romance tão tenebroso como o Trem de Conch, tão tedioso como pintar seguindo números. Melhor tropeçar por aí. *Qualquer coisa que valha a pena fazer vale a pena fazer mal.* Além disso, o amor que terminava mal tinha sua própria classe de graça; valia a pena celebrar; fora verdadeiro no momento. Talvez eu tivesse interpretado mal a Graça de certa forma. Talvez a Graça não fosse sempre calma e composta, um barco de madeira sendo pacientemente remado para a praia. Talvez a Graça espirrasse pelo barco a motor de Troy, talvez chafurdasse pela lama numa baleeira afundada, com caixas de pescaria e redes enoveladas e iscas mortas, sem salva-vidas à vista. Talvez a luta pela Graça *fosse* a Graça; talvez a luta pelo amor fosse o amor. Talvez você não tivesse de chegar a parte alguma, só tivesse de ir.

Espraiei-me nisso por um bom tempo, como o barco balançando preso ao molhe, como as velas chocando-se contra o mastro, como o mar fragmentando-se contra as rochas, como o astrólogo matraqueando sobre os sóis ascendentes, como a lua infiltrando aquela luz iridescente pela vigia aberta. E pensei, *estou pronta para ir pra casa agora. É hora de rumar em outra direção.*

Atlas caíra adormecido, sua face descansando numa almofada. Assim que me peguei desejando que Leon o tomasse no colo e o colocasse na cama, ouvi o roncar de um motor.

— Acho que ouvi o barco — eu disse, tentando não parecer demasiado ansiosa.

— *Oh, não* — Leon puxou os cabelos. — Não acabei. Eu vou... Eu vou... Eu vou ter que enviar isso a você.

— Posso lhe mandar um cheque — sugeri.

Leon concordou.

— Deixe seu endereço.

Anotei meu endereço, agradeci a Leon, dei um adeus silencioso a Atlas, subi a escada, saí para a noite e respirei toda aquela liberdade e ar puro. O rapaz da lancha com cara de menino me esperava.

— Como foi? — perguntou, quando pulei a amurada.

— Bem interessante — eu disse. — Embora não creia que tenha entendido muito.

O rapaz concordou como se não estivesse surpreso.

Na corrida de volta, o garoto do táxi e eu começamos a conversar, e ele me contou que fazia dois anos que estava em Key West e que era hora de encontrar um trabalho em terra. Eu nunca ouvira aquela expressão, um "trabalho em terra". Ele me disse que muitas pessoas em Key West moravam em barcos e, portanto, não tinham de pagar impostos, e assim não existiam realmente como cidadãos. Alguns recebiam uns trocados da Previdência ou de aposentadoria por invalidez. Bebiam ou traficavam ou ficavam por aí, escondidos, perambulando.

Perambular, eu fizera muito isso por algum tempo. Pelo que eu vira, Key West era um bom lugar para dar início à sua visão, mas eu estava pronta para mudar, pronta para telefonar a Peter e ver o que aconteceria a seguir, pronta para me abrir ao Universo. E talvez mesmo ao poder dos espaços verdes.

Olhei para o garoto. Ele me lembrava alguém, mas eu não conseguia saber quem. Aquilo costumava acontecer comigo durante todo o tempo. Estranhos me paravam na rua e juravam que eu parecia sua vizinha, prima, amiga de infância. Juravam que era um elogio, porém não parecia. O engraçado era que não acontecia mais. Talvez levasse algumas poucas décadas para que *você* fosse *você mesma* e para que ninguém a confundisse com outra pessoa. Talvez *você* precisasse de umas poucas décadas antes de não se enganar e passar por alguém que não era.

Recostando-me no barco, observei as nuvens correrem encobrindo a lua, sentindo meu dreno automático se ativar outra vez. Os barcos modorrentos acordavam quando passamos por eles e, depois, tranqüilamente voltaram ao cochilo, proas ao vento, vagabundeando apenas até onde seus molhes permitiam.

— *Universo* — murmurei —, *faça comigo a sua vontade.*

De novo a corrida de barco terminou muito depressa. Virando meu relógio para captar o brilho da lua, vi que passava da uma, embora então, por algum motivo, eu não me sentisse cansada. Assim que o rapaz se ofereceu para me levar para um passeio pela baía, um sujeito louro de visual rastafári cambaleou em nossa direção, chocou-se contra uma pilastra, abriu uma embalagem descartável de isopor e tirou de dentro um hambúrguer. Sentou-se de pernas cruzadas, suas coxas tão finas como as batatas fritas que ele enfiava na boca. Disse-nos que seria deportado para Cuba na manhã seguinte e procurava quem quisesse comprar seu barco de doze metros.

— Quanto quer por ele? — perguntou o rapaz do táxi.

O homem olhou para mim, franzindo a testa enquanto fazia as contas.

— Vinte mil pratas, mas aceito dez.

O rapaz do táxi balançou a cabeça. Fora de suas posses.

— Paguei vinte, dois anos atrás — disse o rastafári, coçando a cabeça com a unha do polegar. — Mas preciso vender. Vão me dar um pontapé no traseiro e me mandar para longe daqui amanhã.

Fez um gesto em minha direção com o queixo gorduroso.

— Quer casar? — perguntou, entre mordidas e mastigadas do hambúrguer. — Você fica com o barco. Eu pego a certidão de casamento.

— Interessante — eu disse. — Um belo barco?

— Ótimo barco. — Ele deu outra mordida no sanduíche. — Claro, preciso me divorciar primeiro.

Outra proposta de casamento. Algumas garotas têm toda essa sorte. E como prova irrefutável do sucesso de minha jornada, dessa vez eu soube exatamente o que dizer.

No dia seguinte, eu perambulei pela cidade, dizendo adeus à paisagem, caminhando com cuidado sobre o coral aguçado da praia do Forte Taylor, tentando vadear até a profundidade suficiente para nadar. Naquela noite, fui à Mallory Square para ver o sol se pôr.

Era, como o *concierge* havia me advertido, um *espetáculo*. Centenas, talvez milhares de turistas amontoavam-se num cais, espremendo-se e se misturando e conversando com gente que lia a mão e artistas insistentes em fazer seus retratos e malabaristas de monociclos, brincando com fogo, passando o chapéu. Embora ver o pôr-do-sol em Key West seja uma atração famosa, coisa que turista *deve* fazer, você ainda se sente como um otário, e alguém com um pingo de imaginação só daria uma olhada e cairia fora. Esqueça os pés descalços, não com todo aquele doce caído e caca de passarinho e, quando for hora de uma libação, um mísero suco de laranja Myers & OJ custa sete pratas, e então você percebe que seu senso de *timing* é péssimo; não apenas você está trinta anos atrasada para dar uma de *hippie*, como também em agosto o sol não cai no mar, mas desaparece atrás de uma ilha de propriedade de reis das drogas e capitães da indústria. Não que isso importe muito, porque não há nada nem vagamente poético nesse descenso particular para a noite, não com um malabarista de músculos avantajados arrojando-se numa auto-imolação e os cruzeiros do pôr-do-sol percorrendo a baía e a criança de rua com um *piercing* na língua lhe pedindo para tirar uma foto com uma câmera descartável.

— Como faço para focar? — perguntei, olhando para a caixa de papelão amarela.

— Não foca — disse ela. — É só apertar o botão.

Se aquela era a última cusparada de areia na América, precisamos pensar em enterrar o lixo. Aquele não era o pitoresco final que eu imaginara para mim mesma; eu certamente não percorrera todo daquele trajeto para acabar num clichê turístico. Mas mesmo quando um local está praticamente arruinado, você pode normalmente salvar alguma coisa decente se focá-lo dentro do quadro certo na mente. Esgueirando-me por debaixo de uma corda de isolamento, achei um local na ponta do píer, tirei minhas sandálias e enfiei os dedos na água, tanto quanto consegui. Dois meses antes, eu estava parada no cume do monte Cadillac, com Stuart e Brando, observando o frio solstício do sol nascer a leste. Estava tão apavorada então, confusa e no limite de meus nervos. E, agora, ali me encontrava — sentada na proverbial doca da baía, com meu vestido de linho com botões de madrepérola, fumando um cigarro horrível, sugando a água dos cubos de gelo de um coquetel vazio. Liberada, eis como eu me sentia. Como um fio emaranhado pacientemente desembaraçado, pronto para servir a algum propósito que valesse a pena.

O amanhã estava à porta e seria hora de rumar para casa, mas espere, não tão depressa. Ali e agora, eu me nutria daquele momento, limpando a sujeira de meu tornozelo, esperando que a multidão se afastasse. O sol, pesado e baixo no céu, se vira prisioneiro lá atrás dos ricos e de suas casas, embora línguas alaranjadas de luz periodicamente esgoelassem, como se insistissem em não desaparecer. Ainda não.

Esta terra, este país, espera pacientemente por nós. Como numa aventura amorosa desequilibrada, o viajante toma e toma e não dá quase nada em troca. Em sua hora de necessidade, você pode se lançar nisso e ver o que acontece. Sua jornada, sua nebulosa necessidade de se perder por um tempo não tem de fazer sentido. A intuição o fará, com uma sensação ou uma comichão, e quando você puxar o zíper da mochila, estará pronto para partir.

E, contudo, começamos renovados. Acelerando na timidez da manhã, agarrados à pista do meio até que despertemos nossa mente. Nessas questões de solidão, de proximidade — você só pode ir longe com aqueles sapatos velhos. Por melhor que possa se sair, a única maneira de ser só é continuar mudando, mesmo quando não for fácil; e a única maneira de viver com alguém é continuar mudando, mesmo quando não for fácil. Talvez os relacionamentos não sejam tanto uma questão de coragem, e sim de prática. A prática é a arte ágil da reinvenção.

Estava escuro agora. As docas de Mallory Square estavam vazias a não ser por uns poucos casais trocando segredos e confidências, partilhando um último cigarro. Caminhei devagar até a rua Duval, comprei uma fatia de pizza e sentei-me para observar o refluxo dos turistas.

Papai

ANTES DE RUMAR para o norte, telefonei a alguns amigos, e depois para meus pais. Papai atendeu ao telefone e, após aquele papo de onde-você-está-como-está-o-carro-quando-você-vem-para-casa, ele relaxou e lhe contei a fofoca fresquinha que eu soubera e que corria pelas vinhas: Dodge Dominguez era rico, rico-pra-burro. Estava construindo uma casa no Vale do Silício que era grande o suficiente para aquela sua esposa dos cereais matinais e seus dois filhos, todos, ao que parecia, necessitados de um monte de espaço. Para dar maior sabor à história, enfeitei-a com detalhes ficcionais: era uma casa de 2 milhões de dólares. Quase inteirinha de vidro. Tinha um reservatório subterrâneo. Um gazebo. Um cão montanhês bernês. Uma droga de luxo.

Papai percebeu meu sarcasmo mesclado com um ligeiro toque de inveja. Aborreceu-se ao ouvir o azedume de sua única filha e esbravejou:

— Mas você não liga para o dinheiro. Você só se importa em escrever e com o México e com o amor.

Eu quase derrubei o telefone.

Só umas poucas pessoas me amam o bastante para me lembrar de quem eu sou.

Peguei uma caneta e anotei seu comentário num *Post-it*. Preguei o papel amarelo na carteira, perto dos documentos. Eram palavras às quais eu poderia recorrer, minha própria bengala, caso um dia me sentisse encaixotada ou perdida ou entalada no corredor das sopas enlatadas, incapaz de me mover.

Vovô sai do terraço, no Maine, e arrasta uma cadeira de lona para o sol. Estou a devanear sobre coisas que aconteceram e coisas que podem acontecer.

Vovô toma um longo gole de sua bebida favorita de verão: café frio misturado com suco de ameixa. Olho para suas mãos, suas sardas, sua aliança de ouro.

— Então, vovô, como foi seu casamento? — pergunto.

Vovô estuda o oceano, as ilhas, olhando fundo na memória, tentando trazer de volta aquele dia.

— Bem, não sei — diz. — Não muito rebuscado. Havia um monte de gente lá, acho. Eu estava tão emocionado que não prestei atenção. No dia em que me casei com Nanny, meus pés não tocavam o chão. Alguma vez você já se sentiu assim?

Fiz que sim. Bem recentemente, na verdade.

— Bem, foi desse jeito comigo — diz. — Eu flutuei para dentro da igreja... e lá estava ela.

Flutuando

LITTLE ST. SIMONS ISLAND, Geórgia. Havia mais uma coisa que eu queria fazer.

Umas duas semanas antes, na Carolina do Sul, enquanto caminhava pela praia da ilha de Kiawah, conheci aquele camarada de nome Dean, que insistiu que o lugar aonde eu *realmente* deveria ir era Little St. Simons, uma ilha particular ao largo da costa da Geórgia. Um empresário de nome Philip Berolzheimer comprara a ilha em 1908 para o cultivo de madeira para fazer lápis, mas depois caíra de amores pela terra e decidira transformá-la numa área de preservação natural. A não ser por umas poucas estradas de terra, uma casa de campo e uma meia dúzia de chalés para hóspedes, a ilha de barreira era pura área selvagem, 5 mil hectares de vegetação costeira e mangues dependentes da maré, habitados por veados e jacarés e cascavéis de chocalho no rabo e losangos no dorso.

Durante a maior parte do ano, a família Berolzheimer alugava a casa, a maioria das vezes para retiros de empresas. As diárias eram exorbitantes, mas, ocasionalmente, artistas eram convidados para uma estada sem custos. Dean, um amigo do tetraneto de Philip Berolzheimer, disse que daria um telefonema e veria se conseguiria me arranjar um quarto. Depois que ele fizera a sondagem, telefonei para a gerente do local, Lucy, e disse que era uma escritora que estava escrevendo sobre alguma coisa. Ela me pediu para confirmar dentro de uma semana. Quando telefonei novamente de Key West, Lucy convidou-me para passar uma noite, grátis.

O tempo todo em que a coisa estava acontecendo, fiquei pensando que aquela história dos lápis me soava estranhamente familiar. Assim também o nome Berolzheimer. Finalmente somei dois e dois. Havia seis anos, antes de romper com Dodge, era para eu ter ido à ilha particular de propriedade de amigos íntimos do pai dele, um lugar que Dodge e eu sempre quiséramos visitar para cavalgar na praia.

A princípio, senti-me exultante, até mesmo satisfeita demais. Eu não precisava de Dodge para me levar ao paraíso, podia chegar lá por minha conta. Havia, é claro, uma pequena diferença. A família de Dodge era convidada para o Dia de Ação de Graças, quando o ar é frio e os mosquitos, mínimos; eu chegaria no fim de agosto, na época em que o litoral da Geórgia se transforma numa segunda Costa do Mosquito. Quando Dodge ia para lá, era um hóspede de honra convidado para ficar por tanto tempo quanto permitisse sua agenda ocupada. Eu era uma conhecida *en passant* de um amigo do tetraneto do proprietário original; minha acolhida expirava em 24 horas.

Segui para a ilha num pequeno barco de carreira com um naturalista e um cozinheiro. Quando chegamos à doca perto do alojamento central, vi que estávamos de volta à terra dos carvalhos verdadeiros e dos palmeirais. Lucy, uma mulher gentil com a face queimada de sol, encontrou-me na doca e mostrou-me a casa de hóspedes. A ilha me recordava uma versão sulista de Sundance, o *resort* de Robert Redford em Utah, onde, por um ótimo preço, se podia admirar a tranqüila maravilha da natureza enquanto se é mimada das maneiras mais sutis e elegantes. A cama era larga e firme, com lençóis macios de algodão. Cada quarto tinha um roupão de banho, uma lanterna, repelente para mosquito, tal como o *Terapêutica*. O chalé era decorado com cabeças de alce e retratos antigos da família. Na lateral do lado de fora da cozinha ficavam as garrafas térmicas com bebidas geladas e um prato com biscoitos doces artesanais.

Little St. Simons não tem estradas pavimentadas e conta apenas com uma meia dúzia de veículos da equipe do hotel. Os hóspedes circulam pela ilha a pé, a cavalo ou de bicicleta. Optei por uma bicicleta, escolhi uma azul da frota comunitária e desci por uma trilha de uns três quilômetros pelos bosques até a praia. A floresta era mágica. Numa clareira cheia de musgo, dois antílopes pastavam na relva fresca. Garças de um branco desbotado estavam de pé, imóveis, seus pescoços um arremedo de um S, como se um calígrafo os tivesse desenhado à mão. Vi meu primeiro tatu, uma pequena e velha criatura enrolada, carapaça laqueada, pés miúdos ensaiando passos hesitantes como se tivesse medo de sujar os sapatos, rabo se mexendo como uma sombrinha que ele esquecera que segurava.

Eu me convertera numa bagunça feliz e suada; tanta beleza esperando por mim para deitar e rolar. Por fim, a floresta abriu-se num pedaço de vegetação praiana. Ao final da trilha, havia um gazebo. Deixei a bicicleta na areia e caminhei até a beirada do mato rasteiro.

E lá estava a praia. Uma praia espetacular, todinha para mim. A areia cinza, compacta, estendia-se por uns treze quilômetros. Depois de ver tanto "desenvolvimento" e bares e lojas e toda aquela confusão que chamam de civilização, era miraculoso encontrar uma praia absolutamente deserta. O horizonte era uma linha única, imaculada, sem nada a não ser a água entre mim e a África. Nadei e caminhei e me peguei cantando.

Naquela noite, reunimo-nos para o jantar na casa de campo principal. Os doze hóspedes da ilha sentaram-se juntos em estilo família, passando as travessas de comida, tigelas de purê de batatas e de couve-flor refogada.

— Como Cláudia está passando? — perguntou uma senhora canadense.

— Melhor — disse um homem que tomei pelo marido de Cláudia. — Mas passamos o maior susto.

— O que aconteceu? — perguntei.

— Minha mulher foi mordida por uma arraia — explicou o marido. — Estava vadeando pela praia, sentiu alguma coisa viscosa e tentou pular para longe, mas era muito tarde. Sentiu uma dor terrível, não conseguia andar. Tive de carregá-la até o carro. Ela passou o dia de cama com febre e com muita tontura.

— Nossa, que coisa horrível — eu disse.

Horrível, contudo não horrível o bastante para me dissuadir de consumar um plano final que eu tramara. Todas aquelas semanas dirigindo pela praia e ainda não fora nadar à noite. Depois do jantar, eu queria voltar à praia e mergulhar nua. Queria caminhar pela praia ao luar do jeito que vim ao mundo. Era hora de dançar ao ritmo de minha alma.

DE VOLTA AO QUARTO, o jantar me desceu mal. Caminhando hesitante até a porta, olhei com cobiça para os lençóis macios, os travesseiros de pluma, e então deixei escapar um suspiro. Repelente de mosquito na mão, uma lanterna de cabeça emprestada e saí para a noite. Em algum lugar depois da casa de campo, perdi meu rumo. Estava escuro, realmente escuro. Segui uma cerca branca até que um par de olhos cintilantes pulou diante do facho de minha lanterna. Quase gritei de pavor. Um cavalo, é claro. Por um breve e irracional momento, imaginei que seria atacada. Mas a égua resfolegou com desagrado e eu prossegui pela trilha de terra internando-me no bosque, minha lanterna emitindo um tímido e pálido brilho. Não me ocorrera que a floresta pudesse ser assustadora. As palmeiras lançavam sombras pontudas que pareciam assombrações. Raios fulgurantes, lampejos rápidos de luz branca reluziam breves a distância. Insetos atacavam, em nuvens, as costas de meu pescoço. *Buzz, flip, chip, zum-zum-zum, chip, snip, flip.* Os mosquitos pareciam amistosos com seu zunzum familiar.

O pneu da bicicleta derrapou em um trecho de areia. Desmontei, arrastei-a pela areia, ansiosa por colocar de novo meus pés nos pedais. Cascavéis. Jacarés. Será que saíam à noite? Claro que saíam. Jacarés deixam os alagadiços à noite em busca de comida. Tinham de *cruzar a estradinha para chegar à comida.* O suor empapava minha bermuda. Dando tabefes em meu rosto, fazendo escorrer minha lanterna de cabeça, imaginei a mim como o último ser humano no planeta Terra, uma figura épica enfrentando a noite, as esperanças da humanidade repousando em suas pedaladas hesitantes enquanto ela avançava, sempre em frente em direção ao mar.

Finalmente divisei a silhueta do gazebo. Encostei a bicicleta no chão, caminhei pelo mato na altura dos joelhos até a beirada, olhei e engasguei. A praia havia desaparecido. De uma vez, tudo se fora. A maré subira até a um passo da linha da vegetação. A água azul tornara-se negra como piche. Esqueça a rotina de Afrodite. Eu chegara ao rio Estige.

A última coisa que eu queria fazer era nadar, mas, *por Deus, eu ia nadar.* Puxei a camiseta molhada de suor pela cabeça, baixei o zíper da bermuda, passei e tirei os pés pelo vão da calcinha e deixei meus pertences numa pilha sobre o mato. Minhas roupas de repente pareceram preciosas, peças de mim que eu não queria deixar para trás.

Dei um passo hesitante para a frente, senti os dedos afundarem na areia. As ondas avançavam em laços, em rendilhados hipnóticos, puxando a areia para trás, puxando pedaços de conchas, o que quer que seu abraço ganancioso conseguisse agarrar. Um raio luziu no horizonte com pulsos de *staccato*; um rebanho de nuvens arroxeadas juntou-se lá longe no céu. Nem uma luz ou janela ou voz amiga, só o murmurinho faminto da maré e os lampejos tórridos da eletricidade enlouquecida. Qual é a primeira regra da natação? Nunca nadar sozinha. Que brincadeira era aquela?

Passamos a vida inteira nadando sozinhos.

Marchei desafiante para a frente.

A água chegou aos meus joelhos. O declive da praia era tão gradual que iria demorar uma eternidade até eu vadear a uma profundidade suficiente para nadar. Imaginei arraias deslizando em movimentos rápidos sob a superfície, seus corpos em formato de diamantes recortando "oitos" figurados entre minhas pernas. Quem haveria de me encontrar ali no caso de uma fisgada? Eu teria de escorregar até a areia, um peixe indo à terra, lábios pálidos e barriga amarela, esperando que alguém tivesse o bom senso de sentir minha falta.

Mas quem?

Avancei pela água até a cintura. Alguma coisa gosmenta passou por minha canela, seguido pelo formigamento familiar de uma água-viva. Minhas mãos esticaram-se fosforescentes, delicados filamentos cor de prata que se perderam de sua cadeia. Sua beleza parecia uma armadilha, um encantamento diabólico concebido para seduzir-me e levar-me para águas mais profundas.

Então parei. Meio molhada. Meio seca.

Agradecimentos

Eu GOSTARIA DE agradecer aos meus amigos e colegas escritores que vagaram pelas páginas deste manuscrito e me ofereceram *insights* e encorajamento. Neles se incluem Barbara Bean, Tom Chiarella, Barney Collier, Gail Greiner, Lis Harris, Sally Hurst, Robert Issacs, Richard Locke, Jeff McMahon, Julie Nichols, Michael Scammell, Sarah Shey, Thomas Roma, Craig Wolff e Jim Zug. Muito obrigada a Alex Boyden, Liz O'Connor, John McEvoy e Charlotte e Ozzie Sherman por me empurrarem para a estrada, e a Margaret Traub-Aguirre e Penny Britell por me darem trabalho em casa. Meus sinceros agradecimentos a minha agente, Elizabeth Sheinkman, e a minhas editoras, Becky Cole, Suzanne Oaks e Claire Johnson da Broadway Books. Gostaria também de agradecer aos homens e às mulheres desta história — às pessoas, não às personagens — que me ajudaram a encontrar meu caminho. E, finalmente, mais do que tudo, gostaria de agradecer a meu marido, Peter Graham, que me deu coragem para escrever algo que valesse a pena.

Foi então que as vozes se elevaram, os gregos, o coro. *Você é tão patética. Jacarés e cascavéis e maré alta e arraias — só você pode transformar um nado à meia-noite numa marcha mortal.*

Bati na água com a palma da mão. A fosforescência fugiu. Lembrei-me daquele dia na praia, em Cape, da primeira vez em que vira ondas. De certa forma, acho que eu sempre seria a mesma garota tímida. A chave era avançar pelo medo, nadar em volta, seguir em frente, imaginar os prazeres a esperar do lado oposto ao das ondas. *Aquela era minha vida,* uma história que escrevi enquanto a vivia, e talvez eu não acreditasse em Deus e talvez eu soubesse apenas umas poucas coisas a respeito do amor, mas eu sabia algo sobre como contar histórias e aquele capítulo *em particular* da história *em particular* terminava comigo nadando nua. Era o ritmo natural da narrativa — poderia ter sido até mesmo minha Verdade. Ou, talvez, só soasse bem.

Estiquei os braços pela água e senti os pés descalços erguerem-se da areia.

E lá estava eu, flutuando.

Uma mulher à beira do Atlântico, deixando o oceano levá-la para onde quisesse. Quando a maré avançava, também eu avançava. Quando recuava, eu me afastava da praia. Minha respiração tornou-se lenta para integrar-se a essa cadência, e eu comecei a dar lentas braçadas, não para ir a qualquer lugar em particular, mas simplesmente para rolar e chafurdar, uma criatura marinha entre muitas, uma sereia sem a cauda. Estiquei a mão para tocar minha água-viva, senti o raio tremer passando por mim. Então, tive um pensamento que me deixou feliz: eu estava vivenciando a história que queria escrever.

Quando comecei a sentir frio, fiquei de pé, mergulhando os cabelos na água, esfregando o couro cabeludo.

E, então, lentamente, serenamente, caminhei para fora do mar.